IHRE *waghalsige* WETTE

BUCH 2

USA TODAY BESTSELLER AUTORIN

Aus dem Englischen von
AMALIE HOFFMAN

Einbandgestaltung: EDH Graphics

Buchdesign: KM Graphics

Fotonachweis: Period Images

PROLOG

In Nebel gehüllt, still wie der Tod auf dem dunklen Wasser, lag wartend das Schiff.

Die Morgenkälte sickerte durch die schäbigen Lumpen des Knaben. Er unterdrückte ein Schaudern und behielt einen grimmigen Ausdruck auf seinem Gesicht. Innerlich jedoch zitterte er wie Espenlaub. *Was auch immer geschieht, zeig keine Angst. Sei tapfer. Wirke stark.* Zehn Jahre in der Gosse hatten ihn gelehrt, was mit den Schwachen geschah. Einmal war er Narr genug gewesen, auf Erbarmen zu hoffen. Und nun büßte er dafür.

„Nu aber 'n bisschen flott, oder du kriegst de Peitsche zu spüren!"

Die Warnung des Wächters ließ ihn wieder im Gleichschritt mit den anderen Häftlingen voranwackeln. Er stolperte die Planke zum Schiff hinauf, die Eisen rasselten schwer an seinen Knöcheln. Er hielt den Kopf gesenkt; konnte die Hölle, die ihm bevorstand, nicht anblicken. Die übelriechenden Ausdünstungen des Schiffsrumpfs schlugen ihm entgegen und seine Innereien zogen sich zusammen. Elend—das erkannte er am Geruch. Hatte er es doch in dem Verbrechernest, das er einst sein Heim nannte, mit jedem Atemzug erlebt.

„Mach hinne!“, schrie der Wächter.

Das Herz des Knaben pochte, als er sich bewusst wurde, dass er nun den Eingang des Schiffes erreicht hatte. Seine Füße regten sich nicht; irgendwie wollten sie ihm nicht mehr gehorchen.

„Wat haben wir denn hier? Doch nüscht etwa'n Unruhestifter?“ Eine Hand hievte ihn beim Genick hoch, und der Knabe starrte in die grausamen Augen des Wächters. „Na, hier an Bord haben wir 'n Plätzchen für Bengel wie dir—de Tigerhöhle!“

Der Knabe zappelte, schlug vergeblich mit den Armen und Beinen um sich, während die anderen Gefangenen vor Lachen brüllten. Der Wächter zerrte ihn an Bord und dann zu einer mit Ketten versperrten Falltür. Der Mann öffnete das Schloss und stupste ihn zu der gähnenden Öffnung.

„Nein!“, flehte der Junge; er vergaß seinen vorigen Entschluss, tapfer zu bleiben. Er konnte nicht in die Dunkelheit zurück, er konnte einfach nicht. „Bitte, Sir, haben Sie doch Erbarmen—“

Mit einem groben Stoß beförderte der Wächter ihn die Stufen hinab in die Schatten. Wie ein Rasender versuchte der Knabe, wieder zurück zur Tür zu klettern, doch das Rechteck aus Licht verschwand mit einem Schmettern. Die Ketten rasselten, er war eingesperrt, in den stinkenden schwarzen Innereien des Schiffs gefangen. Erinnerungen an die Dunkelheit schwirrten um ihn herum: die rußigen Schächte, die Kammer des Meisters. Ein Schluchzen blieb ihm in der Kehle stecken.

„Wat'n det? Frischet Fleisch zur Fütterung der Tiger, hä?“

Ein Streichholz raspelte, und die Schatten wichen einem Alptraum. Monster krochen aus der gerammelten Grube unter ihm, sammelten sich am Fuß der Treppe. Hunger glitzerte in den Schlitzen, die ihre Augen waren. Vor Furcht wurde ihm schwindelig, der Knabe hämmerte mit den Fäusten an die Tür. „Lassen Sie mich hier raus! Bitte, ich will hier raus—“

Eine Hand packte seinen Ellbogen, und er schrie, trat blind um sich, während er die Stufen hinabgezerrt wurde. Ein Schlag riss ihm den Kopf zurück. Er fühlte einen rostigen Geschmack in seinem Mund bersten.

„Halt's Maul, kleener Bengel." Sein Häscher hatte ein Gesicht wie eine Schlange und aufgeplatzte, blasige Lippen. „Sonst reiß' ick dich de Zunge raus, und fress' se zum Abendbrot, hörste?"

Eine ruhige Stimme mischte sich ein. „Lass den Burschen los, Sykes."

„Oder sonst wat?" Durch seinen dumpfen Schrecken fühlte der Knabe, wie sich ihm Sykes' Fingernägel ins Fleisch gruben. „Ick hab' den hübschen Bengel zuerst jesehen, also mach dir vom Acker."

Eine Gestalt löste sich aus den Schatten. Ein hünenhafter Mann, bärtig und bedrohlich.

„Lass ihm los", sagte er in einem Ton, der wie Donner rollte, „und ick lass dir am Leben."

Sykes zischte und der Knabe sah etwas in seiner Hand aufblitzen. „Aus'm Weg, oder ick nehm' dir aus wie 'n Fisch."

„Wie de willst." Der Mann machte eine auffordernde Bewegung.

Mit erhobener Klinge ging Sykes auf ihn los. Der Mann wich dem ersten Hieb mit Leichtigkeit aus. Wie gelähmt sah der Knabe zu, wie die beiden miteinander rangen. Die anderen Häftlinge bildeten einen Kreis um die Streithähne, wollten Blut fließen sehen. Sykes holte wild aus und die Menge brüllte, als die Klinge seinen Gegner am Arm streifte. Der Bärtige wich dem nächsten Angriff aus, drehte sich so geschwind weg, dass Sykes aus dem Gleichgewicht stolperte. Er fing Sykes' Arm ein und verdrehte ihn; das Messer fiel klirrend zu Boden.

„Tu mich nix. Den Bengel kannste h-haben. Beim Grab meener Mutter", wimmerte Sykes mit schmerzverzerrtem Gesicht.

„Geh mir aus de Augen", sagte der andere Mann mit leiser Bedrohlichkeit, „bevor ick es mich anders überleg'."

Mit einem Schubs entließ er Sykes aus seinem Griff. Dieser

strauchelte fort. Enttäuscht über den blutlosen Ausgang des Kampfes verschwanden die anderen Gefangenen wieder in die Schatten. Der Knabe zuckte zurück, als der Mann sich ihm näherte. Er konnte nur seine dichten Barthaare sehen, und die erinnerten ihn an einen anderen Mann. An eine andere Art von Hölle.

„Allet in Ordnung, Knirps?"

Er blinzelte, hechelte, und fand seine Stimme nicht.

„Du bist doch nüscht etwa stumm? Denn dann hältste et hier nüscht lang aus." Die Lippe des Mannes krümmte sich angewidert. „Sykes is nämlich nüscht der Einzige hier, der jern mal—"

In diesem Moment nahm der Knabe hinter den breiten Schultern eine Regung wahr. Unversehens entfuhr es ihm: „Hinter Ihnen!"

Der Mann wirbelte herum. Dieses Mal standen ihm gleich zwei Unholde gegenüber. Blitzschnell griff der Mann zu seinem Stiefel. Stahl glänzte in seiner Hand.

„Nu is mich aber doch nach Blut", knurrte er. „Wer von euch möchte denn zuerst?"

Ein verschwommenes silbernes Blitzen, das Krachen von aufeinanderprallenden Körpern. Als die Rauferei vorüber war, lagen beide Herausforderer röchelnd im Dreck. Sogar im Halblicht konnte der Knabe sehen, wie sich eine Blutlache unter ihnen ausbreitete. Schwer atmend kam der Bärtige wieder auf die Beine. Die anderen Verbrecher jubelten, während er auf den Boden spuckte. Die Klinge triefte noch in seiner Hand.

Der Knabe erstarrte, als sich eine andere Nacht seines Verstandes bemächtigte. Und zwar jene Nacht, in der eine andere Klinge aufgeblitzt war, furchterregend schön in der Schwärze. Die Nacht, in der der Meister stürzte, während aus seiner Brust das Blut sprudelte, und der Knabe selbst nichts als Erleichterung empfunden hatte. Erleichterung und zittrige Hoffnung, als er Nicholas Morgan anflehte. Den Jungen mit dem Messer, das ihnen beiden die Freiheit gebracht hatte. *Lass mich nicht hier. Ich hab' Angst. Nimm mich mit, Morgan, bitte.*

„Das tut jetzt weh, Junge."

Die Stimme riss den Knaben zurück. Gegenwart und Vergangenheit vermischten sich, als er den raubtierhaften Mann anstarrte, der ihn in die Ecke getrieben hatte. Es war der Bärtige, nicht der heimtückische Nicholas Morgan, der ihn damals bewusstlos geschlagen und neben der Leiche des Meisters den Flammen überlassen hatte. Es waren die Verbrechen von Morgan, die ihn zu dieser Hölle hier verdammt hatten—*es war alles Morgans Schuld.* Wut packte den Knaben, so gewaltig, dass sie die Furcht vertrieb. Als sich die Klinge ihm näherte, gelobte er sich stumm:

Ich werde überleben. Eines Tages bin ich stark. Und dann müssen sie alle büßen.

Die Klinge blitzte auf. Ein Schrei hallte in seinen Ohren, und die unentrinnbare Dunkelheit verschluckte ihn ganz und gar.

❧ I ☙

Der Tag begann wie jeder andere im Leben von Miss Priscilla Farnham. Vor die schwierige Entscheidung zwischen Orangenmarmelade oder Erdbeerkonfitüre als Brotaufstrich gestellt, starrte sie aus dem Fenster ihres behaglichen Frühstückraums und sehnte sich danach, dass etwas geschah—irgendetwas.

—aus *Die Drangsale der Priscilla*, ein unvollendetes Manuskript von P.R. Fines

Mitunter mussten ja sogar besonnene junge Damen die eigene Urteilsfähigkeit in Frage stellen. Und da sie Besonnenheit nun wirklich nicht zu ihren persönlichen Tugenden zählen konnte, plagten Miss Persephone Rose Fines Anfälle von Unsicherheit vielleicht noch mehr als die meisten anderen Leute —und jetzt im Augenblick war es wieder so weit. Sie ging zaghaft auf die elende Behausung zu. Durch den leichten Schleier an ihrer Haube (denn zumindest war sie so klug gewesen, sich vorsichtshalber zu verkleiden) schätzte sie die beiden Männer ab, die bei der Eingangstür herumlungerten. Ihr Nacken prickelte; die beiden versperrten ihr den Weg zur Treppe.

„Verirrt, Täubchen?", sagte einer der Grobiane anzüglich. „Bin jern behilflich."

„Ick helf' mit allet, wat ick hab"", sagte der andere. Er schlenkerte dabei unanständig mit den Hüften, was seinem Gefährten ein Kichern entlockte. „Wenn de erst mal unsere Spielchen hier in Spitalfields kennen jelernt hast, willste nüscht anderet mehr."

Ihr Puls hämmerte, doch Percy straffte die Schultern. *Nun sei kein törichter Hasenfuß. Denk an Paul—denk daran, worum es geht. Erweise dich als würdige Fines.*

Sie sammelte all ihren Mut und sagte brüsk: „Treten Sie bitte zur Seite. Man erwartet mich oben, und wenn ich nicht pünktlich erscheine, wird mein Bruder sich auf die Suche nach mir machen." Sie hielt kurz inne und fügte dann hinzu: „Mein sehr *großer* Bruder, der zufällig auch ein ausgezeichneter Schütze ist."

Die Unholde grummelten und tauschten Blicke aus. Sie hatte die beiden wohl richtig eingeschätzt—bellende Straßenköter beißen nicht—, denn sie schlurften beiseite und ließen sie vorbei. Erleichtert ging sie die baufällige Treppe hinauf. Die Stufen knarzten unter ihren Ziegenlederstiefeln, wie damals, als ihr Vater sie und ihren Bruder vor so vielen Jahren zum ersten Mal hierher gebracht hatte.

Keine Angst, Kinder, hatte Papa gesagt. *Ihr müsst euch mit offenen Augen ansehen, wo euer Vater herkommt. Das ist die Welt, der ich durch Schweiß und Beharrlichkeit entkommen bin. Nun versteht ihr, warum ich möchte, dass ihr beide es einmal besser habt.*

Kummer stieg wie Quecksilber in ihrem Herzen auf. Vier Jahre war ihr Papa nun schon tot, und er fehlte ihr immer noch so sehr. Als sie unter dem Gebrüll von Säuglingen die Stockwerke voll beengter Behausungen durchquerte, konnte sie seine Stimme in ihrem Kopf hören: *Wenn wir Fines ein Familienmotto hätten, dann wäre es dies: Wir geben nie auf, und wir halten stets zusammen.* Mama würde einen hysterischen Anfall erleiden, wenn sie wüsste, auf welcher Mission Percy sich gerade befand, doch Papa würde sie gewiss gutheißen.

Auf dem obersten Stockwerk folgte Percy ihrer Erinnerung zu der Tür am Ende des Flurs. Sie atmete leise aus und klopfte an das abblätternde Holz. Als keine Erwiderung kam, drehte sie den Türknauf; die Angeln quietschten, als die Tür aufschwang.

„Hallo?", rief sie leise. „Paul, bist du da? Ich bin es, Percy."

Sie trat in den schmutzigen Raum und biss sich angesichts des Elends auf die Lippe. Es war Welten entfernt von dem hübschen Stadthaus in Bloomsbury, wo ihre Familie wohnte. Der Raum war fensterlos und dunkel. Es stank nach altem Fett und frischen Schnäpsen. Das Mobiliar bestand aus einem zerfurchten Tisch und ein paar Stühlen. In der anderen Ecke war ein Strohlager. Sie ging hin, hockte sich und glitt mit den Fingern über den Wollmantel, der offenbar als behelfsmäßige Decke diente.

Hinter ihren Augäpfeln brannte es. Letztes Jahr war ihr Bruder in der Liebe enttäuscht worden, als die Lady, an der er Gefallen gefunden hatte, einen anderen heiratete. Obwohl sich Paul jeden weiteren Kommentar über die Angelegenheit verbat und seinen Schmerz hinter einer saloppen Miene verbarg, wusste sie, dass ihn der Verlust von Rosalind Drummond schwer getroffen hatte. Er war immer waghalsiger geworden, beim Spielen, Zechen, und Gott wusste, was er sonst noch trieb (nun, eigentlich hatte sie eine ganz gute Vorstellung davon, was er sonst noch so trieb—ihr Bruder war schließlich ein Lebemann). Jeder in der Familie hatte sich Sorgen um ihn gemacht, doch niemandem war bewusst gewesen, wie weit seine Zügellosigkeit gegangen war.

Sie hörte Schritte hinter sich, wirbelte herum und sah eine Gestalt durch die Tür kommen. Entsetzt blickte sie in das männliche Antlitz, vertraut und doch so verändert. Das einst ansehnliche Gesicht ihres Bruders war aufgedunsen. Seine goldenen Locken klebten fettig an seiner Stirn und sein Kinn war stoppelig. Sein Hemdkragen hing offen, von einer Krawatte keine Spur.

Einen Moment lang weiteten sich die trüben Augen, die genauso blau waren wie ihre. Dann ging ihr Bruder mit maßvollen

Schritten auf den Tisch zu und stellte die Flasche ab, die er in den Händen hielt.

Gin, erkannte sie voller Besorgnis.

Er sah ihr nicht richtig in die Augen. „Du erinnerst dich also an diesen Ort hier. Dessen war ich mir nicht ganz sicher."

„Deine Nachricht war auch nicht gerade hilfreich", sagte sie mit einem Kloß im Hals. „Aber ich dachte mir gleich, dass du wohl hierher kämst."

„Ich musste mich verschlüsselt ausdrücken. Falls meine Nachricht in die falschen Hände fallen sollte." Er seufzte. Nun sah er sie an. „Du erinnerst dich gewiss auch daran, dass ich dich angewiesen habe, nicht nach mir zu suchen."

Ihre Brust schnürte sich zu, doch sie antwortete heiter: „Du vermaledeiter Hanswurst, wann habe ich mich denn je an deine Anweisungen gehalten?" Sie konnte nicht länger an sich halten, stürmte auf ihn zu und warf ihm die Arme um den Hals. Ihre Stimme klang gedämpft gegen sein Hemd: „Was ist denn nur passiert? Erzähl mir alles, Paul."

Er zögerte, ehe seine Arme sie in eine kurze, aber feste Umarmung schlossen. Dann ließ er sie los und sagte in seinem üblichen neckenden Ton: „Das, fürchte ich, ist eine recht trostlose Parabel. Und wie du dir denken kannst, bin ich die Moral von der Geschichte."

Percy saß ihrem älteren Bruder gegenüber an dem schmierigen Tisch und versuchte zu verdauen, was er ihr soeben berichtet hatte. Trotz des Altersunterschieds von vier Jahren waren sich die beiden immer nahegestanden. Manche hatten sie sogar für Zwillinge gehalten, weil sie die gleichen goldenen Haare und azurblauen Augen hatten. Im Augenblick jedoch kam es Percy so vor, als säße sie einem Fremden gegenüber. Dieses verwahrloste Geschöpf hatte mit ihrem mondänen, eleganten Bruder nichts gemeinsam. Außerdem würde ihr Bruder doch niemals solch erschütternde Neuigkeiten von sich geben.

„Ich verstehe nicht", wiederholte sie. „Was soll das denn heißen, du hast die Kompanie *verloren?*"

Statt einer Antwort goss Paul sich etwas Gin ein und zuckte mit den Schultern. Es sollte lässig wirken, doch sie konnte sehen, wie steif seine Schultern dabei waren.

„Wenn ich genau sein muss, beim Farospiel", sagte er. „Ich hatte in jener Nacht all meine Einsätze verloren, und beim waghalsigen Versuch, sie zurückzugewinnen, habe ich das Einzige verwettet, was ich noch hatte. Leider habe ich auf die falsche Karte gesetzt und folglich ist nun Gavin Hunt, der berühmte Besitzer der Unterwelt, nun auch im Besitz eines Schuldscheins, der ihm meinen Anteil an Fines & Co. übereignet."

Percy drehte sich alles. Dass ein Gentleman sein Vermögen verspielte, war an sich nichts Ungewöhnliches, doch dass ihr eigenes Fleisch und Blut so etwas tun könnte, konnte sie nicht fassen. „Du hast alles, was Papa sich erarbeitet hat, bei einem Kartenspiel eingesetzt? Bist du denn von allen guten Geistern verlassen?", schrie sie. „Wie konntest du so verflucht leichtfertig sein?"

Eine dunkle Regung flackerte in Pauls Augen auf. Vor Anspannung zeichneten sich seine Halsmuskeln ab. Er goss sich den Gin hinunter und schenkte sich nach. Ehe Percy ihren vorwurfsvollen Ton bereuen konnte, fand er auch schon wieder zu der ihm eigenen Schlagfertigkeit zurück.

„Wie seltsam, dass ausgerechnet du mir diese Frage stellst, Schwesterherz. Wenn ich mich recht erinnere, bin ich nicht der einzige Fines mit einem Hang zu Ausschweifungen." Er machte eine Pause und ließ seine Stichelei wirken. „Dein Kerbholz ist ja auch nicht gerade unbehauen. Da wage ich zu behaupten, dass uns die Leichtfertigkeit im Blut liegt."

Percy wurde rot; sie konnte nicht leugnen, dass ihr in der Vergangenheit auch die eine oder andere Torheit unterlaufen war.

In ihrer Jugend, als sie sich noch in den Kreisen der Mittelschicht bewegte, hatte man ihr Verhalten als „lebhaft" und „temperamentvoll" bezeichnet. Dank der Verbindung ihrer Familie mit dem Marquis und der Marquise von Harteford jedoch pflegte sie nun Umgang in höheren Gesellschaftsschichten, wo man unorthodoxem Verhalten nicht so wohlwollend gegenüberstand.

Zerknirscht dachte sie an ihre fürchterliche erste Ballsaison zurück. Ihr loses Mundwerk und ungestümes Wesen hatten ihr bei jedem vornehmen Ball einen Platz ganz hinten bei den Mauerblümchen eingebrockt. Allein die Patronage der Hartefords hatte sie vor dem völligen gesellschaftlichen Absturz bewahrt. Diese Saison aber war sie fest entschlossen, sich zu bewähren und als würdig zu erweisen. Der letzte Wunsch ihres Papas war es gewesen, dass sie eine glänzende Partie machte, und sie hatte vor, seinen—und ihren—Traum zu erfüllen.

Denn wie es der Zufall so wollte, hatte sie ihr Herzblatt endlich gefunden. Charles Effington Mansfield, der Viscount von Portland, war ansehnlich, adelig und dazu noch ein *Dichter*: ergo, in jeder Hinsicht vollkommen. Sogar Mama sagte er zu (und sie und ihre Mutter waren sich selten einig). Um seine Zuneigung zu gewinnen, hatte Percy sich geschworen, ihre burschikose Art abzulegen. Sie würde fortan nicht mehr in Teufels Küche geraten. Sie würde ihre albernen schriftstellerischen Ambitionen aufgeben. Sie würde *überhaupt nichts* Normabweichendes mehr tun... mit der klitzekleinen Ausnahme dessen, was sie gerade tat.

„Das war ich früher vielleicht", belehrte sie ihren Bruder, „doch dieses Blatt hat sich gewendet. Ich bin dieser Tage geradezu das Ebenbild der Tugend."

„So nennst du das also?" Eine goldblonde Augenbraue hob sich. „Vielleicht täusche ich mich ja, aber bist du nicht das Gör, das um ein Haar die Benimmschule der alten Southbridge niedergebrannt hätte?"

Percys Wangen leuchteten rot auf. „Das war vor einer Ewigkeit und überhaupt *nicht* meine Schuld. Mrs. Southbridge hat mich mit dem Dekorieren beauftragt und sagte, ich solle alles nach meinem eigenen Gutdünken machen. Und nach meinem Gutdünken war ein Feuerwerk genau recht, um der Abschlusszeremonie ein wenig Schwung zu verleihen."

„Und mit sehr großem *Schwung* sind dann die Gäste um ihr Leben gerannt", kicherte ihr Bruder.

Sie atmete tief durch und warnte sich selbst davor, sich von ihrem Bruder in eines ihrer berüchtigten Wortgefechte verwickeln zu lassen. „Es geht hier nicht um mein Verhalten, Paul, also lass uns bei der Sache bleiben", sagte sie. „Ich verstehe noch immer nicht, wie du die Kompanie aufs Spiel setzen konntest."

„Wie? Ganz einfach, mit einer einzigen Handbewegung", sagte er gedehnt. „Ironisch, wenn man es recht bedenkt. Papa hat diese Jauchegrube von einem Gebäude hier behalten, damit wir uns seiner Herkunft entsinnen, und dessen, wie weit er es im Leben gebracht hatte. Wie oft haben wir uns denn anhören müssen: *Schwere Arbeit, Kinder, das ist der Schlüssel zum Erfolg?*"

Sie runzelte die Stirn. „Du solltest Papa ein wenig Achtung zollen für alles, was er erreicht hat. Ich sehe in seiner Hingabe und Stärke keine Ironie."

„Darauf komme ich noch. Unser Vater hat sein Leben darauf verwandt, ein Handelsimperium aufzubauen, und zwar auf Kosten aller anderen Dinge im Leben ... einschließlich uns."

Bittersüße Sehnsucht wallte in Percys Brust auf. Es war dasselbe Gefühl, das sie als kleines Mädchen empfunden hatte, wenn sie auf die Heimkehr ihres Papas wartete. Sie war immer am Fenster gestanden, mit ihrer neuesten Geschichte in der Hand. Am Ende des Abends waren die ungelesenen Seiten stets zerknittert gewesen. Mama schimpfte Percy, weil sie voller Tinte war, und schickte sie zum Waschen und Zubettgehen nach oben.

Percy schob diese Erinnerungen beiseite. „Papa hat alles nur *für uns* getan, begreifst du das nicht? Er musste Opfer erbringen, um unserer Familie eine Zukunft zu ermöglichen."

„Die ich ja nun verschleudert habe. Binnen weniger Minuten."

Ihr Bruder stupste seinen Hut zur Seite. „Es stellt sich also die Frage: Was ist letztendlich stärker, Beharrlichkeit ... oder Prasserei?"

„Was ist denn nur mit dir los?", sagte sie verstört. „Dein Erbe zu verlieren ist doch nicht zum Lachen. Wir müssen unverzüglich eine Lösung finden. Hast du Nicholas geschrieben—"

„Nein, und du tust das ebenso wenig." Obwohl seine Augen blutunterlaufen waren, brachte Paul dennoch einen stahlharten Blick zustande. „Gib mir darauf dein Wort, Percy. Du erzählst niemandem von meinen Verlusten. Das Letzte, was du tun solltest, ist Nicholas' allerersten Urlaub seines Lebens zu unterbrechen. Und wenn Mama davon erfahren sollte ..." Sein Mund wurde dünn. „Sie fiele auf der Stelle tot um."

Percy kaute an ihrer Unterlippe. Nicholas Morgan, auch als der Marquis von Harteford bekannt, war der Miteigentümer der Handelsfirma Fines & Kompanie. Er war ihr und Paul wie ein älterer Bruder, und nach dem Tod von Papa war er eine Art inoffizielles Familienoberhaupt geworden. Nicholas war erst kürzlich mit seiner Frau und deren Zwillingen verreist, und Mama hatte er mitgenommen. Zu Percys Überraschung hatte nämlich ihre Mutter, die zuvor noch nie auch nur einen Fuß über die Stadtgrenze Londons gesetzt hatte, der Reise zugestimmt. Nun waren Mama und die Hartefords irgendwo auf dem Kontinent; eine Depesche erreichte sie vielleicht erst nach Wochen.

„Dein Wort darauf", wiederholte ihr Bruder, „dass du meine Geheimnisse nicht verrätst, Percy."

Widerwillig nickte sie. Sie wollte ihren Bruder nicht vor den Kopf stoßen. „Was, wenn wir den Amtsrichter anrufen ... oder Nicks Bekannten bei der Thames River Police? Mr. Kent, so hieß er doch?"

„Und was können die denn tun? Ich habe Hunt meine Promesse ausgestellt; er hat das Recht, sie einzulösen. Die Behörden darauf aufmerksam zu machen wird nur Wellen schlagen und Hunt geradewegs hierher zu mir führen."

„Vielleicht lässt sich Mr. Hunt ja dazu überreden, deine Schuld zu erlassen. Wenn du doch zu tief in den Becher geschaut hattest, um zu wissen, was du da tatest—"

Ihr Bruder lachte schroff. „Darauf kannst du lange warten, Schwesterherz. Hunt anbetteln? Das ist so unnütz, wie einen Stein zur Ader zu lassen. Glaub mir, ich habe gesehen, wie er in seinem Club kleine Kinder schuften ließ. Gewiss schindeten sie sich, um die Schulden ihrer Eltern zu begleichen."

„Ei, das ist aber *abscheulich*." Ihre Wut hatte ein Ventil. Was für ein Mensch war denn dieser Gavin Hunt? Wie konnte er Unschuldige derart ausbeuten? „Er klingt wie ein Scheusal!"

„Er ist ein herzloser Bastard", pflichtete Paul ihr bei. „Leider ist er auch ein Mann, der sein Wort hält. Hunt fordert stets seine Schulden ein, das ist so sicher wie das Amen in der Kirche."

Sie schaute finster, als ihr Bruder sich noch ein Glas eingoss. Das vierte inzwischen, wenn sie richtig gezählt hatte. „Meinst du nicht, dass es langsam reicht? Es ist helllichter Nachmittag, um Himmels willen."

„Dann bin ich ja hintendran. Normalerweise bin ich schon bis zum Mittagessen sturzbesoffen." Er schüttelte die Ginflasche. „Genau genommen *ist* dieses Gesöff üblicherweise mein Mittagessen."

Wie konnte er nur darüber scherzen? Verzweifelt griff sie nach seinem Arm und packte ihn. „Du brauchst einen klaren Kopf, Paul! Wie sollen wir denn sonst einen Plan machen, um die Lage in den Griff zu bekommen?"

„Wer braucht schon Klarheit?" Er nahm ihre Hand von seinem Arm und leerte sein Glas in einem Zug. „Außerdem habe ich bereits einen Plan. Du stehst mittendrin."

Ihr Blick verfinsterte sich. „Worin stehe ich denn bitte?"

„Hier." Er wies mit einer ausschweifenden Geste auf den Raum. „Mein heimliches *Rendezvous*. Ich verstecke mich. Solange Hunt mich nicht finden kann, kann er die Eigentumsurkunde zu meiner Teilhabe nicht von mir einfordern."

Percy verdrehte die Augen. „*Das* soll dein Plan sein? Irgendwann musst du dich dem Problem stellen. Wie lange willst du dich denn verstecken?"

„So lange wie nötig. Ich habe ein Talent dafür." Er lehnte sich zurück und fiel dabei fast vom Stuhl. „Hab' meinen Gefährten gesagt, dass ich auf meine *Grand Tour* gegangen bin, also vermisst mich in den nächsten Monaten keiner."

„Verflixt und zugenäht, Paul—"

„Dein Ton, Percy, dein Ton. Wo bleibt denn deine Ehrfurcht vor deinem älteren Bruder? Das getsch ... geziemt sich nicht", sagte er. „Was würde denn dein Lord Makellos dazu sagen?"

Sie ärgerte sich über den lächerlichen Spitznamen für Lord Charles. Ihrem Bruder machte es aus irgendeinem Grund Spaß, sich über den Viscount lustig zu machen. „Ich habe dir doch schon gesagt, du sollst ihn nicht so nennen. Außerdem haben wir erst einige Male miteinander gesprochen, er ist also nicht ‚mein' Lord."

Noch nicht, fügte sie insgeheim hinzu.

Als ob er ihre Gedanken lesen könnte, sah ihr Bruder sie höhnisch an. „Oh, den kriegst du schon noch. Ein Wildfang bist du vielleicht, aber hübsch wie sonst was ... ganz zu schweigen von deiner Hartnäckigkeit. Eine Kaufmannstochter, die einen Lord auf Vordermann bringt." Seine Stimme wurde leicht bitter. „Papa wäre so stolz auf sein kleines Herzchen."

„Darum geht es doch nicht. Wir müssen besprechen, wie es nun weitergeht—"

Doch ihr Bruder war vom Tisch aufgestanden. Die leere Ginflasche kippte um und rollte hohl hin und her. Er stolperte hinüber zu seinem Lager und plumpste auf das Stroh. Percy ging ihm hinterher, kniete sich hin und betrachtete ihren Bruder, verärgert und besorgt zugleich. Sie strich ihm eine blonde Strähne aus der Stirn.

„Dann macht ihn zumindest eines seiner Kinder stolz." Er rollte herum, wandte sich von ihr ab. Doch den Schimmer auf seinen Wimpern sah sie noch. „Lass mich, Percy. Es ist aus. Es ist aus *mit mir*."

Das nackte Elend in seiner Stimme ließ ihr das Herz bluten. Paul war ein Lebemann, doch sie wusste, dass er einen anständigen Kern hatte. Ein edler Bruder, der sie immer wieder beschützt hatte. Papa hatten sie schon verloren, noch ein Familienmitglied würde sie nicht verlieren.

Sie sagte sanft: „Weißt du noch, das eine Mal, als wir im Hyde Park Boot gefahren sind?" Als er nichts erwiderte, fuhr sie fort. „Ich habe beharrt, dass ich genauso gut rudern kann wie du."

Eine Pause.

„Ja, im zarten Alter von acht Jahren warst du schon ein Teufelsbraten. Ich hab' dir noch gesagt, sei vorsichtig, aber du hast ja nicht hören wollen", nuschelte er.

Ihre Lippen krümmten sich. „Das habe ich nie. Als ich also ins Wasser gepurzelt bin ..."

„Hab' ich noch versucht, dich festzuhalten ... und bin dann selbst hineingefallen ..."

„Und wir waren beide pudelnass, bis du uns wieder an Land gebracht hast. Und du hast die ganze Schuld auf dich genommen, obwohl du dir eine mächtige Standpauke eingehandelt hast und dir monatelang das Taschengeld gestrichen wurde." Ihr wurde es ganz eng in der Brust. „Mein großer Bruder. Du hast dich doch immer um mich gekümmert."

Als Erwiderung kam nur ein leises Schnarchen. Seine Augen waren geschlossen und sein Atem stetig, also deckte sie ihn mit seinem Mantel zu.

Wir Fines geben nie auf—und vor allem lassen wir einander nicht im Stich.

„Nun bin ich an der Reihe", flüsterte sie. „Und ich lass' dich nicht im Stich."

❧ 2 ❧

Das Morgenlicht fiel durch die Kontorfenster. Obwohl er an seinem Schreibpult beschäftigt war, bemerkte Gavin Hunt, wie die Strahlen in den Sitzbereich fielen und auf den Mahagonimöbeln und den vergoldeten Borten schimmerten. Er mochte das Licht. Er darbte geradezu danach, nach all den Jahren, die er in Finsternis verbracht hatte. Sogar jetzt, auf der Höhe des Erfolgs, erledigte er die meisten seiner Geschäfte im Dunkeln. Über dem Marmorkamin schlug die goldene Ormulu-Uhr die elfte Stunde. Der angenehme Klang ertrank in den Geräuschen, die von der zweiten Person im Zimmer ausgingen. Die Gestalt war über die Kante seines Schreibpults gebeugt.

„So ist's recht, Hunt, ackern Se mich ruhig noch fester." Keuchend blickte Evangeline Harper über ihre nackte Schulter zu ihm zurück. Kupferfarbene Locken umrahmten ihr keckes, katzenhaftes Gesicht. Sie zupfte herausfordernd an dem Strick, mit dem ihr die Handgelenke auf dem Rücken gefesselt waren. „Se wissen doch, ick mag et grob. Ick will jeden jewaltigen Zoll von Ihrem Schwanz fühlen."

„Da hast du mehr", sagte er und folgte ihrer Aufforderung mit einem tiefen Stoß.

Ihr Rückgrat bäumte sich in Ekstase auf, die Hügel ihrer Pobacken wackelten mit seinen Stößen mit. Diese Spielchen hatten ihn einst erregt; nun aber wünschte er fast, sie wäre nicht einfach unangekündigt und geil bei ihm erschienen. Sein Körper vollzog den Akt, doch sein Verstand wollte nicht teilnehmen. So war es ihm in letzter Zeit oft ergangen; es war, als ob er die Lust an seinen eigenen Lastern verloren hatte. Gott steh ihm bei, sogar Ficken war zur Pflichtübung geworden.

Evangeline stöhnte, drückte sich an ihn. Auf der Schreibunterlage neben ihrer sich windenden Gestalt zappelten seine Glückswürfel in ihrem Becher. Zwei Sechser.

Er packte ihre Hüften und hämmerte fester. Vielleicht arbeitete er einfach zu viel. Als Besitzer der Unterwelt, der berüchtigten Spielhölle in Covent Garden, lebte er in einer grausamen, erbarmungslosen Welt. Vor zwei Monaten erst war ein anderer Clubbesitzer an einem Ast gebaumelt. Die Zunge hatte man ihm herausgeschnitten, ebenso fehlten ihm Hände und Füße. Ein Schuldiger fand sich nicht, doch in der Gosse wusste jeder, dass eines der konkurrierenden Häuser das Verbrechen begangen hatte. Neben der Unterwelt gab es nämlich noch vier weitere bedeutende Etablissements dieser Art. Und alle wurden von Männern betrieben, die einflussreich und zum Töten bereit waren.

Nachdem am Morgen der letzte Kunde gegangen war, wollte Gavin sich eigentlich mit Hugh Steward treffen, seinem Mentor und vertrauten Aufseher des Clubs. Nachdem es kürzlich einen Übergriff auf Kunden der Unterwelt gegeben hatte, hatten sie viel zu besprechen. Doch da war Evangeline aufgetaucht, mit ihrem großen Lächeln und nicht minder beachtlichen Titten. Gavin dachte, dass ihm ein rasches, stürmisches Ficken vor der Arbeit vielleicht gut täte.

„Hörense bloß nüscht auf, ick bin fast da, ick komm' so heftig —", jaulte sie.

Die Würfel hüpften immer noch im Takt mit ihrem Koitus.

Evangeline stöhnte und drechselte ihren Schamhügel an die hölzerne Tischkante, während er sie fickte. Hätte sie die Hände frei, da war er sich sicher, würde sie sich hemmungslos reiben. Sie war mit ihrer eigenen Lust so zweckmäßig wie er mit der seinen. Ihre Augen waren geschlossen, ihre Gedanken verborgen. Der Beischlaf lief immer so ab: Sie taten es zusammen und doch jeder für sich. Evangeline war, wie er selbst, der Gosse entsprungen, beider Philosophie war das Überleben.

Am Ruder bleiben. Die eigenen Interessen sichern. Treue belohnen ... und Betrug strafen.

Beim bloßen Gedanken an Betrug zuckte ihm ein Muskel im Kiefer. Die winzige Regung sandte ein Schaudern über seine rechte Gesichtshälfte. Die Narbe, die von der Wange bis zum Kinn verlief, war eine stete Erinnerung daran, dass er die Hölle überlebt hatte und nun darüber herrschte. Der Erfolg seines Etablissements hatte ihm Reichtum und Beziehungen eingebracht; nun hatte er die Macht, das eine Ziel zu verfolgen, das ihn durch seine finstersten Stunden am Leben gehalten hatte.

Er lebte für die Aussicht auf Rache. Und bald schon wäre die Rache sein.

Bei diesem Gedanken begannen seine Säfte zu fließen. Er hielt Evangeline fest, hieb seinen Schwanz fester, tiefer in sie hinein, behauptete seine Herrschaft über sie mit jedem Stoß. Macht. *Jeder, der mir etwas schuldet, wird zahlen.* Sein Blick verschwamm scharlachrot.

„Bei den Titten de heiljen Mutter Maria, ick komm'", schrie sie.

Erleichterung sprudelte seinen Schwanz empor, und er ergoss sich ebenfalls, schaudernd.

Nach einem Moment band er sie los und sie beide machten sich sauber. Bis er sich des Präservativs entledigt und die Hosen zugeknöpft hatte, war sie schon vollständig angekleidet. Berufsgewohnheit, vermutete er, obwohl sie sich ja dieser Tage selbst als

Schauspielerin bezeichnete. Nicht, dass es ihm etwas bedeutete. Evangeline landete immer auf den Füßen, wie eine Katze, und er achtete das.

„Bleibst du noch auf einen Kaffee?", fragte er.

Sie lächelte. Ihre Schminke war ein wenig abgegangen, sodass er die dünne Kontur ihrer Lippen sehen konnte. „Und über wat würden wir zwee denn plaudern, Hunt? Det verdammte Wetter? Nee, ick gloob, wir sin' hier fertig für heute. Ick mach' mir besser auf'n Weg."

„Ehe du gehst, habe ich noch etwas für dich", sagte er.

Er öffnete eine Schreibtischschublade und nahm ein filigranes Medaillon heraus. Ein kleiner Lord hatte bitterlich geweint, als er Gavin das Familienerbstück übergab. Gavin war es egal gewesen, das Stück würde ein hübsches Sümmchen erzielen. Für Gefühlsduselei hatte er nichts übrig. Aber an einen fairen Handel glaubte er allemal. Er ließ die Kette vor Evangelines Gesicht baumeln.

„Oh, die is aber hübsch", gurrte sie. Er ließ die Kette über ihren Kopf gleiten. Sie wackelte mit den Schultern, sodass das Medaillon in die tiefe Spalte zwischen ihren Brüsten glitt. „Na, wie isses?"

„Sieht aus, als hätte es eine beneidenswerte Heimat gefunden", sagte er.

Sie lachte und zwinkerte ihn anrüchig an. „Bis zum nächsten Mal, hä?"

Nachdem sie gegangen war, läutete er nach seinem Kaffee und ging wieder an seinen Schreibtisch. Er wusste, was ihm Unangenehmes bevorstand und konnte sich nicht dazu aufraffen, Stewart zu holen. Stattdessen nahm er seine Würfel und warf sie von einer Hand in die andere. Er war ruhelos, übersättigt und leer zugleich. Er unterdrückte gerade ein Gähnen, als es klopfte. Der Kaffee, wurde ja auch Zeit. Als der Lakai hereingewieselt kam, ohne silberne Kaffeekanne, dafür aber mit einem verstörten Ausdruck im Gesicht, blickte Gavin finster.

„T-tut mich leid, dass ick störe, Sir“, stammelte der Diener. „Da is een Herr, der will Se sprechen. Dringend, sagt er.“

„Wer ist es?“

„Fines, hat er jesagt, Sir“, sagte der Lakai.

Paul Fines. Gavin richtete sich in seinem Stuhl auf. „Ein junger Spund, aufgeputzt wie ein Pfau?“

„Ja, jenau so eener, Sir.“

„Dann schicken Sie ihn herein“, befahl Gavin.

Er ließ die Würfel auf den Schreibtisch fallen und lächelte mit grimmiger Zufriedenheit, als beide mit den Sechsern nach oben landeten. Monatelang hatte er darauf gewartet, auf die Gelegenheit, Paul Fines zu Fall zu bringen. Der Narr war ohnehin schon auf sein Verderben zu geschlittert, und eine Runde Faro hatte ihm den Rest gegeben. Doch statt die Eigentumsurkunde zu Fines & Kompagnie zu holen, wie er versprochen hatte, hatte der verdammte Trottel sein Wort gebrochen und sich aus dem Staub gemacht. Gavins Männer hatten tagelang nach Fines gesucht.

Wenn er Fines' Teilhabe erst einmal hatte, würde ihm der Mehrheitsanteil an der Firma von Nicholas Morgan gehören, und dann würde sich die Maschinerie der Rache in Bewegung setzen. Es war Morgans Schuld, dass Gavin für ein Verbrechen, das er nicht begangen hatte, zehn Jahre in Gefangenschaft gedarbt hatte. Die Finsternis, die stets auf ihn lauerte, stieg in ihm auf wie eine Woge; er kämpfte gegen die nur allzu vertraute Flut des Zorns an. Die Wut hatte ihm die Kraft und den Willen zum Überleben gegeben; nun würde sie ihm dabei helfen, Gerechtigkeit walten zu lassen.

Vorfreude köchelte in ihm, als die Tür aufging und jemand eintrat. Er nahm wahr, wie feingliedrig die Gestalt war, wie der übergroße grüne Gehrock um die schlanken Beine flatterte. Die Hutkrempe neigte sich tief über einen kurzen Lockenschopf. Der Jüngling blickte auf, und Gavin verspürte einen seltsamen Ruck im Magen.

Die Augen, die ihn anblickten, waren groß, von dichten

Wimpern umrandet, und die Farbe ... nie zuvor hatte er derart blaue Augen gesehen. Lebhaft und rein, wie ein gemalter Sommerhimmel. Verdattert nahm er den Rest des Gesichts in Augenschein: zarte Konturen, eine kecke Nase und ein buschiger Schnauzbart, der wie ein Schatten über den zierlichen, feinen Zügen lag. Ein Fremder—und ganz gewiss nicht Paul Fines.

„Wer zum Teufel sind Sie?", verlangte Gavin zu wissen.

Der Jüngling schien auf der Schwelle zu zögern. Dann straffte er seine Schultern und schritt auf den Schreibtisch zu. In jedem Schritt lag ein gazellenhafter Schwung. Er blieb auf der anderen Seite des polierten Mahagonitisches stehen; sein Kopf neigte sich leicht nach links, während er Gavin musterte. Sein Blick blieb an der Narbe hängen. Gavin erwartete, dass sich der Blick nun wie üblich abwenden würde, voll Angst oder Abscheu, doch die hellen blauen Augen begutachteten ihn unbeirrt und ungeniert weiter.

Zum Teufel, er wurde gerade gründlich abgeschätzt. In seinem eigenen Kontor, von einem Frechdachs, der nur halb so groß war wie er selbst.

„Danke, dass Sie mich empfangen, Mr. Hunt." Die Stimme, obwohl sanft und recht musikalisch, ließ keinen Zweifel an ihrer Entschlossenheit. „Entschuldigen Sie, dass ich unangemeldet erscheine. Mir blieb nichts anderes übrig, wissen Sie—"

„Hören Sie gefälligst auf mit dem Zinnober. Ich will wissen, wer Sie sind, und warum Sie sich fälschlich als Paul Fines ausgegeben haben."

Die übermäßige Behaarung auf der Oberlippe des Jünglings erzitterte. Nicht vor Furcht, wie man vermutet hätte, sondern vor ... Empörung? „Nicht fälschlich, Sir. Ich heiße *tatsächlich* Fines."

Gavin kniff die Augen zusammen. „Und wie hängen Sie mit Paul Fines zusammen?"

„Er ist mein Bruder." Das kleine Kinn hob sich trotzig. „Und ich bin in seinem Namen hier."

Glaubte dieser Grünschnabel, ihn zum Narren halten zu

können? Unter dem Schreibtisch ballten sich Gavins Fäuste. Über die Wahlfamilie seines Feindes hatte er gründliche Erkundigungen einholen lassen. Jeremiah Fines, Patriarch und Gründer der Handelsgesellschaft Fines & Kompagnie war schon seit vier Jahren tot. Er hatte eine Witwe namens Anna und zwei Kinder hinterlassen. Der erstgeborene und Erbe war Paul Fines, und einen Bruder hatte er nicht. Nur einen verzogenen Teufelsbraten von einer jüngeren ...

Verdammte Hölle. Das kann doch nicht sein.

Gavin kam brüsk auf die Füße. Das Kreischen des Stuhls erschreckte Fines, und seine Hände fuhren unvermittelt zu seiner Brust. Gavin sah, wie schlank und zierlich die Finger, wie säuberlich gefeilt die Nägel waren.

„Ihr Name", sagte Gavin verbissen.

Ein Hüsteln, gefolgt von einem mürrischen: „Percy, Sir."

Heiliger Bimbam.

Er kam um den Schreibtisch herum. „Percy ... das ist doch die Abkürzung für Percival, nehme ich an?", fragte er seidig.

„Jeder nennt mich, äh, Percy. Sie können mich Fines nennen, wenn Sie möchten."

„Nun denn, *Percy*", sagte er bedacht und sah zu, wie die Röte die schneeweißen Wangen emporstieg, „was kann ich denn heute für Sie tun?"

„Ich bin hier, um mit Ihnen über die Promesse meines Bruders zu sprechen. Genauer gesagt, um deren Herausgabe zu verhandeln."

Eines musste Gavin diesem Matz lassen; sie war dreist. Denn er hatte inzwischen nicht den geringsten Zweifel, dass es sich bei *Percy* um niemand anderen handelte als Paul Fines' jüngere Schwester Persephone. Heiliger Strohsack, sie hatte größere Eier als die meisten Männer. Männer, die zweimal so breit waren wie sie, schlotterten vor ihm in ihren Stiefeln, würden eher ihre eigenen Mütter verkaufen, als Gavin hinters Licht zu führen.

Doch hier stand sie, in ihrer lächerlichen Maskerade, und verlangte mit ihm zu verhandeln?

Normalerweise würde er solche Unverfrorenheit im Keim ersticken. Doch dieses unverschämte Ding ... er wusste noch nicht, ob er ihre Naivität bewunderte oder sie dafür erdrosseln wollte. Und während er diesbezüglich eine Meinung bildete, konnte er ihr ja dabei gleich eine kleine Lektion erteilen.

„Ich habe das Gefühl, dass dieses Gespräch nach einem Getränk verlangt." Er spürte ihren misstrauischen Blick, während er zum Schnapsschrank ging und dort zwei Gläser füllte. Er kam zurück und hielt ihr eines hin.

Sie nahm es vorsichtig entgegen und schnüffelte daran. Ihre Nase rümpfte sich. „Was ist das?"

„Whiskey, versteht sich. Wie es sich unter zwei Gentlemen geziemt." Er hob eine Augenbraue. „Das ist doch gewiss nicht Ihr erster Whiskey."

Sie schlug ihre dichten, sandfarbenen Wimpern zu ihm auf und erneut traf ihn das Strahlen ihres Blicks. Leuchtend wie der gottverdammte Sonnenschein auf einem See. Glaubte sie wirklich, mit solchen Augen als Mann durchgehen zu können?

„Freilich trinke ich Whiskey. Es ist sogar mein Lieblingsgetränk", sagte sie beherzt.

Ein ganz schlechter Lügner war sie auch, stellte er fest. Sie war bereits rot wie ein Apfel. Ihre Wangen waren in der Tat so saftig rund, dass man als Mann gern einmal hineinbeißen mochte. Er ertappte sich beim Versuch, sie sich ohne Schnauzbart und Perücke vorzustellen. Und auch ohne die Herrenkleidung. Überhaupt, ganz ohne Kleidung.

Hmm, seine Gedanken führten ihn in eine interessante Richtung.

„In einem Zug", sagte er und erhob sein Glas.

Sie straffte ihre schmalen Schultern, atmete durch und ... goss sich den Whiskey in einem Zug hinunter. Das Ergebnis war vorhersehbar, aber nicht minder unterhaltsam. Ihre Augen tränten, sie begann zu gurgeln.

„Und?", fragte er.

„K-köstlich", würgte sie hervor. „D-der beste, den ich je gekostet habe."

„Na, dann trinken Sie ruhig noch einen." Er machte Anstalten, ihr Glas zu nehmen.

Sie riss es an sich. „Nein! Ich meine, nein danke, es genügt schon." Sie räusperte sich. „Nun möchte ich gerne die Angelegenheit von Pauls Schulden besprechen, wenn es recht ist."

Er bedeutete ihr, auf einem der Stühle gegenüber seinem Schreibtisch Platz zu nehmen. Er selbst blieb stehen, lehnte sich lässig an die Mahagonikante. „Dann nur zu, reden Sie."

Sie setzte sich und er musste sich beherrschen, als er sah, wie sie hübsch sittsam ihre hohen Männerstiefel übereinander kreuzte.

„Mein Bruder ist ein Gentleman von gutem Charakter", hob sie an. „Dies alles war ein schlimmes Versehen. In jener Nacht, als er in Ihre Lasterhöhle gelockt wurde, hatte er zu viel getrunken ..."

Guter Gott, die Mitleidsmasche. Er verdrehte die Augen nach oben. Sie hatte sich doch bisher so einfallsreich erwiesen, da hatte er schon mehr erwartet.

„Gentleman oder nicht, Ihr Bruder wusste ganz genau, auf was er sich einließ, als er gegen das Haus setzte", sagte er. „Sie kennen doch den Ausdruck: *Man erntet, was man sät?*"

Sie runzelte die Stirn und die Haare ihres falschen Schnauzbarts stellten sich auf wie die Borsten eines Stacheltiers. Es juckte ihm in den Fingern, ihr dieses grässliche Ding abzureißen. Und sie dann einmal richtig in Augenschein zu nehmen.

„Und da machen Sie keine Ausnahmen?", fragte sie. „Mr. Hunt, haben Sie denn kein bisschen Erbarmen im Herzen?"

„Kurz gesagt? Nein."

„Dann geben Sie meinem Bruder zumindest etwas Zeit, seine Schuld bei Ihnen zu begleichen."

„Zeit hat er gehabt." Gavin besah sich die eigenen Fingernägel. „Nun schuldet er mir seine Teilhabe an der Kompagnie."

„Aber die Kompagnie ist das Vermächtnis unseres Herrn Papa. Sein Lebenswerk ... und alles, was uns von ihm bleibt." Ihre Stimme brach ein wenig. „Bitte, Sir, Sie können von Paul nicht verlangen, dass er sie Ihnen überschreibt."

Der flehende Ausdruck in ihren azurblauen Augen hätte wohl jedes Herz erweicht—das nicht aus Stein war. Dennoch, sogar er empfand ein leichtes, und ihm ganz und gar fremdartiges Stechen in der Brust.

„Wir finden doch gewiss einen anderen Ausweg?", fragte sie.

„Tun wir das?" Er sah sie abwägend an.

Sie atmete tief durch und sagte dann: „Ich nehme an, Sie haben vom Marquis von Harteford gehört?"

„Von Harteford habe ich gehört." Obwohl es ihm die Eingeweide zusammenzog, blieb seine Stimme ruhig. „Und?"

„Nicholas—ich meine, der Lord Harteford—ist zufällig ein enger Freund meiner Familie. Es ist so gut wie ein Fines. Als Nick ein junger Mann war, war Papa sein Mentor im Betrieb, und später wurden die beiden Geschäftspartner. Nachdem Papa gestorben war, wollte Nick Paul dazu überreden, die Geschäftsleitung zu übernehmen, doch mein Bruder interessiert sich nicht für die Kompagnie ... von seiner Teilhabe am Gewinn einmal abgesehen. Nick führt also die Geschäfte und zahlt Paul seinen Teil der Gewinne aus."

„Scheint ja ein rechtschaffener Mann zu sein, dieser Nick."

Sie nickte eifrig, sein Spott entging ihr ganz offenbar. „Er ist der Edelmut in Person und wie ein Bruder zu uns. Er hat meinem Bruder schon oft aus der Patsche geholfen. Und wenn Sie heute Ihr Einverständnis geben, meinen Bruder aus Ihrer Schuld zu entlassen, dann lässt sich Nick vielleicht davon überzeugen, Sie auszuzahlen", sagte sie, und fügte nach einer dramatischen Pause hinzu: „Und zwar mit *Zinsen*."

Er betrachtete sie stumm. Sein Verstand war in Bewegung gesetzt. Sein ursprünglicher Racheplan war einfach gewesen, nämlich alles zu zerstören, was Morgan am Herzen lag. Er könnte den Kerl natürlich auch einfach umlegen, aber wo lag denn da das Vergnügen? Nein, Morgan sollte genauso leiden, wie er gelitten hatte. Die zwei verwundbaren Stellen seines Feindes hatte Gavin bereits ausgemacht: Morgans Kompagnie und seine Familie. Nun, da er die Mehrheitsbeteiligung von Fines in Händen hatte, war es Gavins Absicht gewesen, den ersten Teil seiner Rache zu vollziehen, indem er Stück für Stück Morgans Lebenswerk zerstörte.

Als Nächstes hatte Gavin dann vorgehabt, sich Morgans Gemahlin, der Marquise zu nähern. Sie vielleicht zu verführen, was allerdings vielleicht schwierig geworden wäre, weil es sich bei Morgans Ehe allem Anschein nach um eine Liebesheirat handelte. Dennoch, Frauen waren ja bekanntlich flatterhafte, wankelmütige Geschöpfe. Gavin hatte sich entschlossen, die schwachen Stellen in der Abwehr von Lady Hartford ausfindig zu machen. Nun aber hatte er einen besseren, einfacheren Plan. Hier stand die Schwester seines Feindes, zwar nicht bluts-, aber doch seelenverwandt, und baumelte vor ihm wie ein reifer Pfirsich. Die Gelegenheit war fast zu günstig. Er könnte diesen kleinen Wildfang zugrunde richten, während Morgan im Urlaub lustwandelte und nicht eingreifen konnte. So machtlos, wie Gavin einst war. Der Gedanke beschleunigte seinen Puls.

Wer hält dann das Messer, Morgan? Wessen Kehle liegt dann bloß? Und wenn du mich dann anflehst, zeige ich dir die gleiche Gnade, die du einst mir erwiesen hast.

Obwohl die Wut in ihm köchelte, musterte Gavin seine Beute kaltblütig. Wenn der Rest von Percy auch nur halb so schön war wie ihre Augen, wäre es ihm ein Vergnügen, sie zu verführen.

Leicht nervös sagte sie: „Es gibt nur ein kleines Problem. Kein Problem, wirklich, sondern eher—ein vorübergehendes Hindernis. Wissen Sie, Nick ist zurzeit auf dem Kontinent unterwegs. Ich werde ihm jedoch unverzüglich schreiben, und ich bin mir sicher, wenn er meine Nachricht erhält—"

„Ihr ehrenwerter Nick ist also nicht hier?" Oh ja, seine neue Strategie fügte sich wunderbar. „Und sein Geld ebenso wenig."

„Nicht im Augenblick", sagte sie. „Aber er kommt ja wieder. Und der Marquis von Harteford ist kein Mann, den man sich zum Feind machen möchte—"

Die Wut brach durch den Damm von Gavins Selbstbeherrschung. „Glauben Sie etwa, ich habe Angst vor dem verruchten Hund?"

„Ich habe nie behauptet—"

„Ich nehme, was mir gebührt, und ich nehme es mir jetzt." Er schoss von seinem Schreibtisch hoch und schritt auf sie zu. Sie wollte ihm drohen? Und ausgerechnet mit Nicholas Morgan—brüstete sich mit diesem niederträchtigen Unhold, als wäre er ein Held. Bei Gott, dieses unbändige Gör verdiente wirklich eine Lektion.

Sie sprang auf die Füße und wich vor ihm zurück. Dabei streckte sie ihre Hände aus, als könnte sie ihn damit abwehren. Sein Blut rauschte. Nichts erregte ihn mehr als eine Hatz.

„Aber Sir, es gibt doch keinen Grund zur Aufregung", sagte sie mit großen Augen. Sie hatte ganz vergessen, ihre Stimme zu verstellen, sie quietschte geradezu. „Wir können doch weiter verhandeln."

Noch drei Schritte, und er würde sie gegen die Wand drücken. „Genug verhandelt", sagte er.

„Aber—uff."

Ihr Hut segelte zu Boden, und noch ehe er auf dem Teppich aufkam, stemmte Gavin die Hände rechts und links von ihrem Kopf gegen die scharlachrote Tapete aus Damast. Sie war gefangen, starrte ihn an, ihre langen Wimpern flatterten hastig.

„Und von den Spielchen habe ich auch genug", fügte er hinzu und griff nach dem Schnauzbart.

Er riss ihn mit einer raschen Bewegung ab.

„Aua", quiekte sie.

„So ist es besser", sagte er.

Sogar noch besser, als er sich vorgestellt hatte. Ohne den scheußlichen Bart blühten ihre Gesichtszüge vor seinen Augen auf. Sanft gerundete Wangen liefen zu einem pikanten kleinen Kinn zusammen. Als sie ausatmete, öffneten sich ihre rosigen, vollen Lippen, und er stellte fest, dass die Unterlippe in der Mitte ein einladendes Grübchen hatte. Er konnte sich nicht zurückhalten, er strich mit dem Daumen über die gerötete Stelle, wo der Schnauzbart gewesen war. Sie war sanft wie Daunen.

„W-was tun Sie da?", stammelte sie.

„Ich will sehen, mit wem ich es hier zu tun habe. Nun, lassen Sie mich einmal sehen, was hier drunter ist."

Er pflückte ihr die Perücke vom Kopf ... und was er darunter fand, versetzte ihm einen Schlag, als hätte man ihn in die Magengrube geboxt.

Sonnenschein wogte herab. Wellige Strähnen von strohblond bis golden schwappten ihm in die Hände und fielen dann in wirren Bahnen bis zu ihrer Hüfte. Aufgrund ihrer dunklen Augenbrauen und Wimpern hatte er eine Brünette erwartet ... nicht das hier. Seine Finger schlossen sich um eine glänzende Strähne; sie rutschte seine raue Handfläche herab wie Satin. Zum Kuckuck, Blondinen hatten ihm schon immer gefallen, vor allem die seltenen Naturblonden. Und Miss Persephone Fines erschien ihm ganz natürlich blond zu sein.

„Sie wussten es also die ganze Zeit über?"

Ihre atemlose Stimme brachte ihn zurück. Lenkte ihn von der Erektion ab, die in seinen Hosen rumorte. Bewusst unverschämt strich er ihr eine Haarsträhne hinters Ohr, seine Fingerknöchel streiften dabei die zarte Ohrmuschel. Befriedigung schwappte über ihn, als sie in Erwiderung seiner Berührung zitterte.

„Es gibt nur Weniges, was ich nicht weiß, dreistes Ding", sagte er. „Je früher Sie das begreifen, desto besser wird es Ihnen ergehen."

Ihre Augen wurden ganz rund und sie wurde noch rosiger. Oh ja, diese stürmische kleine Fee zu verführen würde ihm ein Leichtes sein. Fast zu einfach. Er wusste gar nicht, was süßer sein würde, sie oder seine Rache. Aber unter den gegebenen Umständen musste er sich ja nicht zwischen den beiden Genüssen entscheiden.

Denn mit der Hilfe von Percy Fines würde er beides bekommen.

❦ 3 ❦

Von ihren Gefährten getrennt, gelangte Miss Priscilla Farnham an eine Weggabelung. Der Pfad zur Rechten war frei und offen, und vermutlich der Weg zurück zum Picknick. Der andere war dunkel, überschattet, wand sich tiefer in den geheimnisvollen Wald.

„Ach du meine Güte", sagte das unerschrockene Fräulein. „Welchen Weg soll ich nur nehmen?"

—aus *Die Drangsale der Priscilla*, ein unvollendetes Manuskript von P.R. Fines

Percy bekam nur schwer Luft. Und das lag nicht nur an den doppelten Lagen Leinen, die ihr unter der Weste den Busen abbanden. Schweiß rann unter ihrer Krawatte, während sie den Unhold anstarrte, der das Schicksal ihres Bruders und nun auch noch sie selbst in seiner Macht hatte. Er hielt sie gefangen, zwischen kräftigen Armen, von denen eine kaum gebändigte Kraft ausging. Ihr Herz pochte in schnellem Stakkato, während er sie mit müßigem Blick musterte. Die scharlachrote Narbe über seiner rechten Gesichtshälfte war stramm gespannt.

Nachdem sie sich vor ein paar Tagen mit Paul getroffen hatte, war sie zu dem Schluss gekommen, dass es am besten war, Gavin

Hunt zu konfrontieren. Ihr Bruder war dazu ganz offensichtlich nicht in der Lage und es gab sonst niemand anderen. Es lag also an ihr, einzugreifen, die Zukunft ihres Bruders und das Familienerbe zu verteidigen, wie es jede Romanheldin tun würde, die etwas auf sich hielt. Doch als sie so dastand und den Atem des Monsters auf sich spürte, gab sie mit einem winzigen mulmigen Schaudern zu, dass es wohl doch ein wenig, nun ja, unklug gewesen war, dieses Glanzstück ganz im Alleingang zu versuchen.

Doch ihre Anstandsdame hätte sie ja wohl kaum darum bitten können, sie zu begleiten, oder? Lady Tottenham—die von ihren engsten Freunden Tottie genannt wurde—erholte sich im Moment noch von dem ausschweifenden Gelage des Vorabends; Tottie konnte im Augenblick kaum irgendetwas bewerkstelligen, geschweige denn, mit einem berüchtigten Scheusal zu verhandeln. Nein, es war schon besser, dass die Gute von Percys Aufenthaltsort nicht die geringste Ahnung hatte.

Percy erinnerte sich selbst daran, dass sie nie eine Mimose gewesen war, und hier war nun ihre Gelegenheit, ihren Mumm zu beweisen. Sie stählte ihr Rückgrat und sagte: „Lassen Sie mich bitte los, Sir. Es gibt keinen Grund, warum wir die Angelegenheit nicht wie zivilisierte Menschen besprechen können.“

Hunt schenkte ihrer Aufforderung keinerlei Beachtung. Er spielte weiter mit einer ihrer Haarsträhnen und die Geste hatte eine seltsame Wirkung auf sie. Ihr Blut wurde heiß, die Brust schnürte sich ihr zu. Ihre Brustwarzen wurden steif und rieben schmerzhaft gegen das Leinen. Während er sie weiter so unverfroren in Augenschein nahm, sah sie, dass seine Augen schwarzbraun wie Kaffee waren. Sprenkel von Kupfer ließen sie wie poliert schimmern. Mit seinem dicken hellbraunen Haar und kantigen Gesichtszügen hatte Hunt unleugbar etwas von einem Wolf.

„Nur zu, sprechen Sie“, sagte er.

Wie konnte sie denn, wenn dieser verflixte Mann ihr so auf den Pelz rückte? Sein Geruch nach Holz und Männlichkeit wallte in ihre Nasenlöcher, und die Nähe seiner großen, muskulösen Gestalt setzte einen ganzen Schwarm Schmetterlinge in ihrem Bauch frei. Es mussten die Nerven sein. Sie war es einfach nicht gewöhnt, dass Gentlemen sie begutachteten, als wäre sie ein leckerer Happen.

Nicht, dass Hunt ein ‚Gentleman' war. Obwohl er alles daran setzte, sich wie einer zu gebaren. Sein tintenschwarzes Jackett und die grauen Hosen waren vorzüglich geschneidert, passten seiner langen, männlichen Figur wie angegossen. Über der dunklen, pflaumenfarbenen Weste war die Krawatte tadellos gebunden. Sogar sein Tonfall war gepflegt und nicht das Cockney, das sie erwartet hatte. Das wunderte sie; sie fragte sich, woher er wohl stammte.

Und was tut das bitteschön zur Sache, du dumme Gans? Vielleicht ist er nicht in der Gosse großgeworden, oder vielleicht hatte er Sprecherziehung … na und? Unter dem zivilisierten Lack lauert ein Raubtier. Sieh dich vor.

„Verzeihen Sie, dass ich Sie irregeführt habe", sagte sie mit einem Räuspern. „Doch müssen Sie verstehen, dass ich es aus der Not heraus getan habe. Ich habe einen Ruf zu wahren, ich konnte schlecht als ich selbst hier hereinstolzieren."

„Wie durchdacht von Ihnen."

Sie wurde rot. „Würden Sie bitte einen Schritt zurück tun, Sir? Es fällt mir schwer, mit ihnen zu sprechen, wenn Sie so dicht bei mir stehen."

Sein harter Mund verzog sich spöttisch, doch er folgte ihrer Bitte.

„Danke. Wie ich schon sagte, ich wollte Sie nicht täuschen. Angesichts der verzweifelten Lage meines Bruders musste ich drastische Maßnahmen ergreifen."

„Haben Sie ihn wohl in jüngster Zeit gesprochen?"

Obwohl Hunt diese Worte lässig dahinsagte, spürte sie das eifrige Interesse darin. Er hätte genauso gut die Ohren aufstellen können. Nun, sie war ja kein Dummchen. Wenn er glaubte, er konnte ihr Pauls Aufenthaltsort entlocken, täuschte er sich gewaltig. Sie reckte sich zu ihrer ganzen Größe auf und reichte ihm leider immer noch nur bis zur Brust. Sie musste den Kopf in den Nacken legen, um überhaupt an seinen breiten Schultern, an der steinharten Kante seines Kiefers vorbei in seine Augen zu blicken.

„Selbst wenn ich das hätte, Mr. Hunt, würde ich es Ihnen nicht sagen. Ich weiß, dass Sie hinter ihm her sind, um seine Teilhaberurkunde einzufordern", sagte sie. „Solange Sie ihn nicht finden können, ist mein Bruder in Sicherheit."

Hunts Blick verdunkelte sich. „Ein Feigling kann sich nicht ewig verstecken, Miss Fines. Wenn ich mich gezwungen sehe, ihm wie einem Hund nachzustellen, dann werde ich das tun. Ich gehe mit Betrügern nicht sanft um."

Er hielt inne, um seine Drohung auf sie wirken zu lassen. Ihr Blick flatterte hin und her zwischen seiner vernarbten Gesichtshälfte und seinen riesengroßen Händen, von Gewalt gezeichnet, mit mächtigen Fingerknöcheln. Was für eine Art Mensch war dieser Hunt? Wozu war er imstande? Bisher kannte sie Unholde nur aus finsteren Romanen. Dazu passte, dass der Club von Hunt die *Underworld* hieß, denn in ihrer Fantasie war Hunt so grausam und erbarmungslos wie Hades selbst.

Nun, wenn sie an ihre eigene Namenspatronin dachte, ließ sie mythologische Vergleiche wohl besser bleiben. Ein Schaudern packte sie, als sie sich an den Hades und die Persephone aus der Legende erinnerte. Sie warf Hunt einen mulmigen Blick zu: Er würde sie doch nicht davon schleppen und schänden ... oder doch?

„Man muss Sie doch irgendwie umstimmen können. Ich bekomme Unterhalt", sagte sie hastig, „und ich besitze Schmuck. Die Schuld würde es nicht begleichen, aber vielleicht einen Aufschub erkaufen—"

„Ich bin weder ein Kreditinstitut noch eine Spardose, in die man hin und wieder ein paar Schilling wirft." Er warf einen vielsagenden Blick um sich. „Sehe ich so aus, als bräuchte ich Ihren erbärmlichen Tand?"

Sie konnte nicht leugnen, dass er ein wohlhabender Mann war. Das Zimmer strotzte nur so von Gold, Marmor und Mahagoni, wenn auch nicht gerade von gutem Geschmack.

„Ich nehme an, dass Sie davon zur Genüge haben", sagte sie mit sinkendem Mut. Verflucht, ihre Verhandlungen führten zu nichts ... vermasselte sie denn schon wieder einmal alles? Sie konnte Mamas verzweifelnde Stimme geradezu hören: *Um Himmels willen, Persephone, erst denken, dann handeln.*

„Aber warum denn so betrübt? Sie scheinen mir eine ganz tatkräftige Frau zu sein, Miss Fines. Ich bin mir sicher, wir zwei gelangen zu einer einvernehmlichen Lösung", sagte Hunt.

Zu ihrer Überraschung verneigte er sich und wies sie zum Sitzbereich. Nach kurzem Zögern huschte sie an ihm vorbei zu den Stühlen, die um den Tisch gestellt waren. Sie setzte sich zaghaft auf die Kante eines Kanapees. Statt sich aber auf den nächsten Stuhl zu setzen wie ein Gentleman, plumpste der Kerl unmittelbar neben sie auf das Kanapee. Er nahm sein Sitzkissen vollkommen in Beschlag, und dazu noch einen Teil des ihren. Die Sitzfläche neigte sich, sie rutschte in seine Richtung. Sie musste sich an der Armlehne festhalten, um nicht auf seinen Schoß zu purzeln.

Das schien ihm herzlich egal zu sein, er lehnte sich zurück und streckte die Beine aus. „So ist es doch bequemer, nicht wahr? Nun, zurück zum Thema. Da mir an Geld nichts liegt, möchten Sie mir vielleicht etwas anderes anbieten."

„Wie zum Beispiel?", fragte sie misstrauisch.

„Sie könnten mir vielleicht einen Dienst erweisen. Sich in meine Gunst stellen, um mich Ihrem Bruder gegenüber vielleicht etwas milder zu stimmen."

Ihre Augen wurden schmäler. Sie sagte: „Was für eine Art von Dienst?"

Er musterte sie mit einem langsamen Blick. „Ihre reizende Gesellschaft würde mir schon genügen."

„Meine ... *Gesellschaft*?" Als er mit einem anzüglichen Wackeln seiner Augenbrauen ihren Verdacht bestätigte, sprang sie auf und wich mit brennenden Wangen zurück. „Sie sind wohl nicht mehr ganz bei Trost? Nie und nimmer würde ich zustimmen, dass ... dass ...''

„Sie mir das Bett wärmen?", ergänzte er und folgte ihr auf Schritt und Tritt. „Ein Schäferstündchen mit mir verbringen?" So hatte noch nie zuvor jemand mit ihr gesprochen. Der Schreck raubte ihr vorübergehend die Worte. Mit siedenden Lungen konnte sie nur weiter vor ihm zurückweichen.

„Ich versichere Ihnen, mein Bett zu teilen ist keine Bürde. Sagt man mir zumindest." Der schamlose Unhold folgte ihr weiter durch den Sitzbereich. „Ich habe das Gefühl, Sie und ich würden in dieser Sache sehr gut zusammenpassen."

„Sie beleidigen meine Ehre, Sir", sagte sie wutentbrannt. „Wäre ich ein Mann, ich würde Sie zum Duell herausfordern!"

„Dann ist es ja gut, dass Sie kein Mann sind. Aus mehreren Gründen." Der Lump hatte noch den Nerv, dazu eine Reihe weißer, gerader Zähne zu blecken. „Und das war ein Kompliment, Miss Fines, keine Beleidigung. Typischerweise würde ich mich mit einer unbedarften Jungfer wie Ihnen nicht abgeben. Doch habe ich das Gefühl, dass Sie die Mühe durchaus wert wären."

Seine männliche Beurteilung ihrer Person sandte ihr ein Schaudern bis in die Zehen. Niemand hatte sie je zuvor derart ... eindringlich angesehen. Ihr Blut begann seltsam zu klopfen. Fühlte sich so ein Reh, wenn es von einem Wolf in die Enge getrieben wurde? Ihr ganzes Wesen schrie nach Flucht, und dennoch waren ihre Gliedmaßen wie eingefroren.

Sie schüttelte den Nebel von sich ab. Verdammt, was hatte dieser Hunt nur für eine Wirkung auf sie? Vielleicht hatte er eine hypnotische Gabe, das sähe einem Schurken wie ihm nur ähnlich.

„Ihre Tricks können Sie sich sparen", erklärte sie. Sie hatte genug Romane gelesen, um zu wissen, was man als waschechte Heldin zu entgegnen hatte. Wie Pfeile der Tugend flogen ihr die Worte unbeirrt von den Lippen. „Ihren Avancen verfalle ich nie und nimmer. Sie müssen wissen, ich habe meine wahre Liebe bereits gefunden, und um Nichts auf der Welt würde ich ihn betrügen."

Hunts Blick funkelte kupferfarben. „Sie haben eine dramatische Ader, nicht wahr, Miss Fines?", fragte er gedehnt. „Sie klingen ja, als wären Sie einem abgedroschenen Theaterstück entsprungen."

Zum Teufel mit diesem Mann. Das waren Zeilen aus *ihrem* Manuskript. Sie hatte *Die Drangsale der Priscilla* aus zwei Gründen vorerst in die Schublade gelegt: Zum einen, weil sie sich selbst Besserung gelobt hatte, aber auch, weil ihr leider die Inspiration ausgegangen war. Ihr eigenes eintöniges Schicksal bot ihr nichts Ausgefallenes oder Aufregendes, worüber sie schreiben könnte. Es brachte sie zur Weißglut, dass Hunt diesen Umstand bemerkte.

„Ich will damit sagen", sagte sie mit zusammengebissenen Zähnen, „dass mein Herz bereits vergeben ist."

„Großer Gott, was hat denn das Herz damit zu tun?" Er klang ehrlich überrascht. „Wir reden hier doch über Lust, und nicht Liebe—falls es Letzteres überhaupt gibt. Was ich bezweifle."

Sie starrte ihn an, ihre Kinnlade klappte nach unten. Hatte er gerade in ihrer Gegenwart das Wort *Lust* in den Mund genommen? Und was für eine Art Mensch glaubte nicht an die Liebe?

„Liebe gibt es wohl", stammelte sie.

„In Romanen vielleicht", pflichtete er ihr bei, „und in den Köpfen törichter Frauen, die sie lesen."

Percy klammerte sich an den letzten Zipfel ihrer Selbstbeherrschung. „Ein Mann wie Sie versteht freilich nichts von Liebe und Romantik."

„Mag sein. Aber von der menschlichen Natur verstehe ich so einiges."

„Mich kennen Sie jedenfalls *nicht*."

„Fürwahr." Sein Blick wurde abschätzend, herausfordernd. „Möchten Sie vielleicht die Freiheit Ihres Bruders darauf wetten?"

Sie blinzelte ihn an. „Wie bitte?"

„Ich frage, ob Sie bereit sind, Ihre hehren Überzeugungen mit einer kleine Wette zu bekräftigen", sagte er. „Und ich versüße Ihnen die Sache sogar noch: Der Einsatz soll die Schuld Ihres Bruders sein."

Hör nicht auf ihn. Es muss eine Art List sein.

Sie zog sich hinter einen Couchtisch zurück, wobei die Obstschale darauf erzitterte. Ein Apfel wippte auf dem Haufen; wenn nötig, würde sie ihn auf ihn schleudern.

Sie bewegte sich auf die Frucht zu. „Erklären Sie sich. Was für eine Wette soll das sein?"

„Eine Wette der Verführung, wenn Sie so wollen." Er stand auf der anderen Seite des Couchtischs. Vernarbt und bedrohlich wie er war, fehlten ihm zum vollkommenen Unhold nur noch ein Umhang und ein finsteres Lachen. „Meine erotischen Fertigkeiten gegen Ihre Ideale von Liebe und Treue. Kurz gesagt, ich versuche, Ihnen Ihre Unschuld zu rauben, und wir wollen sehen, ob Sie mir widerstehen können."

„Das ist doch absurd", sagte sie. „Und freilich könnte ich Ihnen widerstehen, Sie arroganter Esel!"

„Dann beweisen Sie es. Wenn Sie gewinnen, verzichte ich auf die Promesse Ihres Bruders. Wenn Sie verlieren",—es bebten ihm die Nasenflügel—"liefern Sie mir Ihren Bruder samt seiner Teilhabeurkunde."

„Halten Sie mich für dumm?", erwiderte sie. „Ich weiß nur zu gut, was im Kopf eines Unholds vorgeht. Was hält Sie bei dieser sogenannten Wette davon ab, mir mit einem Rauschmittel die Sinne zu benebeln, oder mich zu fesseln, oder sich auf sonst eine niederträchtige Weise zum Sieg zu verhelfen?"

„Meine Güte. Was haben Sie nur für eine blühende Fantasie." Sein langsames Lächeln brachte ihren Magen zum Wackeln wie Gelee. „Aber das wäre doch nicht die feine Art. Mich reizt eine echte Herausforderung, Miss Fines. Ich gebe Ihnen mein Wort, dass ich Sie auf keinerlei Weise nötigen werde. Fragen Sie, wen Sie wollen: Auf mein Wort können Sie sich verlassen."

Sogar ihr Bruder hatte gesagt, dass Hunt ein Mann seines Wortes war. Dass er weder einen Gefallen noch eine Schuld je vergaß. Das war es ja, was Pauls Lage so misslich machte. Sie kaute auf ihrer Lippe.

Irgendeinen Haken musste die Sache doch haben. Irgendetwas übersah sie ...

„Sie sagen also, Sie würden sich nach meinen Wünschen richten? Dass Sie den Regeln der Wette nach von mir ... ablassen müssten, sobald ich es Ihnen sage?", fragte sie argwöhnisch.

„*Falls* Sie mir das sagen. Ich dürfte es dann natürlich versuchen, Sie umzustimmen."

Hah. Als ob der Fall jemals eintreten würde. „Ohne Gewaltanwendung, sagen Sie. Und wenn ich gewinne, geben Sie wirklich die Promesse meines Bruders zurück?"

Hunt nickte.

„Rein angenommen, wir wetten, wie würde die Wette ausgetragen?", fragte sie. „Ich möchte nämlich ganz gewiss nicht mit Ihnen gesehen werden. Mein Ruf wäre dahin."

Ihr drehte sich der Magen um, als ihr alle möglichen Konsequenzen durch den Kopf flogen. Mama würde sie *umbringen*. Lord Charles würde sie keines Blickes mehr würdigen. In den Augen der Welt würde sie als verrucht und missraten dastehen—sie wäre auf ewig ruiniert.

„Mein ganzes Reich ist auf Verschwiegenheit gebaut", sagte Hunt glatt, „machen Sie sich also darum keine Sorgen. Ich versichere Ihnen persönlich, dass unsere Abenteuer unter uns bleiben."

Beim Wort ‚Abenteuer' verspürte sie ein leichtes Zucken. Sie hob ihr Kinn und sagte: „Ich habe keinerlei Interesse an Eskapaden, Sir. Wie oft müsste ich Ihre Gesellschaft ertragen?"

„Sie verletzen mich, Miss Fines", sagte der Kerl und sah dabei kein bisschen verletzt aus. „Was die Anzahl der Besuche angeht"—sein Blick fiel auf die Obstschale, und sein Mund zuckte —„Wie schade, dass ich im Augenblick keine Granatäpfel zur Hand habe."

Ihre Augenbrauen hoben sich bei dieser Anspielung. Dem griechischen Mythos nach verlockte Hades Persephone dazu, einen verwünschten Granatapfel zu essen. Die vier Kerne, die sie dabei verzehrte, banden sie auf ewig als seine Königin an die Unterwelt. Die schaurige Parallele zwischen der Sage und ihrer gegenwärtigen Lage war Percy nicht entgangen, doch die Tatsache, dass der Mythos Hunt bekannt war, erstaunte sie.

Ihre Überraschung wiederum entging ihm nicht, denn er bemerkte trocken: „Zwischen Erpressungen und dem Betreiben einer Lasterhöhle finde ich auch hin und wieder Zeit für Lektüre."

Sie errötete, fühlte sich unangenehm ertappt. Doch was kümmerte sie denn eigentlich, was er von ihr hielt? „Sie haben meine Frage nicht beantwortet", sagte sie, mit erhobener Kinnspitze. „Sollte ich die Wette in Erwägung ziehen, müsste ich schon die genauen Bedingungen kennen."

„Kaufmannstochter durch und durch, nicht wahr?", sagte er. „Nun gut. Ich schlage vor, wir erwürfeln den Zeitraum unserer Verbindung."

„Erwürfeln?"

„Jawohl, Schätzchen. Sie spielen mit zwei Würfeln, die Augenzahl wird die Anzahl unserer Rendezvous sein. Während der Besuche werde ich nichts ohne Ihre Erlaubnis tun. Alle anderen Mittel stehen mir frei."

Sie wägte seinen Vorschlag gewissenhaft ab. Solange er sie zu nichts zwang, konnte sie nicht verlieren. Und wenn sie beim Würfeln Glück hatte, müsste Sie ihn vielleicht nur zweimal sehen ...

Bist du von Sinnen? Hast du dir noch nicht genug Ärger eingehandelt? Tu nichts, was du später bereust!

Ihre Fingernägel vergruben sich in ihren feuchten Handflächen. „Darf ich mir ... etwas Bedenkzeit erbitten?"

Nach einem Augenblick sagte Hunt: „Ich gebe Ihnen eine Woche. Danach verfällt mein Angebot." Ehe sie darüber Erleichterung empfinden konnte, fuhr er schon fort: „Damit Sie es wissen, Miss Fines, wenn ich Ihren Bruder selbst ausfindig machen muss, wird er mir für meine Unannehmlichkeiten büßen."

„Ich—ich muss jetzt gehen", presste sie zwischen trockenen Lippen hervor.

Er verneigte sich. „Adieu, Miss Fines. Und auf Wiedersehen."

Allein der Gedanke daran versetzte ihre Füße in Bewegung in Richtung Tür.

❧ 4 ❧

„Ick sollse also nur beschatten, Meister? Nüscht weiter?"

„Ganz genau, Alfie." Im leeren Spielsalon fixierte Gavin den schmuddeligen Straßenjungen mit eisernem Blick. „Behalt Miss Fines im Blick—und deine Finger schön brav aus ihrem Beutel, hörst du mich?"

Alfies Ausdruck war so schuldlos, dass er einem Engel gebührt hätte. Mit seinen Sommersprossen über der schmalen Nase und dem zahnlückigen Grinsen wirkte der Knabe jünger als dreizehn und süß wie die Unschuld. „Ei, ick bin so ehrlich wie der Tag lang is, Meister. Der rechtschaffene Alfred, so nennense mir alle."

Gavin schnaubte. Der rechtschaffene Alfred war einer der berüchtigtsten Taschendiebe der Gosse. Einmal hatte Gavin versucht, den Knaben auf den rechten Weg zu bringen, indem er ihn in der Küche des Clubs angeheuert hatte. Nachdem schon am ersten Tag zwölf Silberlöffel und ein Lammrücken verschwunden waren—ebenso wie Alfie selbst—hatte Gavin es sich anders überlegt. Anders als die anderen Straßenkinder, die er aufgenommen hatte, besaß Alfie einen geradezu tierischen Freiheitsdrang, der ihm jede Art von Routine unnatürlich und unerträglich machte.

Nun arbeitete Alfie auf Abruf für Gavin, kam und ging, wie es ihm passte. Der Knabe tauchte auf, wenn er Geld brauchte oder sich von der Polizei fernhalten musste. Er ging, wie ihm gerade der Sinn stand, und stibitzte dabei normalerweise den einen oder anderen Kerzenhalter. Gavin verstand das als Teil der Bezahlung für die erwiesenen Dienste. Keiner kannte die Straßen von London so gut wie Alfie.

„Du erstattest mir Bericht über alles, was sie tut", sagte Gavin. „Ich will erfahren, wo sie hingeht und mit wem sie spricht. Wenn du einen Herren siehst, der ihr Bruder zu sein scheint, will ich das wissen."

Percys Stimme ertönte plötzlich in seinem Kopf: *Ich habe meine wahre Liebe bereits gefunden, und um Nichts auf der Welt würde ich ihn betrügen.* Gavins Fäuste ballten sich reflexartig. „Nein, wenn du sie mit *irgendeinem* Herren sprechen siehst, will ich davon sofort wissen."

„Selbstredend, Meister. Auf mir könnense sich verlassen", sagte Alfie. „Sonst noch was?"

„Nein, das ist im Moment alles." Als der Knabe sich mit flatternden Lumpen in Richtung Tür aufmachte, seufzte Gavin: „Warte."

Alfie drehte sich erwartungsvoll um.

„Geh erst zur Haushälterin, sie soll dich erst einmal waschen und dir etwas zum Essen geben, ehe du gehst."

Ein schiefes Grinsen kerbte sich in die Backen des Knaben. „Kann mir denn nüscht eene von de Dirnen waschen? De hübsche Rothaarige mit de großen—"

"Alfie", sagte Gavin warnend.

"Na jut. De Haushälterin dann eben." Der Knabe machte sich pfeifend davon.

Nun allein, blickte Gavin von seinem Fenster herunter auf die dunkle Straße. Normalerweise genoss er diesen friedlichen Moment, ehe sich Covent Garden mit den Wägen der Krämer, Bäcker und anderen Händler füllte. Heute erschien ihm der Anblick aber karg und kalt. Er sehnte sich auf seltsame Art danach, die Sonne über das Kopfsteinpflaster brechen und die Blumenbuden in ihrer Farbenpracht aufblühen zu sehen.

Schritte nahten. Er vertrieb die abwegigen Gedanken aus seinem Kopf und drehte sich um, eben als Hugh Stewart hineinmarschiert kam. Wie üblich hatten die breiten, flachen Züge seines Mentors etwas Mürrisches an sich und der ergrauende braune Bart umrahmte einen finsteren Blick. Er war wie aus Backsteinen gebaut, seine bedrohliche Miene hatte sie über die Jahre oft gerettet, im Schiffsrumpf und selbst nach ihrer Entlassung, als die beiden als tagelöhnende Schergen in der Gosse über die Runden gekommen waren. Jetzt, da die *Underworld* ein Erfolg war und sie fast schon angesehene Männer geworden waren, kam ihm Stewarts imposante Gestalt immer noch gelegen, weil sie aufsässigen Kunden die nötige Ehrfurcht einflößte.

„Wie ging es heute Abend?", fragte Gavin.

Stewart fiel auf einen Stuhl und streckte die baumstammdicken Beine aus. „Hab' drei Messerstechereien und fünf Faustkämpfe unterbunden", grummelte er. „Dann hab' ick so nen Trottel beim Schummeln erwischt und musste ihm persönlich verprügeln. Von dem Gezänk zwischen de Dirnen jar nüscht zu reden."

Im Großen und Ganzen also ein ganz normaler Abend. Gavin goss Whiskey ein und gesellte sich zu dem anderen Mann an den Tisch.

„Was geht denn zwischen den Dirnen vor?"

Steward goss sich seinen Whiskey hinter die Binde und sah ihn säuerlich an. „Es jeht schon wieder um de verfluchte Römische Suite. Alle haben et oof denselben Möchtejern-Gentleman abjesehen. Hab ick doch jesagt, dat det nur Ärger jibt, wenn all de Dummchen ihre Vorzüge im selben Zimmer feilhalten."

„Die Römische Suite steigert das Ambiente des Clubs", sagte Gavin.

Die breiten Augenbrauen von Stewart verknitterten sich: „De wat?"

„Die Stimmung. Wir sind schließlich die *Underworld*. Was wäre denn die Hölle ohne eine ordentliche Orgie?"

„Deen vornehmet Jequatsche hab ick ja nie janz verstanden, aber eens weeß ick: De Weiber bringen uns nüscht als Ärger ein." Stewart kratzte sich den Nacken. „Und wenn wir et schon davon haben, sag ick et gleich nochmal: Die Sache mit dem Fines-Mädel jefällt mich jar nüscht."

„Ich habe die Lage bestens im Griff." Gavin genoss das langsame Brennen seines Getränks. Das heiße Kribbeln ähnelte dem Gefühl, das ihn der Gegenwart von Miss Fines heimgesucht hatte... nur, dass es sich zu jenem Zeitpunkt etwas weiter unten in seiner Anatomie geregt hatte. Der bloße Gedanke an sie—an das helle, glänzende Haar, an ihr vorwitziges Wesen—reichte schon aus, sein Glied in Aufruhr zu versetzen.

„Was für'n Frauenzimmer stolziert denn bitteschön in Hosen umher?", sagte Stewart. „Und dann hatse noch de Frechheit und verlangt, dass de deen wohlverdientet Eigentum an se rausrückst?"

„Unverfroren ist sie, so viel steht fest." Das Widersprüchliche an ihr war ja genau, was Gavin so faszinierte. Sie war mädchenhafte Unschuld und weibliche Verlockung zugleich ... von dem Temperament des Teufelsbratens ganz zu schweigen. Bei der Erinnerung daran, wie sie ihn einen arroganten Esel genannt hatte, zuckten ihm belustigt die Lippen.

„Det jibt nur Ärger, wenn de mir fragst. De sojenannten Ladies legen dir nur rein, mit ihren klimpernden Wimpern und flatternden Seidenkleidern. Ehe du dir's versiehst, kracht et"— Stewart fuhr mit der Faust auf den Tisch—„und du kiekst in de Röhre."

Sein Mentor sprach aus Erfahrung. Vor langer Zeit hatte Stewart einmal mit einem wohlgeborenen Fräulein geliebäugelt, die seine Gefühle zu erwidern schien ... bis zu jenem Tag, an dem ihr Vater sie und Stewart in flagranti erwischte. Daraufhin hatte sie sich gegen ihn gewendet, und ihre Vorwürfe, er habe sich an ihr vergriffen, brachen ihm nicht nur das Herz, sondern beförderten ihn auch in den Schiffsrumpf.

„Nem Weib is nüscht zu trauen, Jung, so wahr ick hier steh'."

„Zerbrich dir darüber nicht den Kopf", lachte Gavin, „Wann hat mich denn je eine Frau hinters Licht geführt?"

Stewarts Mund war nur ein dünner Strich. „Es jibt immer en erstet Mal."

„Nicht für mich", sagte Gavin.

Seine Lektion in Sachen Frauen hatte er früh im Leben gelernt. Seine Mutter war die Tochter eines Geistlichen gewesen, und sie hatte dafür gesorgt, dass er sich stets ihres Standes bewusst war, obwohl er unehelich geboren war. Ihre ehrbare Familie hatte sie verstoßen, und die Jahre darauf brachte sie damit zu, ihrem Bastard die Schuld für ihr Unglück zu geben. Stets nach Fusel stinkend, achtete sie darauf, dass Gavin seine Konsonanten richtig aussprach und schlug ihn halb besinnungslos, wenn er auch nur eine Silbe verschluckte oder bei seinen Lektionen einen Fehler machte. Sie war eine schlampige, scheinheilige Trinkerin, bis zu dem Tag, an dem sie ihn im Stich ließ.

Nichts hasste er mehr als die Scheinmoral der Mittelklasse.

Trotz seiner unerklärlichen Faszination für Percy konnte er nicht verleugnen, dass sie genau für die Doppelmoral stand, die er so verabscheute. Eigensinnig, ungestüm, und seiner Einschätzung nach mehr als nur ein wenig heißblütig, gebarte sie sich dennoch wie eine züchtige junge Lady. Die Scheinheiligkeit ihres Anliegens empörte ihn nur noch mehr: Sie gab ihm die Schuld für die Verfehlungen ihres Bruders. Als ob er Paul Fines eine Pistole an die Schläfe gehalten hätte, während der das Familienvermögen verspielte!

„Mich interessiert Miss Fines lediglich als Werkzeug meiner Rache", sagte er flach. *Die Tatsache, dass ich sie dabei besinnungslos ficken will, spielt ja keine Rolle—das macht mein Vorhaben nur ein wenig erquicklicher.* „Ich stürze sie ins Verderben und hole mir die Teilhabe ihres Bruders an der Kompagnie."

Er kippte den Rest des Whiskeys hinunter. „Rache, Stewart, darum geht es mir."

„Es jibt doch nüscht Herzerwärmenderet als Rache, hä?"

Er grinste schief darüber, wie sehr der andere seine Rachegelüste befürwortete. Stewart klang so stolz, als wäre Gavin gerade mit Bravour von Oxford abgegangen, und hätte nicht soeben angekündigt, dass er eine edle Jungfrau verführen wollte. Auf gewisse Weise war Gavins Entschlossenheit, alte Frevel zu sühnen, eine Art Ritus. In der Gosse gab es keinen wichtigeren Kodex als das Motto ‚Auge um Auge'.

Gavin stieß sein leeres Glas auf dem Tisch um. „Wenn wir schon von Rache sprechen—ist denn das Zusammentreffen mit den anderen Häusern vereinbart?"

„Nächste Woche beim *Blind Stag*. Ick freu mir aber nüscht jerade auf een Stelldichein mit den Schuften."

Vor einigen Abenden hatten Straßenräuber zwei Kunden beim Verlassen der *Underworld* überfallen. Die beiden waren nicht nur verprügelt und ausgeraubt, sondern von den maskierten Angreifern auch gewarnt worden, dass jeder, der Gavins Club frequentierte, das gleiche Schicksal zu erwarten hatte. Die Neuigkeit von dem Übergriff hatte sich wie ein Lauffeuer verbreitet und dem Geschäft geschadet. Gavins Unglück war natürlich den anderen Clubinhabern im Covent Garden zugutegekommen. Doch welcher der Schurken hatte den Überfall angestiftet?

Am ehesten verdächtigte er da Robbie Lyon, Warren Kingsley und die Gebrüder O'Brien, die allesamt zur Gewalt griffen, ohne mit der Wimper zu zucken. Gavin musste nun seine Muskeln spielen lassen, um weiteren Angriffen vorzubeugen. Er hatte also ein Treffen anberaumt, bei dem er den Täter schon ausfindig machen würde.

„In der Zwischenzeit sollen unsere Männer unsere Konkurrenten beschatten. Wenn einer auch nur niest, will ich es wissen", sagte Gavin. „Und setz dich mit Magnus in Verbindung. Er muss mir dabei helfen, Paul Fines zu finden."

„Warum müssen wir denn den hinterlistijen Kauz mit reinziehen?", grummelte Stewart.

Stewart verabscheute John Magnus, doch Gavin mochte den alten Schurken. Magnus war steinalt, und obwohl sein Stern am Sinken war, war er noch als Informant im Geschäft. Seine Geheimnisse waren Gavin in der Vergangenheit nützlich gewesen. Vielleicht lag es daran, dass sie beide körperlich entstellt waren, denn Magnus hatte in seiner Jugend ein Auge verloren. Jedenfalls gab Magnus sich ihm gegenüber väterlich ... was Stewart unendlich kränkte.

„Lass Magnus holen", sagte Gavin bestimmt. „Ich will, das Fines gefunden wird."

Mit finsterer Miene ging Stewart weg, seinen Aufgaben nach.

Gavin ging durch die Spielzimmer und nickte grüßend dem Gesinde zu, das gerade die Ausschreitungen der vergangenen Nacht aufputzte. Als er das Etablissement vor Jahren zum ersten Mal gesehen hatte, war es eine heruntergekommene Hütte gewesen, mit modernden Balken und bröckelnden Wänden. Er hatte das Potenzial sofort erkannt. Das Gebäude zu erstehen hatte ihn seine ganzen Ersparnisse gekostet—erworben durch eine Mischung aus Gewalt und Investitionen.

Er hielt inne, um seinen Blick über das glänzende, kreisrunde Marmorfoyer schweifen zu lassen. Das gewagte Unterfangen hatte sich zweifelsfrei ausgezahlt. Drei feinste Stockwerke mit der altbewährten Dreifaltigkeit des Lasters—Spielerei, Zecherei und Hurerei—und alles gehörte ihm. Normalerweise gab ihm diese Tatsache ein Gefühl der Befriedigung. Heute jedoch fühlte er sich ... müde.

Er ging weiter zu einer Nische im Flur. Er fuhr mit den Fingern die Wand entlang, löste einen versteckten Mechanismus aus, und eine Wandtafel ging auf. Diesen geheimen Gang hatte er bauen lassen, damit er das ganze Gebäude jederzeit überblicken konnte. Der Gang schlängelte sich auf jedem Stockwerk hinter den Wänden jedes Zimmers entlang. Von den Spielzimmern bis zu den Kammern der Dirnen überwachte er alles, was sich in seinem Reich abspielte. So mancher mochte das Besessenheit nennen—und hätte damit auch völlig recht.

Macht war alles, nie wieder würde er sich davon trennen.

Er folgte dem Flur bis zu seinen Privatgemächern hinten im Gebäude. Sonnenlicht fiel ihm entgegen, als er eintrat; die Flucht geräumiger Zimmer hatte große Fenster, die auf einen farbenfrohen umzäunten Garten blickten. Seine Zuflucht, seine Oase. Gähnend machte er sich auf den Weg ins Bett. Er winkte seinem Kammerdiener ab. Zog noch nicht einmal die Vorhänge zu, streifte sich die Kleider ab und stieg nackt in das Himmelbett.

Trotz seiner Erschöpfung erwachte sein Geist sofort, als sein Kopf das Kissen berührte. Es war die verfluchte Gewohnheit der vielen Jahre in der Gosse, wo Wachsamkeit der Schlüssel zum Überleben war. Wo man von einem Augenblick auf den nächsten zerfleischt werden konnte, wenn man auch nur einen Moment lang nicht aufpasste. Gavin lag da, im Duft nach frischer Bettwäsche und Sonnenschein, und starrte auf die bestickten Bettvorhänge. Und anstelle des Schlafes überkamen ihn ungebetene Erinnerungen an seine Vergangenheit.

Er war ein Knabe gewesen, noch keine zehn, als seine Mutter ihn im Stich ließ. Allein in der Welt, stand ihm die grauenvolle Aussicht auf das Arbeitshaus bevor, als ein Schornsteinfeger namens Grimes ihm eine Lehrstelle anbot. Er war erleichtert gewesen bei dem Gedanken, ein Handwerk zu erlernen, zusammen mit einem Haufen anderer Knaben wie er selbst. Also war er mitgegangen.

Was für ein verdammter Narr ich doch gewesen war.

Bald wurde ihm klar, dass sein neuer Meister mehr säuberte als nur Schornsteine—Grimes missbrauchte seine Feger, um die edelsten Residenzen der Stadt auszurauben. Der Bastard hatte eine Vorliebe für Gewalt ... und ebenso für kleine Knaben. Das war Gavin erst zu spät bewusst geworden, denn Grimes hielt seine Lehrlinge wie Sklaven im Käfig. Als Gavin zum ersten Mal in die Kammer des Meisters gerufen wurde, befürchtete er das Schlimmste.

Er war nicht der einzige Junge, den der Meister in jener Nacht hatte holen lassen. Nicholas Morgan, einer der älteren Knaben, war auch da gewesen; die Verderbtheit von Grimes kannte keine Grenzen. Hilflose Angst hatte Gavins leeren Magen umgestülpt, während er über die knarzende Schwelle auf den Meister zuging. Dessen Augen glommen unheilvoll gelb-rötlich im Schein des Kaminfeuers. Doch dann war alles anders weitergegangen. Ein Messer blitzte in Morgans Hand auf, bohrte sich in Grimes' Brust.

Der Bastard hatte die Klinge ins Herz verdient; Gavin wünschte, er wäre derjenige gewesen, der ihm den Stoß versetzte. Morgans Sünde war nicht der Mord an Grimes. Sondern das, was er danach getan hatte. Gavin konnte das scharfe, blutnasse Metall noch heute an seiner Kehle fühlen.

Ein Wort an irgendeine Menschenseele und ich nehm' dich aus wie ein Schwein, verstehst du?

Er war entgeistert dagestanden und hatte nur in Morgans harte Augen starren können.

Antworte mir, du dreckiger Bengel! Die Klinge biss ihm in den Hals, er fühlte ein klebriges Rinnen—ob es sein Blut war oder das von Grimes, vermochte er nicht zu sagen. *Du schweigst, oder ich beende dein elendes Leben hier und jetzt. Glaub' nicht, dass ich mich nicht trau'.*

Ein Wimmern kam aus seiner Kehle. Er hörte seine eigene Stimme, die Worte waren von Schluchzen zerrüttet. *Lass mich nicht hier. Ich hab' Angst. Nimm mich mit, bitte...*

Scham köchelte in Gavin bei der Erinnerung daran, wie er Morgan angefleht hatte, ihn mitzunehmen. Statt Erbarmen zu zeigen, hatte Morgan ihn bewusstlos geschlagen. Als er zu sich kam, hatten Flammen das Zimmer verzehrt. Eine Lampe lag zerbrochen bei den Vorhängen. Morgan hatte alle Beweise verbrennen wollen, hatte ihn hier dem Tod überlassen, nur ... war er nicht tot. Gavins Schicksal war weitaus schlimmer. Er entkam dem Feuer, nur um dann erwischt und der Brandstiftung bezichtigt zu werden. Keiner hatte seine Unschuldsbeteuerungen hören wollen; niemanden hatte es gekümmert, dass er nur ein Kind war, allein und verängstigt. Der einzige Lichtblick war, dass die Beweislage nicht ausreichte, ihn des Mordes zu überführen, denn sonst hätte Gavin ganz gewiss am Galgen geendet.

Stattdessen hatten sie ihn zusammen mit den abgebrühtesten, verderbtesten Verbrechern in das Gefängnis in einem Schiffsrumpf geworfen. Zehn Jahre hatte er in dieser modernden Hölle für die Sünden eines anderen gebüßt. Hätte es Stewart nicht gegeben, hätte Gavin es vielleicht nicht überlebt. Seine Narbe brannte allein bei der Erinnerung daran—er stemmte sich gegen die dunkle Woge, die in seinem Gemüt aufwallte. Stewart hatte ihn beschützt und ihm beigebracht, wie er sich selbst schützen konnte.

Rücksichtslose Gewalt hatte ihn am Leben gehalten. Er hatte die Hölle ertragen, im Wissen, dass er eines Tages seine Rache einfordern würde.

Morgan hatte Gavins Leid verursacht; Morgan würde es ihm bezahlen.

Mit seiner Kompagnie ... und mit seiner Familie.

Trotz ihrer Unschuld und erfrischenden Schönheit war Percy Fines ein Geschöpf starker Leidenschaften. Gavin hatte keinen Zweifel, dass sie seine Wette annehmen würde—aus Treue zu ihrem Bruder, gewiss, aber auch aus schierer Neugier. Aus Begierde. Ihm war nicht entgangen, wie ihre Augen beim Wort *Abenteuer* aufgeflackert waren. Wie ihr Busen wogte, als er sich ihr näherte, wie sich diese prallen Lippen mit jedem Atemzug leicht geöffnet hatten. Sie selbst wusste die Zeichen ihres eigenen Körpers vielleicht nicht zu deuten, er jedoch durchaus.

Er atmete aus. Sein Blut geriet bei der willkommenen Abwechslung in Wallung. Er hatte kaum bemerkt, dass er seinen Schwanz zu streicheln begonnen hatte. Sein Glied versteifte sich in seiner Faust, während er die Augen schloss und sich Percy vorstellte, hier, in seinem Bett. Er würde ihre Handgelenke über ihrem Kopf festhalten, er würde die Stoffschichten von ihr abziehen, bis sie sich nicht mehr vor ihm verstecken konnte. Keine Verkleidungen mehr, nicht ein Fetzen Kleidung mehr zwischen ihnen.

Ihre Titten wären mittelgroß und prall, würden perfekt in seine Hand passen. Wenn man ihre Lippen als Anhaltspunkt nehmen konnte, wären ihre Brustwarzen keck und dunkelrosa. Er malte sich aus, wie Percys blaue Augen sich weiteten, während er sie befühlte, die Knospen zwischen Zeigefinger und Daumen kniff. Ihre Mischung aus Arglosigkeit und Lüsternheit versetzte ihn in Brand. Er würde eine freche Brustwarze kosten, an einer Spitze saugen, dann an der anderen, bis sie sich in seinem Griff winden und aufbäumen würde.

Ungezogenes Gör. Sie würde eine strenge Hand brauchen und, bei Gott, dafür war er gerade der richtige Mann. Nichts erregte ihn mehr als Macht auszuüben, und der Gedanke, dass er Percys wildes, doch unschuldiges Temperament zügeln, dass er sie auf seine Wünsche hin dressieren könnte, erregte sein dunkelstes Verlangen. Er wusste, dass sie ihm völlig ergeben sein würde, wenn sie sich ihm erst einmal hingab. Es lag nicht in ihrer Natur, sich in irgendeiner Weise zurückzuhalten. Das stürmische kleine Ding würde ihm alles geben, was er wollte.

Diese Vorstellung ließ seinen Schwanz in seiner Faust pulsieren. Er stellte sich vor, dass er sie über sein Knie legte. Dass er die elegante Beugung ihres Rückgrats und die Kontur ihres weichen, bebenden Arsches entlang fuhr.

Du bist ein unartiges Mädchen gewesen, sagte er.

Bin ich nicht. Sie blickte zu ihm zurück, ihr Haar fiel ihr prächtig um die Schultern. *Ich tat nur, was ich tun musste.*

Freches Ding. Sogar in seiner Fantasie widersprach sie ihm.

Du verdienst Strafe dafür, dass du mich so hinters Licht geführt hast, sagte er.

Sein erster Schlag brachte sie zum Keuchen. Nicht vor

Schmerz—er hatte nicht fest zugehauen—sondern vor Empörung. Ehe sie etwas sagen konnte, versetzte er ihrem Po noch einen Klaps. Sein Schwanz pochte, als ihre Haut sich da rötete, wo er sie getroffen hatte, als ihr Keuchen in atemlose Seufzer zerfloss. Sie begann sich auf seinem Schoß zu winden, sagte ihm ohne Worte, was sie wollte. Er spreizte ihre zitternden Schenkel und ihm stockte der Atem, als er ihren Schamhügel sah. Sanft und weichblond. Vollkommen unberührt.

Mit dem Mittelfinger fuhr er den Saum ihrer unverdorbenen Fraulichkeit hinab und sie seufzte vor Lust. An Jungfräulichkeit lag ihm nicht besonders viel (er zog Bettgefährtinnen vor, die wussten, was sie taten), doch beim Gedanken, der erste Mann— der einzige Mann—zu sein, der Percys feuchten Schlitz befingerte, fuhr es ihm heiß den Schwanz entlang. Feuchtigkeit quoll aus seiner geschwollenen Eichel, machte seine Hand glitschig. Er rieb sich fester, atmete hastig.

Bitte, oh bitte ... nimm mich jetzt, Gavin ...

Er drehte sie auf den Rücken und spreizte ihre weißen Schenkel. Mit seinen Daumen legte er ihre rosa Spalte frei. Er vergrub seine Zunge tief darin. Er konnte sie jaulen hören, während er sie leckte. Er kostete die Süße ihrer Lust, ihre betörend wilde Erwiderung, wie sie ihr hungerndes Kätzchen seinem Mund entgegenreckte und dabei seinen Namen wimmerte. In seinen Hoden stieg der Druck. Er steckte seinen Schwanz dahin, wo seine Lippen gewesen waren, fuhr mit der Eichel ihr feuchtes Geschlecht entlang.

Bettel mich darum, dich zu nehmen, Süße. Bettel um meinen Schwanz. Bitte darum, zum ersten Mal gefickt zu werden.

Mit benommenen, hellen Augen flüsterte sie: *Bitte steck deinen Schwanz in mich, Gavin.*

Mit einem wilden Stöhnen stieß er sich hinein. Sie war eng wie ein Handschuh, saftig und nass, das vollkommene Loch für sein Glied. Er nahm sie zunächst langsam, dann fester und tiefer, während sie nach mehr rief. Ihm brannten die Lungen, er legte ihre schlanken Beine über seine Schultern und gab es ihr. Seine Hüften klatschten immer wieder gegen sie. *Nimm es, nimm, was nur ich dir geben kann.* Seine Muskeln wurden steif, als sie aufschrie, ihre Scheide molk ihn, als sie kam, und sie riss ihn mit sich fort ... Der Höhepunkt durchfuhr ihn. Sein Schrei hallte im Zimmer, während sein heißer Samen zwischen seine Finger schoss.

Er fiel keuchend in die Kissen zurück, verblüfft über die Wucht seines eigenen Ergusses. *Was hatte dieses verdammte Gör nur an sich?* Ehe er weiter darüber sinnieren konnte, kam die Erschöpfung in wohligen Wellen über ihn. Seine Augen und Gliedmaßen wurden schwer. Der Schlaf lockte ihn, und er gab nach, zu ermattet, um zu widerstehen.

❄ 5 ❄

Die modrige Luft der Katakomben stieg ihr in die Nase, als sie so gegen die Ketten kämpfte. Der Bösewicht im Schatten lachte gehässig und gackernd.

„Zwecklos. Mir entkommst du nicht", sagte er.

„Lassen Sie mich gehen!" Sie versuchte, ihre über dem Kopf gefesselten Handgelenke freizubekommen. Die steinerne Mauer schürfte durch das dünne Leinen ihren Rücken auf—um Gottes willen, warum hatte sie denn nur Unterwäsche an? „Und geben Sie mir gefälligst meine Kleider zurück, Sie Schuft!"

„Die brauchst du nicht mehr. Nicht für meine Zwecke, meine Liebe." Im Licht der Fackel spiegelte sich in seinen Augen ein unheilvoller Glanz. Sie versuchte, sein Gesicht zu erkennen, doch es blieb in Finsternis gehüllt. Sie konnte nur seine hünenhafte, mächtige Gestalt ausmachen.

„Lassen Sie mich lieber frei, ehe mein Geliebter hier anlangt."

Sie starrte ihn böse an, was allerdings seine Wirkung verfehlte, weil ihr eine entschlüpfte blonde Strähne ins Auge fiel. Sie blies auf die ärgerliche Haarsträhne und sagte: „Er ist ein Prinz. Der schlägt Ihnen den Kopf ab und spießt ihn auf der Burgmauer auf, wenn Sie mir etwas antun."

„Ein blutrünstiges Weib bist du also? Das gefällt mir."

Seine dunkle Stimme ließ ihre Eingeweide auf seltsame Weise erzittern. „Es wird Ihnen nicht mehr gefallen, wenn Sie von einem Schwert durchbohrt werden", gab sie zurück.

Der Bösewicht lachte. Plötzlich griff er nach oben und löschte das einzige Licht.

Das Verlies lag in vollkommener Finsternis. Ihr Hilfeschrei hallte hohl in dem felsigen Gemäuer.

„Du und ich, wir wissen doch beide, dass der Prinz nicht das ist, was du brauchst. Du bist doch keine Prinzessin, die den ganzen Tag müßig herumsitzt und Konfekt verspeist."

„Eigentlich liebe ich Konfekt—"

Sie verstummte mit einem Keuchen, als die Lippen des Unholds die Krümmung ihrer Ohrmuschel entlangglitten. Kleine Erschütterungen tanzten ihr empfindliches Ohr entlang, und ehe sie sich wieder fangen konnte, knabberte er an ihrem zarten Ohrläppchen.

„Du bist ein verruchtes Mädchen, für verruchte Dinge bestimmt", murmelte er.

„Ich bin *kein*—"

Sein Mund brachte sie zum Schweigen. Sie wand sich in ihren Fesseln und konnte doch dem erbarmungslosen Kuss nicht entkommen. Verstört versuchte sie, an ihren Prinzen zu denken, an ihre Rettung ... doch in ihr regte sich etwas. Etwas Sündhaftes ... etwas *Aufregendes*. Keuchend versuchte sie, sich gegen diese Gefühle zu wehren, gegen jenes köstliche Reiben ihrer Haut gegen ihr Leibchen. Die Spitzen ihrer Brüste wurden hart und begannen zu pochen. Zwischen ihren Schenkeln sammelte sich feuchte Hitze.

Mit ihrem letzten Quäntchen Willenskraft riss sie ihre Lippen von ihm los. „Lassen Sie mich gehen", flüsterte sie.

„Aber meine Süße", sagte die tiefe Stimme. „Es hält dich doch nichts zurück."

Sie riss an ihren Fesseln. Zu ihrem Entsetzen fielen ihre Hände frei hinab. Da waren überhaupt keine Ketten ...

„Nichts, außer deiner eigenen Begierde", sagte er heiser.

Seine Augen glühten wie Gold in einem Bergwerk und seine Narbe war ein scharlachroter Blitz—

Percy erwachte atemlos. Mit klopfendem Herzen blinzelte sie auf die vertrauten gelb gestreiften Wände, den unordentlichen Rosenholzschreibtisch, das Himmelbett. Ihr Schlafgemach. Sie setzte sich auf der gepolsterten Fensterbank auf und ein Buch fiel ihr vom Schoß auf den Teppich. *Die Festung von Otranto.* Sie musste beim Lesen eingeschlafen sein. Ihre Haut kribbelte am ganzen Körper. Ihre Wangen brannten in plötzlicher Panik.

Guter Gott, habe ich gerade etwas Schmutziges über ... Gavin Hunt geträumt?

Sie musste zugeben, dass unanständige Träume ihr keineswegs fremd waren. Im vergangenen Jahr hatten sie gewisse Anwandlungen immer öfter und immer heftiger geplagt. Je mehr sie versuchte, diese Gefühle zu unterdrücken, desto schlimmer wurde es. Manchmal war sie mitten in der Nacht aufgewacht, von solch fieberhaftem Verlangen verzehrt, dass sie eine unaussprechliche ... Lösung dafür gefunden hatte.

Scham und Verwirrung schnürten ihr die Brust zu. Percy ging zu ihrer Waschschüssel, um ihre erhitzten Wangen zu bespritzen. Während sie nach einem Handtuch griff, blieb ihr Blick an dem Porträt über ihrer Kommode hängen. Papa hatte sie alle vier malen lassen, als sie noch ein kleiner Säugling war. Sie blickte in die zufriedenen, strahlenden Antlitze ihrer Familie—einschließlich ihres eigenen engelsgleichen Gesichtchens—und verspürte eine heftige Sehnsucht, die Zeit zurückzudrehen. Zurück zu dieser einfacheren Zeit, zu der sie alle so glücklich gewesen waren.

Ehe Papa sich in der Kompagnie verloren hatte. Ehe Mama an allem, was Percy tat, etwas auszusetzen hatte. Ehe Paul sich entschieden hatte, sich selbst zugrunde zu richten, und Percy es ins Auge fassen musste, ihm mit einer unanständigen Wette beizustehen—

Oh, nein. Schlag dir diesen Gedanken aus dem Kopf. Du wirst auf Hunts Wette nicht eingehen.

Sie hatte aus ihren Fehlern gelernt. Sie war ja kein alberner kleiner Wildfang mehr, der sich von den Machenschaften dieses Kerls Hunt in Versuchung führen ließ. Dass sie von ihm geträumt hatte, bewies ja, dass er sie beunruhigte. Schließlich wäre jedes junge Fräulein beunruhigt, wenn ein Bösewicht ihr vorschlug, sie zu entjungfern, nicht wahr? Abgesehen davon waren Träume ja bedeutungslos. Sie fühlte sich etwas besser, gelobte sich, diesen Hunt und die Wette zu vergessen und ihre Aufmerksamkeit darauf zu richten, wie man Paul denn anderweitig helfen könnte.

Ein Klopfen riss sie aus ihren Gedanken. „Guten Morgen, Miss." Violet, die pausbäckig-frohgemute Zofe, steckte ihren Kopf hinein. „Wollte nur sehen, ob Se sich vielleicht für det Picknick anziehen wollen."

Das Picknick. Sie unterdrückte ein Stöhnen und sagte: „Ja, Violet. Danke."

Percy war nicht gerade erpicht auf diese Zusammenkunft ihrer alten Klassenkameradinnen von Mrs. Southbridge. Sie mochte die anderen Mädchen zwar, doch deren Herzlichkeit *ihr* gegenüber hatte sich merklich abgekühlt, seit sie in höheren Kreisen verkehrte. Sie seufzte. Zumindest würde ihre Busenfreundin Charity Sparkler da sein. Sie hatte Charity von Pauls Lage bereits erzählt—die beiden Mädchen teilten schon seit Schultagen Geheimnisse—und Charity hatte versprochen, ihren klugen Verstand auf eine Lösung des Problems hin zu bemühen.

Fitzwell, der altgediente Familienhund, trottete hinter Violet her. Er blickte finster drein, was Percy nicht allzu ernst nahm, denn er war ja schließlich ein Mops. Als sie sich jedoch bückte, um ihn zu streicheln, marschierte er mit erhobener Schnauze an ihr vorbei. Er drehte sich vor dem Kamin dreimal im Kreis, ließ sich plumpsen und zeigte ihr die kalte, hellbraune Schulter.

„Was ist denn los, alter Junge?", fragte Percy überrascht.

Violet hängte ihre Kleider an den Paravent und winkte Percy zum großen Standspiegel herüber. „Er war schon janz mürrisch, weil ja de Mrs. Fines verreist is", sagte die Zofe, während sie Percy beim Ankleiden half, „aber nu, wo auch de Lisbett fort is, isser nur noch ne beleidigte Leberwurst."

Lisbett, die treue Haushälterin der Fines, hatte überstürzt verreisen müssen, um sich um eine kranke Verwandte zu kümmern. Da Percy wusste, wie das den Rest des kleinen Hauspersonals belasten musste, fragte sie mitfühlend: „Weiß man denn, wann sie wiederkommt?"

„Lisbett schreibt, dass se mindestens noch zwei Wochen in Dorset bleiben und sich um ihre Schwester kümmern muss. So, nu mal de Luft anhalten." Percy gehorchte und Violet zog beherzt an den Korsettkordeln. „Se hofft, dass et Ihnen jut jeht, Miss, und se macht sich Sorgen, det Sie hier janz oof sich aleene jestellt sin."

„Ich bin doch nicht allein. Lady Tottenham kümmert sich um mich."

Violet warf ihr im Spiegel einen vielsagenden Blick zu, und Percy unterdrückte ein Grinsen. Als Tottie aufgetragen worden war, während Mamas Abwesenheit als Percys Anstandsdame zu fungieren, hatte ja niemand geahnt, dass die gute Tottie so gerne und tief ins Glas blickte. Jetzt, wo jeder außer der wenig wachsamen Tottie außer Haus war, genoss Percy ungeahnte Freiheiten. Was ihr überhaupt nichts ausmachte.

„De Lady is noch im Bett. Hat schon zweemal nach ihrem Tonic jeläutet. *Tonic*." Mit einem Grunzen knöpfte Violet ihr im Rücken den elfenbeinfarbenen Musselin zu. „Wo ick herkomm', nennt man det wat anderet."

„Kann ich denn irgendwie helfen?", fragte Percy.

Violet band die lila Schärpe unter dem Mieder fest. Sie blickte in Richtung Kamin, wo der Mops immer noch mit dem Kopf auf den Pfoten lag. Sie sagte leise: „Meenen Se, Se könnten den Hund vielleicht mit auf Ihr Picknick nehmen? Det Biest macht uns unten alle verrückt. Jestern Abend hätte Cook den Köter beinah tranchiert, weil er ihm de Serviettenknödel direktemang unter de Nase wegstibitzt hat."

„Der arme Kleine. Er vermisst Mama so sehr", murmelte Percy.

„Det tun wir alle." Violet seufzte und griff nach einer Haarbürste. „Versteh' nüscht, warum de Miss unbedingt verreisen musste. Hat se doch de janzen Jahre zuvor nüscht jemacht."

Percy schluckte und spürte sowohl Scham als auch die Bürste an ihr rupfen. Sie hatte eine ganz gute Vorstellung davon, warum Mama einen Urlaub gebraucht hatte: um *ihr* zu entrinnen. Seit dem Tod von Papa waren sie und ihr verbleibender Elternteil sich unentwegt in die Haare geraten. Was auch immer sie tat, sie konnte ihrer Mutter einfach nichts recht machen. Das Debakel der vergangenen Ballsaison war wohl der Tropfen gewesen, der das Fass zum Überlaufen gebracht hatte. Ihr steckte ein Kloß im Hals.

Sie sah Violet dabei zu, wie diese ihre störrischen Locken bändigte, amtete aus und hob ihr Kinn.

Diesmal mache ich Mama stolz. Ich erobere das Herz des Viscounts Portland und gewinne die Anerkennung der feinen Gesellschaft. Und dann befreie ich irgendwie Paul aus Hunts Klauen, und wenn es das Letzte ist, was ich tue.

Percy und Charity gingen den malerischen Hügel hinauf, abseits von ihrer Gruppe. Wie gewöhnlich wimmelten die *White Conduit Fields* nur so von Menschen der Mittelschicht, die eine Weile der

Enge der Stadt entkommen wollten. Das beschauliche Gelände war voll sanfter Hügel und gepflasterter Spazierwege; Teesalons überblickten bunte Gärten. Fröhlicher Lärm kam von den Cricketfeldern, wo unermüdlich gespielt wurde. Den zwei Mädchen voran trabte Fitzwell die grüne Anhöhe entlang, blieb hier und da stehen, um an einer Wildblume zu schnüffeln.

„Sie hassen mich", sagte Percy verzweifelt.

„Nein, das tun sie nicht." Mit ihrem strengen aschbraunen Dutt und geraden Brauen strahlte Charity Nüchternheit aus. Doch aus der Nähe leuchteten ihre moosgrünen Augen vor Einfühlsamkeit, beherrschten ihr kleines, rechteckiges Gesicht. „Die Mädchen wissen einfach nicht, wie sie mit dir umgehen sollen, jetzt, da du keine mehr von ihnen bist."

„Sind mir etwa Hörner gewachsen? Oder ein zweiter Kopf?" So, wie die anderen sie unauffällig mieden oder verstummten, wenn sie sich näherte, hatte sich Percy wie ein unerwünschtes, fremdartiges Geschöpf gefühlt. „Ich bin doch immer noch *ich*, oder nicht?"

„Ja, aber du verkehrst jetzt in gehobenen Kreisen. Für viele unserer Herkunft wäre es ein Traum, sich in deiner Lage zu befinden", sagte Charity sachlich.

„Mehr wie ein Alptraum", jammerte Percy. „Nun passe ich *nirgendwo* mehr hin."

Zuvor hatte sie wenigstens zu ihren früheren Klassenkameradinnen gehört, deren Familien ihren Wohlstand ebenfalls durch Handel oder andere Berufe erlangt hatten. Gesellschaftlich gesehen lebten Mädchen wie sie auf völligem Neuland, keiner wusste, was man mit ihnen anfangen sollte. Reich und privilegiert wie sie waren, fanden sie unter der Arbeiterschicht keine passenden Freier. Zugleich blieb ihnen wegen ihrer Herkunft aus dem „Laden" eine Heirat in höhere Kreise verwehrt.

„Hineinpassen war doch noch nie deine Stärke, oder?", sagte Charity milde. „Warum kümmert es dich jetzt?"

Da Charity ihr durch zahllose Narreteien bei Mrs. Southbridge hindurch beigestanden hatte, nahm Percy der anderen die Offenheit nicht übel. Eigentlich bewunderte sie die stetige, vernünftige Disposition ihrer Freundin—und wünschte, sie möge ein wenig auf sie abfärben.

„Weil Mama glaubt, ich sei ein schlechtes Mädchen. Sie ... schämt sich für mich", flüsterte Percy.

„Unfug. Mrs. Fines will nur das Beste für dich. Du solltest dich glücklich schätzen, eine Mama zu haben, die dir den Weg weist."

Charitys wehmütiger Ton erinnerte Percy daran, dass ihre Freundin mutterlos aufgewachsen war, weil Mrs. Sparkler einer schwierigen Geburt erlegen war. Nun fühlte sie sich angesichts ihrer belanglosen Klagen nur noch elender und murmelte: „Nun, wenn ich die Zuneigung des Viscount Portland erst einmal gewonnen habe, dann zeige ich es ihnen allen. Und ich werde auch nicht hochnäsig sein. Ich lade all die anderen Mädchen zu meiner Hochzeit ein."

„Eine Einladung, die sie gewiss vor Neid ganz grün werden lässt."

Percy schenkte ihrer Freundin einen reuigen Blick. „Das wäre kleinlich von mir, nicht wahr?"

„Nur menschlich", sagte Charity. Sie hakte ihren schlanken Arm bei Percy ein und fragte: „Wie geht es denn überhaupt mit seiner Lordschaft?"

Das Bild von Lord Charles mit seinen dicken kastanienbraunen Locken und verträumten Augen kam Percy in den Sinn, zusammen mit einem perlenden Gefühl in der Brust. Aus dem Nichts platzte noch ein anderes Gesicht in ihren Kopf. Als derbe, vernarbte Züge vor ihrem inneren Auge aufblitzten, wich ihre Berückung der Beunruhigung.

„Percy, meine Liebe, geht es dir denn gut?"

Sie riss ihre Aufmerksamkeit wieder zurück zu ihrer Freundin. „Ja. Alles in Ordnung."

„Und was ist mit Portland?", fragte Charity und sah sie dabei seltsam an.

„Wie du ja weißt, musste ich mich erst um andere Angelegenheiten kümmern." Percy drückte die Hände an ihre Wangen. „Guter Gott, was scheren mich denn überhaupt diese albernen Gänse, wenn doch Paul in Gefahr schwebt? Es ist schon drei Tage her, dass ich Hunt besucht habe. Mir läuft die Zeit davon"—Percy biss sich auf die Lippe—„und ich weiß noch immer nicht, was ich tun soll."

„Ich habe darüber nachgedacht. Und ich glaube, dass es nur eine angemessene Lösung gibt", sagte Charity.

„Und die wäre?", sagte Percy hoffnungsvoll.

„Du musst deiner Mama und dem Marquis von Harteford schreiben. Wenn sie erst einmal über Mr. Fines' missliche Lage unterrichtet sind, kehren sie bestimmt eiligst zurück und kümmern sich um die Angelegenheit."

Percy runzelte die Stirn. „Ich habe dir doch schon gesagt, dass ich meinem Bruder versprochen habe, der Familie nichts zu sagen. Er will nicht, dass man von seinen Schwierigkeiten erfährt."

„Du hast da keine Wahl", bemerkte ihre Freundin. „Du hast bereits versucht, die Sache auf eigene Faust anzugehen, und schau nur, wo das hingeführt hat. Du hast Glück, dass dir nichts Schlimmeres zugestoßen ist."

Manchmal war Charity einfach zu vernünftig. Daher hatte Percy sie auch nicht vor ihrem Treffen mit Hunt hinzugezogen— sie wusste, dass ihre Freundin es nicht gebilligt hätte.

„Ich wusste, was ich tat", sagte sie, und trat einen Stein, der ihr im Weg lag. „Ich wäre mit Hunt schon zurechtgekommen. Ich überlege mir sogar, ob ich die Wette nicht annehmen soll—"

„Oh nein, das wirst du nicht." Charity stemmte ihre Hände in ihre schmalen Hüften. Unter der Krempe ihrer spröden Haube zogen sich ihre Augenbrauen zusammen und sie blickte Percy streng an. „Das ist genau die Gesinnung, die dir bei Mrs. Southbridge so viel Ärger eingebrockt hat. Weißt du noch, wie du dich einmal aus dem Unterricht geschlichen hast, um die Wohnwagen der Zigeuner zu sehen, und ich musste mir alle möglichen Ausflüchte für dich einfallen lassen?"

„Das war eine einmalige Gelegenheit, mir meine Zukunft voraussagen zu lassen", wandte Percy ein. „Außerdem habe ich nichts Wichtiges verpasst. Es war ja nur eine Benimmstunde."

Beiden fiel gleichzeitig die Ironie dieser Aussage auf. Sie schauten sich an und kicherten.

„Nun, da du dir den Viscount Portland in den Kopf gesetzt hast, dachte ich, du besserst dich vielleicht", sagte Charity, mit noch immer zuckenden Lippen. „Dich ins Verderben zu stürzen ist wohl kaum die Art, auf die du seine Zuneigung gewinnst."

„Da hast du freilich recht", seufzte Percy. „Der Familie zu schreiben ist das Vernünftigste."

„Wenn alles gut geht, sind sie in ein paar Wochen zurück", sagte die andere ermunternd. „Am besten wartest du ab und gehst ganz normal deinem Alltag nach, damit du deinen Bruder nicht noch weiter in die Zwickmühle bringst."

Warten war die Beschäftigung, die Percy am *allerwenigsten* lag. „Wie soll ich mich denn auf Bällen ergehen, im Wissen, dass Paul sich vielleicht in Gefahr befindet? Was, wenn Hunt ihn ausfindig macht?"

Sorge zwickte die waisenhaften Züge des anderen Mädchens. Jahrelang hatte Percy schon den Verdacht gehegt, dass ihre Freundin Paul gegenüber heimliche Zuneigung hegte—aber weil Charity eben Charity war, würde sie das nie eingestehen. Und so sehr Percy sie beide liebte, konnte sie sich kein gegensätzlicheres Paar vorstellen als ihren schneidigen Taugenichts von einem Bruder und ihre genügsame, verantwortungsvolle Freundin.

„Ich bezweifle, dass es Mr. Hunt einfiele, deinen Bruder an seinem gegenwärtigen Aufenthaltsort zu suchen."

„Aber Paul muss versteckt bleiben. Ganz allein an diesem schrecklichen Ort. Ich wage es ja nicht, ihn noch einmal zu besuchen, damit ich den Fuchs nicht in den Hühnerstall führe."

„Meinst du etwa, dass Mr. Hunt dich beschattet?", fragte Charity entsetzt.

„Zuzutrauen wäre es ihm." Percy erinnerte sich schaudernd an die Drohung, die er ihr mit auf den Weg gegeben hatte. „Ich wünschte, ich könnte Paul zumindest ein paar Sachen bringen. Essen, Rasierzeug, solche Dinge."

Nach einem Augenblick sagte Charity: „Das kann ich tun. Mr. Hunt weiß ja nichts von mir."

„Du? Aber Paul befindet sich in *Spitalfields*. Dein Papa würde das nie erlauben."

Charitys Vater war der Besitzer eines teuren Juweliergeschäfts, das König George IV höchstselbst frequentierte—eine Tatsache, die ihm Prestige einbrachte und vielleicht auch die Zahlungs-moral seiner Kunden förderte. Das Einzige, was Mr. Sparkler noch schärfer bewachte als seinen Laden war sein einziges Kind. Obwohl Charity die meiste Zeit damit zubrachte, im Geschäft mitzuhelfen, beschwerte sie sich nie über die viele Arbeit oder die väterliche Strenge.

„Ich würde es meinem Vater ja nicht sagen", sagte Charity zu Percys großem Erstaunen. „Ich könnte sagen, dass ich in die Kirche gehe. Der Kutscher und meine Zofe gefallen einander, es würde ihnen also gar nichts ausmachen, draußen vor der Kirche auf mich zu warten. Sie würden es gar nicht bemerken. Ich schleiche mich hinten raus und rufe eine Droschke—"

Nun, da konnte man ja sehen, wer hier auf *wen* abfärbte. „Meine Güte, ich habe einen schlechten Einfluss auf dich, nicht wahr?", sagte Percy. „Ich möchte aber nicht, dass du Kopf und Kragen—"

„Ich möchte es tun. *Bitte*, lass es mich tun."

Charitys Ton war so ungestüm und die Haltung ihrer dünnen Schultern so entschlossen, dass Percy verwirrt blinzelte. Charity sah aus, als wolle sie jeden Augenblick in die Schlacht ziehen. „Ähm, wenn du dir ganz sicher bist ..."

„Das bin ich", sagte die andere mit einem heftigen Kopfnicken.

„Du musst aber sehr vorsichtig sein", warnte Percy. „Damit dir auch sicher niemand folgt."

„Ich werde jede erdenkliche Vorsichtsmaßnahme treffen. Sag mir einfach, was ich tun soll, und ich tue es."

Percy musterte ihre Freundin. „Mein Bruder ist ein unverschämter Glückspilz und weiß es gar nicht."

Charitys bleiche Wangen leuchteten kurz rot auf.

„Nun gut", fuhr Percy brüsk fort. „Dein Plan mit der Kirche gefällt mir. Ich habe allerdings noch ein paar zusätzliche Vorschläge ..."

❧ 6 ❧

Gavin saß da, die Handflächen zum Dreieck geformt, während John Magnus Bericht erstattete. Der alte Mann lehnte schwer auf seinem Gehstock und blickte aus seinem einen Triefauge. Das andere war mit einer schwarzen Klappe verdeckt. Wie üblich war seine graue Mähne ungekämmt und seine Kleidung geflickt und zerlumpt, er sah zerrauft aus.

„Sie haben überall gesucht?", fragte Gavin mit einem Stirnrunzeln.

„An allen Orten, an denen sich ein Gentleman wie Fines wahrscheinlich verstecken würde. Jetzt mache ich mich an die unwahrscheinlicheren." Magnus hielt inne und strich sich über den zerzausten Bart. „Es würde mir helfen, wenn Sie mir sagen würden, warum Sie den Kerl denn wollen."

„Habe ich Ihnen schon gesagt. Er schuldet mir Geld."

„Demnach zu urteilen, wie gut Sie mich bezahlen, um ihn zu finden, muss seine Schuld ja Gold wert sein. Sind Sie sicher, dass es keine weiteren Einzelheiten gibt, die Sie mit mir teilen können?", sagte Magnus scheinheilig.

Gavins Devise war es, immer nur so wenig Auskunft zu geben wie möglich. In diesem Fall jedoch musste er Fines bald aufstöbern. Zu seiner Überraschung und Verärgerung waren drei Tage vergangen und Percy war noch nicht wieder erschienen, um der Wette zuzustimmen. Nun, haben würde er sie allemal; was er brauchte war ein Druckmittel, und der Schlüssel dazu war ihr Bruder.

Er sann darüber nach und sagte mürrisch: „Fines hängt mit dem Marquis von Harteford zusammen. Vielleicht versteckt er sich ja in einem von Hartefords Gebäuden—obwohl ich dort schon habe nachsehen lassen."

„Harteford, hä? Ein mächtiger Mann. Mit dem würde ich mich ungern anlegen", sagte Magnus und glupschte dabei mit dem ihm verbleibenden Auge.

„Sie legen sich ja nicht mit ihm an", sagte Gavin, „Ihre Aufgabe ist es, Fines zu finden. Außerdem gibt es keinen Grund zur Sorge—der Marquis ist zurzeit auf dem Kontinent unterwegs."

Gavin behielt seinen Feind nämlich fest im Blick. Frei wie eine Lärche zog Morgan mit seiner geliebten Familie zwischen französischen Schlössern und italienischen Weingütern umher. Nun, der elende Kerl sollte sein Glück nur genießen, denn es neigte sich seinem Ende zu.

Magnus kratzte sich am Kopf. „Wie Sie wünschen. Vielleicht hat ja Harteford noch andere Besitztümer, von denen Sie nichts wissen. Ich stelle Nachforschungen an." Der verschrumpelte Mann humpelte zur Tür. „Und, Hunt?"

Gavin hob eine Augenbraue.

„Mir ist zu Ohren gekommen, dass Sie sich bald mit der Meute vom Covent Garden treffen. Es geht mich ja nichts an, aber die sind eine blutrünstige Bande." Magnus sah ihn besorgt an. „Mit Freunden soll man sich gut stellen, mit Feinden aber noch besser, sage ich immer."

„Ich werde daran denken."

Nachdem Magnus gegangen war, kehrten Gavins Gedanken unweigerlich zu Percy zurück. Er war sich so sicher gewesen, dass sie kommen würde. Er war leicht enttäuscht darüber. Nun, das ließ sich damit erklären, dass sie seine Pläne durchkreuzt hatte. Seine Rache wäre ohne Percy einfach nicht so ... vollkommen. Nun, Rumsitzen und Jammern half ja nichts. Nichts im Leben hatte er je ohne Kampf errungen, warum sollte es mit dem kleinen Teufelsbraten anders sein? Er trommelte mit den Fingern auf den Schreibtisch und begann, Pläne zu schmieden.

Am nächsten Tag blickte Gavin aus dem Fenster von Plimptons Kurzwarenhandlung, vorsichtig, damit er nicht gesehen wurde. Der kleine Laden gehörte zu der neu eröffneten Burlington Arcade, einem Einkaufsparadies gleich an der Bond Street. Unter dem anmutig geschwungenen Dach hielten Läden wie dieser alle möglichen erlesenen Waren feil, von exotischen Blumen bis hin zu besonderen Parfüms. Es war genau der richtige Ort für eine verwöhnte Miss. Tierische Vorfreude breitete sich in seinem Magen aus, als er Percy und ihre Zofe in der Entfernung erblickte.

Pünktlich. Wie immer erwies sich Alfies Auskunft als zuverlässig.

„Sie kommen", sagte Gavin. „Nehmen Sie Ihre Stellung ein, Plimpton."

Der wohlbekannte Kurzwarenhändler, der zufällig auch Kunde der *Underworld* war, wischte sich das lichte Haupt. „Wenn ich das hier tue, Mr. Hunt ... dann sind wir wieder quitt? Ich schulde Ihnen nichts mehr?"

Nein, es sei denn, du spielst dir wieder das letzte Hemd vom Leib.
„Ganz genau", sagte Gavin.

Mit einem zittrigen Kopfnicken nahm Plimpton seinen Platz vorne an der Ladentheke ein. Gavin marschierte nach hinten; hinter einem Samtvorhang konnte er alles sehen, was sich in dem kleinen Geschäft abspielte.

Minuten später kündigte die Ladenklingel Percys Ankunft an.

Sein Blut wallte auf, als er sie zum ersten Mal als Lady gewandet sah. Bei Gott, sie war ... umwerfend.

Ihr weiblicher Reiz traf ihn wie ein Sonnenstrahl nach dem Regen. Schimmernde Locken lugten unter ihrer Haube hervor, ihre Wangen glänzten frisch und rosig. Ihr hochtaillierter weißer Gehrock schmiegte sich an ihre schlanke Gestalt, und ihren Busen hatte er richtig eingeschätzt: obwohl sie sittsam mit Rüschen bedeckt waren, saßen diese Zwillingsschönheiten hoch, waren rund und wippten beim Gehen verführerisch.

Zur Hölle, er bekam ja vom bloßen Hinsehen einen Steifen.

„Guten Tag, Sir. Ich hoffe, Sie können mir helfen—ich brauche ganz dringend ein paar Handschuhe", sagte Percy, und ihre Wangen bekamen dabei Grübchen.

Verflucht, allein schon ihre Stimme macht mich ganz steif.

„Da s-sind Sie am rechten Ort, Miss", stammelte Plimpton. „Ich habe eine feine Auswahl, möchten Sie einmal sehen?"

Während der Ladenbesitzer seine Ware auf der Theke ausbreitete, ging die Ladenklingel erneut.

Gavin schmunzelte beim Anblick von Alfie, der wie ein anständiger kleiner Herr hereinstolziert kam. Mit seinem kindgerecht geschnittenen Jackett, Weste und Hose ging der Straßenbengel durchaus als Sohn aus gutem Hause durch. Während Percys Zofe ihr dabei half, einen Handschuh anzuprobieren, spazierte Alfie auf sie zu. Der Junge streckte die Hand aus, und zwar auffallender Weise ganz ohne seine übliche Finesse—und schnappte den Beutel der Zofe.

Die Frau wirbelte herum. „Du diebischer Flegel!", bellte sie. „Gib das zurück!"

Alfie ließ seine Beute von den Fingern baumeln. „Kommense doch und holen et!", sagte er und wischte zur Tür hinaus. „Bleiben Se einfach stehen, Miss Percy!", rief die Zofe und stellte Alfie nach.

Plimptons Blick zuckte zum Vorhang im hinteren Teil des Ladens und dann wieder zurück zu Percy. Wie vereinbart sagte er laut: „Da helfe ich mal lieber, Miss. Warten Sie hier. Ich, äh, sperre hinter mir ab, damit Sie auch sicher sind, bis ich wiederkomme."

Ehe Percy auch nur ein Wort sagen konnte, war der Kurzwarenhändler auch schon aus dem Laden gefegt und hatte die Tür hinter sich verriegelt.

„Was in Gottes Namen?", murmelte Percy, während sie ihn davoneilen sah.

Mit verstohlenen Schritten näherte sich Gavin. Er tappte ihr auf die Schulter. Sie wirbelte herum. Er musste ihr zugutehalten, dass sie weder schrie noch—Gott bewahre—in Ohnmacht fiel. Wie gewohnt erwies sich Persephone Fines nicht gerade als ein typisches Frauenzimmer.

„*Sie*", sagte sie.

Er verneigte sich. „Guten Tag, Miss Fines. Genießen Sie Ihre Einkäufe?"

Gegen das weiße Satinfutter ihrer Haube wirkten Percys Augen sogar noch blauer, als er sie in Erinnerung hatte. Ihr herrlicher Blick verfinsterte sich: „Dieser Junge war gar kein Dieb. Sie haben das so eingefädelt, nicht wahr?"

„Ich wollte einen Augenblick alleine mit Ihnen sein", sagte Gavin.

„Warum?"

Er grinste, es gefiel ihm, wie geradeheraus sie war.

„Ich wollte nicht, dass Sie mich oder meine Wette vergessen", sagte er.

„Wenn mir dieses Glück nur vergönnt wäre." Sie hob ihr Kinn. „Ich tue allerdings mein Bestes, diesen Vorfall hinter mir zu lassen."

„Kommen Sie, Miss Fines, gewiss haben Sie die Wette doch zumindest in Erwägung gezogen? Ein wenig Neugier empfunden, welche Abenteuer wir wohl gemeinsam erleben würden?"

Eine leichte Färbung erschien auf ihren runden Wangen. Ihre perlweißen Zähne verrieten ihre Nervosität, denn sie vergruben sich nämlich in ihrer Unterlippe. *Aha. Du hast also durchaus an mich gedacht, du schamloses Luder.* Ihm schwoll vor Befriedigung die Brust; er hatte doch *gewusst*, dass die tierische Anziehung zwischen ihnen auf Gegenseitigkeit beruhte.

„Oder", sagte er langsam, „haben Sie vielleicht Angst, es mit mir aufzunehmen?"

„Vor Ihnen habe ich *überhaupt keine* Angst", gab sie zurück.

Das gefiel ihm. Er stupste sie unter dem Kinn—und ja, ihre Haut war sogar noch weicher, als er sich vorgestellt hatte. Sie atmete vor Empörung scharf ein. „Dreistes kleines Gör", murmelte er.

„Halten Sie bloß Ihre Pfoten von mir fern." Sie schlug seine Hand fort. „Ich bin nicht *dreist*. Ich bin ein anständiges Fräulein und will mit Ihnen nichts zu tun haben, Sie nutzloser Schurke."

Seine Erheiterung ließ etwas nach. „Sie lügen", sagte er.

„Tue ich *nicht*. Sie … ekeln mich an!"

Sein Kiefer pochte, während eine andere Stimme in seinem Kopf gellte. *Eines Tages bin ich fort, du nutzloser Bengel. Dann bin ich dich los, und dann werde ich glücklich. Wer will es mir verübeln, dass ich einen dummen, ekelhaften Rotzlümmel wie dich loswerden will?* Seine Mutter hatte ihre Drohungen wahr gemacht. Eines Tages war er zu ihrer armseligen Behausung heimgekehrt und fand sie verlassen vor, seine Mutter und all ihre Habseligkeiten waren verschwunden.

„Du willst mich, kleines Biest, und du weißt es auch", sagte er zwischen zusammengepressten Zähnen.

„Jemanden wie Sie würde ich *nie* wollen."

Ihm wurde rot vor Augen. Ehe er einen klaren Gedanken fassen konnte, hatte er sie gegen den Glaskasten mit der Auslage gepresst. Ihr Busen wogte nur einen Fingerbreit von seinem Gehrock. Ihre Röcke streiften seine Schenkel. Ihre kleine Zunge fuhr heraus, befeuchtete ihre Lippen. Lust und Zorn vermengten sich, er atmete schwer.

„Sie meinen wohl, Sie sind zu gut für jemanden wie mich?"

Mit großen Augen sagte sie: „Sind Sie von Sinnen? Sie haben vor, meinen Bruder ins Verderben zu stürzen, selbstverständlich will ich nichts mit Ihnen zu tun haben! *Lassen Sie mich los, Sie Trottel.*"

Sie schubste ihn; seine Hände klammerten sich rechts und links von ihr an die Verkaufstheke. Während ihre Worte noch durch den Dunst seines Zorns zu ihm sickerten, wusste er schon, dass es zu spät war. Ihr frischer Zitronenduft wehte zu ihm, ihr praller Mund verlockte ihn. Begehren krallte sich in seine Magengrube. *Nur einmal kosten ...*

Er beugte sich zu ihr.

Ein Krachen. Die Wucht ihrer Ohrfeige ließ seinen Kopf zur Seite schnalzen.

Mit pochendem Kiefer starrte er in ihr rosiges Gesicht. Ihre Augen sprühten Funken. Entsetzt darüber, dass er die Beherrschung verloren hatte, nuschelte er: „Nun, das habe ich wohl verdient."

„Es setzt gleich noch mehr, wenn Sie mich nicht loslassen", warnte sie.

Was zum Teufel ist denn nur los mit dir? Zügle dich. Vergraul sie nicht, du Narr. Er ließ die Theke los und fuhr sich mit den Händen durch die Haare. Sie glitt unverzüglich aus seiner Reichweite.

„Sie *gemeiner Kerl.*" Ihre Hand fuhr an ihre Brust; der halb zugeknöpfte Handschuh flatterte auf und der flüchtige Anblick ihres schlanken Handgelenks war erotischer als ein ganzes Zimmer voller nackter Dirnen. „Sie scheuen wohl vor Nichts zurück?"

Er war wohl kaum der Inbegriff der Moral. Aber einer Unschuldigen hatte er sich noch nie aufgezwungen. Die Tatsache, dass er beinahe den Kopf verloren hätte, lädierte seinen Stolz. Und was noch erniedrigender war, musste er sich jetzt fragen, ob er sich das mit der gegenseitigen Anziehung zwischen ihnen nur eingebildet hatte. Ein Hirngespinst seiner lüsternen Fantasien? Er hätte schwören können, dass auch sie etwas empfunden hatte ...

Sei kein Narr. Beherrsche die Lage. Wende sie zu deinem Vorteil.

„Wie Sie behauptet haben, haben Sie tatsächlich keinerlei Schwierigkeiten, meinen Avancen zu widerstehen", sagte er gestelzt.

„Das habe ich freilich nicht!"

„Warum gehen Sie dann nicht auf die Wette ein und gewinnen die Freiheit Ihres Bruders?"

„Da fragen Sie noch?", sagte sie ungläubig. „Ihnen ist nicht zu trauen, Sir, wie der Vorfall eben ja bestätigt."

„Ich habe doch aufgehört."

„Erst, nachdem ich Sie geohrfeigt habe!"

„Glauben Sie allen Ernstes, dass eine Ohrfeige mich aufhalten könnte?" Er sah sich vielsagend im Laden um. „Wir stehen hier ganz alleine. Wir beide, eingesperrt, und von einem Schlüssel keine Spur."

Eine Falte erschien zwischen ihren feinen, gebogenen Augenbrauen.

„Ich ließ von Ihnen ab, weil ich Ihnen mein Wort gegeben habe, Miss Fines", sagte er. „Meiner Ansicht nach beweist der Vorfall heute, dass Sie mir *durchaus* trauen können."

„Das ist doch einfach .... lächerlich." Sie klang allerdings nicht mehr so überzeugt wie vorher.

„Denken Sie doch einmal nach. Wenn Sie bereits auf die Wette eingegangen wären, hätte dieses Zusammentreffen hier schon als ihr erster Sieg gelten können", sagte er mit einem Schulterzucken.

Sie biss sich auf die Lippe.

Nun lass den Köder vor ihr baumeln, Hunt.

Er näherte sich ihr und ergriff ihre Hand, ehe sie sie zurückziehen konnte. Er knöpfte geschickt ihren Handschuh zu. Sie erzitterte, als seine Finger ihren weichen Arm von unten streiften, ihr Busen bebte. Und als ob das noch nicht aufschlussreich genug gewesen wäre, neigte sie sich ihm auch noch fast unmerklich zu, wie eine Blume der Sonne.

Er ließ sie los und machte einen bewussten Schritt nach hinten. „Meiner Meinung nach mangelt es Ihnen nicht an Vertrauen in mich. Vielmehr trauen Sie sich selbst nicht."

Sie runzelte die Stirn. „Das ist absurd."

„Ist es das?" Er hob eine Augenbraue. „Die Wahrheit ist doch, Sie befürchten, meinem Charme zu erliegen."

„Ihrem *Charme*? Hah. Das würde ich anders nennen."

„In der Tat", sagte er und klopfte sich dabei mit einem Finger ans Kinn, „wage ich sogar zu behaupten, dass Sie nicht einmal einen Kuss von mir aushalten würden."

Ihre Augen wurden schmal. „Ich bin keine Närrin, Mr. Hunt. Ich weiß, was Sie da tun."

„Na, dann wissen Sie ja, dass es sich um einen einfachen Test handelt. Um festzustellen, wer von uns beiden recht hat." Er machte eine Pause. „Es sei denn, einer von uns ist ein ... Feigling?"

Ihre Augenbrauen stießen fast zusammen. Oh ja, da hatte er ins Schwarze getroffen. Miss Persephone Fines hatte eine wetteifernde Ader—klein beigeben war wider ihre Natur.

Ein paar Sekunden später sagte sie durch zusammengebissene Zähne: „Nur ein einziger Kuss. Keine ... Berührung oder sonst etwas. Und Sie hören auf, sobald ich es sage."

„Einverstanden."

„Und danach geben Sie mir Ihr Wort, dass Sie mich in Ruhe lassen. Sie belästigen mich nicht weiter mit dieser närrischen Wette."

Ein kluges Mädchen. Doch er würde sie gar nicht belästigen müssen. Er hatte vor, ihre Neugier mit einem einzigen Kuss zu entfesseln; hiernach würde sie auf *ihn* zukommen.

„Wiederum einverstanden." Er sah sie bedeutungsvoll an. „Also dann?"

Sie erwiderte, indem sie ihre Augen schloss und ihre Lippen schürzte.

So niedlich die Geste auch war, diesmal würde er nicht die Beherrschung verlieren. Er war keine leichte Aufgabe, eine Frau mit einem schlichten Kuss zu verführen, dazu einer, der ohne Berührung auskommen musste—und wohl auch ohne Zunge, vermutete er. Ein banges Fräulein zu verlocken, ohne sie dabei zu verschrecken. Doch das würde ihm schon gelingen.

Er neigte seinen Mund zu ihrem. Als sich ihre Münder trafen, fühlte er ein erkennendes Schaudern durch sie gehen, und verflucht, er fühlte es selbst auch. Ihre Lippen waren so weich und voll, wie sie aussahen; schmeckten nach Honig und Zitronenbonbons und hatten außerdem eine ganz eigene Bittersüße an sich. Flammen entzündeten sich an diesem einen Berührungspunkt und breiteten sich durch seine Adern aus. Er fühlte, wie auch sie auf das Feuer antwortete. Ihre Lippen öffneten sich mit einem bebenden Seufzer. Er könnte hineinschlüpfen, ihr den Kuss zeigen, der in seinen Träumen loderte ...

Doch er hob den Kopf und zügelte seinen Atem, ebenso wie die heiß schwellende Begierde.

Ihre Wimpern flatterten auf und gaben ihm den Blick auf benommene, saphirblaue Augen frei.

„Das war, gelinde gesagt, erbaulich", murmelte er. „Ich danke Ihnen."

„I-ich weiß nicht, was ..." Sie tat einen strauchelnden Schritt rückwärts.

Er verneigte sich tief. „Ich wünsche einen guten Tag, Miss Fines." Er griff in seine Westentasche, nahm einen Schlüssel heraus und ging zur Tür, um sie aufzuschließen.

„Sie hatten die ganze Zeit über den Schlüssel?", rief sie hinter ihm.

Er verbeugte sich erneut. Als er in die Einkaufspassage hinaustrat, ertappte er sich selbst dabei, dass er lächelte. Denn obwohl der Einsatz hoch war und Percy sich als ein schwierigerer Gegner erwies, als er zunächst vermutet hatte, konnte er eines nicht verleugnen.

Ihre Spielchen gefielen ihm verteufelt gut.

❧ 7 ❧

Miss Farnham starrte auf den riesigen Kuchen auf dem Tisch. Sie hatte sich gelobt, den Leckereien abzuschwören. Doch das köstliche Backwerk, das vor Marzipan und glasierten Früchten nur so strotzte, schien ihr verführerisch zuzuflüstern.

„Du willst mich doch ...“

—aus *Die Drangsale der Priscilla*, ein von P.R. Fines noch zu vollendendes Manuskript

Zwei Nächte später stand Percy gefasst oben an der Treppe, die in den wimmelnden Ballsaal hinabführte. Ein bittersüßer Schmerz traf sie.

Wenn doch nur Papa hier sein könnte. Wenn er mich nur so sehen könnte.

Aufgrund seiner Herkunft hatte Papa sich immer erträumt, mit der feinen Gesellschaft zu verkehren. Gewiss hätte ihn die völlig überzogene Veranstaltung von Lady Stanhope köstlich unterhalten. Die Gastgeberin erging sich in ihrer neuesten Liebhaberei, nämlich Antiquitäten, und hatte daher den Ballsaal ihrer grandiosen Stadtresidenz in Mayfair im ägyptischen Stil dekoriert. Ein paar Sphingen aus Gips grüßten an der Treppe die Gäste, riesige Palmen in goldenen Töpfen säumten den Tanzboden. Darüber hingen zwischen den glänzenden Kronleuchtern bunte pharaonenblaue Girlanden.

Percy schritt die Stufen hinab und fand ein ruhiges Plätzchen neben zwei aufrecht stehenden Sarkophagen. Sie hatte auf Charitys Rat gehört und einen Brief an Mama und Nick verschickt; nun war sie auf einer der ersten Veranstaltungen der Ballsaison und versuchte, so zu tun, als wäre alles in bester Ordnung. Versuchte, nicht an Paul zu denken—oder daran, dass die Frist für Hunts Vorschlag am Morgen ablief.

Da packte sie die Erinnerung an die Kurzwarenhandlung. Sie konnte noch immer nicht fassen, dass Hunt sich solche Umstände gemacht hatte, um sie zu sehen. Und er hatte sie mit solch *heißhungriger* Absicht angesehen.

Und dann der Kuss ... ihr Herzschlag ging schneller. Sie war zuvor schon zweimal geküsst worden, jeweils von Freunden ihres Bruders. Es waren süße, harmlose Küsschen gewesen. Oberflächlich betrachtet war ihr Kuss mit Hunt auch unschuldig gewesen, und dennoch hatte sie dabei etwas ... Neues empfunden. Etwas anderes. Ungebetener Weise durchdrang sein finster-männlicher Geschmack ihre Sinne, ein heißes Versprechen rauschte durch ihre Adern. Das seltsame Pochen tief in ihrem Inneren setzte wieder ein, dieses nach Erleichterung flatternde Flügelschlagen ...

Schluss damit! Du bist kein unanständiges Mädchen. Du hast Hunt geohrfeigt, hast ihm seine Grenzen aufgezeigt. Du hast ihm den Kuss lediglich gestattet, um ihn loszuwerden. Und los bist du ihn.

Mit klopfendem Herzen versicherte sie sich selbst, dass sie den Verführungen eines Unholds nie erliegen würde. Sie war an nichts Geringerem als einem Prinzen interessiert. An Lord Charles. Sie suchte den Saal ab und erblickte ihren Geliebten im Gespräch mit anderen begehrenswerten Junggesellen. Ihr Herz beruhigte sich bei seinem Anblick. Mit seinen dunklen kastanienbraunen, im Titus-Stil frisierten Locken und seiner schlanken Gestalt, die er ganz in schwarz und weiß gekleidet zur Geltung brachte, war er der Inbegriff der Eleganz. Sie hatten sich früher am Abend kurz gegrüßt und er hatte sich für später einen Tanz erbeten.

Als ob er darum bitten musste. Sie war ja allein dazu hier, ihre Bekanntschaft mit ihm zu vertiefen, und er war genau, was sie brauchte, um ihre Gedanken von diesem Lumpen Hunt abzulenken. Wenn sie Glück hatte, würden sie und Lord Charles vielleicht sogar einen Walzer tanzen. Da fiel ihr ein, sie musste Tottie finden, denn deren Erlaubnis brauchte sie für den Tanz. Sie hatte ihre Anstandsdame seit Ewigkeiten nicht mehr gesehen und hoffte inständig, dass die gute Frau nicht beschwipst irgendwo unter einem Tisch lag. Ehe sie sich allerdings auf die Suche machen konnte, hörte sie hinter sich hohe, distinguierte Tonfälle.

„Was für ein erlesener Ball, nicht wahr", sagte die Stimme eines Gentlemans. „Reichlich Anwesenheit der allerhöchsten Güte."

„Ich würde sagen, es ist nicht so sehr Güte als vielmehr Überschwang", erwiderte eine gedehnte Frauenstimme. „Lydia hat ihr Haus aufgeputzt wie ein Theater ... und damit meine ich nicht das *Theatre Royal*. Unsere Gastgeberin hat eine Vorliebe für Haymarket."

Eine weitere Lady kicherte hierüber.

Nun, Percy wusste zwar, dass es sich nicht schickte, andere zu belauschen (*der Lauscher an der Wand hört seine eigene Schand*, sagte Mama immer), und dennoch konnte sie nicht anders, als durch die enge Spalte zwischen den Sarkophagen zu spitzen. Es handelte sich um eine spindeldürre, hochnäsig dreinschauende Rothaarige, eine mollige Blondine in Debütantinnenweiß sowie einen Gentleman, dessen vom Wind verwehte Lockenfrisur wahrscheinlich mehr Aufwand verursacht hatte als Percys einfache Zopfkrone.

„Lady Eleanor, Sie deuten doch nicht etwa an, dass die Soirée der Stanhopes von schlechtem Geschmack zeugt?" Der Gentleman hob seine dünnen Augenbrauen.

„Oh, ich deute gar nichts an, Lord Carlton. Ich stelle lediglich fest." Die rothaarige Eleanor schniefte. „Man muss ja nur Augen im Kopf haben, um zu sehen, dass es sich bei der Gästeliste kaum um die *Crème de la Crème* handelt."

Percy empfand ein unbehagliches Schaudern und wusste, dass sie nun besser aufhören sollte, das Trio zu bespitzeln. Stattdessen lehnte sie sich aber nur noch näher an die Spalte.

„Wie immer haben Sie völlig recht, Milady", sagte die Blondine einfältig. „Mir war sogar, als hätte ich einen Advokaten am Punschausschank gesehen."

„Das ist noch nicht das Schlimmste. Der Ball wird ja von Neureichen geradezu überrannt. Haben Sie denn nicht gesehen, mit wem Lord Gregory eben getanzt hat?"

Das Gesicht der Blondine verzog sich von der Anstrengung des Nachdenkens. „Miss Appleby?"

„Nein, liebste Schwester, Lady Eleanor meint das Gör in Gelb", sagte der Gentleman bissig. „Meine Güte, wie heißt sie denn noch ... irgendetwas Lächerliches, Aphrodite oder so ähnlich ..."

Percys Wangen wurden heiß. Sie blickte an ihren Röcken hinab: fahlgelb wie Osterglocken.

„Sie riecht nach Laden", sagte Lady Eleanor. „Und sie ist in dieser Saison genauso gewöhnlich wie in der vorigen. Erinnern Sie sich daran, was sie letztes Jahr zu Lord Overton gesagt hat?"

Die Blondine kicherte. „Wie könnte ich das vergessen? Er hat es so herrlich nacherzählt. Er fragte sie nach ihren Zeitvertreiben und sie belästigte ihn daraufhin mit den Einzelheiten eines schäbigen *Romans*, an dem sie schrieb. Ein Roman, stellen Sie sich nur vor!"

„Gewöhnlich, wie ich sagte. Der einzige Grund, warum sich überhaupt irgendwer mit ihr abgibt, ist ihre vulgäre Mitgift." Lady Eleanor schnupfte höhnisch. „Es ist, wie wenn man vor aufgestachelten Bullen eine rote Fahne umherschwenkt."

„Verarmten Bullen, meinen Sie wohl." Der Gentleman trank seinen Champagner aus.

„Ich kenne keinen Adeligen, der nicht mehr Geld gebrauchen könnte, und diese Saison sind Gören mit prallen Beuteln rar. So gesehen, vielleicht versuche ich mich sogar selbst mal an diesem zur Schriftstellerin berufenen Ladenmädchen."

„Liebe Miss Fines, sind das Sie da bei diesen grässlichen Totenschreinen?"

Beim musischen Klang dieser Stimme hielt das Geschwätz auf der anderen Seite der Sarkophage inne. Percy wirbelte herum. Beschämt erkannte sie Lady Marianne Draven, eine Busenfreundin der Marquise von Harteford. Mit ihrem mondhellen Haar und klassisch gemeißelten Gesichtszügen stellte Lady Draven alle anderen Frauen in den Schatten. Heute Abend umschmiegte ein leichtes silbernes Kleid ihre gertenschlanke Figur und die Pracht eines Strangs von Smaragden um ihren schmalen Hals ging im Glanz ihrer blendend grünen Augen unter. Percy bewunderte die verwitwete Baronin sehr. Sie war nicht nur wunderschön, sondern auch unabhängig und äußerst gerissen.

„Guten Abend, Milady." Wie viel des bösen Geredes hatte Lady Draven mitbekommen? Trotz der Erniedrigung, die in ihrem Magen knabberte, brachte Percy einen vollendeten Knicks zustande. „Es ist so schön, ein vertrautes Gesicht zu sehen."

Die Baronin lächelte. „Das denke ich mir, wo doch die weniger vertrauten Gesichter nicht gerade gastfreundlich sind." Sie sagte hörbar: „Meines Erachtens gibt es etwas, das noch vulgärer ist als Ihre Mitgift, Miss Fines. Möchten Sie wissen, was?"

Vor Scham und Elend fehlten Percy die Worte.

„Neid." Hohn umspielte die Mundwinkel von Lady Draven. „Mich zumindest überrascht es kaum, dass die Gentlemen heute Abend lieber Champagner genießen anstatt billigen Wein ... oder sollte ich besser sagen *Wein*erlichkeit?"

Percy hörte ein empörtes Luftschnappen von der Spalte zwischen den Steinsärgen und fühlte sich gleich besser.

„Es ist hier ganz schön stickig", fuhr Lady Draven fort. „Gehen Sie mit mir einmal um den Tanzboden?"

„Sehr gern." Als sie außer Hörweite des Trios waren, sagte Percy in einem Anfall der Dankbarkeit: „Danke, dass Sie eingegriffen haben, Milady. Obwohl ich gestehen muss, dass ich teilweise an der Situation schuld bin. Ich hätte nicht lauschen sollen.

„Vielleicht nicht. Doch Eleanor Worthington und ihre selbstgefällige Hochnäsigkeit bringen mich zur Weißglut."

Lady Draven überblickte mit kühler Fassung den Raum, während sie spazierten. Diesen grünen Augen entging wohl wenig. Ringsum schwirrten Gentlemen wie Insekten, versuchten, ihre Aufmerksamkeit zu erhaschen. Fasziniert beobachtete Percy, wie sie sie mit einem einzigen Blick oder einem Wedeln ihres Fächers verscheuchte. Percy bemühte sich, so gesetzt und anmutig zu schreiten wie ihre Gefährtin, drosselte ihren sonst eher gehetzten Gang. Oder wie ihre Mutter es ausdrückte, ihre Neigung zu *hudeln, als wäre dir der Leibhaftige hinterher.*

„Ich fürchte, ich werde nie hierher passen, Milady", sagte Percy düster.

„Guter Gott, warum würde man es denn überhaupt erst versuchen? Sie haben Esprit, was ich der Fadheit allemal vorziehen würde", sagte Lady Draven. „Übrigens, lassen wir doch diese mühseligen Formalitäten ... Percy?"

„Sehr gern, Marianne", sagte Percy geschmeichelt. „Und obwohl ich Ihre Gesellschaft unsäglich genieße, muss ich doch fragen ... mit mir gesehen zu werden, das kostet doch nicht das Gesicht, oder?"

„Meine Liebe, da haben Sie die falsche Vorstellung", sagte die andere gedehnt und wedelte dabei mit ihrem federbesetzten Fächer. Zwischen ihren langen behandschuhten Fingern glänzten Diamanten an den Fächerstäben. „Unter uns gesagt, mein Leumund ist um Einiges verrufener als Ihrer."

Percy grinste. „In dem Fall kann ich nur hoffen, dass Sie nicht auf *mich* abfärben."

Mariannes Lachen klingelte wie silberne Glöckchen. „Ein kecker Fratz, wie ich es mag. Wie erfrischend. Sagen Sie—haben Sie in letzter Zeit von den Hartefords gehört?"

„Den letzten Brief habe ich vor über zwei Wochen erhalten. Helena schrieb, dass es ihnen in Venedig ausnehmend gut gefällt, obwohl die Zwillinge alle in den Wahnsinn treiben. Offenbar hat einer der beiden beinahe auf einer Fahrt durch die Kanäle die Gondel zum Kentern gebracht. Und dann wurden sie aufgefordert, ein Kaffeehaus auf dem Piazza zu verlassen, weil der andere mit seinem Teegebäck Tauben angelockt hat."

„Die kleinen Teufelsbraten schlagen offenbar nach der Mutter."

„Jeremiah und Thomas, nach Helena?", sagte Percy überrascht. „Gewiss nicht. Sie ist die sittsamste Lady, die ich kenne."

„Sie wären überrascht." Ihre Lippen krümmten sich ganz leicht. „Und Sie, Percy. Wie kommen Sie ohne Ihre Familie zurecht?"

„Oh, ich beschäftige mich ..."—*damit, meinen Bruder zu retten, einen ruchlosen Schurken zu küssen*—„ein wenig hier, ein wenig da." Percy klang sogar in ihren eigenen Ohren nervös.

Der grüne Blick wurde schmäler. „In der Tat. Wer ist denn heute Abend Ihre Anstandsdame? Bei einer Veranstaltung wie dieser wird schärfstens darauf geachtet."

„Meine Begleiterin, Lady Tottenham, ist mit mir hergekommen. Doch ich fürchte, sie ist mir abhandengekommen. Sie haben nicht zufällig eine kleine, stämmige Lady mit einem Turban gesehen? Sieht aus, als säße ein riesiger grüner Papagei auf ihrem Kopf?"

„Nein, ich denke nicht." Die andere Dame machte eine Grimasse. „Aber die Beschreibung ist zweckdienlich genug, dass ich weiß, wonach ich Ausschau halten muss. Nun, sagen Sie mir, wie geht es denn mit Portland?"

Percys Wangen wurden warm. „Woher wissen Sie das? Hat Helena etwas erwähnt?"

„Keineswegs", sagte Marianne. „Aber unser ganzes Gespräch hindurch haben Sie ihn diskret im Blick behalten, und jetzt im Augenblick tut er so, als blickte er nicht zu Ihnen herüber."

„Lord Portland schaut mich an?" Vor Freude blieb Percy abrupt stehen und reckte ihren Hals, um ihn besser zu sehen.

„Percy, gehen Sie weiter. So tändelt man doch nicht."

Marianne hatte offenbar recht, denn sobald Percy Lord Charles ausgemacht hatte, wandte er sich ab und neigte sich herunter, um einer bezaubernden Brünetten etwas zuzuflüstern.

„Ich habe Helena gefragt, wie man richtig mit jemandem liebäugelt, und sie sagte mir, man solle einfach man selbst sein." Percy seufzte und ging weiter. „Sie redet sich leicht. Nick ist ja Hals über Kopf in sie verliebt und findet alles, was sie sagt oder tut, einfach hinreißend."

„Es kann einen schier krank machen, nicht wahr?"

„Außerordentlich. Und wenn man als gewöhnliche Kaufmannstochter in den begehrtesten Viscount verliebt ist ..." Percy zuckte niedergeschlagen mit den Schultern. „Sagen wir einfach, ich könnte etwas Hilfe gebrauchen." Da traf sie ein Geistesblitz. „Könnten *Sie* mir vielleicht beibringen, wie ich die Zuneigung von Lord Portland gewinnen kann, Marianne?"

Die Lady nuschelte etwas, das seltsam wie *‚nicht schon wieder'* klang.

„Wie bitte?", sagte Percy.

„Ach, nichts." Marianne seufzte, „Wenn ich fragen darf, warum gilt Ihr Interesse dem Viscount?"

„Ist es nicht offensichtlich? Er ist der schönste und vornehmste Mann im Saal. Und er ist empfindsam, ein Künstler—"

„Wenn ich direkt sein darf: Wie gut kennen Sie ihn denn?"

„Nicht gut. Aber sehen Sie sich ihn doch nur an." Percy wagte einen flüchtigen Blick auf das Objekt ihrer Zuneigung, der nun von einem Schwarm Debütantinnen umringt war. Verflixt. „Was kann sich ein junges Mädchen mehr erhoffen?"

„Hmm."

„Sind Sie nicht der Ansicht?", fragte Percy erstaunt. „Aber Lord Portland ist hoch angesehen. Mama würde in Ohnmacht fallen, wenn er ihr Schwiegersohn würde, und sogar Nicholas billigt es, was etwas heißen will."

„Finden Sie Portland nicht ein wenig farblos für eine junge Frau Ihres Temperaments?"

Percy verzog das Gesicht. „Wenn Sie damit nur höflich ausdrücken möchten, dass ich ein Wildfang bin, glauben Sie mir, das sagt meine Mama mir unmissverständlich. Sie sagt, ich sei viel zu ungezügelt und ein Gemahl mit einer strengen Hand würde mit gut tun."

„Sie sind doch eine Frau und kein Kind, Percy." Mariannes Ton wurde frostig. „Was Sie brauchen, ist ein Gemahl, der Sie als ebenbürtig achtet."

„Freilich will ich das", sagte Percy freimütig, „aber ich weiß auch, dass ich mich bessern muss."

Was noch ein weiterer Grund ist, sich von Hunt fernzuhalten!

„Ich zumindest finde Ihre ungekünstelte Art charmant, aber"—Mariannes weiße Schultern hoben sich mit einer Eleganz, die einer Französin gebührt hätte—„wie Sie wollen. Ich werde Sie unterweisen. Für den Ausgang kann ich allerdings nicht bürgen."

Percy wollte ihre neue Mentorin umarmen. „Oh, das wäre wundervoll. Danke, Marianne!"

Sie konnte nicht anders, sie musste wieder zu Lord Charles hinüberblicken. Verflixt, er verneigte sich gerade über der Hand einer Brünetten ... Ein fester Griff packte Percys Arm. Erschrocken drehte sie sich zu einem steten, smaragdgrünen Blick um.

„Die erste Lektion", sagte Marianne, „ist, Ihre Gefühle zu bändigen. Das Objekt Ihres Interesses lässt sich nicht in die Karten blicken, und das Gleiche wünscht er sich von einer Lady, um die er zu werben geruht."

„Oh. Gewiss." Sie lenkte ihren Blick weiter, auf das nächstbeste Objekt, das zufällig der Buffettisch war. „So besser?"

„Nun meint er vielleicht, Sie sind am Verhungern, aber zumindest denkt er nicht, dass Sie nach ihm schmachten“, sagte Marianne trocken. „Entspannen Sie sich, meine Liebe. Tun Sie so, als hätten Sie alle Zeit der Welt.“

Percy kicherte gezwungen. „Wie stelle ich mich an?“

Die andere seufzte. „Ich glaube, wir brauchen Verstärkung. Hier ist mein Rat—tändeln Sie mit jedem Einzelnen im Saal, aber sagen Sie nur zwei Tänzen zu. Den dritten halten Sie sich frei.“

„Jeden Einzelnen von was? Und warum soll ich den dritten freihalten?“

Anstelle einer Antwort kam Marianne vor einer Reihe Stühle zum Stehen. Mit einer anmutigen, sinnlichen Bewegung setzte sie sich auf einen und bedeutete Percy, neben ihr Platz zu nehmen. Marianne fächelte sich mit den weißen Federn zu, ein einladendes Lächeln auf den Lippen.

Binnen einer Minute waren sie von Verehrern belagert.

Percy gewährte einen Kotillon und einen Reel.

Als sie von dem zweiten Tanz zurückkehrte, erhitzt sowohl von der Anstrengung als auch den Schmeicheleien ihres Tanzpartners, fand sie Marianne von einem undurchdringlichen Wall aus Männern umzingelt.

„Miss Fines, was sagen Sie zu noch einer Runde?“, fragte ihr Tanzpartner, als ein Walzer einsetzte.

Ehe sie antworten konnte, mischte sich eine ernste Stimme ein.

„Ich glaube, der nächste Tanz ist für mich reserviert“, sagte Lord Charles.

***

Am nächsten Morgen ging Percy in ihrer Stube umher, so unruhig, dass sie fürchtete, zwischen den Blumen und Reben auf dem Wilton-Teppich womöglich einen Trampelpfad zu hinterlassen. Allein aufgrund der Aufregung des Vorabends war sie schon durchnächtigt und fahrig. Und dann hatte Charity ihr auch noch eine Botschaft zukommen lassen, dass sie die Absicht hatte, heute Morgen Paul zu besuchen und danach zur Berichterstattung vorbeizukommen.

Charity hätte schon vor Stunden kommen müssen. Percys Gedanken schwirrten in steigender Panik.

Ich hätte es nie zulassen dürfen, dass Charity das wirklich tut. Was, wenn ihr etwas zugestoßen ist? Soll ich nach ihr suchen? Doch was, wenn ich damit Pauls Aufenthaltsort preisgebe?

Es klingelte.

Sie eilte ins Foyer, erreichte die Tür noch vor Violet, öffnete und zerrte Charity herein. „Falls Lady Tottenham fragt", sagte sie zu der Zofe, „Charity und ich sind in meinem Zimmer."

„Die fragt doch eh nie wat", schnaubte Violet und trottete davon.

Percy wandte sich an ihre Freundin. Sie war so erleichtert gewesen, Charity zu sehen, dass ihr zunächst der zerrupfte Zustand ihrer Freundin gar nicht aufgefallen war. Nun aber bemerkte sie mit wachsender Besorgnis, dass aus Charitys Dutt Haarsträhnen entwischt und ihre Kleider verknittert waren.

„Charity?", fragte sie.

„Gehen wir nach oben", sagte das andere Mädchen mit zittriger Stimme. Nachdem die Tür zum Schlafzimmer hinter ihnen geschlossen war, brach es aus Charity heraus: „Oh, Percy, es war *schrecklich*."

❦ 8 ❦

Gavin blickte aus seinem Kontorfenster und kam zu dem verstörenden Schluss, dass Persephone Fines ihn in den Wahnsinn trieb. Er schlief nicht mehr, er aß kaum—sogar seine Arbeit begann, darunter zu leiden. In zwei Tagen schon sollte er sich mit den anderen Clubbesitzern treffen. Und, feilte er an einer Strategie, wie mit diesen Halsabschneidern umzugehen war? Klügelte er einen alternativen Plan aus, für den wahrscheinlichen Fall, dass die Versammlung schief ging?

Nein. Das tat er nicht. Stattdessen dachte er immerzu an *sie*.

Wie ein Steinchen im Stiefel piesackten ihn die Gedanken an sie. Unentwegt. Er bekam ihren Kuss nicht mehr aus dem Kopf; offenbar fiel *ihr* das nicht so schwer. Seinem Plan nach—oder besser gesagt, seinem verdammten Hirngespinst nach—hätte sie schon längst zu ihm kommen müssen. Stattdessen hatte er seit dem Vorfall bei Plimptons keine Spur von ihr gesehen. Und heute lief die Wette ab. Er war sonst *nie* unentschlossen, doch jetzt war er sich nicht im Klaren, was er mit diesem anstrengenden Gör tun sollte.

Auf der einen Seite wollte er sie aufspüren und von ihr verlangen, dass sie der Wette zustimmte—was freilich überhaupt nichts bringen würde. Er rieb sich gereizt den Nacken. Seine Vernunft gebot ihm, dieses aberwitzige Unterfangen ganz sein zu lassen; er konnte Morgan ja auch auf andere Weise wehtun. Durch seine Gemahlin, beispielsweise. Ehe er Percy kennengelernt hatte, war Gavin die Marquise als das beste Mittel erschienen, Morgan das Herz herauszureißen. Wie hatte er das nur vergessen? Wie hatte er sich so in die Angelegenheit mit Percy verzettelt, dass er alles andere aus den Augen verloren hatte?

Seine Hände ballten sich zu Fäusten. Er war kein Mann, der die Beherrschung verlor. Am allerwenigsten wegen eines Frauenzimmers.

Percy hatte sich also nicht seinen Erwartungen entsprechend benommen? Sei's drum. Er hatte seinen Stolz; er würde sich ihr nicht aufdrängen. Er würde stattdessen eben die verdammte Marquise von Harteford verführen. Sein Magen zog sich bei dem Gedanken widerstrebend zusammen. Oder vielleicht ließ er es jemand anderen tun. Wie auch immer. Sobald die verfluchten Hartefords aus Italien zurückkehrten, würde er seinen neuen Plan in die Tat umsetzen ...

Er hörte Schritte. Sein Puls beschleunigte sich. Er wünschte sich, es möge ein goldener Schopf erscheinen ... stattdessen aber marschierte Alfie ins Kontor. Gavins grimmiger Gesichtsausdruck flaute ab, als er sah, dass der Straßenjunge einen größeren, schlaksigeren Knaben im Schlepptau hatte. Er trug die übliche zerlumpte Tracht der Gosse. Sein braunes Haar stand in unbändigen Strähnen von seinem Kopf ab und seine Ohren hätten einem Elefanten zur Ehre gereicht. Ferner zierte ein frischer, blauroter Bluterguss seine linke Wange. Sein linkes Auge war zur Größe einer Walnuss angeschwollen.

„Mr. Hunt, det hier is Davey." Alfie wies mit dem Daumen auf seinen Gefährten. „Er hatte een kleenet Problem mit seener letzten Stelle. Dachte mir, vielleicht könnense ihn ja helfen, wie de anderen ooch."

„Aha." Gavin näherte sich, und der Neuankömmling zuckte

zurück. Diesen Instinkt wurde man nie los. Grimmig fragte er: „Wie alt bist du, Davey?"

„Ick werd' im Frühling vierzehn, Sir." Daveys Stimme war kaum mehr als ein Flüstern. „Ick bin stärker, als ick ausseh'. Fleißig bin ick ooch, ick erledig' immer allet, wat mich aufjetragen wird."

„Was ist in deiner letzten Stellung vorgefallen?"

Davey starrte auf den Teppich. „Ick schwör', ick hab nüscht falsch jemacht", murmelte er.

In Gavins Brust formte sich ein Knoten. Er wusste nur allzu gut, wie leicht Unschuldsbeteuerungen einfach abgetan wurden. „Hast du Familie?", fragte er ruhig. „Irgendjemanden, der sich um dich kümmern könnte?"

Davey biss sich auf die Lippe und schüttelte den Kopf.

„Du kannst hier bleiben, wenn du möchtest", sagte Gavin. „Du wirst zur Arbeit im Club angelernt—zum Reinemachen oder in der Küche. Solange du deine Arbeit gut verrichtest, hast du Lohn, Brot und ein Dach über dem Kopf."

Davey sah auf, und einen Augenblick lang sah Gavin sich selbst in diesem dünnen, abgezehrten Gesicht. Der Hoffnungsschimmer in dem gesunden Auge des Knaben stach ihm in die Brust und löste in ihm eine Welle kalter Wut aus. Raubtiere, die von den Schwachen zehrten—sie verdienten Strafe.

„Wer hat dir das angetan?", wollte er wissen.

Furcht erfüllte den Gesichtsausdruck des Knaben. „K-kann ick nüscht sagen, Sir."

„Kannst nicht oder willst nicht?" Ehe Gavin weiter in ihn drängen konnte, hörte er eine weibliche Stimme von außen ins Kontor dringen.

„Die Angelegenheit drängt, und ich muss Mr. Hunt unverzüglich sprechen." Jemand antwortete mit einem leisen Nuscheln, woraufhin die Stimme forscher wurde: „Nein, ich warte *nicht*. Es geht um Leben und Tod. Übermitteln Sie meine Nachricht bitte sofort, Sir."

Percys feurige Kühnheit wärmte ihn, seine Spannung löste sich ein wenig. *Endlich kommt sie zu mir ... nicht, dass ich mir Sorgen gemacht hätte. Ich habe sie schon richtig eingeschätzt.* Wie immer verstand das freche Gör einen großen Auftritt zu machen. Leben und Tod, fürwahr—sie könnte als Schauspielerin in der Drury Lane auftreten. Eine Minute später erschien der zappelig wirkende Lakai. Ehe er auch nur ein Wort von sich geben konnte, sagte Gavin: „Schicken Sie sie herein."

Percy kam hereingeschneit. Der duftige Schleier an ihrer Haube verbarg ihr Gesicht—das Luder verkleidete sich gern— doch ihre übrige Gestalt zeichnete sich hübsch deutlich in ihrem mondänen fliederfarbenen Kleid ab. Sie steckte den Schleier hoch. Ihre Augen wurden groß, und ehe er grüßen konnte, marschierte sie strammen Schrittes auf Davey zu. Vor Gavins erstaunten Augen fasste sie sanft das Kinn des Knaben. Davey ließ sich anfassen, mit verdattertem Gesicht.

„Du armes Ding", flüsterte sie. „Das gibt ein Veilchen, ganz gewiss. Tut es schrecklich weh?"

„N-nein, Miss", stammelte der Knabe.

Sie wühlte in ihrem Beutel und zog ein Spitzentaschentuch hervor. Das edle Stück Stoff allein war vermutlich mehr wert, als Davey in einem Jahr verdiente. Sie gab es ihm.

„Pack da etwas Eis hinein, wenn der Koch welches zur Hand hat. Wenn nicht, tut es auch kaltes Wasser. Halt es auf den Bluterguss, dann schwillt er schneller ab", sagte sie.

„Ja, Miss. D-danke." Davey klang so verdutzt, wie Gavin sich fühlte.

Anschließend wandte Percy sich an Gavin. Seine Verwunderung schwand, als er hörte, was sie nun sagte. „Wie konnten Sie nur", zischte sie. Ihre Augen schlugen Funken in seine Richtung. „Er ist noch ein Knabe und nur halb so groß wie Sie. Sie sollten sich schämen."

Einen Moment lang fehlten Gavin die Worte. Blut rauschte in seinen Ohren. Aus dem Nichts erklang eine Stimme in seinem

Kopf. *Du wirst hiermit der Brandstiftung schuldig befunden und zu zehn Jahren Haft in den Gefängnisschiffen verurteilt.* Hilflose Wut ließ ihn die Fäuste ballen. *Das war ich nicht.*

„'Tschuldigung, Miss, aber ick gloob, Sie haben da den falschen Eindruck." Dies kam von Alfie, der sich dazu quirlig verbeugte.

Percy runzelte die Stirn. „Und wer bist du?"

„Ick heiß' Alfie, Miss, und ick bin derjenige, der den Davey heute herjebracht hat. Wegen eener Stelle. Mr. Hunt hat ja immer wat für unsereens—und damit meen ick Straßenkinner und so'n Jesindel", erklärte Alfie sachlich. „Det isn hochanständijer Herr, wissense, auch wenn er aussieht wie der Leibhaftije persönlich."

„Oh." Nach einer angestrengten Pause fragte Percy Davey: „Stimmt das?"

Davey nickte kleinlaut.

Sie drehte sich zu Gavin um. Vor Wut bebend stellte er sich auf eine weitere Kränkung ein. Er wusste nur zu gut, dass man einen Fehler am besten vertuschte, indem man gleich noch eine Charge Beleidigungen und Schuldzuweisungen nachlegte. Angreifen oder angegriffen werden. So ging es in dieser elenden Welt.

„I-ich fürchte, ich muss mich bei Ihnen entschuldigen, Mr. Hunt", sagte sie. Auf ihren Wangen blühten Rosen. „Ich habe voreilig geurteilt, das hätte ich nicht tun sollen. Es tut mir aufrichtig leid."

Ihre Zerknirschung nahm ihm den Wind aus den Segeln. Der Sturm in ihm legte sich plötzlich; er konnte sie nur anstarren, verwundert über die heftigen Gefühle, die sie in ihm auslöste. Warum wirkte sie so auf ihn? Was scherte es ihn denn, was sie dachte? Aus dem Augenwinkel sah er, wie Alfie Davey aus dem Zimmer bugsierte und die Tür hinter sich schloss.

„Vergessen Sie es", sagte er flach. „Es tut nichts zur Sache."

„Doch, das tut es." Ihr lebhafter Blick hielt seinen gefangen, ihr Ausdruck war unsäglich aufrichtig. „Meine Anschuldigung war höchst ungerecht. Mama hält mir immer Standpauken darüber, dass ich zu leidenschaftlich bin, und ich fürchte, sie hat recht." Percy kaute auf ihrer Lippe und sagte zerknirscht: „Nehmen Sie meine Entschuldigung an, Mr. Hunt?"

Was konnte er dazu schon sagen? Er nickte schroff und sie erwiderte mit einem zaghaften Lächeln. Unter ihrem Kinn waren die Bänder ihrer Haube zu einer niedlichen Schleife gebunden. Seine Finger juckten, er wollte sie am liebsten lösen. Ihr diese alberne Haube vom Kopf stoßen und die Finger in warmen sonnigen Locken vergraben ...

Nicht die Beherrschung verlieren, du Narr. Konzentrier dich. Schließ den Handel mit ihr ab.

„Darf ich fragen, was Sie heute zu mir bringt?", fragte er gefasst.

Die Wärme wich aus ihrem Ausdruck. Ihr Blick senkte sich und blieb auf seine Krawatte geheftet. „Ich glaube, Sie wissen schon, warum ich hier bin. Ich möchte Ihr Angebot besprechen. Allerdings", fügte sie eilig hinzu, „habe ich meinerseits ein paar Forderungen."

Er hatte die Beherrschung wiedergefunden und näherte sich ihr. Sie wich nicht vor ihm zurück, was er als gutes Zeichen wertete. Sie sah ihn überrascht an, als er ihr einen Stuhl anbot.

„Mitunter habe auch ich Manieren", sagte er gestelzt. „Und da ich das Gefühl habe, dass Ihre Ausführungen eine Weile dauern werden, machen Sie es sich doch ruhig bequem. Soll ich auch Tee bringen lassen?"

„Nein, danke." Sie setzte sich auf den angebotenen Stuhl und richtete sittsam ihre Röcke um sich herum. „Dies sind meine Bedingungen, Mr. Hunt. Erstens möchte ich, dass die Einzelheiten der Wette bitte schriftlich festgehalten werden."

Er lehnte sich an das Pult und musterte sie. „Ich habe Ihnen mein Wort gegeben, Miss Fines. Das sollte ausreichen."

„Papa sagte immer, man soll sich alles schriftlich geben lassen. Wenn alles vorüber ist, will ich einen dingfesten Beweis, dass mein Bruder frei ist. Das heißt, ich möchte Ihre Unterschrift, die ihn von allen Schulden befreit, wenn ich diese Wette gewinne."

Dessen war sie sich wohl ganz sicher? Er ermahnte sich selbst, sie nicht unnütz zu provozieren. Also sagte er kurz angebunden: „Also gut. Wenn Sie einen Vertrag wünschen, dann bekommen Sie ihn. Was noch?"

Mit zusammengekniffenen Augen beobachtete er, wie die Gefühle mit ihren lebhaften Gesichtszügen spielten. Percy würde eine schreckliche Kartenspielerin abgeben, man konnte in ihrem Gesicht lesen wie in einem Buch. Die Art, wie sie auf ihrer Oberlippe kaute, kündigte bereits an, dass sie etwas Unangenehmes sagen würde.

„Ich will Ihr Versprechen, dass Sie es für die Dauer der Wette nicht versuchen werden, Paul zu finden oder ihm Schaden zuzufügen", sagte sie. „Sie werden noch nicht einmal eine Zahlung von ihm annehmen, sollte er Sie aufsuchen."

„Sie scherzen."

„Ganz gewiss nicht." Ihre Stimme war ruhig, doch er bemerkte, wie ihre Brust sich rasch hob und senkte. „Warum sollte ich es riskieren, auf diese Wette einzugehen, wenn Sie meinen Bruder jederzeit in die Falle locken könnten? Warum sollten Sie das Beste aller Welten bekommen?"

Verflucht, sie war schlauer, als er ihr zutraute.

„Das Beste aller Welten, nämlich Sie und die Kompagnie Ihres Bruders bekomme ich ohnehin", sagte er. „Wenn ich die Wette gewonnen habe."

„*Falls* Sie die Wette gewinnen." Ihre Wangen blühten rosig, doch ihr Blick blieb standhaft.

„Doch falls Sie verlieren, erlassen Sie den Fines alle Schulden und lassen uns fortan in Ruhe."

Er sah in ihr stures, pikantes kleines Gesicht und fühlte etwas wie Achtung. Für eine Frau besaß sie starke Loyalität. Wie schade, dass diese sie an Morgan band.

Er nickte langsam. „Einverstanden."

Sie atmete aus, sichtlich erleichtert. „Nun, dann bleibt nur noch Eines."

Er hob eine Augenbraue.

„Es hat damit zu tun, wie die Anzahl der Besuche bestimmt wird. Ich werde würfeln, aber nur"—sie hob einen zarten behandschuhten Finger—„mit *einem* Würfel."

Sein Kiefer verspannte sich. Es ging ihm nicht so sehr um die Forderung an sich, sondern um die Verwegenheit, mit der sie mit ihm verhandelte. Sie wurde mit jeder Minute dreister; wenn er nicht achtgab, dachte sie womöglich bald, sie könnte mit ihm umspringen, wie es ihr beliebte. Ein hübsches Ding wie sie war es vermutlich gewöhnt, alles zu bekommen, was sie wollte. Wahrscheinlich wickelte sie all die Gentlemen um ihren erlesenen kleinen Finger.

„Geben Sie mir einen guten Grund, warum ich dem zustimmen sollte, zusätzlich zu den ganzen anderen Zugeständnissen, die ich Ihnen schon mache", sagte er.

Ihre sandblonden Wimpern gingen nach oben. „Weil Sie zufällig gerade in Gönnerlaune sind?"

„Versuchen Sie es noch einmal, Miss Fines."

Sie kaute auf ihrer Lippe. „Weil Sie sich Ihres eigenen Geschicks so sicher sind, dass Sie glauben, mich innerhalb von sechs Begegnungen verführen zu können?"

„Schon besser", würdigte er. „Doch immer noch nicht gut genug."

„Ich weiß gar nicht, warum die Anzahl der Würfel so wichtig sein soll", sagte sie in einem nahezu schmeichlerischen Ton. „Ich stimme schließlich zu, meinen Ruf und meine Person für diese Wette aufs Spiel zu setzen. Das Mindeste, was Sie für mich tun können, ist mir in dieser Sache entgegen zu kommen."

Dieses Lächeln konnte vermutlich Vögel von den Bäumen herunterschmeicheln, und sie wusste es genau. Er strich sich über das Kinn. „Nun, ich kann es ja in Erwägung ziehen ..."

„Ausgezeichnet. Ich wusste ja, mit Ihnen lässt sich reden“, sagte sie strahlend.

„ ... wenn Sie mir im Gegenzug auch eine Bitte gewähren.“

Sie runzelte die Stirn. „Was für eine Bitte?“

„Nicht viel. Nur ein Kuss. Zum Besiegeln unseres Handels, verstehen Sie.“

„*Noch ein* Kuss?“, fragte sie, sichtlich vergrämt.

„Ja, Miss Fines. Eine Geste des guten Willens Ihrerseits für all die Zugeständnisse, die ich Ihnen mache.“ Nun war es an ihm, zu lächeln. „Es sei denn, Sie haben Angst davor, mich noch einmal zu küssen?“

$\maltese$ *9* $\maltese$

Verflixt und zugenäht. Hunt dachte, er hätte sie in die Enge getrieben, das konnte sie an seinem überheblichen Gesichtsausdruck sehen, an der entspannten Kontur seiner Narbe. Warum war der Mann nur derart ... verwirrend? Gerade eben war sie Zeugin einer ganz ungeahnten Seite von ihm geworden. Einer Spur von Güte und Edelmut. Er hatte Mitgefühl für diesen armen Knaben gezeigt, und offenbar schon für viele andere vor ihm. Es war ihr peinlich, wie sie Hunt in jenem Augenblick beleidigt hatte. Nun aber stand ihm kalte Herzlosigkeit im Gesicht. Ein warnender Schauder kroch ihr das Rückgrat hinauf.

Sie schüttelte argwöhnisch den Kopf. „Ich kann Sie nicht küssen."

„Dann, fürchte ich, kann ich Ihrer Bitte auch nicht nachkommen."

„Das ziemt sich nicht für einen Gentleman, Sir."

Er hob höhnisch die Brauen.

Sie dachte angestrengt über einen Ausweg nach, doch es fiel ihr nichts ein. Nach Charitys gestrigem Bericht über Paul hatte Percy gewusst, was zu tun war. In ihrem Kopf hörte sie noch einmal die zittrige Stimme ihrer Freundin.

Mr. Fines ist überhaupt nicht so, wie ich mich an ihn erinnere. Er stand … völlig neben sich. Charitys Gesicht war ganz farblos gewesen. *Er sei es leid, sich zu verstecken, sagte er, und es ist ihm alles … alles völlig egal. Oh Percy, er sagte, er würde einfach zu Hunt gehen und ihm sein Erbe übergeben!*

Percy straffte die Schultern. Sie konnte nicht zulassen, dass ihr Bruder seine Zukunft und das Erbe ihres Vaters aus einer trunkenen Laune heraus vernichtete. Sie *würde* es nicht zulassen. Und was machte schon ein weiterer Kuss aus? Sie hatte den anderen schließlich auch unbeschadet überstanden, wusste bereits, was von Hunt zu erwarten war. Sie würde das schon schaffen.

„*Ein* Kuss", sagte sie mit einem Kribbeln im Nacken. „Doch zuerst darf ich würfeln."

Er nickte und griff nach dem Würfel auf dem Schreibtisch. Sie stellte sich neben ihn und streckte ihre behandschuhte Hand aus. Er ließ den Elfenbeinwürfel in ihre Hand fallen. Wenn man bedachte, welche Vermögen schon durch diesen kleinen Gegenstand verloren und gewonnen worden waren, fühlte er sich seltsam leicht und unbedeutend an.

Sie umschloss ihn mit beiden Händen und schüttelte, versuchte, in ihrem Kopf ein einziges schwarzes Auge heraufzubeschwören. *Bitte, Gott, lass es eine Eins sein …*

„Beten hilft nicht." Hunts spöttische Stimme brach durch ihre Anspannung. „Nur, damit Sie es wissen."

„Seien Sie gefälligst still, damit ich mich sammeln kann."

„Sich sammeln hilft auch nicht", sagte er.

Zähneknirschend schüttelte sie noch einmal und entließ den Würfel auf die Schreibtischunterlage. Er hüpfte ein paarmal und ihr Herz überschlug sich jedes Mal mit. Dann kippelte er auf einer Kante, sie hielt den Atem an. Als der Würfel fiel, wich ihr alle Luft aus der Lunge.

Eine *Sechs.*

„Der Teufel soll das Ding holen!", entfuhr es ihr.

„Ich glaube, das hat er längst, Miss Fines."

Ihr Blick fegte zu Hunt, der gar nicht erst versuchte, seine Genugtuung zu verhehlen. Pikiert sagte sie: „Ich verlange, noch einmal zu würfeln! Sie haben mich abgelenkt."

„Im Vertrag steht nirgendwo, dass Sie mehr als einen Versuch haben", sagte er. „Ich hätte nicht erwartet, dass Sie kneifen würden, Percy."

Trotz ihrer Kämpfernatur wusste sie, dass man sich an die Spielregeln halten musste. Er hatte recht, das wusste sie, und es ärgerte sie außerordentlich. „Ich bin kein Spielverderber", murmelte sie und verschränkte die Arme. „Aber abgelenkt haben Sie mich sehr wohl."

„Wie gesagt, das macht keinerlei Unterschied." Er lächelte, gewiss, weil alles so lief, wie er es sich vorstellte. Was Percy nur noch mehr vergrämte. „Kommen Sie schon, sehen Sie es positiv. Es sind nur sechs Treffen. Wenn Sie vorhin nicht mit mir verhandelt hätten, hätten Sie mit beiden Würfeln gewürfelt, und dann müssten Sie jetzt womöglich zwölf Mal mit mir zusammenkommen, statt nur sechs."

Das stimmte allerdings. Leicht besänftigt sagte sie: „Das ist wohl wahr."

„Nun, was den Kuss angeht ..."

Verflixt, sie hatte eine verdammte Sechs gewürfelt, und nun musste sie *auch noch* einen zweiten Kuss von diesem Mann ertragen? Sie seufzte voll Abscheu. „Das erscheint mir kaum gerecht, aber nur zu. Aber machen Sie geschwind", sagte sie unfreundlich. „Meine Anstandsdame denkt, ich bin bei einem Nähkreis und erwartet mich um zwei Uhr zurück."

„Dann schreiten wir doch gleich zur Tat." Er grinste. „Ich werde achtgeben, dass ich dabei die Zeit nicht vergesse."

Die Zeit vergessen? Wovon spricht er denn? Er will mich gewiss nur verunsichern. Nun, die Genugtuung gebe ich ihm nicht. Ich zeige ihm ein für alle Mal, dass ich kein schlechtes Mädchen bin.

Sie hob ihre Kinnspitze. „Nur damit Sie es wissen, ich bin kein

Grünschnabel. Sie sind nicht der Einzige, der mich je geküsst hat, wissen Sie."

Seine Augenbrauen fuhren hoch.

Gut. Wichtigtuend fuhr sie fort: „Ich kenne mich aus und weiß, wie es geht. Ich weiß ganz genau, dass der Vorgang nie länger als eine Minute dauert—wie das letzte Mal."

Er machte ein ersticktes Geräusch. Auch gut so. Nun wusste er, dass sie kein unerfahrener Tölpel war. Mit einem Gewissensbiss dachte sie an Lord Charles. Der Mann, den sie eigentlich küssen sollte, und mit dem es vermutlich himmlisch wäre. Doch es half ja nichts, ihr blieb nichts anderes übrig, als die Sache mit kühler Gelassenheit hinter sich zu bringen.

„Ich, äh, werde mein Bestes tun, nicht zu enttäuschen", sagte Hunt.

„Nun machen Sie schon." Sie schürzte die Lippen und schloss die Augen.

Und machte fast einen Luftsprung, als ein warmes, zärtliches Gefühl ihren Hals entlang glitt.

„W-was machen Sie denn da?", stotterte sie. Ihre Haut kribbelte, wo er sie berührt hatte. Sie hatte nicht gewusst, dass diese Stelle hinter ihrem Ohr derart empfindlich war. Funken tanzten auf ihrer Hautoberfläche.

„Ich öffne nur ihre Haube." Seine Augen glänzten, die goldenen Sprenkel darin zeichneten sich deutlich gegen seine schwarzen Pupillen ab. „Die Krempe ist zwar recht groß, aber Sie erwarten sicherlich nicht, dass wir beide darunter passen?"

„Oh. Wohl nicht." *Reg dich nicht darüber auf. Schön ruhig und gefasst bleiben.*

Sie griff nach den Bändern und machte sich daran zu schaffen. Zu ihrem Verdruss waren sie hoffnungslos verknotet.

„Sie machen es nur schlimmer. Wenn Sie gestatten."

Hunt stupste ihre Hände beiseite und fasste geschickt die Bänder. Sie schluckte, als seine Finger ihren Hals streiften, seine hornhäutigen Fingerspitzen ganz leicht über ihre Haut rieben.

Eine erschaudernde Wahrnehmung ging durch sie hindurch. Ihr standen die Härchen auf den Armen zu Berge und ihr Bauch verkrampfte sich. All ihre Sinne erwachten in diesem Augenblick zum Leben: Hunts Duft stieg ihr in die Nase—Leder und männliche Würze, vertraut und doch exotisch.

Der Traum von den Katakomben kam schlagartig zu ihr zurück und sie schwankte. Ihr fiel plötzlich ein, dass sie vergessen hatte, auf dem Berührungsverbot zu bestehen. „Mr. Hunt, ich—"

Er legte einen Finger auf ihre Lippen. Das Leuchten in seinen Augen betörte sie.

„Genug geredet. Nun schließen Sie die Augen, Persephone, und empfangen Sie meinen Kuss."

Alle Gedanken schwanden ihr, als seine Hände ihren Kopf umfassten, sie festhielten. Sie bebte in diesem starken, doch seltsam sanften Griff. Sie atmete rasch aus, und ehe sie wieder einatmen konnte, küsste er sie. Feste, warme Lippen pressten sich auf ihre. Sie versuchte, an Lord Charles zu denken, sich abzulenken, entsann sich seiner elegant formulierten Einladung zu einer Kutschfahrt ... in den Hyde Park ...ihre Gedanken verschwammen. Der Mund auf ihrem bewegte sich so einlullend, so warm, dass er sie immer weiter von den Gefilden der Vernunft hinweg zog.

Sie begann, in ihren Empfindungen zu treiben. Erkundete einfach, staunte einfach.

Dann wurde der Kuss fordernder, und in ihr regte sich ein geheimnisvoller Sog. *Was geschieht mit mir?* fragte sie sich benebelt. *So war es doch das letzte Mal nicht* ... Sie fühlte, wie ihr die Knie weich wurden, doch sie stürzte nicht; stattdessen wurde sie auf etwas Festes gehoben und sie konnte nicht anders, als sich an den warmen, muskulösen Körper zu klammern, der sie stützte und zugleich schwindlig machte. Ihre Lunge brannte, sie bekam keine Luft, und als ihre Lippen sich öffneten, um nach Luft zu schnappen, fiel seine Zunge frech und eifrig ein.

Die Zärtlichkeit erschreckte sie. Erschütterte sie.

Ein einziger Gedanke blitzte durch ihren Kopf: *Mehr.*

Er schmeckte nach Dekadenz, nach Freiheit. Er erkundete sie kühn, und sie erwiderte mit dem unbezähmbaren Verlangen, das in ihr aufstieg. Seine Zunge glitt an ihrer entlang, und eine glutheiße Welle wusch über sie hinweg. Sie stöhnte, ihre Zungen umschlangen sich, der Kuss wurde immer heißer. Als sie dachte, sie müsse vor Lust vergehen, ließ er von ihrem Lippen ab und machte sich an ihrem Ohrläppchen zu schaffen, leckte ihren Hals hinab.

Sie brannte lichterloh und wollte es *noch heißer* haben. Ein Wimmern blieb in ihrer Kehle stecken, als er ihren Busen fasste und durch ihr Mieder hindurch bearbeitete. Unter der dünnen Schicht Stoff sprossen ihre Brustwarzen wie Knospen; Begierde dampfte in ihren Adern. *Fass mich hier an, bitte fass mich an—*

Das helle Schlagen einer Uhr läutete durch den Dunst der Sinnlichkeit.

In einem einzigen, erschreckenden Augenblick brachen gleich mehrere Tatsachen in ihr Bewusstsein. Sie lag auf einem Schreibtisch, hing an Gavin Hunt wie eine Klette an einem Felsen. Seine Zunge steckte völlig in ihrem Mund, seine Hand tastete ihren Busen ab, sein Daumen spielte müßig mit der verhärteten Brustwarze. Als ihr Letzteres bewusst wurde, flutete eine Schockwelle der Lust von dieser verruchten Knospe bis in ihren Schritt. Ein feuchtes Strömen brachte sie in die Wirklichkeit zurück.

Großer Gott. Der Schreck gab ihr ungeahnte Kräfte. Sie stieß Hunts schwere Schultern mit aller Macht von sich. „Lassen Sie mich los!"

Er regte sich kaum, doch seinen Kopf hob er. Sein dickes braunes Haar hing ihm zerzaust in die Stirn. Die Kordeln seines Hemds baumelten lose, und wo vorher noch seine Krawatte gewesen war, blitzte behaarte, muskulöse Haut auf. Die Knöpfe seiner Weste standen offen.

Gütiger Himmel ... hatte *sie* das alles getan?

Das verruchte Schmunzeln in seinen Augen beantwortete die

Frage. Scham kräuselte sich über ihre ohnehin schon aufgewühlten Sinne. Ihr Puls hämmerte wild in ihrer Kehle. Wenn er vorhatte, sie zu schänden ...

„Wie Sie wünschen", sagte er und zog sie hoch.

Wie ein Pfeil schoss sie von dem Pult herunter. Sie zerrte ihr Mieder nach oben, ihr Gesicht war derart erhitzt, dass sie glaubte, die Haut würde ihr von den Knochen schmelzen.

„I-ich muss weg", stammelte sie und bewegte sich in Richtung Tür. „Meine Begleitung ... es ist schon so spät ..."

„Was unsere Zusammenkünfte anbetrifft, Miss Fines ..."

Zusammenkünfte? Ihr Gemüt war in heller Aufruhr. Ihr Körper kribbelte überall dort, wo er sie berührt hatte ... und auch an manchen Stellen, wo er sie nicht berührt hatte. *Was hat er mit mir gemacht?*

„Passen Ihnen Freitagabende? Ich hole Sie ab, sagen wir um zehn Uhr?"

Sie nickte stumpf.

„Ausgezeichnet." Dieses eine Wort triefte nur so vor männlicher Befriedigung. Ehe sie wusste, was er vorhatte, hatte er ihre Hand erfasst und küsste sie. Seine Augen tasteten sie düster, besitzergreifend ab. „Ich muss sagen, ich freue mich auf die nächsten sechs Wochen."

Sie wusste nicht, was sie erwidern sollte, befreite ihre Hand und eilte mit so viel Würde davon, wie sie nur aufbringen konnte.

Gavin war wieder in den *Seven Dials* und empfand weder Scham noch Stolz über seine Herkunft. Die Gosse hatte ihn aus ihrem dreckigen Leib ausgespien und sich selbst überlassen, auf Gedeih und Verderb. Er fand, dass er jeglichen Tribut, den er der Gosse als ihre Ausgeburt schuldete, bereits reichlich in Blut, Schweiß und Elend gezollt hatte. Sein Blick schweifte umher, er suchte die heruntergekommenen Gebäude ab. Stewart neben ihm tat das Gleiche.

Den Instinkt wurde man nie los.

„Wieso bestehen die Clubinhaber immer drauf, sich beim *Blind Stag* zu treffen? Ick *hasse* de *Dials*. Nüscht als Schnorrer und Diebe hier." Stewart schnaubte. „Und dazu noch sin de Weibsbilder hässlich wie de Nacht finster."

Gavin folgte dem Blick seines Mentors und sah eine trunkene Dirne auf der Straße vor ihnen. Mit einer Flasche Gin in einer Hand und einem Stock in der anderen verdrosch sie einen Knaben, brüllte ihn dabei an. Das Kind kauerte sich gegen die Wand. Ein Bild geradewegs aus Gavins eigener Kindheit. In seinen Handschuhen ballten sich ihm die Fäuste ... doch er ging weiter. Aus eigener Erfahrung wusste er, dass jegliche Einmischung dem Jungen nachher nur die doppelten Prügel einbringen würde.

Mutterliebe, dachte er höhnisch. Nichts tat schlimmer weh.

Sein Blick schweifte zu Stewart, und seine Narbe pochte, als ihm eine andere unauslöschliche Erinnerung in den Sinn kam. Er und sein Mentor hatten nie über diese erste Nacht im Schiffsbauch gesprochen. Stewart hatte getan, was er tun musste, und Gavin hatte es ihm nie übel genommen. Am Ende ließ man gewisse Dinge lieber unausgesprochen, und für Rührseligkeit hatten beide noch nie etwas übrig gehabt. Sie waren Männer der Tat: Sie arbeiteten zusammen, kämpften Seite an Seite, und passten aufeinander auf.

Warum also suchte ihn manchmal dieser dunkle Moment heim, der zwischen ihnen schwebte?

„Allet in Ordnung, Jung?"

Stewarts Stimme riss ihn in die Gegenwart zurück. Sein Mentor sah ihn seltsam an.

„Alles in Ordnung", sagte er. „Ich habe nur, ähm, gerade nachgedacht."

„Na, hoffentlich nüscht über det Gör", sagte der andere Mann säuerlich.

Ehrlich gesagt war es keine abwegige Vermutung, denn Gedanken an Percy plagten Gavin tatsächlich. Sie verwirrte ihn. In einem Moment zeigte sie ungewöhnliches Mitgefühl mit einem Straßenkind, im nächsten geiferte sie Gavin grundlos an. Dann hatte sie sich entschuldigt, und dass sie ihren Fehler so freimütig zugab, verblüffte ihn nur noch mehr.

Wann hatte ihn zuletzt jemand um Verzeihung gebeten (und vor allem eine Frau)? Heutzutage vermieden es die Leute ja, ihn überhaupt erst zu verstimmen—und wenn es doch einmal vorkam, vertuschten sie entweder die anstößige Tat oder schoben die Schuld auf jemand anderen. Seine Mutter hatte die allerbequemste Lösung gefunden: Sie gab einfach *ihm* die Schuld für all ihre Verfehlungen.

Percys Ehrlichkeit, ihre aufrichtige Zerknirschung, ihn falsch eingeschätzt zu haben, war durch ihn geflattert wie eine sanfte Brise aus einem fernen, sonnigen Land. Seine Brust hatte warm geprickelt, und etwas tief in ihm Schlafendes war kribbelnd erwacht. In diesem Augenblick war es ihm erschienen, dass ... ihr etwas an ihm lag. Dann der Kuss. Allmächtiger, wie sie ihn erwidert hatte, mit ihrem betörenden Geschmack, ihrer übermütigen Leidenschaft—

„Deen Jesicht jefällt mich überhaupt nüscht", sagte Stewart.

Gavin kam sich albern vor, er hüstelte in seine Faust. „Ich ... äh, gehe nur gerade die Strategie für das Treffen noch einmal durch. Wie ich am besten mit den anderen Clubinhabern umgehe."

„Am besten zuerst schießen und sich selber nüscht erschießen lassen", war die lakonische Antwort.

Sie näherten sich dem Herz der *Dials*, wo die sieben Straßen in einer Orgie der Verderbtheit aufeinander prallten. Tavernen lagen sich an allen sieben Winkeln gegenüber, Huren schwärmten sogar zu dieser frühen Stunde herum, um ihre Ware feilzuhalten. Stewart und er bückten sich unter dem niedrigen Türrahmen hindurch in den *Blind Stag*. Die Taverne war gerammelt voll mit dem üblichen Gesindel, die Luft stank nach abgestandenem Bier, Rauch und ungewaschenen Leibern. Sie drängelten sich durch die tobende Gaststube und gingen nach oben zu den privaten Räumen. Gavin war nicht überrascht, als er sah, wer als Erster angekommen war.

„Guten Tag, Mr. und Mrs. Kingsley", grüßte er.

Er verneigte sich über der schmuckbehangenen Hand, die Letztere ihm darbot, als wäre sie eine Königin. Nun, auf gewisse Weise war sie das ja auch. Mavis Kingsley stammte aus einer mächtigen Verbrecherdynastie; ihr Vater Bartholomew Black war ein berüchtigter Halsabschneider, der die *Seven Dials* größtenteils beherrschte. Vor einigen Jahren ehelichte Mavis dann Warren Kingsley, den Inhaber des *Palace*. Kingsleys Club war nun fast so erfolgreich wie die *Underworld*, was nicht zuletzt an Mavis' weitreichenden Beziehungen lag.

Gavin und der prunkhaft gekleidete Adonis neben ihr tauschten Verneigungen aus.

„Nun, Mr. Hunt, was für feine Manieren Sie doch haben." Im Gegensatz zum gepflegten guten Aussehen ihres Gemahls hatte Mavis ein nichtssagendes Gesicht, das ihre ständig kränkelnde Verfassung fahl und kantig gemacht hatte. Sogar ihr opulentes Kleid konnte nicht verbergen, wie hager sie war. „Ich habe gerade Kingsley hier gesagt, dass wir Sie bald einmal zum Abendessen einladen sollten. Denn Arbeit allein macht ja bekanntlich nicht glücklich."

„Wie aufmerksam von Ihnen", sagte Gavin unverbindlich.

„Ich könnte auch veranlassen, dass bei der Gelegenheit ein paar geeignete Damen zugegen sind." Mavis klimperte mit ihren spärlichen Wimpern. „Es ist ja höchste Zeit, dass es auch eine *Mrs.* Hunt gibt, nicht wahr, Kingsley?"

„Selbstverständlich, meine Liebe", sagte ihr Mann duldsam. „Die Ehe macht ja erst den Mann."

Die seltenen Male, die Gavin über die Ehe nachgedacht hatte, hatte er sich seine Braut als ein herbes, zupackendes Weib vorgestellt ... vielleicht so wie Mavis, obwohl er allerdings niemals so unter dem Pantoffel stehen würde wie Kingsley. Seine Gemahlin wäre hübsch unterwürfig. Ergeben und zufrieden mit einer Beziehung, die auf gegenseitiger Zweckdienlichkeit beruhte.

Genau das Gegenteil der lästigen Miss Fines.

„Een Mann macht sich selber. Verlässt sich auf niemand—vor allem nüscht auf jemand in 'nem Rock", sagte Stewart knapp. „Wer det Gegenteil behauptet, is'n Narr."

Mavis lachte brüchig. „Mit einem Junggesellen soll man nicht streiten."

„Wo wir Sie schon da haben, Hunt", sagte Kingsley, „möchte ich betonen, wie höchst empört ich darüber bin, was Ihren

Kunden zugestoßen ist. Sie können bei der Aufklärung dieser Sache auf meine volle Unterstützung zählen."

Leeres Geschwätz, natürlich. Weniger Geschäft für die *Underworld* hieß ja mehr Kundschaft für die Konkurrenz, wie zum Beispiel den *Palace*, das wussten sie beide. Kingsley war schon immer ein gewiefter, hinterlistiger Bastard gewesen. Vor Jahren, vor seiner Heirat mit Mavis, hatten er und Gavin ein „Missverständnis" bezüglich eines Frauenzimmers gehabt. Gavin hatte Kingsley in aller Öffentlichkeit verprügelt und ihn wie ein Kind weinend im Dreck liegen lassen. Gewiss hatte Kingsley ihm diese Erniedrigung nie verziehen.

„Deswegen treffen sich ja heute alle Häuser—um zu beraten, wie wir künftig solchen Vorfällen vorbeugen können", sagte Gavin besonnen.

„Doch wissen wir nicht, wem wir trauen können, nicht wahr?" Kingsley schüttelte effektvoll seinen wohlfrisierten Kopf. Keine einzige goldblonde Strähne verrutschte. „Obwohl es mich schmerzt, muss ich doch sagen, dass ich Lyon gegenüber schon eine Weile Misstrauen hege—"

„Ach, darum klingen mich de Ohren", verkündete eine gehässige Stimme. „Kingsley lästert schon wieder, oder?"

Robbie Lyon, Inhaber des *Lyon's Lair*, kam mit der ihm eigenen Fanfare ins Zimmer. Obwohl er drahtig war, war der Mann ein Schläger, der vor keinem Kampf zurückschreckte. Er war wie ein kleiner Straßenköter, der einem bei jeder Gelegenheit ans Bein pinkelte, einfach aus Jux und Tollerei. Im letzten Jahr hatten er und Gavin ein paar Scharmützel über Gebietsgrenzen ausgetragen, also hatte auch er Grund, der *Underworld* Ärger bereiten zu wollen.

„Unsinn", sagte Kingsley, dem das Lächeln keine Sekunde verrutscht war, „Sie werden wohl langsam alt und bilden sich Sachen ein."

Lyon bebte von seiner grauen Mähne bis zu seinen dick

besohlten Stiefeln. „Willste meen Jehör testen, du feiger Schnösel?"

„Gentlemen, ich muss doch bitten." Mavis hüstelte geziert. „Es ist eine Lady anwesend."

Lyon schnaubte und wischte sich mit dem Handrücken die Nase ab. „Dann haltense Ihren Göttergatten mal im Zaum, Madam, und dann kommen wir zur Sache."

Die beiden Männer starrten sich finster an, deren Leibwächter griffen an ihre Klingen.

„He, ihr fangt doch nicht schon ohne mich mit dem Vergnügen an, Jungs?", sagte eine klangvolle, trällernde Stimme.

Alle Köpfe wanden sich den letzten beiden im Bunde zu. Obwohl Patrick und Finian O'Brien dieselbe Mutter hatten, sah man ihnen ihre Verwandtschaft nicht an. Patrick war so groß wie Stewart und doppelt so breit, mit der klassisch rötlichen Färbung der Iren. Finian, der jüngere Bruder, war schlaksig, rattenhaft, mit kleinen braunen Augen und einem dünnen Schnauzbart.

Gavin und die O'Briens hatten kein gutes Verhältnis. Vor sechs Jahren hatte Gavin Patrick beim Ersteigern der *Underworld* überboten, und dieser nahm es ihm noch immer übel. Was den jüngeren Bruder anging, waren einmal Kisten teuren französischen Brandys aus Gavins Lagerraum verschwunden und irgendwie in Finians Club aufgetaucht. Gavin traute keinem der beiden O'Briens weiter, als er ihn schleudern konnte ...

Kingsley richtete seinen samtenen Jackenaufschlag. „Es ist Ihnen noch gar nichts entgangen, O'Brien", sagte er leichthin. „Lyon und ich haben uns nur etwas gekabbelt."

„Wenn das so ist, essen wir doch", sagte Patrick. Er leckte sich die Lippen, während er die gut bestückte Anrichte in Augenschein nahm. „Oh, so einen Braten gibt es eben nur im *Blind Stag*. Mir wird ja in letzter Zeit bis zum Erbrechen Fisch verabreicht, weil Mrs. O'Brien mir eine Abmagerungskur verordnet hat." Er zwinkerte seinem Bruder zu. „Aber im Schlafgemach beschwert sie sich nicht über meine ... Fülle, nicht wahr?"

Mavis Kingsley schniefte und kehrte zum Tisch zurück. Ihr Gemahl folgte ihr auf den Fersen.

Minuten später saßen alle gesellig um die lange Tafel, als wären sie sich wohlgesonnen. Allerdings stand hinter jedem ein bewaffneter Leibwächter. Gavin, der an einem Ende der Tafel saß, konnte Stewarts Unruhe geradezu spüren.

Jetzt oder nie.

„Danke, dass Sie alle gekommen sind", sagte Gavin. „Ich habe Sie heute hierher eingeladen, um den Angriff auf meine Kunden zu besprechen." Er blickte geschwind um sich. Keinerlei Anzeichen von Nervosität, kein Zucken oder Flattern, was er aber eigentlich auch nicht erwartete. Er hatte es schließlich mit einer Bande abgebrühter Schurken zu tun. „Nicht genug, dass meine Gäste schwere Verletzungen erlitten haben, der Ruf meines Clubs hat auch deutlichen Schaden genommen. Wer auch immer hinter diesem Übergriff steckt, wollte das Geschäft der *Underworld* beschädigen."

„Wie furchtbar." Das kam von Kingsley, der rechts neben Gavin saß. „Haben Sie denn eine Spur des Täters? Sie haben die Unterstützung des *Palace*, die Angelegenheit richtig zu stellen."

„Vielleicht haben Sie die Anjelegenheit ja erst losjetreten", schnaubte Lyon höhnisch.

„Sie dreister kleiner—", hob Kingsley an.

Mavis gebot ihrem Gemahl mit einer Handbewegung Einhalt. „Unter Freunden schuldigt man sich nicht gegenseitig an, Mr. Lyon." Mit ihrem Lächeln hätte man Diamanten schleifen können. „Und wir *sind* doch alte Freunde, nicht wahr? Wenn ich mich recht erinnere, sind Sie mit meinem Vater bekannt."

Die unausgesprochene Drohung in Mavis' Worten legte sich eiskalt über den Raum. Mit Bartholomew Black wollten sich die Wenigsten anlegen. Wer es tat, wurde bei den Daumen aufgehängt, und diverse andere Körperteile trieben in der Themse. Gavin war Black nie persönlich begegnet, und das wollte er auch so beibehalten.

„Mit Ihrem Herrn Vater hat det nüscht zu tun", murmelte Lyon—und verstummte danach.

Mavis' richtete ihren durchtriebenen Blick auf Gavin. „Wie mein Gemahl schon fragte, haben Sie denn eine Spur, die zu den Urhebern dieser schändlichen Tat führt?"

„Ich wette, Hunt hat freie Auswahl, was Feinde angeht." Patrick sah von dem Haufen Essen auf seinem Teller auf. „Wer weiß, wie viele Leichen sich in seinem Keller tummeln."

Es stimmte, man kam im Leben nicht so weit wie Gavin, ohne dem einen oder anderen dabei auf die Füße zu treten. Im Gefängnis hatte er sich zum Beispiel einige Feinde gemacht, doch von den wenigen Häftlingen, die überlebt hatten, hatte keiner das Zeug dazu, sich so raffiniert an ihm zu rächen. Außerdem fiel Gavin niemand aus seiner Vergangenheit ein, der so viel von solch einer Tat zu gewinnen hatte wie die Schurken, die gerade mit ihm im Zimmer saßen.

„Es gibt da schon eine Reihe von Kandidaten", sagte er, „ohne dass ich Leichen ausgraben müsste."

„Ein Mann, der dem anderen das Auskommen stiehlt, verdient nichts anderes." Patrick O'Brien warf einen Rippenknochen beiseite und rülpste zufrieden, woraufhin Mavis sich schüttelte. „Ich sehe da kein Verbrechen."

Gavin beherrschte sich. „Das Gebäude hat Ihnen ja nicht gehört, O'Brien. Ich habe Sie überboten und die *Underworld* gehört mir. Das ist alles."

„Wenn Sie nicht wären, würde ich heute im Geld schwimmen." Hinter Patricks Fettschwarten glitzerten seine kleinen braunen Augen niederträchtig. „Stattdessen musste ich mich mit einem minderwertigen Club in einer schlechteren Lage begnügen. Sie schulden mir etwas, Hunt, und glauben Sie nicht, dass ich das je vergesse."

„Ich schulde Ihnen überhaupt nichts. Wenn Sie die Schuld auf etwas schieben wollen, dann sehen Sie sich doch mal Ihre liederliche Geschäftsführung an. Nur ein Narr lässt sich auf Geldverleiher ein."

Patricks Faust schnellte auf den Tisch, dass das Geschirr klirrte. „Du unverschämter Bengel, ich reiß' Dir den Kopf ab!"

„Det will ick sehen", brummte Stewart.

Die bewaffneten Männer in O'Briens Ecke lehnten sich nach vorne.

Gavin kam polternd auf die Füße und sagte: „Ich nehme jede Herausforderung an, Mann gegen Mann. Du willst Dresche, O'Brien? Komm und hol sie dir."

Das Gesicht des Iren wurde vor Wut veilchenblau. Die Knöpfe seiner Weste spannten bei seinem Versuch, aufzustehen. Er fiel keuchend zurück auf den Stuhl. „Dich mach' ... ich ... jederzeit ... zu Hackfleisch ..."

„Ganz ruhig, Patrick. Denk daran, was der Arzt gesagt hat." Finian nickte knapp einem seiner Leibwächter zu, der daraufhin Patricks Krawatte lockerte. „Wie Sie sehen können, Mr. Hunt, ist mein Bruder außerstande, jemandem Gewalt anzutun. Wir sind heute um des Friedens willen hergekommen, nicht, um zu raufen."

Mit schwellenden Muskeln sah Gavin in die Runde und las Feindseligkeit in jedem Blick. „Nun hören Sie mich an: Ich dulde keine weiteren Angriffe auf meinen Club." Er starrte jedem der Banditen nacheinander ins Gesicht und gelobte: „Jegliche gegen mich gerichtete Tat wird zehnfach vergolten. Wenn Sie Blut vergießen, dann bluten auch Sie."

Lyon war sofort auf den Beinen. „Wer bist du denn, dass de uns drohst?", bellte er und krempelte sich die Ärmel hoch. „Dir mach' ick soo kleen mit Hut, Bursche, dann wollen wer ma sehn, was fürn Lied de singst."

Gavins ohnehin schon köchelndes Blut wallte brodelnd auf. Er kannte die Regeln der Gosse nur zu gut: Gewalt bekämpfte man mit Gegengewalt. Vernunft hatte unter diesen Schurken keinen Platz. Und er selbst war sein Lebtag nie einem Kampf aus dem

Weg gegangen. Er machte einen Schritt vom Tisch zurück und lud Lyon mit einer Geste ein.

Lyon stürmte mit erhobenem Messer auf ihn zu. Gavin wich aus und rammte seinen Ellbogen in Lyons Rücken. Mit einem Ächzen fiel Lyon nach vorne, krachte in die Anrichte. Es regnete Essen. Doch der Bastard fing sich wieder, kam erneut auf ihn zu. Diesmal deutete er seinen Hieb nur an. Gavin musste in letzter Sekunde beiseite wirbeln, um nicht aufgeschlitzt zu werden. Aus reinem Instinkt heraus rammte Gavin seinen Ellbogen nach oben und traf die Luftröhre seines Gegners. Lyon stöhnte. Sein Messer fiel klirrend zu Boden.

Gavin nutzte seinen Vorteil, rammte Lyon gegen die Wand, hielt seinen Widersacher bei der Kehle fest. Während seine Finger den anderen würgten, überkam ihn die finstere Macht des Gefängnisschiffes.

„Ick erjebe mir ...", röchelte Lyon. „Lass ... los ..."

Der Sog der Gewalt rauschte in Gavins Blut. Sein Griff wurde fester, Lyons Augen quollen hervor. Hinter sich hörte Gavin Stühle rücken, er fühlte die imposante Gegenwart von Stewart hinter sich.

„Junge?"

Die Stimme seines Mentors holte ihn zurück. *Lyon zu töten würde ihm nichts bringen.* Mit größter Willensanstrengung lockerte er seinen Todesgriff. Lyon sank zu Boden, japsend wie eine Forelle an Land.

Gavin drehte sich zu seinem Publikum. Diesmal sah er Angst und widerwillige Ehrfurcht in ihren Augen.

„Das sei Ihnen allen eine Warnung", sagte er mit bedrohlicher Sänfte. „Legen Sie sich mit mir an, und Sie büßen es."

Finian regte sich als Erster und nahm seinen Bruder beim Arm. „Komm, Patrick, gehen wir. Es bringt ja nichts, sich wie ein Rudel Wildhunde aufzuführen."

Patrick O'Brien stierte Gavin finster an, während er aus dem

Zimmer stapfte, dicht gefolgt von seinem Bruder und deren Männern.

„Ick brauch' keene gottverdammte Hilfe!" Das kam von Lyon, der die Hilfsbereitschaft seines Leibwächters von sich wies. Er kam stolpernd auf die Füße und fletschte die Zähne: „Wir sind noch nüscht fertig miteenander, merk dir det, Hunt."

„Das nächste Mal habe ich kein Erbarmen", sagte Gavin.

Fluchend stakste die drahtige Gestalt samt Gefolge davon und ließ Gavin mit den Kingsleys allein.

„Was für eine derbe Sprache vor einer Lady. Lyon ist nichts weiter als ein ungehobelter Unhold." Kingsleys Gesicht verzog sich vor Ekel. „Man kann einen Mann aus der Gosse holen, aber die Gosse bekommt man niemals aus dem Mann heraus."

Mavis taumelte. Durch bleiche Lippen murmelte sie: „Kingsley, ich glaube, ich muss mich nun ausruhen."

„Aber natürlich, meine Liebe." Ihr Gemahl legte beflissen den Arm um sie. „Hunt, ich komme bald bei Ihnen vorbei und wir bereden die Angelegenheit unter zivilisierteren Umständen."

Die beiden gingen. Gavin und Stewart sahen sich an.

Gavin rieb sich den Nacken. „Ist doch ganz gut gelaufen, oder?"

„Se haben zumindest alle verstanden", sagte Stewart.

❧ II ❧

Das edle Ross kam unmittelbar vor Miss Farnham zum Stehen, als diese aus dem Gebüsch gestolpert kam. Sie erkannte den Reiter als Lord Petersby, ihre heimliche Flamme. Die Zeit schien still zu stehen, wie sie so sein vollkommenes Gesicht betrachtete. Lord Petersbys vornehme Stimme schnitt durch das leidenschaftliche Crescendo von Geigen, das in ihrem Kopf spielte.

„Sind Sie das, Miss Farnham?" Durch ein Monokel blickte er sie an. „Meine liebe Lady, was ist denn mit Ihrer Haube geschehen? Und sind das etwa Grasflecken auf Ihrem Kleid?"

Viel zu spät bemerkte sie, dass ihr Streifzug durch den Wald seine Spuren hinterlassen hatte.

—aus Die Drangsale der Priscilla, *ein auf dem Schreibtisch von P.R. Fines liegendes Manuskript*

„Stimmt etwas nicht, Miss Fines? Sie scheinen abwesend."

„Oh, äh, es ist nichts."

Schuldbewusst und erschrocken lenkte Percy ihren Blick wieder auf Lord Portland. Sie spazierten die *Rotten Row* entlang, einen der beliebtesten Spazierwege im Hyde Park. Zu dieser

Nachmittagsstunde tummelten sich die vornehmsten Leute auf dem mit Bäumen gesäumten Pfad. Manche stiegen aus ihren glänzenden Kutschen aus, um zu Fuß zu gehen, während andere zu Pferde vorbei defilierten; jeder wollte sehen und gesehen werden. Percy bemerkte, wie Passanten, vor allem die weiblichen, wertschätzende Blicke auf ihren Begleiter warfen.

Das durften sie ruhig. Lord Charles machte in seinem kobaltblauen Frack und Lederkniehosen wirklich eine schnittige Figur. Ein polierter Gehstock baumelte elegant müßig von seiner Hand. Die Sonne glitzerte auf seinem dicken nussbraunen Haar, das sich über seine Ohren ringelte. Seine Stiefel waren so blank poliert, dass man sich darin spiegeln konnte; es schien fast, als wagte noch nicht einmal der Staub, solch männliche Vollkommenheit zu beschädigen. Eigentlich sollte sie vor Freude über solch ausgezeichnete Begleitung den Weg entlang hüpfen.

Stattdessen störte dieser höllische Kuss mit Hunt immer wieder diese erstklassige Gelegenheit, den Viscount näher kennen zu lernen. In ihren butterweichen Handschuhen ballte sie die Fäuste und ihre Wangen wurden unangenehm warm. Warum ging ihr Hunt derart nach? Sie war nicht in den Halunken verliebt. Selbst wenn sie ihn auch nur im Entferntesten anziehend fände—auf eine grobschlächtige, derbe Art und Weise—entschuldigte das ihr Benehmen noch lange nicht. Sie hatte sich schlimmer verhalten als ein Flittchen.

Ihr Herz trommelte bei der Erinnerung an die Empfindungen, die er in ihr erweckt hatte. So stark ... und inbrünstig. Es war heftiger als alles, was sie jemals in Romanen gelesen hatte—und sie war *äußerst* belesen.

Verflucht, ich bin aber doch kein unartiges Mädchen! Hunt hat mich ... überrumpelt, das ist alles.

Sein Umgang mit diesen Kindern aber hatte ihr eine verborgene Seite des Mannes offenbart. Da steckte also doch noch mehr in ihm, als man ihm ansah. Ein Geheimnis unter der Oberfläche—

„Ich glaube, Sie sind mir schon wieder entglitten, Miss Fines."

Nimm dich zusammen! „Es tut mir so leid, Lord Portland", sagte sie. *Hunt ist also ein Rätsel, und, was schert dich das? Er ist dein Gegner —und ein gerissener obendrein. Vergiss nicht, wie er dich mit diesem ersten Kuss in Sicherheit gewiegt hat. Denk doch, wie diebisch er sich freuen würde, wenn er wüsste, dass du gerade an ihn denkst anstelle an deinen Geliebten.* Sie beschwor ihr strahlendstes Lächeln herauf und fügte hinzu: „Es ist wohl die Hitze. Ich glaube, die verwirrt mir die Sinne."

Unter seinem eleganten hohen Hut wurden die grauen Augen von Lord Charles wärmer. „Sie müssen sich nicht entschuldigen, Miss Fines. Dass eine Lady zart und empfindsam ist, ist ganz natürlich und ganz und gar charmant. Fürwahr, Ihre Empfindlichkeit dem Klima gegenüber zeichnet Sie sogar aus—soll ich die Kutsche holen lassen?"

Er blickte hinter sich, wo ihre Zofe und sein Reitknecht mit gebührendem Abstand folgten.

„Danke, aber das ist nicht nötig. Ich komme noch ein Weilchen zurecht." *Lass dir also nie anmerken, dass du die Verfassung eines Ochsen hast.* Sie schlug die Lider nieder und hoffte, dass sie dabei demütig und bescheiden wirkte. „Ich habe mich schließlich so sehr auf heute gefreut."

„Wie reizend, dass Sie das sagen", sagte Lord Charles.

Er hielt inne und grüßte einen Bekannten, indem er sich an den Hut tippte.

Allein seine Gestik war reinste Poesie. In seiner Gegenwart fühlte man sich nie aufgewühlt, er war Anstand und Güte in Person. Genau die Art von Gentleman, den Papa gerne als Schwiegersohn gesehen hätte. Und völlig anders wie diese andere verfluchte Person, *die es auf das Verderben ihrer Familie abgesehen hatte.* Sie entschloss sich, für den Rest des Ausflugs nicht mehr an Hunt zu denken.

Doch während der Viscount sie den Pfad entlang führte,

gingen ihr die Gesprächsthemen aus. Na wunderbar. Meistens konnte sie ihre Zunge überhaupt nicht im Zaum halten. Sie war ein Plappermaul, was ja in der Familie lag. Leider bestand das Plappern meist darin, sich gegenseitig aufzuziehen oder unanständige Themen zu erörtern, was in der gegenwärtigen Gesellschaft ja beides unangebracht war. Sie blickte angestrengt auf die Spitzen ihrer Stiefeletten und die dünne Schmutzschicht auf dem seegrünen Leder.

Lass dir etwas Schlaues einfallen, sonst hält er dich für eine dumme Gans ...

„Ihr Hut gefällt mir so", platzte es aus ihr heraus. „Er ist sehr schön."

„Danke", sagte er. „Das Gleiche sollte ich über Ihre Garderobe sagen. Madame Rousseau, vermute ich?"

Sie sah ihn überrascht an. „Woher wissen Sie das?"

„Auf Qualität lege ich allerhöchsten Wert." Er blieb stehen und verneigte sich tief und elegant. „Und die besitzen Sie in höchstem Maße, Miss Fines."

Sein Kompliment festigte ihre Selbstsicherheit. Sie war froh, dass sie sich heute mit ihrer Toilette solche Mühe gegeben und weißes, geblümtes und mit himmelblauem Satin versetztes Musselin gewählt hatte. Unter der hohen Taille öffnete sich die Vorderseite des Gehkleids und offenbarte einen bezaubernden gestuften Unterrock. Ein taillierter Spenzer und ein modischer Strohhut vervollständigten das Ganze.

„Danke, Sir." Sie blickte ihn schwärmerisch an. „Ich fürchte, ich habe geraume Zeit vor dem Spiegel verbracht. Ich wollte mich nicht von meinem Gefährten in den Schatten stellen lassen, wissen Sie."

Er belohnte sie mit einem Lächeln. „Ihre Offenheit ist äußerst erfrischend, Miss Fines. Wenn ich das Kompliment erwidern darf, ich habe unseren Walzer letzte Woche recht genossen. Sie folgen sehr hübsch."

Sie war erleichtert. Vermutlich hatte er also nicht bemerkt, wie gezwungen und hölzern sie sich bewegt hatte. Es hatte sie größte Anstrengung gekostet, sich ihre unselige Neigung zum Führen zu verkneifen. Wie ihr armer Tanzlehrer gesagt hatte: *Sie müssen Ihren Partner wie ein Schmetterling begleiten, Signorina, sanft hinterher flattern ... flattern ... flattern ...Per l'amor di dio, ich sagte flattern, nicht wie ein Bulle in Pamplona voran trampeln!*

Zum Glück war es ihr gelungen. *Da sehen Sie es, Signor Tanzlehrer.*

„Und ich muss das erwiderte Kompliment erwidern", sagte sie schelmisch. „Sie tanzen göttlich, Milord. Und wie ich gehört habe, ist das nur eine Ihrer vielen Fertigkeiten."

„Ich gebe mein Bestes. Als Gentleman hat man ja so viel Zeit. Ich sage immer, Muße ist vergeudet, wenn man sie nicht dazu nutzt, nach Schönheit zu streben."

„Wie romantisch, Milord", sagte sie. „Sie dichten auch, nicht wahr?"

„Ich versuche es. In der Tat erwägt ein Verleger gerade, mein Werk zu veröffentlichen", sagte er. „Er sagt, es ähnelt dem Dichter Shelley."

„Oh, ich bewundere die Dichtung von Shelley", hauchte sie.

Ehe sie fortfahren konnte, mussten sie stehen bleiben, damit er eine kichernde Lady und deren Mama grüßen konnte. Percy nutzte die Gelegenheit, Lord Charles diskret zu mustern. Er war die Vollkommenheit schlechthin. Er hatte eine edle Stirn und Nase, die zarten Lippen eines Künstlers ... Aus dem Nichts stürzte sich die Erinnerung an einen anderen Mund auf sie. Harte, sinnliche Lippen, die nicht für Poesie gemacht waren, sondern für die Sünde. Hitze flutete ihre Innereien, ihre Brustwarzen prickelten unter ihrem Mieder, ein körperliches Bewusstsein klopfte in ihren Adern.

„Miss Fines, gehen wir weiter?"

„Ja, selbstverständlich." Ihr Atem ging nicht ganz stetig, also nahm sie seinen Arm und versuchte, die Erinnerung an Hunts

Kuss abzuschütteln. Sie warf verstohlene Blicke auf das makellose, herablassende Gesicht des Viscounts und fühlte eine ganz winzige, ganz schwache Unsicherheit an ihr nagen. *Ein Kuss von Lord Charles gefiele mir doch sicherlich noch viel mehr, oder? Oh, wenn er mich küsste, würde ich Hunt gewiss völlig vergessen …*

„Also, wo waren wir?", fragte der Viscount.

Sie errötete, dass ihre Gedanken ihr so entgleist waren. „Äh, wir sprachen eben von Dichtung", sagte sie. „Insbesondere die von Mr. Shelley."

„Ach ja", antwortete er. Sein Gehstock beschrieb in der Luft einen eleganten Bogen. „Welche seiner Gedichte bewundern Sie denn am meisten?"

Sie blickte seitlich auf Lord Portlands feine Gestalt. Ein Mann konnte doch nicht *zu* vollkommen sein … oder etwa doch? Der Teufel ritt sie, und sie sagte unversehens: „Love's Philosophy."

Als er den Titel des gewagten Gedichts hörte, fuhren die Augenbrauen des Viscounts nach oben. „Tatsächlich."

Sie stellte sich höchst ungeschickt an, das wusste sie, und konnte doch nicht anders. „Mich berührt die Empfindsamkeit des Gedichts. Sie nicht, Milord?"

Wohl wissend, dass es sich nicht schickte, hatte sie dennoch immer von einer leidenschaftlichen, liebevollen Ehe geträumt. So eine, wie Papa und Mama geführt hatten und wie Nicholas mit Helena gefunden hatte. Sie war davon ausgegangen, dass unter der höflichen Wohlerzogenheit von Lord Charles eine brennende Seele lag. Nicholas erschien ja nach außen schließlich auch recht stoisch und dennoch hatte sie ihn bei heimlichen Küssen mit seiner Marquise ertappt, als er sich unbeobachtet wähnte.

Percy hielt den Atem an. Gewiss verstand Lord Charles etwas von Leidenschaft. Er *musste* es einfach—er war doch ein Dichter.

Es erschien etwas Farbe auf seinen hohen Wangenknochen. „Theoretisch gewiss."

Theoretisch? Was sollte das denn heißen?

Der Viscount räusperte sich und zückte die Taschenuhr. „Oh

je, schon so spät. Es scheint mir, wir müssen unser Gespräch ein anderes Mal fortsetzen. Gehen wir zur Kutsche zurück?"

Die Kutschentür öffnete sich, der Knabe kletterte hinein und setzte sich auf die gegenüberliegende Sitzbank.

„Erzähl mir alles, Alfie", sagte Gavin, während er die Szene aus dem Fenster beobachtete.

„Sie und der Rübenblonde latschen sich seit über ner Stunde de Füße platt. Er is een Großkotz der besten Sorte." Der Knabe schnaubte. „Der läuft, als hätte er 'nen Stock im Arsch und winkt um sich, als wär er de Papst."

Gavin ließ den Vorhang los und die Kutsche lag wieder in Finsternis. Wie gewohnt war Alfies Beschreibung äußerst treffend. Der Bengel hatte Lord Charles Portland bis ins letzte selbstgefällige Detail erfasst.

„Und Miss Fines?", fragte er. „Wie würdest du ihr Verhalten während des Gesprächs beschreiben?"

Unter seiner schmuddeligen Mütze ließ Alfie seine Augen himmelwärts schweifen. „Wie een mondsüchtijer Trottel, so hat se sich verhalten. Ihm schöne Augen jemacht und nur Blödsinn jeredet." Mit klimpernden Wimpern äffte der Junge sie nach: „Oh, Milord, wie schön Se sin. Son schönen Mann hab' ick ja noch überhaupt noch nie jesehen. Oh, Sie sind ja wohl der Schönste—"

Gavin hob die Hand. „Ich habe schon verstanden, Alfie."

Sein Kiefer verspannte sich. Es sollte ihn ja nicht weiter überraschen, dass Percy sich einbildete, in Lord Portland verliebt zu sein. Jede zweite Göre der Stadt würde beide Eckzähne geben, um den verfluchten Viscount zu ehelichen, und die andere Hälfte würde sich alle Beine ausreißen. Oh ja, dachte Gavin angewidert, er verstand die feine Gesellschaft nur allzu gut. Er sollte also nicht überrascht sein. Ebenso wenig sollte er den Wunsch verspüren,

Portland den Kopf abzureißen und dann den Rest des Schönlings Stück für Stück auseinanderzunehmen.

Was zum Teufel sah Percy nur in diesem blutlosen Fatzken?

Einen Titel und eine Menge Zaster, antwortete die zynische Stimme in seinem Kopf. *Das ist doch alles, worauf diese Gören der Mittelschicht aus sind. Percy verzuckert das Ganze vielleicht mit ihrem romantischen Gefasel, doch am Ende ist sie doch auch nicht anders als die anderen ihres Schlags, vergiss das nie.*

Die Wut schenkte ihm Richtung. Percy redete sich vielleicht ein, in Portland verliebt zu sein, doch *Gavin* war derjenige, den sie mit ungezügelter Leidenschaft geküsst hatte. Er konnte ihre Lippen noch schmecken, süß wie Zuckerwatte. Er konnte ihre emsigen Hände fühlen, wie wunderbar sich ihre weichen Kurven an seine harte Gestalt geschmiegt hatten, die bei der Erinnerung daran gleich noch härter wurde.

Portland wollte also ihr Herz? Konnte er haben. Was Gavin anbetraf, war das ein ganz und gar nutzloses Organ. Was er wollte, war Percys köstlichen Körper. Und seine Rache. Er fuhr sich irritiert mit der Hand durchs Haar, ermahnte sich selbst, das Ziel im Auge zu behalten.

Und das war, kurz gesagt: sie zugrunde zu richten, die Teilhabe ihres Bruders zu holen und Nicholas Morgan zu vernichten, und das alles auf einen Streich.

„Soll ich denen weiter nachstellen, Meister?"

„Nein, ich übernehme selbst." Gavin schnipste dem Jungen eine Münze zu. „Nun mach dich aus dem Staub."

Alfie fing die Guinee aus der Luft und grüßte. „War mir een Vergnügen, Sir, und aus dem Staub mach' ick mir jerne, denn im Park jibt et heute jede Menge Täubchen, die wollen alle jerupft werden." Mit einem Grinsen sprang er aus der Kutsche und verschwand in der Menschenmenge.

Er hatte Percy und ihrem Schönling zur Genüge beim Lustwandeln im Sonnenschein zugesehen, also wies Gavin seinen Kutscher an, nach Hause zu fahren. Die Route führte über den

Markt von Covent Garden, und er starrte nachdenklich auf das bunte Treiben, sann über sein weiteres Vorgehen nach. Zwang würde nur Percys aufsässige Ader anstacheln. Um sie zu verführen, musste er sie also glauben machen, dass sie ihr Geschick selbst bestimmte. Einfach die Köder auslegen und den neugierigen (und recht wetteifrigen) Gegner anbeißen lassen.

Und weil er selbst auch ganz gerne wetteiferte, musste er zugeben, dass ihn ihre Spielchen gut unterhielten. Er schmunzelte darüber, wie widerwillig sie ihre Seite des Handels eingehalten hatte. Sie wollte diesen zweiten Kuss erst nicht zugestehen, doch dann hatte sie mit reiner Leidenschaft mitgemacht, was ihn höchst erregt hatte. Eine unschuldige Berührung ihrer Lippen heizte seine Lust mehr an als jegliche bisherigen Ausschweifungen mit anderen Weibern. Er fragte sich, ob Percy auch an ihre Küsse dachte. Ob sie, wie er, vielleicht mehr getan hatte, als nur daran zu denken. Die Vorstellung, dass Percy sich vielleicht selbst befriedigte, erhitzte seinen ganzen Körper. Freilich taten sittsame junge Fräulein so etwas nicht, aber man durfte ja träumen, oder? Bis er beim Club angelangt war, spannten ihm schon wieder unangenehm die Hosen. Es erfreute ihn also nicht gerade, Kingsleys samtgewandete Gestalt vor dem Eingang der *Underworld* stehen zu sehen.

„Hunt, mein Freund, ich grüße Sie!", winkte Kingsley ihm zu.

Gavin knöpfte sein Jackett zu. Gut, dass er heute keinen offenen Cutaway trug. „Was verschafft mir die Ehre?", fragte er.

„Ich halte mein Versprechen, behilflich zu sein", sagte Kingsley freundlich. „Die Frau Gemahlin ist ein paar Wochen lang in Bath, also dachte ich, wir beide könnten ein wenig plaudern. Von Mann zu Mann, hä?"

„Gehen wir in mein Kontor?", schlug Gavin wenig begeistert vor.

Er ging voran die Stufen in das kreisrunde Atrium hoch. Sonnenlicht flutete durch die Fenster herein und glänzte auf den schwarzen Marmorböden und Kristallkronleuchtern. Wie Speichen eines Rades führten sechs prunkhafte Flure von hier zu den Spielsälen. Das Gesinde fegte und putzte emsig. Davey, der gerade einen Spiegel polierte, hielt inne und verneigte sich tief.

Gavin sah den neidischen Schimmer in Kingsleys Blick. *Lass den Bastard nur gaffen. Wenn er mir das Meine zu nehmen versucht, landet er nicht nur im Dreck. Dieses Mal dreh ich ihm den verdammten Hals um.*

Sie betraten das Kontor, und Gavin bedeutete Kingsley, auf dem Stuhl gegenüber dem Schreibpult Platz zu nehmen. Er schenkte ihm etwas zu trinken ein, wohl wissend, dass der andere das Glas nicht anrühren würde. Er würde es im umgekehrten Falle auch nicht tun. Er lehnte sich in das genietete Lederpolster seines Sessels, beäugte seinen ungebetenen Gast und schlürfte langsam seinen Whiskey. „Wie genau wollen Sie mir denn behilflich sein, Kingsley?"

Der Adonis lächelte und entblößte dabei schneeweiße Zähne. „Ein Vorschlag, der uns beiden zum Vorteil gereicht. Meines Erachtens gibt es nur zwei Männer, die die reichen Gaben von Covent Garden auch verdienen, und sie sitzen beide hier."

„Ich bin mir sicher, dass da die anderen Clubinhaber anderer Meinung sind."

„Wer denn—Lyon? Die O'Briens?" Kingsley schnaubte. „Sie sind derb und ungebildet, taugen nicht zu wahrer Größe. Und der Übergriff auf Ihre Kunden? Allen dreien wäre eine solche Feigheit zuzutrauen."

Oder dir. „Was schlagen Sie also vor?", fragte Gavin.

„Wir machen gemeinsame Sache, Hunt. Wir beide zusammen haben mehr Männer, sind mächtiger als die anderen. Nutzen wir das doch, um die anderen vom Markt zu drängen, sage ich. Dann erweitern wir unsere Clubs und teilen uns die Gewinne." Er lehnte sich nach vorne und sagte: „Jeder kriegt die Hälfte von ganz Covent Garden."

Kingsley hatte durchaus recht damit, dass sie beide die erfolgreichsten der Gruppe waren. Wenn sie sich zusammenschlössen, könnten sie die anderen wohl wirklich aus der Gegend vertreiben. Oder sie ganz verschwinden lassen, was seinem Gegenüber bestimmt noch lieber wäre. Doch obwohl er die anderen Clubinhaber gewiss nicht leiden konnte, hatte Gavin kein Bedürfnis, die Konkurrenz zu ermorden. Er wusste, wohin dieser Weg führte: Ein Blutbad führte zum anderen. Und das Letzte, was er wollte, war neben diesem Judas hier zusammen auf einem blutbespritzten Thron zu sitzen.

„Warum ich? Wenn Sie auf mehr Macht aus sind, warum gesellen Sie sich nicht mit Ihrem Schwiegervater zusammen?", fragte Gavin. Im Bunde mit Bartholomew Black würde Kingsley vielleicht unaufhaltbar.

Wut blitzte kurz über das Gesicht des anderen, ehe er seine Mimik beherrschte, und wieder glatt und unbekümmert dreinblickte. „Ich will mir ohne die Hilfe des Alten einen Namen machen", sagte er leichthin. „Habe noch nie gern das Geschäftliche mit Familienangelegenheiten vermischt."

Die Gerüchte stimmten also. Man erzählte sich nämlich, dass Black Kingsley noch nie gemocht hatte, weil er ihn für einen eitlen Gecken hielt. Der Alte hatte der Heirat nur deswegen zugestimmt, weil er seiner Tochter nichts ausschlagen konnte. Mavis war Blacks Ein und Alles, und jeder Mann, der Narr genug war, sie zu heiraten, stellte sie lieber zufrieden ... oder bekam es mit dem Schwiegervater zu tun.

Gavin erhob sich. „Und ich wiederum habe noch nie gern meine Geschäfte mit denen eines anderen vermischt. Ich muss also leider ablehnen."

„Überlegen Sie es sich gut, Hunt." Kingsley stand ebenfalls auf, sah verbissen aus. „Sie sind nicht der Einzige, mit dem ich mich verbünden könnte. Hier spielen so Einige mit, und Sie sollten auf der Siegerseite mitspielen."

„Ich brauche keine Siegerseite. Ich siege im Alleingang." Gavin verneigte sich spöttisch.

Kingsleys Lippen wurden bleich. Er nickte steif und stakste

aus dem Zimmer. Gavin nippte weiter seinen Whiskey. Der Rat von Magnus kam ihm in den Sinn: *Mit Freunden soll man sich gut stellen, mit Feinden noch besser* ... aber wenn man ihnen zu nahe kam, schlitzten sie einem die Kehle auf. Am Ende musste man sich auf sich selbst verlassen und sonst niemanden. Diese Maxime galt für ihn schon, so lange er denken konnte, deshalb wunderte sich Gavin, warum sie ihn nun so kalt ließ.

❧ 12 ❧

Um zehn vor zehn am Freitagabend kletterte Percy über das Fensterbrett. Sie griff nach einem kräftigen Ast der Eiche vor ihrem Fenster und stieg behände in den Garten hinunter. Sie blickte hinauf und sah in den Fenstern der Bediensteten kein Licht mehr brennen. Tottie war schon seit Stunden im Bett. Keiner würde sie vermissen. Mit rasendem Herzschlag ging sie aus dem Hintertor und eilte durch den Nebel auf die Straßenecke zu, die Kapuze eng um ihr Gesicht gezogen.

Kurz darauf erschien eine glänzende schwarze Kutsche aus dem Dunst. Die riesigen Räder kamen vor ihr zum Stehen. Die Tür öffnete sich und ihr stockte der Atem. Nachdem sie erst neulich die gepflegte Gesellschaft von Lord Portland genossen hatte, konnte sie nur darüber staunen, wie tierisch Hunt im Vergleich wirkte. Das Mondlicht tanzte in seinen funkelnden Augen, umrahmte seine hünenhafte, bedrohliche, ganz in schwarz gewandete Gestalt.

„Guten Abend." Seine Stimme war so tief und finster wie das Jenseits. „Ich hoffe, Sie warten noch nicht lange."

Er bot ihr die Hand, und ihr blieb nichts übrig, als sie zu nehmen. Sogar durch das Leder hindurch versengte sie seine

Berührung. Sie zog ihre Hand hastig zurück, sobald sie eingestiegen war.

„Ich bin selbst erst gerade hier angelangt", sagte sie und verzog sich so weit wie möglich in die Ecke.

Zu ihrer Erleichterung setzte er sich auf die Bank gegenüber. Seine Gegenwart füllte das vornehme Interieur aus Samt und Leder, sein sauberer, männlicher Duft stieg ihr in die Nase. Im flackernden Lampenschein sahen seine Gesichtszüge hart aus, die Schatten hoben seine Narbe hervor. Sie atmete angestrengt ein, als sich plötzlich die Schwere des Augenblicks über sie legte. *Ich habe ein Rendezvous mit dem Teufel.* Doch die Tür war schon geschlossen und die Kutsche rollte los. Percy kam es vor, als glitte sie auf finstere, unbekannte Gewässer hinaus.

Vielleicht war es ja der Totenfluss Styx?

„Eine Lady, die einen Mann nicht auf sich warten lasst", sagte er. „Wie ungewöhnlich."

Sein spöttischer Ton ärgerte sie und vertrieb ihr ein wenig die Nervosität. „Wenn ich mich auf etwas einlasse, dann mache ich es auch", sagte sie knapp. „Wohin geht es, Mr. Hunt?"

„Ich denke, wir sind doch inzwischen ganz gute Freunde. Lassen wir also die Formalitäten. Einverstanden ... Percy?"

„Ich wiederhole, Mr. Hunt, wohin fahren wir heute Abend?"

„Sie verletzen mich, Miss Fines." Er seufzte, jedoch wenig überzeugend. „Die Sache ist die, unser Zielort soll eine Überraschung sein, Sie müssen also einfach abwarten."

Verflucht. War Warten so etwas wie ein nationaler Sport geworden? Wenn man ihr jedes Mal, wenn sie auf etwas warten sollte, einen Penny zahlte ... Verdrießlich lüpfte sie die Vorhangecke und spähte hinaus in die vorbeiziehende Finsternis. Sie fuhren die Pall Mall entlang, die Fahrt konnte also überall hingehen.

Sie wandte sich verzweifelt an ihn. „Können Sie mir nicht wenigstens einen Anhaltspunkt geben?"

„Das könnte ich wohl", sagte er. „Aber ich habe da eine bessere Idee."

Sie sah ihn argwöhnisch an. „Was für eine Idee?"

„Quid pro quo. Ich sage Ihnen, wo wir hinfahren, wenn Sie mir auch eine Frage beantworten."

„Und die wäre?"

Er musterte sie mit unergründlichen Augen. „Wer ist dieser Gentleman, auf den Sie so versessen sind?"

Blut pulsierte in ihren Wangen. „Das geht Sie gar nichts an. Und ich bin nicht versessen, ich bin verliebt." Sie unterdrückte einen Anflug der Unsicherheit und reckte die Kinnspitze nach oben. „Das ist ein Unterschied."

„Wie dem auch sei, Sie würden für ihn gern die Beine breit machen, richtig?"

„Das will ich ... nicht tun, Sie vulgäres Schwein!"

„Sie wollen mit Ihrem Gentleman nicht ins Bett?", fragte Hunt unschuldig. „Dann stimmt mit ihm wohl etwas nicht. Vielleicht wird er kahl, oder ist ... so fett wie unser frisch gekrönter König?"

„Weder, noch! Lord Portland ist vollkommen—" Zu spät bemerkte sie ihren Fehler.

„Sie meinen doch nicht etwa den *Viscount* Portland?" Hunt pfiff leise. „Für eine Kaufmannstochter sind Sie recht ambitioniert."

Lass dich nicht von ihm anstacheln. Bleib ruhig.

„Gut, ich kann es Ihnen nicht verdenken, dass Sie mit dieser langweiligen Bohnenstange nicht ins Heu steigen möchten. Obwohl ich es an Ihrer Stelle zumindest versuchen würde", sagte er. „Sie wollen ja nicht in Ihrer Hochzeitnacht erst entdecken, dass besagte Stange gar nicht ordnungsgemäß funktioniert."

Sie presste die Lippen zusammen.

„Haben Sie ihn denn wenigstens einmal geküsst? So abstoßend ist er doch auch wieder nicht?"

Da platzte ihr der Kragen. „Er ist überhaupt nicht abstoßend,

Sie verfluchter Flegel! Und geküsst haben wir uns noch nicht, weil er ein Gentleman ist, und es ihm nicht im Traum einfiele, sich so etwas herauszunehmen—"

„Wie gut, dass ich kein Gentleman bin." Sein selbstgefälliger Ton und das Flackern in Hunts Blick brachten ihren Magen zum Hüpfen. „Ich habe von unserem süßen Kuss geträumt, Persephone."

Ihr fehlten die Worte.

„Ja, ich habe davon geträumt ... und noch von mehr." Ein finsterer, verruchter Blick stieg in seine Augen. „Und Sie?"

Sie wollte es verleugnen, doch er starrte ihr so begierig, so inständig auf den Mund, dass ihr alle Gedanken vergingen. Ihre Lippen kribbelten vor der Erinnerung an die Hitze. Sein würziger Geschmack flutete ihre Sinne, sie fühlte den festen, samtigen Druck seiner Zunge ...

„Na, so viel zu unserem Spiel." Hunts rauchige Stimme brach in ihre Träumerei. „Wir sind da."

Sie bemerkte, dass die Kutsche stehen geblieben war. Sie zerrte ungeduldig am Vorhang und blickte nach draußen. Ein dunkles Gewässer ... die Themse. Sie sah treibende Boote voller Menschen, die maskiert und bunt gewandet waren, und trotz der Umstände schwappte Aufregung über sie.

„Wir fahren mit dem Boot nach Vauxhall?", rief sie aus.

„Genau." Er lächelte. „Waren Sie da schon einmal?"

„Einmal, an meinem Geburtstag", sagte sie. „Aber es hat ein Handgemenge gegeben und meine Mama hat mir seither nicht mehr gestattet, dahin zu gehen."

„Haben Sie keine Sorge", sagt er. „Bei mir sind Sie sicher."

Und wer beschützt mich vor Ihnen?

Als ob er ihre Gedanken lesen konnte, zuckte sein Mundwinkel und damit auch seine Narbe. Er hob das Sitzkissen neben sich hoch und legte ein Geheimfach frei. Er griff hinein, holte eine große, pralle Tasche heraus und gab sie ihr.

Neugierig blickte sie hinein. „Eine Perücke?"

„Ein Accessoire, das Ihnen nicht ganz fremd ist, oder?"

„Wohl nicht", gab sie zerknirscht zu.

„In der Tasche ist allerlei Frauenkrimskrams—alles, was Sie brauchen, um sich zu verkleiden und Ihren Ruf zu schützen ... wie ich Ihnen ja versprochen hatte." Er hielt inne und tappte sich nachdenklich ans Kinn. „Das Einzige, was Sie jetzt noch brauchen, ist ein Name für heute Abend."

„Sie meinen ... einen Decknamen?"

Es wurde immer besser.

„Ich kann Sie ja schlecht Miss Fines nennen, wenn Sie Ihren Ruf wahren wollen", sagte er besonnen. „Soll ich den Namen auswählen, oder möchten Sie?"

„An was für Namen dachten Sie denn?", fragte sie.

„Hmm. Etwas Exotisches, Verwegenes, was zur Besitzerin passt." Er sah sie abwägend an. „Juliette. Oder vielleicht Tatiana."

Sie musste grinsen, dass er sie so einschätzte. „Sie kennen Ihren Shakespeare", sagte sie anerkennend. In einem Anflug von Übermut fügte sie hinzu: „Ich glaube aber, dass ich lieber als Priscilla gehe, vielen Dank. Und für Sie bin ich Miss Farnham."

„Priscilla Farnham. Hat einen guten Klang." Er öffnete die Tür und sprang leichtfüßig auf den Boden. „Ich lasse Sie also allein."

Sie blickte amüsiert auf die nun geschlossene Tür. Sie musste zugeben—der Mann war schlagfertig wie Quecksilber. *Was ja bedeutungslos ist. Du bist ja lediglich hier, um Paul zu helfen.*

Sie fragte sich, was ihr Bruder wohl im Augenblick tat, und Sorge begann an ihr zu fressen. Nachdem Hunt sich damit einverstanden erklärt hatte, Paul in Frieden zu lassen, war sie nach Spitalfields gegangen und hatte ihn dort nicht angetroffen. Sie hatte ihm eine Nachricht hinterlassen, dass sie Nicholas verständigt hatte. Sie hatte ihm auch geschrieben, dass sie mit Hunt verhandelt hatte und dass dieser sich bereit erklärt hatte, Nick die Schuld zahlen zu lassen. Es war nur eine Halbwahrheit und Paul war gewiss nicht damit einverstanden, doch ihr tatsächliches Arrangement mit Hunt gefiele ihm noch viel weniger. Sie konnte es nicht riskieren, dass er Hunt zur Rede stellte und so zu Schaden kam.

Zwischenzeitlich musste sie alles daran setzen, diese Wette zu gewinnen. Sie hatte sich für den Abend eine narrensichere Strategie zurechtgelegt: jede Berührung mit dem Mann zu vermeiden und stets sichtbar in der Öffentlichkeit zu bleiben. Solange sie sich an diese Regeln hielt, hatte er keine Chance, sie zu verführen, oder? Zusätzlich dazu stand ihr ja jederzeit das Zauberwort zur Verfügung. Ihrem *unterzeichneten* Vertrag nach genügte es, dass sie ihm mündlich Einhalt gebot; und in der Kurzwarenhandlung hatte er sich ja als ein Mann seines Wortes erwiesen.

Es konnte also nicht schaden, vorerst mitzuspielen, oder? Sie kippte den Tascheninhalt aus, begutachtete ihn und vollendete damit ihre *Toilette*. Ihr eigener Anblick im Handspiegel verursachte ein leichtes Kribbeln in ihrem Bauch. Sie konnte nicht anders, Verkleiden machte ihr einfach so viel Vergnügen. Sie tätschelte ihre neue, skandalös rote Frisur und begutachtete die kitschigen goldenen Reifohrringe, die an ihren Ohrläppchen baumelten. Sie nahm ihren Umhang ab und zog den scharlachroten Seidendomino an, den sie in der Tasche gefunden hatte. In der gewagten Farbe fühlte sie sich schneidig wie eine Romanheldin auf dem Weg ins Abenteuer.

Nun wirklich, konnte es denn schaden, wenn sie sich ein wenig amüsierte? Wann hätte sie jemals wieder Gelegenheit, um Mitternacht einen Ball in Vauxhall zu besuchen? Gewiss konnte sie den Abend genießen *und* dabei Hunt bei seinem eigenen Spielchen ausstechen. Sie band den letzten Teil ihrer Verkleidung fest, eine schwarze, spitzenbesetzte Halbmaske, und öffnete die Kutschentür. „Ich bin bereit, Mr. Hunt.“

„Das ging aber schnell“, sagte er. Er hatte aufs Wasser geblickt und wandte sich nun zu ihr um. Er erstarrte. Ein seltsamer Ausdruck kam über sein Gesicht.

„Stimmt etwas nicht?“ Sie tätschelte die Perücke. „Kann man mein Haar sehen?“

„Nein. Sie sehen einfach ... anders aus."

„Das war doch die Absicht, oder? Damit ich nicht erkannt werde?"

„Ja. Gewiss." Er räusperte sich und bot ihr den Arm. „Gehen wir an Bord, Mrs. Farnham?"

Percys entzückter Gesichtsausdruck unter den berühmten Lichtern von Vauxhall erhitzte Gavins Bauch vor Vorfreude. *Es war, als nähme man einem kleinen Kind sein Naschwerk weg.* Ganz wie er vorhergesehen hatte, konnte sie der dunklen Verlockung des wimmelnden Lustgartens nicht widerstehen. Gewiss, sie hielt deutlich einen sicheren Abstand, rutschte in der Dinnerloge für zwei so weit wie möglich von ihm weg. Doch unter der Halbmaske funkelte ihr Blick, sie war völlig hingerissen von dem Opernduett, das gerade auftrat. Das gab ihm Gelegenheit, sie zu betrachten.

Allmächtiger, in dieser Verkleidung strapazierte sie wirklich seine Selbstbeherrschung. Die Schminke betonte ihre natürliche Sinnlichkeit, unterstrich ihren frechen Schmollmund, die kecke Krümmung ihrer Wangenknochen. Umrahmt von schwarzer Spitze glühten ihre mit Kajal umrahmten Augen noch größer. Schade nur, dass ihr glänzendes Haar unter den künstlichen Locken verborgen war. Er wollte ihr die grässliche Perücke am liebsten vom Kopf reißen, seine Finger in ihrer Mähne vergraben, sie festhalten und küssen—

Nicht abschweifen. Leg die Köder aus und lass sie anbeißen.

Als die Opernsänger zu einem trällernden Finale kamen, sprang Percy heftig klatschend auf die Füße. Er verkniff sich ein Lächeln, während sie zusammen mit dem Rest des Publikums um eine Zugabe pfiff. Er fand ihre Überschwänglichkeit charmant und fragte sich, ob sie diese ungebremste Begeisterung auch mit ins Bett bringen würde ... seine Lenden wallten heiß auf.

„Hat Ihnen das gefallen, Miss Farnham?", fragte er.

„Es war *ausgezeichnet*. Ich gehe regelmäßig zur Oper, doch so etwas Wundervolles habe ich noch nie gehört." Mit brennenden Wangen setzte sie sich wieder hin und griff nach ihrem Arrack-Punsch (der stark war, und den er bereits zweimal diskret nachgeschenkt hatte). „Warum klingt Musik eigentlich im Freien so viel schöner?"

„Weil man sie dort normalerweise nicht hört. Das Ungewohnte fesselt immer unser Interesse." Sein Blick glitt über ihr glühendes, lebhaftes Gesicht. „Alles, was anders ist als unser gewöhnlicher Alltag."

„Da kann ich nur zustimmen. Meiner Erfahrung nach ist gewöhnlich nur ein anderes Wort für langweilig."

„Und haben Sie viel Erfahrung mit dem Gewöhnlichen, Miss, äh, Farnham?"

Sie rümpfte die Nase. „Ich bin ein Fräulein der Mittelschicht, Mr. Hunt. Mein ganzes *Leben* ist gewöhnlich. Mit der Ausnahme des heutigen Abends geschieht nie irgendetwas Interessantes."

Das erklärte vielleicht ihre Neigung zur Theatralik. Ein lebhaftes Mädchen wie Percy konnte mit Langeweile vermutlich ganz schlecht umgehen, *sorgte* notfalls für seine eigene Unterhaltung. Belustigt fragte er: „Und mit *interessant* meinen Sie ..."

„Etwas anderes, als die endlosen gesellschaftlichen Besuchsrunden und ständig beim Schneider im Atelier herumzustehen?" Sie zuckte so unbekümmert mit den Schultern, dass er vermutete, der Punsch entfaltete bereits seine Wirkung. „Anregendere Tätigkeiten, als formvollendet Tee zu servieren?"

Er konnte ihr durchaus die eine oder andere anregende Tätigkeit näherbringen. „Ich dachte immer, junge Fräulein sind ganz versessen auf Kleider."

„In *Maßen*." Percy verdrehte die Augen.

Sie ist beschwipst, oder kurz davor, vermutete er.

„Ich möchte gern glauben, dass das Leben mehr zu bieten hat als Gewand und Tand ... ach, Sie würden es nicht verstehen."

„Warum nicht?"

„Weil Sie ein Mann sind. Sie bestimmen Ihr eigenes Schicksal. Wir Ladies hingegen müssen uns von allen anderen Menschen anhören, was wir zu tun und zu lassen haben."

Du ahnst ja nicht, wie ich kämpfen musste, um meine eigene Zukunft zu sichern. Ehe er etwas erwidern konnte, begann ein Walzer zu spielen. Percys Aufmerksamkeit sauste zur Bühne, wo die anderen Gäste in Paaren über den provisorischen Tanzboden wirbelten. Ihre Schultern schwangen sanft erotisch mit der Musik.

Genug geredet—hier war nun seine Gelegenheit.

Er stand auf und bot ihr die Hand. „Tanzen Sie mit mir."

Sie blickte zu ihm auf, und er musste darüber schmunzeln, wie innerlich zerrissen sie aussah. „Ich weiß nicht, ob ich soll ..."

Sie war also noch nicht beschwipst genug. Aber diesen Spruch kannte er ja. Eine Frau, die etwas nicht *sollte, tat* es in aller Regel.

„Wie Sie möchten", sagte er. „Ich jedenfalls muss mir nach dem Herumsitzen die Beine vertreten. Vielleicht gehen wir stattdessen spazieren?"

Ihre Wimpern flatterten, während sie ihre Lage abschätzte, ganz wie er beabsichtigt hatte. Was war gefährlicher—mit ihm einen der berüchtigten *Lover's Walks* entlang zu gehen oder vor aller Augen zu tanzen?

„Ein Tänzchen kann wohl nicht schaden", sagte sie.

Er verneigte sich, damit sie sein triumphierendes Gesicht nicht sah. Er nahm ihre Hand, führte sie mitten auf den Tanzboden. Die Hitze der Körper ringsum hüllte sie ein, ebenso wie das Gemenge der berauschenden Parfüms. Sterne leuchteten am Nachthimmel. Er zog sie an sich. So nah, dass ihre Röcke seine Schenkel streiften. Sie machte große Augen, doch es war zu spät. Das rasende Wirbeln des Walzers trug sie fort.

Als Mann der Tat tanzte Gavin gern. Ihm gefiel die Anstrengung, und außerdem bot es ihm einen Ausblick darauf, was von der jeweiligen Partnerin womöglich später ... im Bett zu erwarten war. Wenn man auf dem Parkett keinen gemeinsamen

Takt fand, dann ging es zwischen den Laken erfahrungsgemäß auch nicht viel besser weiter. Er wusste das aus reichlicher Erfahrung, und manche seiner Partnerinnen waren höchst leichtfüßig gewesen. Doch eine Tanzpartnerin wie Percy hatte er noch nie gehabt.

Bei Gott, wie sich das Luder bewegen konnte.

Sie befanden sich in Vauxhall, wo alle Regeln der Sittsamkeit in den Wind geworfen wurden, und Percy saugte die ausgelassene Atmosphäre nur so in sich auf. Sie glühte beim Tanzen vor jugendlichem, schillerndem Eifer. Er konnte seinen Blick nicht von ihr abwenden. Andere Männer konnten das ebenso wenig, und er musste seine Ellbogen und bedrohliche Blicke zum Einsatz bringen, um sie fernzuhalten. Er schwenkte Percy in noch eine schwindelerregende Drehung und ihr atemloses Lachen lief ihm kribbelnd über die Sinne. Das ansteckende Geräusch wärmte ihm die Brust ... und sorgte weiter unten beinahe für eine Katastrophe.

Noch nie hatte er mit einer Partnerin getanzt, die so mühelos Schritt für Schritt mit ihm mithalten konnte. Deren Blut so heiß rauschte wie sein eigenes—das bewiesen ihre köstlich roten Wangen. Ihre Bewegungen passten sich vollkommen an seine an. Er stellte sich vor, dass diese Paarung auch erotisch sein könnte, dass dieser schlanke Körper sich rhythmisch unter seinen Stößen krümmen könnte ... seine Hand schloss sich fester um ihren Rücken und lenkte sie in eine weitere Drehung. Ihr roter Seidenumhang rauschte gegen seine Erektion. Er verbiss sich ein Stöhnen.

Vielleicht färbte ihre dramatische Art bereits auf ihn ab, denn er glaubte sterben zu müssen, wenn er sie nicht heute Nacht schon haben konnte. Jetzt sofort. Wette hin oder her. Die Melodie verebbte, das Lied neigte sich dem Ende zu. Er musste das Eisen schmieden, solange es heiß war—und verflucht, sein eigenes Eisen war schon glutrot.

„Danke für den Tanz", sagte er. Es kostete ihn all seine

Willenskraft, sie aus seinem Griff zu entlassen. Jetzt durfte er sie nicht verschrecken.

„Das war so … herrlich." Eine überflüssige Aussage, denn sie konnte kaum sprechen, war atemlos. Ihre Augen leuchteten heller als die Sterne und tausend Gartenlaternen zusammen. „Es war wie Fliegen … wie F-flattern … wie ein Schmetterling." Aus irgendeinem Grund fing sie an zu kichern. „Oh, wenn Signor Angiolini mich nur hätte sehen können!"

Gavin zog sie sachte durch das Gewusel der Tänzer. „Wer?"

„Mein Tanzlehrer. Er sagt, ich tanze mit dem Feingefühl eines Bullen."

„Der Mann muss dumm oder blind sein. Oder beides." Gavin runzelte die Stirn und blickte zu ihr zurück. „Jeder, der Augen im Kopf hat, kann sehen, wie schön Sie tanzen."

Sie grinste. „Danke, aber ich weiß, dass ich einen unseligen Hang zum Führen habe."

„Den hatten Sie mit mir gerade aber nicht", sagte er.

„Nein, gar nicht, nicht wahr?" Sie klang verdutzt.

Er bugsierte sie zum Rand der Menge und sah den Irrgarten aus düsteren Spazierwegen vor ihnen. Die *Lover's Walks*. Ein dicker Baldachin aus riesigen Ulmenkronen sowie dicht belaubte Büsche boten hier beste Gelegenheiten für ein romantisches Stelldichein. Durch den Dunst der Begierde in seinem Kopf versuchte er sich zu entsinnen, wie er sie dazu überreden wollte, sich mit ihm in unbekannte Gefilde zu wagen.

„Gefallen Ihnen Feuerwerke, Miss Farnham?", fragte er.

„Gefallen ist gar kein Ausdruck. Feuerwerke *begeistern* mich", antwortete sie.

„Das Feuerwerk geht bald los, und ich weiß, von wo aus man es am eindrucksvollsten sehen kann."

Eine kleine Falte erschien zwischen ihren Augenbrauen. „Und wo ist das, bitteschön?"

Vorsicht. „Da droben", sagte er lässig. „Da ist eine Lichtung, die weniger beleuchtet ist. So können wir das Feuerwerk in seiner ganzen Pracht sehen.“

Das Vergnügen wich aus ihren Augen. Sie legte den Kopf schief. „Gewiss erwarten Sie nicht, dass ein anständiges Fräulein an einem finsteren, abgelegenen Ort umherirrt, mit einem Unhold, der es darauf abgesehen hat, sie zu verführen?“

Verflucht.

„Ein *gewöhnliches* Fräulein wohl nicht.“ Er lächelte das Lächeln des Teufels. „Aber was Miss Priscilla Farnham tut, weiß man ja nie.“

❧ 13 ❧

Miss Priscilla Farnham stand an einer Gabelung und blickte von dem vielbereisten Pfad zu dem weniger begangenen. Eine Minute verstrich. „Ach, sei's drum", sagte sie und raffte die Röcke.

—aus *Die Drangsale der Priscilla*, ein aufgeschobenes Manuskript von P.R. Fines

Percy konnte keiner Herausforderung widerstehen. Sie wusste nicht so ganz, was dieser Umstand über ihren Charakter aussagte. Schon als sie ein kleines Mädchen war, musste ihr Bruder lediglich die Worte „Du traust dich wohl nicht!" aussprechen, und schon kletterte sie auf den höchsten Baum im Park oder stahl einen Kuchen von Cook. Egal wie folgenschwer ihre Missetaten auch waren, sie wurde einfach aus Erfahrung nicht klüger.

Ein Beispiel gefällig? Der gegenwärtige Augenblick.

Sie blickte auf die immer schwächer werdenden Lichter hinter ihr und dann nach vorn in die Finsternis. Sie und Hunt waren bereits an den prächtigen Octagontempeln vorbei, und hier war es schon viel einsamer. Nun drangen sie in ein viel gefährlicheres Reich vor, in das der berüchtigten windenden

Pfade und Liebesnischen. Über ihnen wogten die mächtigen Äste der Ulmen wie Arme von Hexenmeistern, die sie verwünschten.

Eine Brise zitterte an ihren Wangen, die vom Tanzen und vom Punsch noch warm waren ... Augenblick mal, wie viele Becher hatte sie eigentlich getrunken? Zu ihrem Verdruss stellte sie fest, dass sie ein ganz klein wenig beschwipst war. Sie musste sich kurz sammeln und die Regeln nochmals unterstreichen.

„Ehe wir weiter gehen, Mr. Hunt, möchte ich Sie an unseren Vertrag erinnern", sagte sie.

Er drosselte noch nicht einmal seinen Schritt. „Das verdammte Ding habe ich keineswegs vergessen." Er sah nach links und rechts und murmelte: „Irgendwo hier geht es zur Lichtung ..."

„Wenn ich Sie also auffordere, aufzuhören, dann hören Sie auf." Sie räusperte sich. „Und zwar was auch immer Sie gerade tun, richtig?"

Er warf ihr einen hämischen Blick zu. „Habe ich mich bislang wohl nicht daran gehalten?"

Er hatte seine Versprechen bisher in der Tat gehalten, und der Tanz war wunderbar gewesen. Außerdem waren auf dem Hauptpfad ja immer noch Menschen unterwegs, zu zweit, kichernd und plaudernd, wie es Liebespaare eben taten. Sie fragte sich kurz, wie es wohl wäre, mit Lord Charles hier zu sein anstatt mit Hunt—doch der Gedanke war so unvorstellbar, dass sie ihn verwarf. Stattdessen schnupperte sie den Duft nach blühendem Jasmin und Holzfeuern. Der Kies unter ihren Halbschuhen knirschte, während sie ihrem Gefährten folgte. Vor lauter Eindrücken war sie von Kopf bis Fuß berauscht.

„Es ist herrlich hier", seufzte sie. „Ich wünschte, ich könnte immer hierherkommen. Sie nicht auch?"

Hunt suchte in den Büschen herum und sah dabei leicht verärgert aus. „Was will ich?"

„Vauxhall besuchen. Regelmäßig."

„Nicht wirklich." Er hielt inne und betrachtete die Lücke zwischen zwei Ulmen. „Hier geht es zur Lichtung, glaube ich."

Sie guckte auf den Pfad, der in der Dunkelheit verschwand. „Sind Sie sich sicher? Es sieht hier recht finster aus. Ich sehe keinerlei Anzeichen einer Lichtung."

„Ich weiß, wo es lang geht", sagte er brummig. „Folgen Sie mir nun, oder wir verpassen noch das ganze Feuerwerk."

Sie verdrehte hinter dem breiten Rücken die Augen und folgte ihm in das Dickicht der Hecken. Hunt bahnte den Weg, schlug mit einem abgebrochenen Zweig das hervorstehende Geäst weg. Der Lärm der fröhlichen Menge verklang in der Entfernung und die immer undurchdringlichere Finsternis wurde unwirklich. Die Luft auf ihrer Haut war schwül, roch schwer nach Grün und fruchtbarer Erde. Ihr Herz schlug im Gleichklang mit dem Hacken und Zischen von Hunts behelfsmäßiger Sichel.

Doch nicht alle Abenteuer nahmen einen guten Ausgang, und nach ein paar Minuten wurde es (zumindest ihr) bewusst, dass sie das Gesuchte so nicht finden würden. In ihren Schuhen tummelten sich schon genug Kieselsteine, um eine Einfahrt damit auszulegen, und die Strähnen der Perücke klebten feucht an ihrer Stirn.

„Warten Sie kurz?", sagte Percy. Sie hatten eine kleine Öffnung in dem dichten Gebüsch erreicht, vielleicht eine ehemalige Liebesnische. Im fahlen Mondlicht sah sie eine moosbedeckte kleine Bank und ließ sich dankbar darauf nieder. Sie zog einen Schuh aus und ließ die Kieselsteine herausrieseln. „Wenn Sie sich verirrt haben, sollten wir vielleicht zurückkehren und uns den Weg weisen lassen."

„Ich habe mich nicht verirrt." Er stand über ihr und sprach durch zusammengebissene Zähne. „Ich verirre mich nie."

„Die allerwenigsten Männer verirren sich jemals", sagte sie.

Im bleichen Licht glänzten seine schroffen Gesichtszüge. „Was sagten Sie?"

„Nichts weiter", sagte sie unbekümmert. „Kein Grund, sich

aufzuregen. Warum entspannen Sie sich nicht, setzen sich, und wir plaudern ein wenig?"

Er blieb stehen, die Hände in die schlanken Hüften gestemmt, das vollkommene Ebenbild eines zornigen Hades. Nicht gerade die Art von Mann, die man gern auf ein *tête-à-tête* einlud. Aus irgendeinem Grund brachte sie der Gedanke zum Kichern.

„Worüber, um alles in der Welt, wollen Sie denn plaudern?", wollte er wissen.

Sollte sie es wagen, die Frage zu stellen, die in ihr brannte? Der Punsch hatte ihr wohl die Zunge gelockert, denn sie fragte: „Wo haben Sie diese Narbe her?"

Auf ihre Frage erwiderte er nur ein Schweigen. Ein paar Herzschläge später sagte sie: „Äh, wenn das zu persönlich ist—"

„Ich habe sie geschenkt bekommen", sagte Hunt knapp. „Von einem Freund."

„Einem Freund?" Sie blickte finster, kippte den Kopf. „Ich fürchte, ich verstehe Sie nicht ganz."

„Das erwarte ich auch nicht."

Als er nicht weiter darauf einging, drängte sie ihn weiter: „Warum würde ein Freund Ihnen denn wehtun?"

„Weil es besser war als die Alternative", sagte er flach. „Weil Menschen sich gegenseitig weh tun. Freunde, Feinde, Liebhaber." Sein Blick flackerte und ihr Bauch erwiderte mit einem seltsamen Zucken. „Die Frage ist nur das Ausmaß der Verletzung."

„Was für eine schreckliche, zynische Vorstellung", sagte sie.

Er zuckte mit den Schultern. „Es ist die Wirklichkeit. Ich wette, Sie können mir nicht eine einzige Person nennen, die sie je geliebt haben, die Ihnen keinen Schmerz verursacht hat."

Sie öffnete den Mund, wollte schlagfertig antworten ... und wurde sich bewusst, dass sie keine Antwort parat hatte. Sie war sich der Liebe ihrer Familie stets gewiss gewesen und doch ... ein Schmerz drängte sich in ihr Herz, als sie an Papa dachte. Als sie sich an die unzähligen Stunden erinnerte, die sie in ihrer Kindheit auf seine Heimkehr gewartet hatte. Sich nach seiner Aufmerksamkeit gesehnt hatte, nach mehr als nur einem flüchtigen, zerstreuten Tätscheln auf den Kopf, wenn sie ihm ihr neuestes Gemälde oder Gedicht zeigte. Sie wollte so verzweifelt seine Anerkennung, von ihm *gesehen* werden.

Mama hingegen, vielleicht, um die Abwesenheit ihres Mannes wettzumachen, überschüttete ihre Kinder nur so mit Aufmerksamkeit. Für Percys Geschmack sogar ein wenig zu sehr. So lange sie denken konnte, stritten sich ihre Mutter und sie ständig über irgendetwas, meistens über ihr ungezogenes Verhalten. Percy wusste, dass ihre Mama ihr nur Manieren beibringen wollte; doch irgendwie stachelten die endlosen Predigten ihren Trotz nur *weiter* an. Mit einem Gewissensbiss dachte Percy daran, welchen Kummer sie ihrer Mutter im Lauf der Jahre bereitet hatte. Sie hatte sie dermaßen enttäuscht, dass Mama auf einen anderen Kontinent entflohen war.

„Ihnen fällt niemand ein, oder?“, grinste Hunt.

„Niemand ist vollkommen“, schluckte sie. „Was zählt, ist doch, dass ich mir ihrer Liebe gewiss bin, und dass ich sie meinerseits liebe. Wir würden alles füreinander tun.“

„Wenn Sie das sagen.“ Hunt klang gelangweilt.

Plötzlich dröhnte es über ihren Köpfen. Dankbar für die Unterbrechung blickte Percy nach oben.

„Hören Sie das? Das ist doch das Feuerwerk, nicht?“ Es pfiff und krachte. Beide sahen hinauf in den dichten Baldachin aus Laub. Sie zwinkerte. „Ich glaube, da drüben hat es ein wenig rot geflackert—“

Ihre Worte endeten in einem Quieken. Benommen nahm sie wahr, dass seine Hand ihren Mund zuhielt und sein Arm sie bei der Taille gepackt hatte. Er hatte sie von der Bank gezerrt und hielt sie an seine steife Gestalt gedrückt. Panik und Ungläubigkeit prallten aufeinander. Nach all seinen Zusicherungen wollte er sich nun doch an ihr vergreifen?

Sie fing an, mit aller Macht gegen ihn anzukämpfen, doch seine Arme hielten sie stählern fest. Sein zischendes Flüstern drang heiß an ihr Ohr. „Seien Sie still. Da ist wer. Männer. Und sie bewegen sich wie Räuber."

Ihre Augen wurden groß. *Räuber?*

Ehe sie diese Neuigkeit verarbeiten konnte, erschienen aus dem Nichts dunkle Gestalten. Es waren drei, groß und bedrohlich. Etwas glitzerte in ihren Händen ... Weiter konnte sie nichts sehen, denn Hunt schubste sie hinter sich. Die Wucht stieß sie rücklings ins Gebüsch.

„Laufen Sie!", brüllte er.

Der Schrecken gefror ihr die Beine ein. Sie konnte nicht rennen ... sie konnte sich nicht regen. Konnte nur dabei zuzusehen, wie die drei Fremden Hunt belagerten wie Bluthunde einen umzingelten Bären. Einer ging mit erhobener Klinge auf ihn los. Hunt wich dem Hieb aus und schlug dem Gauner ins Gesicht. Dieser stürzte. In einer raschen Bewegung holte Hunt seine eigene Klinge aus dem Stiefel, gerade rechtzeitig, denn die anderen beiden sprangen ihn an.

Hunt wich ihren tödlichen Hieben aus. Einen der beiden erwischte er beim Arm, es krachte grässlich, als hätte man einen Ast zerbrochen; darauf folgte ein lautes Stöhnen. Der letzte im Bunde jedoch nutzte die Gelegenheit, Hunt von hinten anzugreifen.

„Hinter Ihnen!", rief Percy jäh.

Hunt wirbelte gerade rechtzeitig herum. Die Klinge traf ihn nicht in den Rücken, aber verfing sich im Saum seines Dominos. Er fluchte und warf sich auf seinen Angreifer. Sie fochten unerbittlich mit ihren Messern. Hunt war wendiger, stürmischer; er wich der Bahn der gegnerischen Klinge aus und rammte seinem Gegner die Faust in den Bauch. Die Wucht des Schlags lockerte den Griff des anderen Mannes. Sein Messer fiel zu Boden.

Gerade als Hunt seinen Widersacher beim Kragen packte, sah Percy eine plötzliche Regung. Einer der Räuber—von dem sie dachte, er wäre niedergestreckt—packte Hunt von hinten und würgte ihn. Hunt japste nach Luft. Sein Messer fiel zu Boden, während seine Hände versuchten, ihn aus dem Würgegriff zu befreien.

„Ick hab' den Bastard", zischte der Schurke einem seiner Gefährten zu. „Nimm det Messer und bring et zu Ende."

Hunt kämpfte wie ein wildes Tier, während der andere Angreifer mit der finster, unheilvoll glänzenden Klinge in der Hand über ihn kam. *Zwei gegen einen—diese elenden Hunde*! Wut wusch Percys Furcht weg. Ohne einen weiteren Gedanken riss sie sich den Schuh vom Fuß und warf sich ins Gemenge. Sie nahm vage den überraschten Blick des Angreifers wahr, ehe sie den Inhalt ihres Schuhs auf ihn schleuderte. Kies und Sand sprühten ihm ins Gesicht.

„Verfluchtes Miststück!", jaulte er und griff sich an die Augen.

Mit hämmerndem Puls drehte sie sich zu Hunt um. In dem kurzen Moment der Ablenkung hatte er sich aus dem Griff seines Angreifers befreit. Er und sein Gegner fielen krachend, ringend zu Boden. Hunt errang die Oberhand. Seine Faust donnerte in das Gesicht seines Widersachers. Der Mann ächzte und blieb regungslos liegen.

Aus dem Gebüsch drang ein Rascheln und raue Stimmen.

„Hier drüben!", rief der geblendete Räuber seinen Kameraden zu. „Sie entkommen!"

Hunt packte Percys Hand. *„Rennen Sie."*

$\maltese$ 14 $\maltese$

Er zerrte sie durch das wirre Dickicht, seine Augen suchten die Dunkelheit ab. Er konnte spüren, dass die Unholde nicht weit hinter ihnen waren. Er musste Percy in Sicherheit bringen.

Seine Lunge brannte, sein Verstand suchte fieberhaft nach einem Ausweg. Die Ganoven hatten ihren Angriff gut durchdacht und jagten Percy und ihn immer weiter von den belebten Teilen des Parks weg. Hier, tief im Herzen von Vauxhalls finsteren Gärten konnten die Schurken ihnen die Kehlen aufschlitzen, ohne dass es irgendwer bemerken würde. Allein würde es Gavin vielleicht mit ihnen aufnehmen, doch Percy in Gefahr bringen, das konnte er nicht.

Er musste ihren Verfolgern irgendwie entkommen.

Er sah etwas Helles in der Entfernung flackern. Die verdammte Lichtung. Endlich hatte er sie gefunden. Er orientierte sich erneut.

Dabei wurde er langsamer, und Percy rempelte ihn an. „Uff.“

„Wir haben nicht viel Zeit“, sagte er leise. „Geben Sie mir Ihre Perücke und den Domino, dann verhalten Sie sich ganz still, bis ich wieder da bin.“

Mit riesigen Augen nahm sie wortlos die roten Locken und den Umhang ab und reichte sie ihm.

Er bedeutete ihr, sich hinter einen Busch zu hocken und kroch dann flink zur Lichtung. Er schlich am Rande entlang, bis er einen Weg fand, der westlich durch die Bäume führte. Er warf die Perücke auf einen Busch, hastete dann ein paar Schritte weiter entlang. Er riss einen Streifen von dem Domino ab und hängte ihn an einen Ast. Legte eine falsche Fährte.

Schließlich gelangte er zu seinem Ausgangspunkt zurück.

„Ich höre sie kommen", flüsterte sie.

„Folgen Sie mir, aber geduckt", wisperte er zurück.

Er führte sie nach Osten durch das Labyrinth. Nun, da er genau wusste, wo sie waren, ging es schnell voran. Bald sah er die Gartenlichter in der Entfernung glitzern und binnen weniger Minuten hatten sie die gewundenen Hecken hinter sich gelassen und waren auf einem einsamen Gehweg. Von ihren Verfolgern keine Spur. Mit etwas Glück waren sie auf seine List hereingefallen und gingen gerade in die andere Richtung.

„Diese Männer ..." Percy stand dicht genug bei ihm, dass er sie beben spürte. „Warum waren sie hinter uns her? Geld?"

Das glaubte er nicht. Sie hatten sein Leben gewollt, nicht seine Geldbörse. Doch nun war nicht der richtige Augenblick, das eingehend zu erörtern. „Wir sind noch nicht aus dem Schneider. Da vorne kommt ein Wachhaus, wo wir um Hilfe bitten können. Schaffen Sie es bis dahin?"

„Selbstverständlich."

Sie waren noch keine paar Schritte gegangen, als ihm auffiel, dass sie hinkte. Er ergriff ihren Arm und begutachtete sie kurz. Sein Blick blieb an ihrem rechten Fuß hängen, dem der Schuh fehlte; ihre zarten Zehen lugten aus dem zerfetzten Strumpf heraus. Er erinnerte sich daran, was sie getan hatte, ihre waghalsige Tapferkeit. Ein unstetes Gefühl kam über ihn.

Wortlos hob er sie hoch.

„Das ist nicht nöt—"

„Schhh", sagte er, ohne seinen Schritt zu drosseln. „Wir sind fast da."

Kurz darauf gelangten sie an eine Holzhütte, die nicht größer als ein Pferdestall war. Die Tür war unverschlossen, doch war niemand drinnen. Eine Lampe brannte auf einem kleinen, dicht an die Wand gerückten Tisch. Gavin setzte Percy auf der hölzernen Tischplatte ab, schloss die Tür hinter sich und verriegelte sie. Er zog den Vorhang vor dem kleinen Fenster zu und löschte das Licht.

„Der Wächter macht wohl seine Runde", sagte er. „Er kommt bestimmt bald wieder. Was macht Ihr Fuß?"

„Es g-geht."

Er sah ihn an, fuhr mit den Händen über den schlanken Knöchel, die hübsche Biegung ihrer Fußsohle. Als er sich vergewissert hatte, dass sie keinen Schaden genommen hatte, atmete er aus ... er hatte gar nicht bemerkt, dass er den Atem angehalten hatte. Er ließ ihren Fuß sachte los und blickte zu ihr auf. Das fahlsilberne Licht, das zwischen den Vorhängen hineinfiel, verwandelte ihre Augen in schimmernde Gewässer. Im Gewirr hatte sie ihre Maske verloren. Sie schlug ihren Blick nieder. Er konnte ihren Busen wogen sehen.

„Ich ... ich k-kann kaum glauben ... das war ...", stammelte sie.

„Ich weiß." Unbewusst fuhr er ihr sachte übers Haar. Ihr echtes Haar, das weicher war als Seide. Der Gedanke, dass diese Unholde ihr auch nur eines davon hätten krümmen können ... Unsäglich wütend, hauptsächlich auf sich selbst, spie er aus: „Glauben Sie mir, ich hatte keinerlei Absicht, Sie zu gefährden. Es geschieht nicht wieder."

Sie biss sich auf die Lippe und ihre Schultern begannen zu zittern. Sie schüttelte den Kopf. „Oh nein, das ist nicht—"

"Nicht genug?", fragte er bitter.

Er konnte es ihr nicht verübeln, wenn sie nun von der Wette zurücktreten wollte. Verdammt, vielleicht schuldete er ihr das sogar, wo sie doch seine verfluchte Haut gerettet hatte. Percy hatte sich für ihn in Gefahr begeben; keine zartbesaitete Miss würde so etwas tun. Leider zog ihr unerwartetes Verhalten ihn nur noch weiter zu ihr hin, in ihm tobte ein Krieg der Gefühle.

Es wäre nur recht und billig. Doch ich will sie nicht gehen lassen.

Er zwang sich, zu sagen: „Wenn Sie unserer Abmachung nun ein Ende setzen möchten—"

„Ein Ende setzen? Aber Mr. Hunt",—sie hob ihren Blick zu ihm und dieser funkelte, nicht vor Tränen sondern vor ... *Vergnügen?* „Dies war die grandioseste Nacht meines Lebens!"

„Grandios?" Vielleicht war ihr die Aufregung etwas zu viel geworden. So etwas hatte er schon erlebt.

„Von solchen Abenteuern hätte ich nie zu träumen gewagt. Nun, davon geträumt habe ich schon, aber solche Dramatik auf Leben und Tod habe ich noch nie erlebt. Ich habe nämlich an einem Roman gearbeitet, wissen Sie, und mir waren die Ideen ausgegangen. Nach der heutigen Nacht", sagte sie fröhlich, „werde ich in Einfällen nur so *schwimmen.*"

Er verstand kein Wort von dem, was sie da sagte. Doch ihr Anblick, unversehrt, mit ihren tanzenden Augen und den Grübchen auf ihren Wangen ... ohne Vorwarnung kehrte die Lust in einer krachenden Welle zurück. Sie wusch alle Vernunft hinfort, sämtliche Pläne, an die er eigentlich denken sollte. Er sah nur die tapfere, unverdorbene Göttin vor sich, ihren sinnlichen, lachenden Mund, und das Blut rauschte in seinen Ohren.

„Persephone", sagte er heiser.

Ihre Augen wurden groß. Ehe sie etwas sagen konnte, nahm er ihren Mund in einem heißhungrigen Kuss.

Verflucht, wie süß sie war. Er schloss vor Freude, vor unerträglichem Hunger die Augen. Sie erzitterte, spürte es also auch. Die Anziehung zwischen ihnen flackerte heller als das Feuerwerk, barst über der eisigen Finsternis in seinem Inneren, wärmte und erhellte ihn. Mit einem Stöhnen ließ er seine Finger in ihr Haar fahren, neigte ihren Kopf, um ihren Kuss noch zu vertiefen. Ihre Lippen öffneten sich natürlich unter seinen und dann war er wieder in ihr, wo er hingehörte. Er leckte, schmeckte, steckte sein Reich ab.

Das tat allerdings nicht nur er. Als ihre Zunge seine berührte, verkrampfte sich jeder Muskel in seinem Körper vor Begierde. Vor allem der Muskel zwischen seinen Schenkeln erwachte. Er hielt ihr zartes Kinn und erwiderte ihr kleines Liebesspiel, steigerte es. Er tauchte seine Zunge immer tiefer, ließ nichts unerkundet. Sie war sein, ganz und gar, und er würde dafür sorgen, dass sie sich ihm völlig hingab. Ihren kehligen kleinen Geräuschen nach zu schließen, wollte sie, dass er alles nahm.

Während er sie weiter küsste, glitt er mit den Händen von ihren Schultern zu ihren Brüsten. Gott, wie sie sich anfühlte. Es brachte sein Blut zum Pochen. Ihre Busen waren nicht groß, doch fest, wie geschaffen für seine Hände. Er *musste* sie einfach sehen. Er griff hinter sie und arbeitete sich durch Knöpfe und Kordeln, bis es ihm gelang, ihr das Kleid von den Schultern zu streifen. Sein Mund folgte, küsste ihr Kinn, die duftende Mulde an ihrem Hals hinab.

Sie stöhnte leise. Da im Mondlicht wippte der köstlichste Anblick, den er je gesehen hatte. Zwei Schönheiten, die wie Zwillinge dasaßen, vollkommen, fest und rund. Ihm lief das Wasser im Munde zusammen. Er befühlte einen kecken, nach oben deutenden Nippel mit dem Daumen, und sie machte tief in der Kehle ein stockendes Geräusch.

„Gott, bist du schön", entfuhr es ihm gurrend. „Das verflucht noch mal Schönste, was ich jemals gesehen habe."

Sie leckte ihre Lippen und die Benommenheit wich ein wenig aus ihrem Blick. „Ich denke nicht—"

„Gar nicht denken." Er spielte mit der Knospe, bis ihr Blick wieder verschwamm. „Einfach nur fühlen", sagte er heiser. „Ich tu dir nicht weh, Schätzchen, ich verspreche es. Ich höre auf, sobald du es mir sagst."

Ehe sie weiter dagegenhalten konnte, legte er seine Lippen auf sie. Stöhnte, als die saubere Süße ihrer Haut seine Sinne erfüllte.

Zitronenblüten und Seife, weiblich und frisch, so einzigartig wie sie selbst. Er legte sie behutsam wieder auf den Tisch, küsste die glatte Rundung ihrer Brust, leckte in neckischen Kreisen auf die feste Spitze zu. Ihre süßen Seufzer spornten ihn an, machten ihn fiebrig und wild. Er nahm ihre Brustwarze in seinen Mund.

Ihr Keuchen kitzelte sein Ohr und ließ sein Glied gegen seine Hosen schnellen. „Gefällt dir das, Süße?", brummte er.

Er tat es noch einmal, um ihr auf die Sprünge zu helfen. Diesmal presste sie sich seinem Kuss entgegen, ihre Hände packten seine Schultern. Das war ihm Antwort genug. Er nahm sich Zeit, wechselte von einem bebenden Hügel zum anderen, peitschte und schnalzte mit seiner Zunge. Ihre Augen waren zu, sie hechelte und ächzte.

Meine Güte, sie kommt mir ja allein schon davon, dass ich an ihren Titten sauge.

Ihre Leidenschaft setzte auch ihn in Brand. Ihm selbst dröhnte die Brust, als wäre er meilenlang gerannt. Ihr Haar floss in bleichen Bahnen über den Tisch, ihre Brüste waren nass von seinen Küssen—sie war das Luder aus seinen tiefsten, lüsternsten Fantasien. Sein Schwanz pochte mit dem Bedürfnis, sich so tief wie möglich in sie zu vergraben. Sie zu nehmen und sich zu eigen zu machen.

Er griff nach ihrem Rock und zog ihn hoch. Ihre Augen flatterten auf. Sein Atem ging ohnehin schon schwer, nun stockte er noch mehr, als er den fassungslosen Ausdruck in ihren Augen sah. Die Leidenschaft darin ... und die Unschuld.

„Mr. Hunt?", hauchte sie.

Einfach so, mit einem verfluchten kleinen Wort, erweckte sie einen Teil von ihm, den er lange vernachlässigt hatte. Nicht seinen Schwanz—der war schon steif wie ein Schürhaken und hatte sich noch nie über Vernachlässigung beklagen können— sondern sein ... Gewissen. Skrupel, von denen er gar nicht wusste, dass er sie nach Jahren in der Gosse überhaupt noch hatte, brausten auf einmal in seinen Kopf, vorlaut wie ein Fischweib.

Sie hat dir das Leben gerettet. Sie steht wahrscheinlich noch ganz unter dem Eindruck der Brutalität, vielleicht sogar unter Schock. Sie weiß nicht, was sie tut.

Er starrte auf seine Hand, die gegen die verletzliche Rundung ihres Knies groß und dunkel wirkte ... und traute seinen Augen kaum. Seine verfluchte Hand zog ihren Rock nicht weiter nach oben, wonach der Rest seines Körpers schrie, sondern nach unten, zurück an seinen Platz.

Verflucht. Er atmete schaudernd.

Percys Blick wurde ein wenig klarer. „Mr. Hunt ... Gavin?" Diesmal bibberte ihre Stimme.

„Wir hören lieber auf", sagte er flach, „ehe der Wächter zurückkehrt."

Ein Besuch bei Hatchard's war Percys Allheilmittel gegen so ziemlich alle Beschwerden. Sie ließ ihre Zofe auf der Bank vor dem beliebten Buchladen auf der Piccadilly Street warten und trat ein. Das Aroma von Papier und Druckerschwärze besänftigte ihre aufgeriebenen Nerven wie ein Glas warme Milch. Einer der Verkäufer begrüßte sie.

„Guten Morgen, Miss Fines", sagte er mit einer kleinen Verneigung. „Suchen Sie heute etwas Bestimmtes?"

„Nein, danke", sagte sie. „Ich sehe mich nur um."

„Wir haben erst kürzlich ein paar neue Werke hereinbekommen, die Sie vielleicht interessieren", sagte er lächelnd. „Nachahmer der hochgeschätzten Mrs. Roche, und manche davon sind gar nicht übel."

„Wunderbar. Ich sehe sie mir einmal an."

Sie ging durch die Reihen der Bücherregale, zielsicher wie ein Maulwurf zwischen vertrauten Heckenreihen. Dies war ihre zweite Heimat. Wann auch immer es ihr nicht gut ging, war Hatchard's das Tor zu einer anderen Welt, wo die Langeweile und das nagende Gefühl der Nutzlosigkeit sie nicht heimsuchen konnten. Heute aber plagte sie ein ganz neuer Satz von Gefühlen.

Wenn sie sie benennen musste: Verwirrung. Und obendrauf eine ordentliche Portion Panik. Die Erinnerung an drei Nächte zuvor fiel über sie her und ihr Atem ging sofort schneller. Sie versuchte, die Gedanken zu verscheuchen, während sie am Lesebereich vorbeirauschte, wo Gentlemen beim Kaminfeuer Zeitung lasen. Sie arbeitete sich zu der Abteilung mit den Romanen hinten im Laden vor. Ihr Blick glitt suchend die Buchrücken entlang. Dann griff sie nach einer Neuerscheinung, *Die Burg ohne Rückkehr*. Nach ein paar Sekunden schlug sie das Buch zu, die blumige Prosa konnte sie nicht ablenken.

Dieser verdammte Gavin Hunt. Eine Nacht der Abenteuer mit ihm und sogar der dramatischste, abwegigste Handlungsstrang erschien im Vergleich fad.

Mit einem köstlichen Schaudern erinnerte sie sich daran, wie tapfer er sich gegen die Halsabschneider zur Wehr gesetzt hatte, die rohe Furchtlosigkeit, mit der er sich allen dreien zugleich gestellt hatte. Vielleicht hatte sie von dem vielen Romanelesen eine blutdürstige Ader entwickelt, denn seine Gewalt hatte sie nicht im Geringsten verstört. Ganz im Gegenteil. Sie fand, dass er gekämpft hatte wie ein wahrer Held, der sich niemals einfach geschlagen gab. Was sie allerdings doch beunruhigte, war, was er *nach* der Metzelei getan hatte.

Er hatte sie einfach vom Boden aufgehoben, sie fest an seine starke Brust gedrückt, und sie hatte sich nie im Leben sicherer oder ... umsorgter gefühlt. Sie hatte ihn dabei ertappt, wie er beim Untersuchen ihres Fußes den Atem anhielt. Dann hatte er sie geküsst, ihr Blut brannte süß und wild, und alle weiteren Gedanken waren einfach zerschmolzen. Sie verspürte immer noch ein Stechen in der Brust, wenn sie daran dachte, wie schockierend seine Zärtlichkeiten gewesen waren, wie er gestöhnt, an ihr genuckelt, ihr gesagt hatte, sie sei das Schönste auf der Welt ...

Dann hatte er aufgehört. Warum nur?

Darüber zerbrach sie sich seither ständig den Kopf. Hunt hatte von sich aus aufgehört. Auch wenn es ihr höchst peinlich war, musste sie doch zugeben: Sie wäre in jenem Moment nie und nimmer selbst auf die Idee gekommen, von ihrem Kuss abzulassen. Er hätte die Gunst der Stunde für sich ausnützen können, hätte versuchen können, die Wette für sich zu entscheiden ... doch das hatte er nicht. Er hatte keusch von ihr Abstand gehalten, bis der Wächter zurückkehrte, und auf dem ganzen Nachhauseweg ebenfalls.

Er war kein Mann, der etwas einfach aufgab. Es blieb noch eine andere Erklärung. Und die, zusammen mit seinem Mitleid für Straßenkinder, ließ sie zweifeln, ob Hunt tatsächlich der eingefleischte Schurke war, für den er sich ausgab. Lag unter der harten, verbitterten Schale etwa ein Mann, der zu Mitleid, ja sogar ... Zärtlichkeit fähig war?

Wie konnte Hunt ihr gegenüber so gütig und ihrem Bruder gegenüber so hartherzig sein? Sie war verwirrt, und dazu kam noch ihre eigene Erwiderung auf diesen Mann. Was zog sie derart zu Hunt hin? Die letzten paar Monate hatte sie das erlesene Antlitz von Lord Charles auf das Podest ihrer Bewunderung gestellt und märchenhafte Fantasien darum gesponnen. Hatte sie sich selbst belogen? Waren ihre Gefühle für Portland nichts weiter als Schwärmerei?

Sie musste zugeben, dass die Gesellschaft des Viscounts im echten Leben ihre Erwartungen nicht erfüllt hatte. Und wenn sie ganz ehrlich war, wenn sie des Nachts die Augen schloss, sah sie nicht mehr sein makelloses Gesicht, sondern das eines anderen.

Vernarbt, unvollkommen ... und furchterregend echt.

Verflucht, Hunt war doch ihr *Widersacher*. Der Mann, der das Familienvermögen als Geisel hielt. Und schlimmer noch, er stocherte in einem verborgenen Teil von ihr herum, den sie eigentlich verzweifelt unterdrücken wollte. Seinetwegen konnte sie die Wollust in sich nicht länger verleugnen—aber sie würde dieser ganz gewiss nicht nachgeben. Sie dachte an ihre Mama und fühlte einen Kloß im Hals. Sie wollte nicht noch mehr Schande über ihre geliebte Familie bringen, indem sie sich wie ein lüsternes Luder verhielt.

Gott, sie brauchte jemanden, mit dem sie darüber reden konnte, der sich in solchen Dingen auskannte. So gern sie Charity auch hatte, sie würde ihr in dieser Angelegenheit kaum weiterhelfen können. Wenn doch nur Helena hier wäre ... Die Marquise war für Percy wie eine ältere Schwester geworden, ihr konnte sie die Sorgen anvertrauen, über die sie mit Mama nicht zu sprechen wagte.

Dann kam ihr schlagartig die Lösung in den Sinn. *Aber natürlich*. Sie würde auf der Stelle hingehen.

Sie hörte Röcke rauschen und wandte sich zu der anderen Kundin, die auf sie zukam. Ein blondes Mädchen, ein paar Jahre jünger als sie selbst, kam herüber und sah sich die Regale an. Dann fiel ihr heller, neugieriger Blick auf das Buch in Percys Händen.

„Entschuldigen Sie, Miss, aber könnte ich das Buch einmal sehen, wenn Sie damit fertig sind?" Sie errötete. „Ich fürchte, ich warte schon lange mit angehaltenem Atem darauf."

Percy gab ihr den Band. „Bitte, nehmen Sie es." Mit einem amüsierten Lächeln fügte sie hinzu: „Ich habe so viele Bücher dieser Art gelesen, dass ich wohl etwas Abwechslung brauche."

Eine halbe Stunde später gelangte Percy an ihrem Ziel an. Den Gerüchten zufolge hatte Lady Draven von ihrem seligen und wenig betrauerten Gemahl, dem Baron, ein Vermögen geerbt und kostete ihren schwer verdienten Reichtum in vollen Zügen aus. Die prunkhafte georgianische, im gotischen Stil gehaltene Residenz der Dravens lag auf einer vornehmen Straße in Mayfair und wirkte selbst in der Morgensonne mit ihren zinnenbesetzten Dächern und den Maßwerkfenstern mit Spitzbögen äußerst geheimnisvoll. Percy ging die paar Stufen zum Eingang hoch, der unter einem hohen Bogen lag.

Ein recht grimmig aussehender Zeitgenosse öffnete ihr. Er behauptete, dass er der Butler sei, nahm Percys Visitenkarte entgegen und ließ sie mit einem Teetablett im Salon warten. Sie setzte sich auf das weiche Sitzkissen eines Edelholzstuhls und bewunderte die erlesene Umgebung. Lady Mariannes berühmter Geschmack erstreckte sich über ihre Garderobe hinaus auch auf die Ausstattung ihres Heims. Die seegrünen Wände und edlen französischen Möbel schufen eine Atmosphäre kühler, stolzer Weiblichkeit.

Wie es wohl ist, sich seiner selbst so sicher zu sein? fragte sich Percy. Ein paar Minuten später trat ihre Gastgeberin ein. Sie trug einen Morgenmantel aus pfirsichfarbenem Satin, ihr silberblondes Haar hing ihr bis zu den Hüften. Lady Marianne sah aus wie Aphrodite selbst.

„Welch nette Überraschung", sagte sie. Sie winkte ab, als Percy knickste, und ließ sich auf einer Chaise Longue von smaragdgrünem Samt nieder. „Sie müssen meinen Aufzug entschuldigen. Ich habe zu dieser Stunde keinen Besuch erwartet."

„Ich weiß, es ist unhöflich von mir, hier so hereinzuplatzen", sagte Percy hastig. „Ich hätte Ihnen eine Mitteilung schicken oder zumindest zu einer etwas günstigeren Uhrzeit kommen sollen—"

„Unter Freunden nicht nötig." Marianne lächelte und nahm sich eine reife Erdbeere vom Teeservice. „Obwohl ich schon neugierig bin, was Sie zu dieser unchristlichen Stunde zu mir führt."

Auf der Kutschfahrt hatte Percy ihre Worte geprobt. Sie konnte Pauls Probleme nicht preisgeben, ebenso wenig ihr Arrangement mit Hunt. Marianne war eine Dame von Welt, doch selbst sie hatte ihre Grenzen, vermutete Percy. Außerdem war Marianne die beste Freundin von Helena, und Percy wollte auf keinen Fall, dass die Hartefords von der Wette erführen.

Es war also verzwickt, sie musste um Rat ersuchen und dabei diskret bleiben.

„Ich habe ein Problem", sagte Percy geradeheraus. „Eines, wobei Sie mir hoffentlich helfen können, Marianne. Es handelt sich um einen ... Mann."

„So ist es doch mit den allermeisten Problemen. Geht es um Portland?"

„Nun, ja ... und nein."

Marianne hob die Augenbrauen. „Wie interessant." Sie aß ihre Beere auf und lehnte sich müßig in die runden Polster zurück. „Erzählen Sie ruhig."

Percy atmete tief durch. „Ich habe darüber nachgedacht, was Sie mir beim Ball der Lady Stanhope gesagt haben. Dass Lord Portland für mich zu gesetzt sei. Jetzt, nachdem ich tatsächlich Zeit mit ihm verbracht habe",—sie zuckte kläglich mit den Schultern— „frage ich mich, ob Sie da nicht ins Schwarze getroffen haben."

„Das tue ich fast immer", sagte Marianne.

Gestern war Percy mit dem Viscount erneut ausgefahren und hatte sich die ganze Zeit über unwohl gefühlt. Es war, als ob ihr die Nacht in Vauxhall die rosa Brille abgenommen hätte und sie zum ersten Mal die ungeschminkte Wahrheit sah. In der Gegenwart von Lord Charles ging sie wie auf rohen Eiern, fürchtete, seine zarten Empfindlichkeiten zu verletzen. Sie hatte außerdem festgestellt, dass sein Lieblingsthema *er selbst* war.

Sie kaute auf ihrer Lippe und suchte nach der rechten Frage für ihre kluge Freundin. „Marianne, woher weiß man, dass man den *richtigen* Gentleman gefunden hat?"

„Ah, die uralte Frage. Ich dachte mir schon, dass der Wind daher weht." Die andere Lady lächelte. „Nun, wollen Sie die gesellschaftlich gangbare Antwort hören ... oder was ich tatsächlich meine?"

Percy dachte nach. „Wo liegt der Unterschied?“

„Ich kann Ihnen ja beides sagen, und Sie entscheiden, was Ihnen besser gefällt?“

„Ja, bitte.“

„Wenn man der Weisheit der Gesellschaft glauben will, dann geht es bei der Wahl der richtigen Partie um Stammbäume und Geld. Zuneigung darf es dabei geben, wenn einem dieser Luxus denn vergönnt ist. Letztendlich aber ist der richtige Gemahl zweifellos der, dessen Status und Geldbeutel den eigenen aufbessert.“

„So gesehen ist Lord Charles durchaus die richtige Wahl“, sagte Percy. Warum bestürzte sie diese Tatsache so? „Er hat Titel und Vermögen, außerdem sieht er sehr gut aus. Er ist alles, was sich mein Papa für mich ersehnt hat.“

„Wie dem auch sei, hier ist meine persönliche Meinung.“

Percy lehnte sich nach vorne.

„Die Sache ist einfach: Der richtige Gentleman ist der, der Sie so schätzt, wie Sie wirklich sind. Dem Ihre Mäkel einerlei sind, obwohl er sie durchaus erkennt. Und wenn Sie zusammen sind, lieben Sie nicht nur ihn“, sagte Marianne, „sondern auch sich selbst.“

Schweigen verwebte sich mit dem goldenen Licht im Salon. Percy bekam eine Gänsehaut, während sie über diese Worte nachsann. Sie erinnerte sich daran, wie lebendig und frei sie sich gefühlt hatte, während sie in Vauxhall mit Hunt tanzte. Und während ihrer lebhaften Wortgefechte, ihrer Küsse ... *Ach du liebe Güte.* Die Erkenntnis traf sie wie der erste Schwall eiskalten Waschwassers am Morgen.

Entwickelte sie etwa Gefühle für Hunt? Ihren erklärten Gegner?

„Waren Sie denn je verliebt, Marianne?“, entfuhr es ihr.

Die hellen Augen der anderen flackerten ganz uncharakteristisch auf, und Percy bereute ihre ungestüme und gänzlich taktlose Frage. „Ich bitte um Verzeihung—“

„Einmal. Vor langer Zeit. Vor meiner Ehe“, sagte Marianne

leise. „Ich war zu jung, um zu wissen, was ich tat. Nun, da ich älter und klüger bin, muss ich meiner Antwort über Liebe eine Warnung hinzufügen."

„Ja?"

„Den richtigen Mann zu wählen—den Liebhaber, nach dem sich Ihr Herz und Ihre Seele sehnt—ist nicht ganz ungefährlich. Oft führt es zu größerem Schmerz, als wenn man sich einfach an die Regeln der Gesellschaft hält." Marianne sah sie fest an. „Ich will nicht, dass Sie meine Bemerkung von eben missverstehen. Portland mag eine farblose Wahl sein, er ist aber auch eine vernünftige. Ich habe so das Gefühl, dass man das von Ihrem anderen Gentleman nicht sagen kann, wer auch immer er ist."

Percys Wangen wurden heiß. Vor diesem alles sehenden smaragdgrünen Blick brauchte man sich erst gar nicht zu verstecken.

„Meine Liebste, es steht Ihnen doch wie ins Gesicht geschrieben. Außerdem gibt es gegen Schwärmerei nur eine rasch wirkende Medizin, und das ist wahre Zuneigung." Mit einem Seufzer setzte Marianne sich auf und goss Tee in ihre Sèvres-Tassen. „Wollen Sie mir verraten, um wen es sich handelt?"

„Das kann ich nicht." Percy biss sich auf die Lippe und nahm das ihr angebotene Getränk an. „Ich wünschte, ich könnte es. Aber es ist ... schwierig."

„Nun, dass sind Herzensangelegenheiten meistens. Ich nehme an, Ihre Familie würde es nicht gutheißen?"

Percy schüttelte den Kopf. „Sie würden mich umbringen, wenn sie es je erführen. Und ich weiß, dass Sie und Helena beste Freundinnen sind, also bitte ich Sie inständig, ihr nichts davon zu erzählen. Sobald Sie es ihr sagen, weiß es auch Nick, weil sie ihm ja alles erzählt. Dann wird sein Ehrgefühl ihm gebieten, es Mama zu sagen ... sagen wir einfach, ich käme in Teufels Küche."

„Wenn Ihr Wohlergehen in Gefahr ist, kann ich solch ein Versprechen nicht halten." Marianne nippte an ihrem Tee. „Aber unter allen anderen Umständen, gewiss, kann ich durchaus verschwiegen sein.“

Eine faire Antwort. Percy grübelte darüber nach. „Können wir ganz vertraulich über einen rein angenommenen Sachverhalt sprechen?“

Marianne schmunzelte leicht. „Ich denke schon, da es sich ja nur um eine Annahme handelt.“

„Was würden Sie tun, wenn Sie sich zu einem Gentleman hingezogen fühlten, zu dem Sie sich nicht hinziehen lassen sollten?“

Die Augenbrauen der anderen hoben sich. „Ich bin verwitwet, Percy. Was *ich* tun würde und was *Sie* tun sollten ist grundlegend verschieden.“

„Beneidenswerte Witwen“, murmelte Percy. Dann fiel ihr auf, wie schrecklich das klang, und fügte hastig hinzu: „Den Verlust des Gemahls natürlich ausgenommen.“

„Ich finde meinen Zustand recht angenehm. Mit oder ohne die Ausnahme.“

„Was ich fragen will, ist, wie kann man sich seiner Gefühle sicher sein?“

Percy wusste inzwischen gar nicht mehr, ob sie zwischen Wirklichkeit und Fantasie noch unterscheiden konnte. Ihr wurde langsam bewusst, dass sie in ihrem Kopf schon so lange Geschichten erdichtet hatte, dass sie das Opfer ihrer eigenen Hirngespinste geworden war. „Ich dachte, ich bin in Portland verliebt“, sagte sie matt, „aber jetzt, wo ich mit ihm Zeit verbracht habe, bin ich mir nicht mehr so sicher.“

Marianne stellte ihre Tasse ab. „Vielleicht bin ich nicht die Richtige, um Ihnen in Sachen Liebe Rat zu geben. Ich bin da kein Vorbild. Und Sie, meine Liebe, sind ohnehin schon viel zu empfänglich für romantische Anwandlungen.“

„Bitte sagen Sie mir, was Sie denken“, flehte Percy, „Ich weiß weder ein noch aus.“

„Die Wahrheit ist ...“ Die andere zögerte und seufzte dann.

„Für mich lag die Antwort immer im Kuss. Ob die Leidenschaft wirklich ist, und ob Hoffnung auf Liebe besteht."

Verflixt und zugenäht. Wenn Küsse der Anhaltspunkt waren, dann stand es schlecht um sie. Sie konnte es sich doch nicht leisten, sich in ihren Widersacher zu verlieben! Paul, die Zukunft von Fines und Kompagnie, ihre Selbstachtung—alles hing davon ab, ob sie Hunts verführerischen Listen widerstehen konnte. Egal, wie unwiderstehlich sein Kuss war. Oder wie verführerisch seine Zärtlichkeiten.

„Nun gut." Sie schnaufte. „Wie setzt man sich also gegen unratsame Zuneigung zur Wehr?"

„Halten Sie sich von ihm fern", sagte ihre Gastgeberin flach.

„Und wenn das nicht geht? Wenn—äh, wenn man mit ihm zusammentreffen muss?"

Zum ersten Mal schwang etwas Beunruhigung in Mariannes Stimme. „Guter Gott, Sie sind doch nicht etwa in einen Diener verliebt?"

„Nein, nichts dergleichen", versicherte Percy.

„Denn in dem Fall kann ich Ihnen gleich sagen, dass zwischen Dienern und Herrinnen nie etwas Gutes zustande kommt. Außer in diesen grässlichen Romanen der Minerva Press—und da auch nur, weil sich am Ende herausstellt, dass der Diener ein lange verschollener verkleideter Prinz ist." Marianne schüttelte sich. „Nun, was war nochmal die Frage?"

„Wie man sich gegen unerwünschte Zuneigung zur Wehr setzt", sagte Percy prompt, „wenn man dem Betreffenden nicht aus dem Weg gehen kann."

„Hm. Wenn Sie ihn nicht meiden können, denke ich, könnten Sie dafür sorgen, dass er Sie meiden möchte."

Warum bin ich darauf nicht selbst gekommen? „Und wie macht man das?", fragte Percy eifrig.

„Auf dieselbe Art, wie man Gentlemen allgemein loswird." Marianne streckte sich und gähnte vornehm. „Männer können ja so ermüdend sein, besonders, wenn man es mit ganzen Horden davon aufnehmen muss."

„Da muss ich mich ganz auf Ihre Expertise verlassen", sagte Percy schelmisch lächelnd.

„Es ist ganz leicht. Es gibt eine ganze Liste von Dingen, die Ladies tun, die Männer in den Wahnsinn treiben. Meiner Beobachtung nach kann das männliche Temperament gewisse weibliche Gewohnheiten nicht ertragen, ebenso wenig, wie wir deren Marotten ertragen können." Marianne prustete. „Wie zum Beispiel das typisch männliche Unvermögen, zuzuhören. Oder deren Bedürfnis, diese grässlichen Zigarren zu rauchen."

„Oder ... wie ungern sie nach dem Weg fragen?", fragte Percy; ihr dämmerte, worauf Marianne hinauswollte.

„Ganz genau. Wenn also Ihr rein angenommener Verehrer besonders hartnäckig ist", sagte Marianne achselzuckend, „verscheuchen Sie ihn mit den Gaben, die Ihnen von Geschlechts wegen gegeben sind."

Es war ein brillanter Plan. Tückisch und teuflisch. Sie wühlte in ihrem Beutel, holte ein Heft hervor und sagte: „Macht es Ihnen etwas aus, wenn ich mir ein paar Notizen mache?"

Wenn man es mit dem Teufel zu tun hatte, musste man ihn mit seinen eigenen Waffen bekämpfen.

$\maltese$ 16 $\maltese$

Später am Nachmittag blickte Gavin von den Kontobüchern des Clubs auf als Stewart eintrat und die Tür hinter sich schloss. Der große Mann hatte nicht angeklopft, was Schlechtes verhieß. Gavin hatte seinen Mentor damit beauftragt, mögliche Verdächtige für den Angriff in Vauxhall ausfindig zu machen. Er spürte in den Knochen, dass es kein gewöhnlicher Raubüberfall gewesen war.

„Auf deen Kopp is een Preis ausjesetzt, meen Jung", sagte Stewart.

Gavin verdaute die Neuigkeit einen Augenblick lang. „Was zahlt man denn so für mich?"

„Is nüscht zum Lachen", grummelte sein Mentor. „Hundert Pfund."

Gavin schloss das Kontobuch, an dem er gearbeitet hatte. „Um den Preis sollte man aber bessere Schergen bekommen als diese unfähigen Kerle in Vauxhall. Drei davon, und sie haben mich nicht untergekriegt."

„Die haben wohl nüscht erwartet, dass de det Kämpfen vom besten Lehrmeister jelernt hast", sagte er andere, nicht ohne Befriedigung. „Um dir kleinzukriegen, braucht et schon mehr als halbjebackene Schurken." Er setzte sich auf einen der Stühle gegenüber dem Schreibtisch. „Aber tut nüscht zur Sache. Wir haben nämlich een Problem."

„Wer die Sache finanziert, hast du vermutlich nicht herausfinden können, oder?"

Stewarts buschige Augenbrauen verzogen sich. „Wer ooch immer, der Bastard verwischt seene Spuren recht jut. Hab alle meene Kontakte befragt, und keener weeß, wo det Jerücht mit dem Kopfgeld herrührt. Aber Hinz und Kunz gloobt dran. Kannst dir ne Zielscheibe aufn Buckel malen."

Gavin rieb sich den Nacken, während er im Kopf die möglichen Verdächtigen durchging; ihm fielen gleich vier ein. „Ich würde bei Kingsley anfangen", sagte er. „Er erschien ja nicht allzu erfreut, dass ich sein Angebot zur Zusammenarbeit abgelehnt habe. Was wissen wir über ihn?"

Will, Gavins oberster Wächter, hatte Kingsley nämlich im Auge behalten.

„Een schlüpfrier Bastard, sagt Will. Er is wohl jeden Samstag in de Kneipe, und zwar immer in ner anderen. Immer außerhalb von London, Kaschemmen, de so jerammelt voll sin, det Will ihn drinnen nüscht finden kann."

„Weiberei?", überlegte Gavin. „Mavis wird ihm die Eier an die Wand nageln, wenn sie davon erfährt."

„Kann sein. Aber vielleicht hat de Jeheimniskrämerei ooch nen anderen Grund", sagte Stewart finster. „Bis ick der Sache oof den Grund komme, sieh du dir lieber vor. Geh nüscht ohne Begleitung aus'm Haus. Und treib dir nüscht mehr mitten in der Nacht mit dem Gör rum, nüscht bis wir de Sache jeklärt haben."

„Ich verstecke mich nicht wie ein elender Feigling", sagte Gavin kühl.

Die Idee schmeckte ihm gar nicht. Und seine Rendezvous mit Percy wollte er keinesfalls unterbrechen. Gerade eben, als er eigentlich die Konten des Clubs durchsehen wollte, hatte er sich in Träumereien über ihr heißes Intermezzo in der Hütte verloren.

Was wäre gewesen, wenn er nicht von ihr abgelassen, sondern stattdessen ihre Röcke hoch gezogen, ihre schlanken Schenkel entblößt hätte, immer näher an die allersüßeste Stelle gerückt wäre—

„Verdammt noch mal. *Wusste* ick et doch. Sie hat dir verhext."

Gavin schüttelte das Bild von sich ab. Sein Mentor starrte ihn an. Zu seinem Verdruss brannten ihm die Wangen, als wäre er ein Schuljunge, den man bei einem Streich erwischt hatte.

„Das ist doch Unsinn."

„Mir brauchste nüscht anschwindeln. Ick kenn dir besser als meene eijene Nase. Det Fines-Mädel hat dir um den kleenen Finger jewickelt, und du begreifst et nüscht."

„Ganz im Gegenteil. Ich nutze sie zu *meinem* Vorteil aus."

Der andere Mann schnaubte nur. „Hast du et schon mit ihr jetrieben?"

„Nein, was dich im Übrigen überhaupt nichts angeht." Stewart brauchte nicht zu erfahren, dass er in Vauxhall die Gelegenheit hatte verstreichen lassen. Ehrlich gesagt hatte er in den letzten beiden Tagen selbst viel Zeit damit zugebracht, die Sache zu begreifen. Warum hatte er von ihr abgelassen, wenn er doch Percy hätte haben können—sie und Morgans Geschäft?

„Wozu taugt se denn, wenn nüscht dafür?" Stewart schüttelte den ergrauten Kopf. „Det klingt nüscht jut, Junge. Ick hab noch nie erlebt, det du nem Weibsbild hörig bist. Die hat dir in ihren Krallen."

„Ich habe eine dickere Haut, als du denkst."

„Da täuscht de dir aber. Gloob mir, ick kenn mir aus." Der andere Mann durchbohrte ihn mit einem düsteren, weissagenden Blick. „Jenauso war et mit Marissa, und wir wissen ja, wat daraus jeworden is."

Ja, das wusste er, Stewart in Ketten und für Körperverletzung in den Bauch des Gefängnisschiffs geworfen. Gavin kannte die Geschichte ja. Aber mit Percy war es doch ganz anders ... oder?

„Am Anfang war et, als hätte man Kopfweh und Bauchweh

zugleich. Konnte nüscht denken, nüscht essen ... musste immer nur an det Weibsbild denken", sagte Stewart bitter.

Nun, doch nicht viel anders, als es ihm erging. Verflucht.

„Und es war ja nüscht nur im Bett ... davon konnt ick eh nüscht jenug bekommen. Nee, ick wollte ooch andere Sachen mit ihr, feinere, weichere Sachen—"

Stewart hielt plötzlich inne und schaute finster drein. „Davor müssen wir Männer uns hüten, wenn uns unser Leben lieb is. Verjiftet hat se mir, de Marissa. Jeschwächt hat se mir, und dann de Bluthunde auf mir jehetzt."

War es denn Schwäche gewesen, dass er von Percy abgelassen hatte? Gavin schluckte den unangenehmen Gedanken hinunter. Sie hatte doch sein Leben gerettet, er war es ihr nur schuldig gewesen. Auge um Auge. Sie waren nun quitt, und er würde nicht noch einmal schwächeln.

„Ich habe die Lage völlig im Griff. Es geht mir um Rache: Morgan hat mich in Grimes' Verbrechernest den Flammen überlassen und seinetwegen habe ich jahrelang im Gefängnis dahingedarbt. Ich habe nur eine Verwendung für Percy Fines", sagte er mit verkrampftem Kiefer, „und die ist weder weich noch schwach."

Von der anderen Seite des Schreibtischs sandte Stewart ihm einen Blick von Mann zu Mann.

„Schön feste willst de et ihr jeben, oder?"

„Genau."

Sein Mentor grunzte. „Sieh nur zu, dass de et ooch tust. Dafür sin de Weiber schließlich da. Vielleicht solltest de een paar andere rammeln, damit dir det wieder einfällt."

Ein kratzendes Geräusch schnitt Gavin das Wort ab. Er verkrampfte sich, sein Mentor nahm die gleiche wachsame Haltung ein. Beide warteten darauf, dass das flüchtige Geräusch wiederkehrte ... wo war es hergekommen?

Stewart deutete auf die Tür.

„Danke für deinen Rat", sagte Gavin laut, während der andere rasch und lautlos zur Tür huschte. Gavin nahm eine Pistole aus seinem Schreibtisch. Stewart riss die Tür auf. Da stand Evangeline im Türrahmen.

Ihre dünnen Augenbrauen krümmten sich. „Was für eine Begrüßung, mein Liebhaber."

Gavin fluchte und warf die Waffe zurück in die Schublade.

Stewart jedoch sah Evangeline abschätzend an. Unter seinem Bart legte sich sein Mund in eine Art Lächeln. „Ah, de Sonne nach dem Regen. Juten Tach, Miss Harper."

Evangeline kam hereingeschneit. „Ebenso, Mr. Stewart." Der lüsterne Glanz in ihren Augen und der tiefe Ausschnitt ihres Kleids zeigten unmissverständlich den Grund ihres Besuchs an. An ihrer Hand baumelte ein praller Beutel.

Einfach wunderbar.

„Hab' Hunt jerade eben jesagt, dat er zu viel arbeitet. Ab und an braucht man een bisschen Zerstreuung." Stewart sah Gavin vielsagend an. „Det bringt ihn wieder auf de rechten Jedanken."

„Mir is ooch jerade nach een wenig Zerstreuung", sagte Evangeline. Sie setzte sich ungezwungen auf die Armlehne von Gavins Stuhl, ihr großzügiges Hinterteil drückte sich in Gavins Schoß.

„Dann lass ick euch mal alleene." Stewart schloss pfeifend die Tür hinter sich.

„Was is denn mit dem?" Evangeline deutete mit dem Kinn in Richtung Tür. „Der is doch sonst mürrischer wie der Tod, aber heute überschlägt er sich fast vor Freude, mir zu sehen."

„Kümmern Sie sich nicht um ihn." Gavin räusperte sich. „Was kann ich heute für Sie tun?"

„Wat ick für *Sie* tun kann, det is de Frage", gurrte sie und rutschte dabei vollends auf seinen Schoß.

Sein Körper erwiderte die Berührung der weiblichen Rundungen sofort. Seit der ersten verfluchten Begegnung mit Percy war er geil wie ein Hund. Sogar tägliche Selbstbefriedigung —ach was, *mehrmals* täglich—half nichts. Er bekam sie einfach nicht aus seinem Kopf und war immerzu hart.

Bedächtig und langsam öffnete Evangeline die Kordeln ihres Beutels. Seine Kehle schnürte sich zu, als er sah, was sie herausgefischt hatte und nun vor seinen Augen baumeln ließ. Eine silberne Kette, mit ledernen Riemen an beiden Enden.

„Heute hab ick een neuet Spiel für Sie, Liebster." Sie wackelte gegen sein geschwollenes Fleisch. „Und ick habe so det Jefühl, dat et Ihnen jefallen wird."

Wenn es um fleischliche Genüsse ging, waren er und Evangeline aus demselben glimmenden Holz geschnitzt. Für sie beide waren Lust und Macht nur zwei Seiten derselben Medaille. Sein allererstes sexuelles Erlebnis blitzte vor seinem inneren Auge auf. Es hatte sich in einer schmuddeligen Ecke im Gefängnisschiff abgespielt, mit einer der Huren, die die Wächter ab und zu hereinließen, um im Schiffsbauch die Ruhe zu wahren. Er war dreizehn Jahre alt gewesen und nach drei Jahren in dem stinkenden Schiff hatte er seine Kindheit schon weit hinter sich gelassen. Dennoch war ein Schauder durch ihn gegangen, als die Dirne seinen angespannten Körper bestieg. Ihre Augen waren in der Finsternis nur glitzernde Schlitze gewesen. Ihre hämische Stimme kehrte zu ihm zurück.

Fickst de wohl zum ersten Mal? Viel machste ja nüscht her. Wolln wer ma sehen, ob de überhaupt det Zeug zum Mann hast.

Seine Fäuste hatten sich geballt, seine Fesseln hatten gespannt, während sie ihn unsanft erkundete. In der Finsternis dieses abscheulichen Orts, inmitten der Geräusche und der Ausdünstungen menschlicher Erniedrigung, war er zum ersten Mal gekommen. Hatte erfahren, dass es nicht nur Schmerz, sondern auch Lust bereiten konnte, wenn einem Fesseln ins Fleisch schnitten. Schnell hatte er gelernt, dass nichts, aber auch gar nichts der Macht über andere Menschen gleichkam. Eine alte Schlampe vor Lust zum Brüllen zu bringen, während er sie in die Unterwürfigkeit fickte, unter den anfeuernden Rufen der anderen Gefangenen.

Beherrschen oder beherrscht werden. Er wusste, welche dieser zwei Möglichkeiten er wählen musste.

Eine Hand legte sich auf seine Lenden und er blickte auf Evangeline hinab, die zwischen seinen Schenkeln kniete. Ihr lüsterner Gesichtsausdruck spiegelte seine Vergangenheit in ihrer ganzen Erbärmlichkeit wieder, und er fühlte sich ... überdrüssig. Zum ersten Mal fragte er sich, ob es für ihn vielleicht eine andere Zukunft gab. Ganz ungebeten kitzelte ein Duft nach Zitronen und Seife seine Fantasie. Ein Lächeln, das wärmte, statt zu erniedrigen. Augen so hell wie der Sommer, die ihm eine Art von Leidenschaft versprachen, wie er sie zuvor noch nie erlebt hatte: rein und bedingungslos, ganz allein für ihn bestimmt.

Gab es so etwas überhaupt? Konnte es einem die finsteren Gelüste vertreiben, wenn man einmal den Sonnenschein gekostet hatte?

„Mmm", schnurrte Evangeline. „Ick gloob, Sie sind zum Spielen bereit, Liebster."

Er schob ihre Hände von sich.

„Nicht heute", sagte er.

Verdammt ... vielleicht nie mehr.

Am Freitagabend ging Gavin unruhig in seiner Suite umher. Er wartete auf Percy. Er hatte Stewarts ständiger Nörgelei nachgegeben, ging also kein „unnötiges Risiko" ein, sondern ließ Percy für ihre zweite Begegnung hierher bringen. Es war ohnehin besser. In seinem eigenen Hoheitsgebiet gäbe es keine Ablenkung.

Heute Abend hatte er vor, Percy endgültig zu verführen. Vor wenigen Tagen hatte er sein Verhältnis mit Evangeline beendet, weil ihm an bedeutungslosem Rammeln nichts mehr lag. Er wollte etwas anderes, er wollte mehr. Etwas, was nur Percy ihm geben konnte. Vorfreude brodelte, als er hörte, wie sich Stimmen näherten. Davey trat zuerst ein. Seine Blutergüsse waren verblichen und er sah aus wie jede andere halbwüchsige Bohnenstange auch. Er trug eine ausgebeulte Tasche. Percy folgte ihm, und obwohl sein Herzschlag bei ihrem Anblick schneller ging, runzelte er doch die Stirn. Was zum Teufel hatte sie denn da auf dem Kopf? Es sah aus wie ein totes Tier, in einem scheußlichen Grünton. Möglicherweise ein Vogel. All ihr prächtiges Haar war darunter verborgen, allein deswegen schon verdiente es, verbrannt zu werden.

„Davey, könntest du meine Sachen vielleicht ..."—sie suchte

das Zimmer mit dem Blick ab und deutete auf den Stuhl—„bitte dort ablegen?"

Der Knabe überschlug sich schier vor eifrigem Gehorsam. „Noch was, Miss?"

„Nein, danke", sagte sie. „Ich habe mich aber so gefreut, dass wir beide ein wenig Plaudern konnten."

Plaudern? Was zum Teufel hatten sie und ein Waisenkind aus der Gosse denn zu plaudern? Ganz davon abgesehen, dass der Knabe alles andere als gesprächig war. Er sprach nur mit Gavin, wenn er angesprochen wurde, und wenn man ihn nach den Vorfällen bei seiner letzten Arbeitsstelle befragte, wurde er stumm wie ein Fisch. Da Gavin das Bedürfnis, die Vergangenheit zu begraben, nur allzu gut verstand, hatte er nicht weiter in den Jungen gedrängt.

Doch vielleicht hätte er Percy darauf ansetzen sollen, den Knaben zu verhören. Es schien, als würde er mit Freuden von einer Brücke springen, wenn Percy ihn nur dazu aufforderte. Wie Gavin ja schon längst vermutete, hatte das Mädchen eine verstörende Wirkung auf Männer—und Alter bot offenbar keinen Schutz vor ihrem Charme.

„Das ist für dich, Davey. Ich hoffe, dass ich gute Neuigkeiten höre, wenn ich dich das nächste Mal sehe", sagte sie heiter.

Die Augen des Knaben wurden so groß wie die Münze, die sie ihm gegeben hatte. Benommen stammelte er: „D-danke, Miss. Ick werde Ihren Rat beherzijen."

„Das ist alles, Davey", sagte Gavin knapp. „Schließ die Tür hinter dir."

Der Junge verschwand und mit ihm Percys Lächeln. Spannung erfüllte das Zimmer, während sie seine privaten Gemächer in Augenschein nahm und dabei sorgfältig seinen Blick mied. Er hatte den Salon ganz auf Verführung hergerichtet. Kerzen aus Bienenwachs flackerten in silbernen Ständern, scharlachrote Rosen blühten in Kristallvasen. Ein gedeckter Tisch stand bereit für ein intimes Abendessen zu zweit.

„Worüber haben Sie denn mit Davey gesprochen?", fragte er.

„Ach, dies und jenes." Percy schlenderte zu dem Tisch hinüber und besah ihn. „Ich habe ihm hauptsächlich ein paar Ratschläge in Sachen Liebe gegeben."

„Liebe?", schnaufte Gavin. „Er ist doch ein Knabe, um Himmels willen. Er hat Besseres zu tun, als sich solche Flausen in den Kopf zu setzen."

„Wie dem auch sei, er ist recht heftig in das Milchmädchen verliebt." Percys Wangen wurden rund und süß wie ein Apfel. „Sie heißt Nan. Rotes Haar und Sommersprossen auf der Nase."

„Er vergeudet seine Zeit", sagte Gavin. „Er muss etwas aus sich machen, ein Mann werden. Schwere Arbeit und Selbstdiszi-plin—das ist seine Eintrittskarte zu einem besseren Leben."

„Und damit haben Sie sich in diesem zarten Alter wohl beschäftigt?", fragte sie unschuldig.

Im Alter von dreizehn war er zwischen Verbrechern und Ungeziefer im Gefängnis gesessen. Hatte er Prügel ebenso bezogen wie verteilt. An einem guten Tag war er den brutalen Peitschenhieben der Wächter entkommen und hatte ein Stück-chen altes Brot in seinem knurrenden Magen gehabt. An schlechten Tagen ... an die wollte er lieber nicht denken.

Und alles wegen Morgan. Denk immer daran.

„Sagen wir einfach", antwortete er grimmig, „dass ich meine Zukunft geplant und nicht von irgendeinem Mädchen geschwärmt habe. Ich werde mit Davey ein Wörtchen reden und ihm die Flausen austreiben."

Percy näherte sich ihm, und ihm war, als suchten ihre Augen etwas in seinem Gesicht. „Warum haben Sie solches Mitgefühl für Kinder? Davey sagt, er verdankt Ihnen sein Brot, ein Dach über dem Kopf, er erlernt ein Gewerbe—und er ist nicht der Einzige. Es scheint, dass sie der Wohltäter so manchen unglücklichen Waisenkinds sind."

Seine Krawatte erschien ihm zu eng. Es gefiel ihm nicht, wie sanft sie ihn ansah. Er brauchte ihr Mitleid nicht—genauso wenig wie die Kinder.

„Ich habe kein weiches Herz, falls Sie das denken", sagte er flach. „Wer für mich arbeitet, verdient damit sein Brot. Andernfalls landet er im hohen Bogen wieder auf der Straße."

Sie betrachtete ihn weiterhin mit geneigtem Kopf. „Wie du mir, so ich dir—das ist Ihre Devise?"

„In meiner Welt heißt das Gerechtigkeit. Nichts ist umsonst, und wer mir etwas schuldet, zahlt auch." Bewusst fügte er hinzu: „Ich dachte, das hätten Sie in der Zwischenzeit begriffen."

Sie hob lediglich die Augenbrauen. „Ich bin wohl nicht die Einzige hier, die einen Ruf zu wahren hat. Sie auch, nicht wahr, Mr. Hunt?"

Ihr Scharfsinn gefiel ihm noch weniger als ihr Mitleid. „Darf ich Ihre, äh, Haube nehmen?", wechselte er jäh das Thema.

„Das ist ein Turban", sagte sie. „Den setzt man nicht ab."

Wenn es nach ihm ginge, schon. Aber er wollte nicht gleich auf Konfrontation gehen.

„Ihren Umhang, dann", sagte er und griff nach ihren Schultern. Er nahm den samtenen Mantel ab und genoss ihr kleines Schaudern, ehe ihm ein stechender Geruch entgegen wehte. Heiliger Strohsack. Seine Augen tränten, er nieste so heftig, dass es ihn schüttelte.

„Gesundheit", sagte sie süßlich.

Seine Nasenflügel bebten gefährlich, er tat einen Schritt zurück.

„Ach du meine Güte, ich hoffe, es ist nicht mein neuer Duft", sagte sie. Der Parfümier hat ihn eigens für mich kreiert. Essenz von Flieder und Maiglöckchen."

Kein Wunder, dass sie roch wie eine Kreuzung aus einer alten Matrone und einer Hecke.

Sein Blick wanderte zu ihrem Kleid, das sie nur noch mehr wie einen stacheligen alten Busch aussehen ließ. Nicht, dass sich Percy sonst aufreizend kleidete (was schade war), doch heute Abend fand er anstelle ihres frischen, ungezierten Stils etwas … nun, einfach Abstoßendes vor. Das Kleid passte farblich zu dem kränkelnden Grün ihres Turbans; endlose Reihen überladener Rüschen zierten das formlose Monstrum, das sie vom Kinn bis zu den Zehen bedeckte.

Er wollte ihre schlanke, sinnliche Gestalt sehen. Er wollte das Gewand abreißen und es ins Kaminfeuer schleudern. Am allermeisten aber wollte er wissen, was das Gör im Schilde führte—obwohl es ihm schon dämmerte.

„Heute Abend haben Sie sich aber besonders sorgfältig zurechtgemacht, oder?", sagte er.

Sie lächelte selbstzufrieden. „Ich wollte nicht wieder unvorbereitet sein. In Vauxhall war ich abgelenkt. Von nun an habe ich die Absicht, unsere Wette mit äußerster Besonnenheit anzugehen."

„Abgelenkt. Sie meinen, von meinem Kuss?"

Nun war es an ihm, selbstzufrieden zu schauen, während ihr Lächeln schwankte.

„Das Durcheinander hat meine Nerven überreizt. Ein kurzer Moment der Selbstvergessenheit", murmelte sie. „Das kommt nicht wieder vor."

Ach, wirklich? Ob sie es wusste oder nicht, sie hatte ihm soeben den Fehdehandschuh ins Gesicht geworfen, und einer Kampfansage stellte er sich immer.

Er wies sie zum Sitzbereich neben dem Esstisch. „Nach Ihnen."

Da der Sessel beim Feuer von ihrem unförmigen, knotigen Handarbeitsbeutel besetzt war (hatte sie wohl vor, hier heute Abend Socken zu flicken?), hatte Percy keine andere Wahl, als sich auf das Edelholzsofa zu setzen. Er setzte sich neben sie … und musste sogleich wieder niesen. *Verdammt.*

„Vielleicht wäre es Ihnen ein bisschen weiter weg angenehmer", schlug sie vor.

„Mir ist es recht, wo ich bin", knurrte er.

„Wie Sie wünschen."

Er zwang sich, gefasst zu bleiben. Er blickte auf den Couchtisch vor Ihnen, auf dem eine Platte mit den köstlichsten Vorspeisen seines Kochs und eine Flasche edelsten Weins standen. „Möchten Sie vor dem Abendessen eine kleine Erfrischung?"

„Kein Wein für mich, danke sehr. Ich will einen klaren Kopf bewahren. Und essen möchte ich auch nichts."

Er runzelte die Stirn und warf einen Blick auf den sorgfältig gedeckten Tisch, der an ihr verschwendet war. Anscheinend genauso wie sein klug durchdachter Plan. „Warum nicht?"

„Ich bin auf einer Abmagerungskur."

„Wozu denn das?", fragte er ungläubig. „Sie sind doch schlank wie eine Gerte."

Zum Glück nicht überall, doch die Vorstellung, dass Percy abmagerte, war schlichtweg albern. Ebenso lächerlich war, wie sie nun zu einer eingehenden Schilderung ihrer eingebildeten Mäkel anhob. Nicht nur ihr Gewicht, auch ihre Haarfarbe, ihre zu kleine Nase, ihre allzu vollen Lippen. Er kannte dieses Jammern von anderen weiblichen Bekannten—was jeden Mann mit Selbsterhaltungstrieb schleunigst zum Rückzug veranlasste.

Niemals hätte er Percy für so ein albernes Huhn gehalten. Sein Kiefer verspannte sich.

„Oh, über dieses Thema könnte ich mich stundenlang ergehen." Sie blickte ihn unschuldig an. „Ladies haben ja immer so viel zu schwatzen, nicht wahr? Und ich bin schließlich eine Lady."

Wer's glaubte. *Sie* war eine Füchsin, ein unverschämtes kleines Luder. Oh, er wusste schon, was sie da spielte: Sie verärgerte ihn absichtlich—und sie machte es ausgesprochen gut. Wenn sie jedoch glaubte, sie war listig genug, ihn abzuwimmeln, täuschte sie sich. Er versuchte, sich seiner Strategie zu entsinnen, was ihm ein wenig schwer fiel, weil er sie nämlich in Gedanken erdrosselte. Oder ihren frechen Mund küsste, bis ihr das hinterlistige Grinsen verging. Da ihm die zweite Option eher zusagte, lehnte er sich näher zu ihr. Da sah er auf dem Sessel eine Regung. Hatte sich Percys Tasche soeben ... bewegt?

Was zur Hölle ging hier vor ... hatte die Tasche gerade *gebellt*?

„Oh, Fitzwell ist aufgewacht", sagte Percy sonnig. „Komm raus, alter Junge."

Ein hellbrauner Kopf spitzte aus der Tasche hervor. Nachdem es seine Umgebung in Augenschein genommen hatte, kroch das Tier vollends aus der Tasche und schüttelte seinen stämmigen kleinen Körper gründlich durch. Bleiches Hundehaar rieselte über den Sessel.

Gavins *Lieblingssessel*.

„Weil Mama doch verreist ist, ist Fitzy so einsam. Da dachte ich mir, ich bringe ihn zur Aufmunterung einfach mit. Ich hoffe, das macht Ihnen nichts aus", sagte Percy.

„Ganz und gar nicht", sagte Gavin verbissen. Er hatte für kleine Hunde nicht viel übrig—und das Exemplar, das ihn gerade feindselig und bockig anstarrte, bekräftigte seine Meinung nur.

Das Biest fletschte die Zähne, Gavin wollte es ihm beinahe gleichtun.

„Er ist ja so gesellig", sagte Percy. „Seit Papas Tod war er für Mama so eine—oh, nein, Fitzy, aus!"

Ihre Ermahnung kam zu spät. Das Biest schnüffelte, sein Blick wanderte zielsicher zum Vorspeisenteller. Etwas wie ein Grinsen ging über seine dunkle Schnauze. Mit einer Geschwindigkeit, die man seinen Stummelbeinen nicht zugetraut hätte, flog der Mops vom Stuhl und auf den Couchtisch. Er prustete glücklich und vergrub sein Gesicht in der hübsch arrangierten Platte.

„Oh je, ich hoffe, Sie wollten davon nichts essen." Percy machte einen erbärmlich schlechten Versuch, eine bedauernde Miene aufzusetzen. Ihre Mundwinkel zuckten dabei sogar.

Da kam Gavin ein Geistesblitz. Der Einfall war so teuflisch einfach, dass er nun seinerseits ein bissiges Grinsen unterdrücken musste. Sie amüsierte sich also auf seine Kosten? Den Spieß konnte er umdrehen. Sie wollte sein Temperament gegen ihn verwenden ... nun, ihm war ja durchaus auch die eine oder andere Schwäche Percys bekannt.

„Da es ja scheint, dass sich das Abendessen verkürzt“, sagte er, „schlage ich vor, dass wir zum nächsten Teil des Abends übergehen.“

Sie sagte angespannt: „Was denn?“

„Ich dachte, Sie wollen vielleicht den Club sehen.“

Sie kaute auf ihrer Unterlippe, und er konnte es ihr nicht verdenken—er selbst würde auch ganz gerne ein wenig an diesem köstlichen rosa Vorsprung knabbern. Und bald würde er das auch. „Das würde ich gern, doch kann ich mich nicht so den Blicken aussetzen“, sagte sie.

„Das müssen Sie auch nicht. Wir gehen durch den Geheimgang.“

„Den ... Geheimgang?“

Sie hauchte diese Worte fast mit großen Augen. Er verkniff sich ein Lächeln. Ja, er wusste genau, wie er seine Persephone verlocken konnte. Einfach die richtige Frucht hinhalten, und die Göttin der Neugier würde zubeißen.

„Mein privater Korridor, von dem aus ich die *Underworld* ungesehen überwachen kann. Es ist jetzt ohnehin Zeit für meinen abendlichen Rundgang.“ Er zuckte lässig mit den Schultern. „Wenn Sie möchten, können Sie mitkommen.“

„Oh, das sollte ich wirklich nicht.“ Sie schüttelte den Kopf, wobei ihr der Turban etwas verrutschte. Eine goldene Locke befreite sich. „Äh, Fitzwell braucht mich hier.“

Ein Rülpsen kam aus der Richtung des Couchtischs. Der Hund hatte das Essen vollständig verschlungen und hopste zum Fußboden. Er trottete zum Kanapee hinüber und schnüffelte an dem gedrechselten Mahagonibein.

„Wag es und ich lass dich ausstopfen“, sagte Gavin scharf.

Das Tier war wohl klüger, als es aussah, denn es drehte sich mit einem Grunzen von dem Möbelstück weg und plumpste vor dem Kaminfeuer auf den Bauch.

Gavin wandte sich wieder an Percy. „Sie sagten, Sie sind angehende Schriftstellerin?“

„Ja. Nein." Eine Falte erschien zwischen ihren geschwungenen Brauen. „Das heißt, Schreiben war einmal ein Steckenpferd von mir, aber ich habe es seither aufgegeben."

„Vielleicht inspiriert sie ja eine Runde durch eine waschechte Spielhölle dazu, die Feder wieder aufzunehmen. Aber es bleibt ganz Ihnen überlassen." Er zuckte die Achseln. „Wenn Sie lieber hier warten und Zeit mit Ihrem Haustier verbringen möchten ..."

Sie blickten beide auf das Tier, das bewusst- und regungslos beim Kamin lag. Im Moment war Fitzwells Gesellschaft etwa so interessant, wie Gras beim Wachsen zuzusehen. Nach einem Augenblick sagte Percy: „Ich glaube, Fitzy kommt schon ein paar Minuten allein zurecht. Nicht wahr, mein Kleiner?"

Der Mops rollte schnarchend auf den Rücken.

Feuer tanzte in Percys Augen. „Also, auf zum Geheimgang?", sagte sie.

❧ 18 ❧

Percys Herz klopfte, als die Wandtäfelung im Flur aufschwang und den Blick auf einen trüb flackernden Tunnel freigab. *Ein echter Geheimgang!* Den Teil von ihr, der sich gegen das Unterfangen sträuben sollte, hatte sie bei Fitzwell gelassen. Ebenso wie ihr Parfüm. Hunt hatte sie gebeten, es vor dem Rundgang abzuwaschen, da sein Niesen die Heimlichkeit ihrer Mission gefährden würde. *Mission. Heimlichkeit.* Die Worte kitzelten sie.

„Vorsicht", sagte Hunt, der voranging.

Percy musterte ihren Gastgeber diskret, während sie durch den finsteren Gang schritten. Seine breiten Schultern streiften fast die Wände, und er musste sich ducken, wo die Decke niedrig war. Im Schein der Lampe, die er hochhielt, glänzte sein Haar wie ein Fell. Ihre Handflächen begannen zu prickeln. Sie erinnerte sich daran, wie diese dicken Locken zwischen ihren Fingern hindurchgeglitten waren ...

Wie übrigens auch ihr Plan. Was vorher wie eine brillante Strategie geklungen hatte, erschien nun recht lachhaft. Von dem Turban juckte ihr die Kopfhaut und unter dem dicken Kleid war ihre Haut vor Schweiß schon ganz glitschig. Ihr Pulver an albernem weiblichem Geschwätz hatte sie auch bereits verschossen.

„Haben Sie schon einmal einen Spielclub gesehen?" Hunt blickte zu ihr zurück.

„Habe ich nicht, nein." Die Vorstellung brachte sie zum Schmunzeln. „Vielleicht ist es Ihnen entgangen, Mr. Hunt, aber wohlerzogene Ladies dürfen nirgendwo hin, wo es interessant ist."

Das flackernde Licht warf kühne Kontraste auf sein Gesicht, züngelte an den faszinierenden Flächen und Senken. „Es fällt mir schwer zu glauben, dass die üblichen Regeln für Sie gelten", sagte er.

Wie oft hatte sie sich genau das schon insgeheim gedacht? Charity zufolge war es genau diese Logik, die Percy von einem Schlamassel ins nächste stürzte. Unter Hunts scharfem Blick fühlte sie sich plötzlich durchschaubar, entblößt, trotz der vielen Schichten, die sie trug.

Bleib auf der Hut. Zeig keine Schwäche.

„Ich halte mich an Regeln. Meistens", schränkte sie ein.

„Nicht aber, als wir in Vauxhall angegriffen wurden. Ich glaube, der Etikette gemäß hätte ich die Unholde davonjagen müssen. Sie indessen hätten Ihren zarten Empfindsamkeiten unterliegen sollen. Schreien, in Ohnmacht fallen und dergleichen. Aber doch nicht ins Geschehen eingreifen."

Das ärgerte sie. „Es tut mir schrecklich leid, aber Ohnmachten waren noch nie meine Stärke", sagte sie barsch. „Ich werde es mir aber merken. Das nächste Mal, wenn wir überfallen werden, stehe ich einfach händeringend daneben, während Sie umgebracht werden."

Hunt lächelte. Ein echtes Lächeln, was sie bisher noch nicht von ihm gesehen hatte. Ihr Herz setzte einen Schlag lang aus, und zwar noch bevor er ihre Hand nahm und küsste.

„Sie haben mich nicht enttäuscht—weit gefehlt. Ihr Mut und Ihre Ehrlichkeit sind mir allemal lieber als jede Sittsamkeit." Die Anerkennung in seiner tiefen Stimme ließ ihr Blut zu zähflüssigem Honig gerinnen. „Sie, Miss Fines, sind ein ganz ungewöhnliches Geschöpf."

Ungewöhnlich—und das war offenbar nicht negativ gemeint. Sie war dankbar, dass die Finsternis ihr Erröten verbarg. Wenn das Hunts Art von Liebenswürdigkeit war ... sie *wirkte*. Das unmittelbare Lob ließ sie schmelzen wie Butter auf einem heißen Brötchen. Er ging weiter voran, und wie sie so weitergingen, bemerkte sie ein Raunen; das Geräusch wurde bald zu einem unentwirrbaren Gemenge von Stimmen und Lärmen.

„Da wären wir." Hunt zeigte ihr eine Reihe von hölzernen Leisten an der Wand. Als er eine beiseiteschob, fielen zwei schmale Lichtschächte in den dunklen Tunnel. „Das ist einer der Spielsalons. Schauen Sie ruhig."

Percy blickte durch den Sehschlitz und ihr fiel die Kinnlade herunter. Sie wusste gar nicht, was sie eigentlich erwartet hatte— Feuer und Schwefel vielleicht? Stattdessen leuchteten mehrreihige Kronleuchter von einer hohen Decke und ein Champagnerbrunnen blubberte in der Mitte des Saals. Männer standen um die vielen Tische, die Blicke fest auf das Geschehen auf dem grünen Filz gerichtet. Wenn die Würfel fielen, wurde gerufen und gestöhnt. Wie Pfaue paradierten bunt gekleidete Dirnen im Raum umher.

Das bunte Treiben nahm sie völlig ein, während sie diese berückende Welt beobachtete. Hunt hatte recht, es war eine wahre Schatzkiste der Inspiration für einen Schriftsteller. Ihr Kopf drehte sich geradezu vor all den Abenteuern, die Miss Priscilla Farnham an so einem Ort erleben mochte. Zum ersten Mal seit langer Zeit juckten ihr die Finger nach einer Feder.

„Dieser Club ist großartig", sagte sie ehrfürchtig. „Und all das gehört Ihnen?"

„Als ich das Gebäude gekauft habe, war es völlig verfallen. Nun ist es einer der edelsten Clubs in London", sagte er. „Und bald mache ich ihn zum allerbesten."

Sie sah den Ehrgeiz in seinem düsteren Blick und verstand,

was dieser Ort ihm bedeutete. Papa hatte genauso ausgesehen, wenn er von Fines und Kompanie sprach. Stärke, das Streben nach Erfolg—diese Tugenden hatte sie immer bewundert. So lange suchte sie schon nach dem Zweck ihres eigenen Daseins. Sie hatte ihn noch nicht gefunden, doch plötzlich begriff sie: Portland war es nicht.

Bei dieser Erkenntnis fühlte sie sich seltsam erleichtert. Lächelnd sagte sie: „Noch besser, als er jetzt ist? Ist das denn möglich?"

„Alles ist möglich, wenn man es sich fest genug vornimmt."

Genau, wie es ihr Vater ausgedrückt hätte.

Sie gingen weiter auf ihrem Rundgang, und jeder Saal war prächtiger als der vorherige.

„Wie viele Säle hat eigentlich die *Underworld?*", fragte sie, nachdem sie die Stufen zum ersten Stockwerk erklommen hatten. Sie schaute durch das Guckloch in den Speisesaal. Entzückt sah sie die schlau bemalten Holztafeln, die die Esstische wie kleine Boote aussehen ließen. Die Wände waren mit brandenden Wellen bemalt. Abendessen auf dem Totenfluss Styx.

„Etwa ein Dutzend. Es gibt noch ein weiteres Stockwerk."

„Darf ich es bitte sehen?" Sie drehte sich eifrig um.

„Ich fürchte nicht", sagte Hunt entschuldigend.

„Warum?"

„Weil es nicht angemessen ist. Sie müssen mir einfach glauben", sagte er.

Ihre Stirn verfinsterte sich. „Aber ich *will* es sehen—"

„Entschuldigung." Er sah auf seine Taschenuhr. „Verflixt, ich komme noch zu spät zum allabendlichen Bericht meines Clubverwalters. Stewart wartet nicht gerne."

„Kann ich nicht einen ganz schnellen Blick—"

„Ich fürchte, das geht nicht." Er schien abgelenkt, blickte wieder auf seine Uhr. „Meine Besprechung dauert nicht länger als eine Viertelstunde. Möchten Sie den Rest dieses Stockwerks alleine begehen, oder soll ich Sie zurück zu meiner Suite geleiten lassen?"

„Ich bleibe hier", sagte sie, ohne zu zögern.

„Sie müssen aber *hier* auf mich warten, Miss Fines. Nicht herumwandern." Neben seinem Mund zuckte ein Muskel seltsam. „Der Club kann ein gefährlicher Ort sein, und ich werde nicht auf Sie aufpassen können."

„Bitte, lassen Sie sich nur Zeit." Sie ließ ihre Stimme unbekümmert klingen. „Um mich müssen Sie sich keine Sorgen machen."

***

Wunderbar. Er ist weg.

Sie blickte sich noch ein letztes Mal um, um sich zu vergewissern, dass Hunts muskulöse Gestalt auch wirklich verschwunden war, und dann stob Percy flink auf das Ende des Flurs zu. Sie konnte Warten nicht ertragen. Sie sollte Däumchen drehen, während ein geheimnisvolles, verbotenes Reich nur ein paar Schritte entfernt lag? Während sie die Stufen erklomm, sagte sie sich selbst, dass sie sich einfach schnell umsehen und dann zurückkehren würde, ohne dass Hunt je bemerkte, dass sie überhaupt weg war. Was konnte schon geschehen?

Die Luft im oberen Stockwerk war schwül, geschwängert vom Aroma von Räucherstäbchen. Auf den ersten Blick ähnelten die schmalen Gänge denen auf den anderen beiden Stockwerken. Sie hörte gedämpfte Geräusche durch die Wände, und obwohl sie die Stimmen nicht verstehen konnte, zögerte sie ein wenig, als sie den Tonfall vernahm. *Komm, du bist schon hier. Nur ein winzig kleiner Blick.* Mit einer leicht zittrigen Hand ließ sie die nächstbeste Holztafel beiseite gleiten und drückte ihre Wange an das Guckloch.

Ihr stockte der Atem.

Ach du meine Güte.

Eine Orgie. Unzüchtigkeit jenseits ihrer Vorstellungskraft.

Vor einem Hintergrund altertümlicher Ruinen frohlockten mehr oder minder bekleidete Menschen, tranken, tanzten ... und *trieben Unzucht*. Percys Gesicht brannte vor Hitze. Wenn sie sich jemals gefragt hatte, wie der Liebesakt wohl ablief, bekam sie nun alle Antworten in einem einzigen, blendenden Augenblick. Vor ihren entsetzten Augen packte ein Mann mit einer gehörnten Maske eine lachende rotbäckige Brünette und beugte sie über eine umgefallene Säule. Sein Glied—*so also* sah das männliche Geschlecht aus!—stand von seinen Schenkeln hervor wie eine Lanze. Eine passende Analogie, denn sowie er die Hüften der Dame ergriffen hatte, stieß er nach vorne und ... *spießte sie auf*.

Die Brünette stöhnte emsig und Schweißperlen traten auf Percys Stirn. Sie fühlte, wie ihr der Turban verrutschte, als die Frau über ihre Schulter blickte, und den Mann, der zwischen ihren Beinen wogte, stöhnend anbettelte. *Fick mich fester, tiefer, fester ...*

Der Mann erwiderte mit heftigem Pumpen, seine Hüften klatschten immer wieder gegen ihren Hintern, während sie kreischte: *Ja, Liebster, jenau so! Oh, ick komm dermaßen ...*

Percys Herz klopfte ihr bis in die Ohren. Ihr Blick flog zum nächsten Paar. Ein Mann lag auf einem römischen Bett, eine Rothaarige kniete mit lüsternem Blick zwischen seinen Beinen, während sie sein Glied mit ihrer Faust streichelte. Mit halb gesenkten Lidern krallte der Mann seine Finger in ihr Haar und zog ihren Kopf zu seinem Schoß. Percy schnaufte heftig, als die Zunge der Frau herausgeschossen kam und die runde Kuppel seines Glieds zu lecken begann. Der Mann stöhnte, presste ihren Kopf noch weiter nach unten. Ihre roten Locken hüpften, während der fleischige Mast zwischen ihren Lippen verschwand ...

Auf einer Couch in der Nähe kniete eine Frau zwischen *zwei* Männern, ihre rasenden Schreie vermengten sich mit heiseren, kehligen Rufen, während die Männer sie zwischen sich hin- und her stießen...

Benommen und fiebrig stolperte Percy von dem Guckloch weg. *Großer Gott, was mache ich denn da? Ich muss wieder runter, ehe—*

Plötzlich standen ihr die Nackenhaare zu Berge. Obwohl sie keine Schritte vernommen hatte, wusste sie, dass er da war. Seine Gegenwart lag in ihrem rasenden Herzschlag, darin, wie sich ihre Brustwarzen gegen ihr Mieder verhärteten. Sie wirbelte herum.

Hunt stand da und beobachtete sie. In seinem Blick wütete goldenes Höllenfeuer.

Ihre Kehle war beklommen. „I-ich habe nur ...“

„Habe ich Ihnen nicht gesagt, Sie sollen unten warten?“ Mächtig und bedrohlich wie Hades selbst schritt Hunt auf sie zu. Ihr Atem rasselte in ihrer Lunge, während er sich beugte und durch dasselbe Guckloch blickte, durch das sie geschaut hatte. „Meine Güte, was für ein ungezogenes Mädchen sind Sie doch“, sagte er gedehnt. Er schloss die Täfelung. Die lasziven Geräusche drangen nur noch gedämpft zu ihnen.

Ihre Wangen pochten heiß. „Ich wollte ja nicht ...“

„Lügen Sie an, wen Sie wollen, aber nicht mich. Sie wussten *genau*, was Sie da taten.“ In einer raschen Bewegung entledigte er sie des Turbans; ihr Haar fiel frei herab.

„Sie sind ein leidenschaftliches kleines Ding, Persephone Fines, das können Sie nicht verleugnen.“

Ihre Lippen zitterten. Percy senkte den Kopf. Er hatte ... recht. Sie war nicht die brave, sittsame Tochter, die sich ihre Eltern immer gewünscht hatten—warum musste es ausgerechnet Hunt sein, der das wollüstige Mädchen erkannte, das sie wirklich war? Sie wollte sich zu einer Kugel zusammenkauern und vor Scham vergehen. Hinter ihren Augäpfeln brannte es.

Ein Finger hob ihr Kinn hoch. Augen von unendlicher Dunkelheit hielten sie gefangen.

„Haben Sie keine Angst davor, wer Sie sind“, sagte er. „Sie sind vollkommen, Percy. Leidenschaftlich und tapfer, alles, was sich ein Mann je wünschen könnte.“ Doch ehe sie ihre Erleichterung fassen konnte, die Freude, die durch sie ging, waren seine Lippen schon heiß auf ihrem Hals. „Und zur Hölle damit, wie sehr ich dich begehre."

Das Verlangen zischte ihre Nervenstränge entlang. Dennoch schubste sie ihn weg. „Die W-wette", stammelte sie. „Ich kann das nicht tun. Ich kann meinen Bruder nicht verraten."

„Aber du willst mich doch, Percy?"

Sie konnte sich nicht länger vor der Wahrheit verstecken. Sie begehrte Hunt—einen Mann, der ihre Gelüste nicht verabscheute, sondern verstand. *Sie* verstand. Sie nickte kleinlaut.

Sein Blick flackerte triumphierend. „Ich werde alles tun, was ich tun muss, um dich zu haben, Percy. Selbst wenn wir einen Waffenstillstand vereinbaren müssen."

„Einen Waffenstillstand?" Ein Japsen entkam ihrer Kehle, während seine Lippen damit fortfuhren, sie kühn zu erforschen.

„Ganz recht. Wir führen unsere Wette fort, doch deine Jungfräulichkeit ist vor mir sicher ..."—er griff ihr Haar fester, legte noch mehr von ihr für seine Berührung und seine Küsse frei—„bis zu unserem sechsten und letzten Treffen. Ich gebe dir mein Wort."

Seine Worte drangen kaum durch den Schleier der Lust zu ihr. Sie stöhnte, als ein heißes Lecken an ihrem Ohr züngelte. Sie musste nachdenken, musste der Lust widerstehen, die außer Rand und Band geriet.

„Sie werden nicht versuchen, mich zu verführen?"

„Das sagte ich nicht. Ich meinte lediglich, dass ich meinen Schwanz nicht in dich stecke ... zumindest vorerst."

Ein Schaudern schüttelte sie bei diesen derben Worten, dem heftigen Zupfen an ihrem Ohrläppchen.

„Die nächsten drei Treffen werde ich dich nicht entjungfern. Es gibt so viele andere Wege zum Glück. Denk doch, Percy", murmelte er. „Nichts als Lust zwischen uns—und du hast drei Siege gegen mich schon sicher."

Drei Treffen, bei denen sie sich keine Sorge darum machen musste, die Wette zu verlieren, oder ihren Bruder zu verraten—

nicht, dass sie sich Sorgen machte. Natürlich verstand sie, dass Gavin ihr nur die Scharmützel gab und sich die entscheidende Schlacht für das letzte Treffen aufhob. Dennoch, drei Treffen zu haben, während derer sie unbesorgt die Lust erforschen konnte, die in ihr brannte … Sie stöhnte, als seine Hände ihre Brüste kneteten, die festen Nippel unter dem Stoff neckten. Sie konnte die Folter nicht viel länger ertragen.

„Mein süßes, neugieriges Mädchen", lockte er sie. „Du musst nur ja sagen."

Konnte sie es tun? Konnte sie alles, was sie für anständig und richtig erachtete, einfach in den Wind schlagen? Die Entscheidung traf derjenige Teil von ihr, der sich nicht länger verbergen ließ. Der sich nicht länger unterdrücken ließ. Die Antwort sprang aus ihr wie eine zerbrechende Korsettstange.

„Ja", seufzte sie. *Oh, tausendmal ja.*

Sein Mund fand ihren, und der Kuss brandete auf, voll Hunger, voll rauschender Freude. Seine Lippen waren heiß und wild auf ihren; ihre Zungen vermengten sich, streichelten einander. Sie konnte nicht genug davon bekommen, wie er schmeckte, wie er sich anfühlte. Sie gab nach—ihm und sich selbst. Der Begierde, die ihr die Innereien zwirbelte.

Die Luft auf ihrer Haut war schwül, als ihr Kleid von ihr glitt und flüsternd auf dem Boden aufkam. Andere Schichten Stoff folgten, und so wie das Gewicht von ihr abfiel, konnte sie es nicht schnell genug loswerden. Als sie nur noch ihre Unterhosen anhatte, drängte er sie mit dem Rücken zur Wand. Das Holz war glatt und kühl an ihren nackten Schultern. Seine Hände schlossen sich um ihre Brüste, seine Finger kneteten sanft die Knospen in der Mitte.

„Ich liebe deine Titten", knurrte er. „Ich will diese hübschen Nippel saugen, so fest, dass sie mich nie mehr vergessen. Soll ich?"

Es war so leicht, ihm hier in der Finsternis zu antworten.

„Ja, bitte", flüsterte sie.

Ein Schaudern packte sie, sobald er seinen Kopf neigte. Er

nuckelte an ihr, wie versprochen—wild, ohne sich zurückzuhalten. Ihre Finger vergruben sich in seiner Kopfhaut, wollten diese euphorische Lust festhalten, während er von einer Brust zu anderen ging. Als sie seine Zähne an sich kratzen fühlte, zuckte sie überrascht. Ihr Bauch wurde warm.

„Zu viel?", fragte er.

„I-ich weiß nicht."

Er lachte sanft. „Dann finden wir es doch heraus. Heute Abend geht es nur um dein Vergnügen, meine Süße. Sag mir, was du empfindest, was dir gefällt. Hier, zum Beispiel." Sein hartes Bein verkeilte sich kühn zwischen ihren Schenkeln. „Was willst du, wenn du das hier spürst?"

Oh, sie wollte sich an ihn pressen. Diese aufregende Reibung spüren, die sie schon verstohlen in ihrem eigenen Schlafgemach entdeckt hatte ... sie biss sich auf die Lippe.

Sein Grinsen wurde ruchlos. „Unanständiges Mädchen. Ich glaube, du weißt *sehr wohl*, was zu tun ist. Nur zu, tu es", murmelte er, und brachte seinen Mund wieder zu ihrem. „Reite auf mir."

Als sein berauschender Geschmack wieder über ihre Sinne brandete, konnte sie nicht anders, als ihm zu gehorchen. Ihre Arme schlangen sich um seinen Hals. Sie wiegte sich schamlos auf seinem muskulösen Bein. Es fühlte sich so *köstlich* an. Sie tat es noch einmal, und diesmal streifte ihr Schenkel einen anderen großen Muskel. Sein Glied. Oh Gott. Er war so hart, so groß, *überall*.

„Allmächtiger, du weißt ja gar nicht, wie gut sich das anfühlt", stöhnte er an ihren Lippen. Oh, das wusste sie durchaus. Fast nackt, gegen diesen großen, vollständig bekleideten Mann gepresst, packte sie ein urtümlicher Trieb. Sie fing an, mit fiebriger Hingabe auf ihm zu reiten. Er spornte sie mit heißen Worten an, spielte mit ihren Brüsten, machte sie noch feuchter. Sie konnte fühlen, wie seine Hosen durch den Schlitz in ihrem Schlüpfer feucht wurden. Doch sie konnte nicht anders. Sie klammerte sich an ihn, versuchte, den Druck genau da zu spüren, wo sie ihn brauchte …

„Ich kann fühlen, wie feucht du bist, Percy. Ich *muss* dich einfach anfassen." Er legte seine Hand dahin, wo sein Schenkel gewesen war, und sie schrie auf.

„So verflucht vollkommen." Die Worte klangen so, als wären sie aus seiner Kehle geschabt worden. Ihre Hüften zuckten, als seine Finger sie jenseits des sanft behaarten Schamhügels fanden und ihre durchnässte Kerbe entlang fuhren. „Du hast das süßeste Kätzchen. So weich und saftig. Soll ich es streicheln, zum Schnurren bringen?"

Sein Daumen umkreiste den Gipfel ihrer Lust, und ihr gaben die Beine nach. Er hielt sie aufrecht gegen die Wand, rieb sie, gönnte ihr keine Pause. Seine Narbe war gespannt und seine Brust hob und senkte sich. Er starrte ihr in die Augen, als ob er sie dazu herausforderte, ihre Lust zu verleugnen … als ob sie das könnte. Er wusste genau, wie er sie anfassen musste und seine rauen Worte trieben sie immer weiter in den Wahnsinn.

„Gefällt es dir, wenn ich deine Perle kitzele? Soll ich fester machen, schneller?"

„Ja", keuchte sie, während Feuer ihr die Beine hinab wütete. „Oh, ja."

„Ich bin der Einzige, der dich so anfasst", raspelte er. „Sag es."

Große Güte, wer sonst würde denn—sie wimmerte, als er seine Hand entzog. Er sah sie streng an. „Sag es mir, Percy, oder wir hören sofort auf."

„Du." Das Eingeständnis kam von ihren Lippen, doch die Erkenntnis reichte viel tiefer. Vergangenheit und Zukunft verblichen. Es gab nur diesen einen Moment, diesen Mann, und eine Gewissheit, die sie so noch nie zuvor erfahren hatte. „Du allein", wisperte sie.

„Gutes Mädchen." Sein Lob erregte sie genauso wie seine meisterhafte Berührung. Er beobachtete ihr Gesicht inständig, als ob es außer ihr auf der Welt nichts gäbe. „Reib dich an meinem

Finger", wies er sie an. „Zeig mir, wie heiß und nass du werden kannst."

Kopflos vor Verlangen kam sie seiner Aufforderung nach. Sie ritt auf seiner Hand, ihr geheimes Knötchen suchte den Druck seines dicken Fingers. Oh, sie *war* heiß und nass, sie brauchte Erleichterung. Völlig aufgelöst bettelte sie, während sich in ihrem Bauch die geschmeidige Reibung immer enger kringelte. „Oh, Gavin, bitte, hilf mir ..."

„Du bist so nass. So vollkommen." Seine Augen hefteten sich auf sie, während es in ihr stürmte. „Willst du kommen, Liebling?"

„*Ja.*"

„Dann komm für mich, jetzt sofort." Er neigte den Kopf und saugte fest an ihrem Nippel. Seine Zähne streiften sie, zugleich schnippte er fest ihre Perle. Sie flog davon, ihre Sinne vibrierten. Als Zuckungen sie erschütterten, entkam ein Schrei ihren Lippen. Eine *Glückseligkeit*, von der sie nichts geahnt hatte. Während sie bis in die Knochen in Ekstase zerschmolz, nahm sie über ihrem donnernden Herzschlag seine Stimme wahr.

Du gehörst mir, Percy.

Ausnahmsweise fehlte ihr die Kraft, zu widersprechen.

Sie saß an ihrem Frisiertisch und betrachtete ihr Spiegelbild. Bisher hatte sie immer nur ein allzu rundes Gesicht, eine nichtssagende Nase, störende Sommersprossen gesehen. Ihr Gesicht hatte sich nicht verändert, und dennoch lächelte sie nun ... und das hübsche Mädchen im Spiegel lächelte zurück.

—aus *Die Drangsale der Priscilla*, ein voranschreitendes Manuskript von P.R. Fines

Percy überblickte den Speisesalon des *Temple of the Muses*, einer gut besuchten Buchhandlung auf Finsbury Square. Da saß Charity am anderen Ende beim Fenster. Sie arbeitete sich an den vollen Tischen vorbei, ließ sich auf dem Weg von Gesprächsfetzen ablenken. Die meisten Gäste sprachen über den neuesten Versuch Seiner Majestät, sich wegen Ehebruchs von seiner Gemahlin scheiden zu lassen.

„Und wissen Sie, was Ihre Majestät angeblich auf die Vorwürfe erwidert hat?", fragte eine Kundin ihre Begleiterin. „Dass sie in der Tat einmal Ehebruch begangen hatte—und zwar mit dem Gemahl von *Mrs. Fitzherbert*."

Percy musste selbst grinsen, während die beiden Damen

darüber lachten. Es war unerzogen, doch den Witz der so unter Druck stehenden Königin musste man einfach bewundern. Es war allgemein bekannt, dass der König eine lange Liebschaft mit Mrs. Fitzherbert unterhalten hatte, dazu noch hatte er seine Mätresse vor Jahren in einer rechtswidrigen Zeremonie geehelicht. *Wahrhaftig ein Esel, der den anderen Langohr schimpfte.*

Percy erreichte Charitys Tisch und sagte atemlos: „Tut mir leid, dass ich verspätet bin."

„Das macht nichts. Wie du sehen kannst, habe ich für uns beide bestellt", sagte Charity und wies auf das Kännchen heiße Schokolade und den Teller Gebäck auf dem Tisch.

„Ich wurde von Paul aufgehalten", sagte Percy leise, während sie sich setzte.

Umrahmt von der Krempe ihrer taubengrauen Haube wirkten Charitys Augen sogar noch größer als sonst. „Wie geht es ihm?"

Er ist sturzbetrunken, streitsüchtig, und zu einem vernünftigen Gespräch ganz und gar außerstande. Sie nahm sich einen Keks und biss frustriert zu. Paul war dermaßen neben sich gestanden, er hatte noch nicht einmal ihre Geschichte hinterfragt, dass Hunt der Überschreibung seiner Schulden auf Nicholas zugestimmt hatte. Stattdessen hatte er sie um Geld angepumpt. Sie wusste nicht, was sie tun sollte, also hatte sie ihm gegeben, was sie gerade im Beutel hatte.

„Paul geht es immer schlimmer. Ich bin mir sicher, dass er wieder spielt, und ich konnte ihn nicht dazu überreden, mit mir nach Hause zu kommen." Mit zugeschnürter Kehle fügte Percy hinzu: „Das ist nicht er. Seit dieser verfluchten Rosalind Drummond ist er nicht mehr er selbst."

Charitys Blick hing am Kännchen, während sie sich die Schokolade eingoss. „Glaubst du, er ist noch immer in Miss Drummond verliebt?"

Percy zuckte hilflos mit den Achseln. „Ich weiß es nicht. Immer wenn ich ihn nach ihr frage, schottet er sich ab. Er duldet es noch nicht einmal, dass man ihren Namen nennt."

„Dann hat er noch Gefühle für sie."

Percy sah, wie niedergeschlagen ihre Freundin darüber war, also griff sie nach deren Hand und drückte sie. „Nun, Rosalind ist ja jetzt verheiratet, es gibt also kein Zurück", sagte sie. „Wenn mein Trottel von einem Bruder nur begreifen würde, dass du—"

„Ach, hör doch auf." Charity zog ihre Hand zurück und straffte ihre schmalen Schultern. „Haben denn die Hartefords und deine Mama zurückgeschrieben?"

„Nein, und ich habe den Brief vor über drei Wochen aufgegeben. Was, wenn er nicht angekommen ist?"

„Ihre Antwort kann sich ja verzögert haben", sagte Charity stirnrunzelnd. „Vielleicht solltest du noch einmal schreiben."

Percy nickte. Sie nippte an ihrer Schokolade, ließ sich von der sahnigen Süße beruhigen.

Charity blickte nach links und rechts, beugte sich dann über den Tisch und flüsterte: „In der Zwischenzeit, wie erging es dir bei deinem zweiten Treffen mit Mr. Hunt?"

Bislang war Percy mit ihrer Freundin nicht ganz ehrlich gewesen. Sie hatte alle unanständigen Details weggelassen, lediglich erzählt, dass sie in Vauxhall gegen Mr. Hunt einen Sieg verbucht hatte. Nun stellte sie ihre Tasse ab und kaute auf ihrer Lippe.

„Gut ist es gegangen", druckste sie herum.

Charity wirkte erleichtert. „Vielleicht ist diese Wette doch keine Katastrophe."

Percy hätte es nun darauf beruhen lassen können—doch ihr wurde klar, dass sie des Lügens müde war. Dass sie nicht länger verstecken wollte, wer sie war. Ihre letzte Begegnung mit Hunt hatte ihr einen Geschmack wahrer Freiheit gewährt ... und sie sehnte sich danach, den Rest ihres Lebens so zu verbringen, so ehrlich, so furchtlos wie in den Augenblicken mit ihm.

Sie schnappte nach Atem und Mut und sagte: „Hunt, äh, hat mich geküsst." Nun, er hatte viel mehr getan als nur das. Aber sie fing wohl besser mit den kleineren Sünden an und arbeitete sich von dort aus voran. „Und mehr noch: Es hat mir gefallen."

„Was?", japste Charity.

Percy blickte rasch um sich. Zum Glück waren die anderen Kunden zu sehr in ihre eigenen Gespräche vertieft, um auf sie beide zu achten. „Du hast mich schon verstanden, Charity. Ich glaube ... ich glaube, ich verliebe mich in Hunt."

„Das *kannst* du doch nicht ernst meinen. Was ist mit der Zukunft deines Bruders?" flüsterte Charity wütend. „Von deiner eigenen ganz zu schweigen!"

Percy hatte die ganze Woche damit zugebracht, über dieses Dilemma nachzugrübeln. „Was, wenn Hunt und ich bezüglich Paul zu einem Einverständnis gelangen?"

„Du meinst, Hunt erlässt deinem Bruder seine Schulden, weil er Gefühle für dich hat?"

Sie wusste darauf nichts zu erwidern. Sie glaubte aber durchaus, dass Hunt nicht so erbarmungslos war, wie er sich selbst darstellte. Sie erzählte Charity ein wenig davon, wie er sich um die Straßenkinder kümmerte, wie er sie in Vauxhall beschützt hatte, und schloss dann: „Er ist ein vielschichtiger Mann, Charity, und ich beginne ihn erst langsam zu verstehen. Seine Welt ist ... anders als die unsere. Er hat so viel überstanden, glaube ich, und alles aus eigener Kraft. Ist es da verwunderlich, dass er einfordern will, was ihm zusteht?"

Die Augen ihrer Freundin wurden schmäler. „Du kannst dich doch nicht auf Hunts Seite gegen deinen Bruder stellen."

„Ich stelle mich auf niemands Seite. Aber ich weiß, dass Hunt nicht der Schurke ist, für den ihn alle halten." Sie dachte an seine Narbe und daran, was er gesagt hatte: Menschen verletzen einander. Sie sagte: „Er hat um alles im Leben kämpfen müssen. Überrascht es da, dass Mitleid ihm nicht leichtfällt?"

„Also stehst du daneben und siehst zu, wie er deinen Bruder zugrunde richtet."

„Das habe ich nicht gesagt", widersprach Percy. „Vielleicht kann ich ihn irgendwann davon überzeugen, Pauls Schuld zu erlassen. Oder aber ich gewinne die Wette und befreie Paul auf diese Weise."

Charity schüttelte den Kopf. „Als deine beste Freundin, Percy, muss ich ehrlich mit dir sein. Dein Urteilsvermögen ist benebelt. Vor nicht allzu langer Zeit dachtest du, du wärest in Portland verliebt. Jetzt meinst du, es sei Hunt. Hunt, der die Macht hat, deine *Familie* zu vernichten."

Selbstzweifel nagten an ihr. „Ich sagte ja nicht, dass ich in Hunt verliebt bin", sagte sie kleinlaut. „Nur, dass ich es *vielleicht* bin."

„Hast du denn die Folgen bedacht? Ganz davon abgesehen, dass es mit deinem Bruder aus und vorbei sein wird. Und dass sich deine Mama nie davon erholen wird. Und dass Hunt in jeder Hinsicht völlig unangemessen ist. Hat der Mann denn die Absicht, dich zu ehelichen—ist er überhaupt jemand, der jemals heiraten würde?"

Die Risse in ihrer Selbstsicherheit vergrößerten sich. Gavin hatte von Ehe nie ein Wort gesagt. Sie hatte keine Vorstellung davon, was er sich in einer Gemahlin wünschte. Mit sinkendem Mut stellte sie sich vor, dass er wohl eine Frau wollte, die bodenständig war und einen kühlen Kopf hatte ... eine Frau, die ihm in seiner Welt zur Seite stehen konnte. *Aber er sagte doch, ich sei schön. Mutig und ehrlich. Das muss doch auch etwas wert sein ...*

„So weit sind wir doch noch nicht", sagte Percy strauchelnd.

„Und vielleicht kommt ihr auch nie so weit", sagte Charity schroff. „Bist du denn bereit, den Rest deines Lebens für diesen Mann aufs Spiel zu setzen?"

„I-ich weiß es nicht. Ich brauche Zeit." Während ihres Waffenstillstands mit Gavin konnte sie gewiss herausfinden, was seine Absichten waren. Ob ihm wirklich an ihr lag. Und ob ihre eigenen Gefühle für ihn auch echt waren.

„Ich würde dir gern raten, dich von ihm fernzuhalten", seufzte das andere Mädchen. „Doch weiß ich leider, dass ich mir nur den Mund fransig rede."

„Ich schätze deinen Rat, Charity, ehrlich", sagte Percy und nahm die Hand ihrer Freundin.

„Dann hör auch darauf." Charity drückte auch ihre Hand. „Und du musst auch dafür sorgen, dass die Geschichte mit Portland ein gütliches Ende nimmt. Jemanden wie den Viscount stellt man nicht einfach beiseite, das ist er sicher nicht gewöhnt."

„Wir haben einander doch nichts versprochen." Beschämt über ihren eigenen Wankelmut spielte Percy mit dem Griff ihrer Teetasse. „Wenn ich ihn am Donnerstag auf dem Ball der Liptons sehe, werde ich mich ihm gegenüber klar ausdrücken."

Die Standuhr an der Wand begann klangvoll zu schlagen. „Ach du lieber Himmel", murmelte Charity. „Ich soll ja schon wieder zurück im Laden sein—heute wird neues Inventar geliefert."

„Soll ich mitkommen und helfen?", fragte Percy.

„Danke, aber du weißt doch, wie pingelig Papa mit dem Laden ist", sagte Charity entschuldigend. „Wir sehen uns bald?"

Nachdem Charity gegangen war, entschloss sich Percy, ihren Kopf zu klären, indem sie durch ein paar Bücher blätterte. Sie wählte eines aus und machte sich auf den Weg zu der riesigen kreisrunden Theke in der Mitte des Ladens. Während sie darauf wartete, dass der Verkäufer ihren Einkauf abrechnete, betrachtete sie die Kuppel über sich. Drei Stockwerke hoch, Reihe um Reihe von Büchern.

Der Verkäufer kam zurück und gab ihr zwei Pakete.

„Da stimmt etwas nicht", sagte sie. „Ich habe nur ein Buch gekauft."

Der Verkäufer deutete auf die Quittung, die an das zweite Paket geheftet war. „Hier steht, dass es Ihnen gehört, Miss." Er blickte auf die lange Schlange von Kunden hinter ihr. „Alles ist abgerechnet."

Verwundert packte Percy ihre Sachen zusammen und trat beiseite. Sie riss den Bindfaden und das Packpapier von dem unbekannten Paket. Es war ein erstklassiger Band griechischer

Mythologie. Sie schlug ihn auf, und ihr Herz schlug schneller, als sie die gekritzelte männliche Handschrift sah.

Wir sehen uns im alten Rom. –H.

Gavin war kein Mann, der einfach seinen Launen folgte. Während er unter der berühmten Kuppel der Buchhandlung stand und vom Balkon des zweiten Stockwerks blickte, sagte er sich selbst, dass er Percy heute aus gutem Grund nachstellte. Er musste seine Stellung bei ihr kräftigen, sicherstellen, dass ihr hinsichtlich der neuen Wettbedingungen keine Zweifel kamen.

Du weißt doch selber, dass das Unsinn ist. Gavin schaute finster drein. Er war auch kein Mann, der sich selbst belog.

Die schlichte Wahrheit war, dass er sie wieder sehen wollte. Er hatte sich nach ihrem Anblick gesehnt, seit sie vor vier Nächten in seinen Armen ihren Höhepunkt erlebt hatte. Allmächtiger, ihre Leidenschaft war so süß, so hingebungsvoll gewesen. Sein Glied wurde steif, als er sich an ihren heißen Honig auf seinen Fingern erinnerte ...

Er hatte sich damit abgefunden, dass er Percy nicht ins Verderben stürzen konnte, wie er es anfangs beabsichtigt hatte. Sie war zu außergewöhnlich, zu fein, um sie so zu missbrauchen. Stattdessen wollte er sie nun ... behalten. Er wollte ihre Leidenschaft, ihr helles Lachen ganz für sich allein. Dann hatte er begriffen: Er konnte sie *und* seine Rache haben. Er musste sie lediglich mit Leib und Seele verführen.

Er kannte ihre Treue denen gegenüber, die sie liebte. Wenn sie erst einmal ihn liebte, konnte er sie damit an sich binden, auch nachdem er die Wette gewonnen hatte. Wenn er sie heiratete—und er konnte sich Schlimmeres vorstellen, als das süßeste, lüsternste Weib zu ehelichen, das er je gekannt hatte—dann konnte er eine ganz andere Art der Rache einfordern. Wie würde es Morgan gefallen, dass sein Feind seine einzige Schwester für sich beanspruchte? Wenn Percy erst einmal Gavin gehörte, würde er den Bastard nie wieder in ihre Nähe lassen.

Als Gegenleistung für ihre Treue würde es Percy an nichts fehlen. Ein großes Haus, Kutsche, die edelsten Kleider—mit ihm erginge es ihr noch besser als mit dem verfluchten Viscount. Er musste sie lediglich davon überzeugen. Und deswegen, versicherte er sich selbst, war er heute hier. Und deshalb hämmerte sein Puls, als eine fesche Strohhaube am oberen Treppenabsatz erschien. Gott, sie war atemberaubend. In einem gelb gestreiften Gehrock, der sich lieblich um ihren Busen schmiegte und dann locker um den Rest ihrer schlanken Gestalt flatterte, sah Percy so frisch und lebendig wie der Frühling selbst aus.

Sie kam auf ihn zu und blickte dabei angespannt in alle Richtungen.

„Es ist niemand hier", sagte er zu ihr. Er hatte das alte Rom gewählt, weil man da ungestört war.

„Was machst du hier?", fragte sie mit großen Augen.

Er machte eine Grimasse. „Kann man als Mann denn keine Bücher kaufen?"

„Oh ... freilich." Ihr Blick senkte sich, ihre Wangen wurden rosa.

Er musste lächeln. Das kleine Luder hatte ganz offenbar an etwas anderes gedacht. „Und ich wollte dich sehen", fügte er ernst hinzu.

Ihre blauen Augen glitzerten ihn an. „Das wolltest du?"

Ehe er antworten konnte, hörte er Schritte die Treppe hinaufkommen. Er nahm ihre Hand und führte sie rasch in den Irrgarten aus Büchern, bog um diese und jene Ecke, bis sie in einer abgelegenen Nische standen, auf drei Seiten von mannshohen Bücherregalen umgeben.

Percy lehnte sich an eines und sagte atemlos: „Das ist recht aufregend. Ich hatte noch nie eine Verabredung in einer Buchhandlung."

Er spähte rasch um die Ecke. Keiner zu sehen. „Wie viele Verabredungen hattest du denn bislang?"

„Darüber spricht eine Lady nicht, Sir", gab sie zur Antwort.

Er war überrascht, wie heftig ihn die Eifersucht stach. „Mit mir spielst du keine Spielchen, Percy", sagte er knapp. „Ist es Portland? Oder bist du hinter noch irgendeinem anderen edlen Lord her?"

„Ich habe doch nur gescherzt, ich bin hinter niemandem her. Gavin, du drückst mich zu fest", protestierte sie.

Er hatte gar nicht bemerkt, dass er ihre Oberarme gepackt hatte. Er ließ sie los und murmelte: „Und Portland?"

Sie kaute auf ihrer Unterlippe. „Nun, ich *habe* ihm beim Ball am Donnerstag einen Tanz versprochen." Beim Gedanken, dass dieser Fatzke mit *seinem* Mädchen tanzte, wollte Gavin vor Wut brüllen. „Danach aber", sagte sie und sah ihn dabei verstohlen an, „werde ich ihn nicht weiter ermuntern."

„Das will ich dir auch raten", sagte er streng. „Du gehörst mir."

Sie blickte ihn von unten herauf an. „Für die Dauer unserer Wette, meinst du?"

Für immer. Doch er nickte brüsk, es half nichts, sie jetzt zu verschrecken. Er musste sich an seinen Plan halten, sie stückweise bei jedem Treffen zu erobern. Die Waffenruhe war ein Geniestreich von ihm gewesen, sie war nicht mehr so auf der Hut, und er konnte sie mit der Leidenschaft umgarnen, nach der sie sich so offensichtlich sehnte. Bis zu ihrem sechsten Treffen würde er sie ganz und gar eingenommen haben, mit Leib und Seele. Eine seltsame Sehnsucht kribbelte in ihm—gewiss war es die Gier, sie zu besitzen. Allerdings konnte er sich nicht erinnern, jemals einer Frau gegenüber dermaßen besitzergreifend gewesen zu sein.

Sie lächelte ihn geradezu ... wehmütig an. „Ich kann nicht lange bleiben. Meine Zofe wartet draußen."

„Ein paar Minuten kann sie schon noch warten." Er konnte

nicht anders, er streifte ihre Wange mit den Fingerknöcheln. „Wie geht es dir, Täubchen?"

„Froh, dich zu sehen", sagte sie, und ihre Wangen bekamen dabei Grübchen.

Er kringelte eine seidige Locke zwischen Daumen und Zeigefinger. „Ich meinte, nach der Nacht neulich."

„Neulich ... *oh*."

Sie wurde rot wie Rosen und verstummte. Plötzlich fiel ihm ein, dass Ladies nur ungern an ihre kleinen Sünden erinnert werden wollten. Der Darstellung seiner Mutter nach war sie damals verführt, geschwängert und in die Trunksucht gestürzt worden. Und die Prügel, die seine Mutter ihm verpasst hatte? Das war alles *seine* Schuld, weil er so ein abscheulicher, unliebsamer Bengel war. Und dass sie ihn im Stich gelassen hatte? Hatte er nur verdient.

Angespannt fragte er sich, ob Percy wohl ihm die Schuld dafür gab, was im Club vorgefallen war. Ob sie in ihrem Kopf die Ereignisse umgeschrieben hatte. Von einer Jungfrau konnte man ja kaum erwarten, dass sie sich ihre eigenen Gelüste eingestand—

„Neulich ... Es hat mir bei dir gefallen." Leise sagte sie, immer noch errötend: „Eigentlich hat es mir mehr als *gefallen*. Es war eine höchst wundersame Erfahrung, und ich freue mich auf mehr."

Ihre Ehrlichkeit vertrieb die Schatten, und an deren Stelle trat ... Stolz. Ihm schwoll die Brust ebenso wie sein Glied, das sich aufrichtete und ihr entgegen drängte. Konnte etwas so Feines, so Unschuldiges wirklich ihm gehören?

„Weißt du eigentlich, wie unwiderstehlich du bist?", fragte er heiser.

„Unwiderstehlich? Ich?", hauchte sie.

Er konnte ihren vollen Lippen nicht widerstehen und beugte sich hinab zu ihr—im selben Moment sah er ein dunkles Jackett aufblitzen. Ihm standen die Nackenhaare zu Berge; seine Vergangenheit hatte ihn gelehrt, immer auf seinen Instinkt zu hören. Er suchte mit wachsamem Blick die Regale ab. Nichts als Bretter voller Bücher. Doch dann, ganz rechts an der Wand, ein Schatten. Der sich *regte*.

Jemand stand hinter dem Bücherregal versteckt und beobachtete sie.

Er beugte sich, als wolle er Percys Ohr liebkosen. „Sag nichts", flüsterte er. „Jemand beobachtet uns. Ich schnappe mir den Bastard—du *bleibst hier*."

Sie wurde steif. Nickte sachte.

Im nächsten Augenblick rannte er geradewegs auf das Bücherregal zu, hinter dem der Späher stand. Der Schatten wackelte, Schritte hallten. Durch die Bücherreihen sah er ein schwarzes Jackett vor ihm davonhuschen. Der Bastard machte sich aus dem Staub. Gavin bog um die Ecke und sah den Mann den leeren Flur in Richtung Treppe davonlaufen. Er stellte ihm nach. Packte den Arm des Spitzels gerade, als dieser die Treppe erreichte.

„Was zum Teufel willst du?", knurrte Gavin.

Der Fremde befreite sich und schlug zu. Gavin wich aus und hieb seinerseits auf den Mann ein, seine Faust traf krachend auf dessen Kiefer. Der Mann verlor das Gleichgewicht und stürzte die Treppe hinab. Ein Schrei erklang, Menschen sammelten sich um die gefallene Gestalt. Reflexartig zog sich Gavin zurück, hinter die Mauer, außer Sichtweite. Er konnte keinen Ärger gebrauchen. Mit seinem Geschäft und seinem Ruf hatten es die Amtsrichter ohnehin schon auf ihn abgesehen.

Er spähte um die Ecke und sah, dass sein Angreifer wieder auf den Beinen war. Eine gute Seele bot dem Mann die Hand und wurde für die Hilfsbereitschaft zu Boden gestoßen. Der Rohling kämpfte sich unter entrüsteten Ausrufen durch die Menge und stolperte zur Eingangstür hinaus.

Percy kam mit fliegenden gelben Rockzipfeln und Beutel den Gang entlang geeilt.

Er bedeutete ihr, außer Sichtweite der Treppe zu bleiben. Als die Menge unten sich auflöste, ging er zu ihr und führte sie zurück ins Dickicht der Bücher.

„Geht es dir gut?", keuchte Percy. „Wer war dieser Mann?"

„Ich weiß nicht. Er ist entkommen", sagte Gavin voll Abscheu. „Ich sagte dir doch, dass du hier bleiben sollst."

Sie verdrehte die Augen nach oben, als ersuchte sie den Himmel um Geduld. „Was geht hier vor, Gavin? Es kann kein Zufall sein, dass du schon zweimal angegriffen wurdest."

Er hätte es verleugnen können, doch ihr durchtriebener Gesichtsausdruck sagte ihm, dass es nicht viel helfen würde. „Kein Zufall", sagte er mürrisch. „Ich weiß nicht, wer dahinter steckt."

„Vielleicht hilft das hier weiter?"

Entsetzt sah er zu, wie sie einen *Dolch* aus ihrem Beutel holte.

„Wo zum Teufel hast du den her?"

„Statt hübsch brav stehen zu bleiben, habe ich die Stelle untersucht, wo der Mann sich versteckt hielt", sagte sie schnippisch. Sie gab ihm die Waffe. „Auf dem Griff ist ein seltsamer Stempel. Eine Art Tier—vielleicht ein Bär?"

Gavins Blut wurde kalt. Er hatte dieses Emblem schon einmal gesehen. „Kein Bär. Ein Löwe."

Das Zeichen von Robbie Lyon, um genau zu sein.

❧ 20 ☙

Miss Priscilla Farnham betrachtete das makellose Antlitz von Lord Petersby im Mondlicht und hörte sich selbst die Worte sagen, die sie nie zu sagen geglaubt hätte:

„Es liegt nicht an Ihnen, es liegt an mir…"

—aus *Die Drangsale der Priscilla*, ein beflügeltes Manuskript von P.R. Fines

Unter dem gleißenden Schein hunderter Kerzen schien die Quadrille nicht enden zu wollen. Percy war unruhig, machte einen Schrittfehler und sah ihren Partner entschuldigend an. Sie musste die ganze Zeit an Gavin denken. Nachdem sie ihm den Dolch gegeben hatte, den sie gefunden hatte, hatte sie ihn gedrängt, ihr mehr zu erzählen. *Jemand will mich tot sehen.* Er hatte es so beiläufig gesagt, als hätte er jemanden gebeten, ihm das Salz zu reichen. Er hatte ihr knapp geschildert, wie im Covent Garden konkurrierende Spielhäuser miteinander rangen und wie jedes davon hinter den Angriffen stecken konnte.

Dann hatte er ihr das Kinn gestupst und gesagt: *Mach dir keine Gedanken, Täubchen. Ich kann auf mich selbst aufpassen.*

Das bezweifelte sie nicht. Doch wenn er in Gefahr war, wollte sie ihm helfen. Schließlich hatte sie ihm ja auch geholfen, die Schurken in Vauxhall in die Flucht zu schlagen, und sie hatte den Dolch in der Buchhandlung gefunden, nicht wahr? Und der wies ganz offenbar auf einen der Clubinhaber hin, einen Mann namens Robbie Lyon. Gavin hatte gesagt, dass er der Sache nachgehen würde.

Wenn ich ihn nur morgen Abend wie geplant sehen könnte.

Doch sie hatte ihr wöchentliches Treffen mit Gavin verschieben müssen. Lisbett war zufällig eben zurückgekehrt, und nachdem sie gehört hatte (bestimmt von Violet), wie nachlässig Tottie ihre Pflichten als Anstandsdame verrichtet hatte, hatte Lisbett Percy wie ein Adler im Auge behalten. Die letzten paar Tage hatte Percy sich alle Mühe gegeben, sich von ihrer besten Seite zu zeigen, damit sie keinen Verdacht erregte. Sie musste sich eine erstklassige Ausflucht einfallen lassen, um das Haus am nächsten Freitagabend verlassen zu können.

Im Moment allerdings hatte sie eine ganz andere Mission zu erfüllen. Auf die sie nicht gerade erpicht war. Als der Tanz endlich zu Ende und ihr armer Tanzpartner davongehumpelt war, suchte sie den brausenden Ballsaal mit ihren Augen ab. Sie fand ihr Ziel, er stand beim Punschtisch, wie immer umringt von einer Schar kichernder Debütantinnen. Sie seufzte und machte sich auf ins Gefecht.

„Guten Abend, Miss Fines." Lord Portland schenkte ihr ein Lächeln, verneigte seinen pomadigen kastanienbraunen Kopf und stellte alle einander vor.

Lächeln so scharf wie Rasierklingen begrüßten Percy, als sie vor den adeligen Damen knickste. Sie wünschte, sie könnte ihnen sagen, dass sie den Viscount nur für ein paar Minuten ausleihen und gleich wieder zurückbringen würde. Sie hörte eine Weile zu, wie die Debütantinnen mit gegenseitigen Sticheleien versuchten, die Aufmerksamkeit von Portland zu erlangen. Dann raffte sie ihren Mut zusammen und sagte: „Arg schwül hier, nicht wahr?"

Die anderen Frauen stierten sie an, Fächer wedelten.

Portland räusperte sich. „Möchten Sie eine Runde im Garten spazieren gehen, Miss Fines?"

„Das wäre nett von Ihnen, Sir", murmelte sie.

Der Viscount entschuldigte sich von seiner Gruppe und Percy konnte die stechenden Blicke im Rücken fühlen, als sie durch die Flügeltüren hinausgingen. Weil die Nacht recht frisch war, waren sie ganz allein auf der Veranda über den dunklen Gärten. Portland führte sie zu einer abgelegenen Bank ganz hinten in der Ecke, die durch eine Reihe von eingetopften Büschen von Blicken geschützt war. Percys Kehle flatterte vor Aufregung, während sie sich setzte und ihre Chiffonröcke richtete.

Portland blieb stehen, mit einem Ellbogen auf der Balustrade, lässig und affektiert zugleich. Gegen den samtigen Nachthimmel, mit dem Mondlicht auf seinen makellos frisierten Locken, sah er mehr denn je wie ein Märchenprinz aus.

Also hübsch, oberflächlich und uninteressant.

Sie wurde rot vor Schuldgefühlen. Es war nicht Lord Portlands Schuld, dass sie eine Vorliebe für das Verzwickte entwickelt hatte, wie man es in Märchen eben nicht fand. Dass sie sich jetzt nach dem echten Leben sehnte, wo sich Helden mitunter als Schurken ausgaben. Und Liebe vielleicht in der Gestalt einer unerhörten Wette daherkam.

Sie atmete tief durch, sagte sich selbst, dass sie Portland Ehrlichkeit schuldete. Es war ja nichts zwischen ihnen vorgefallen, dennoch wollte sie ihn nicht weiter ermutigen. Er ergriff vor ihr das Wort.

„Wird Ihre Anstandsdame sich Sorgen machen, dass Sie plötzlich verschwunden sind?"

Das war unwahrscheinlich, weil Tottie gerade im Ruhezimmer ein Nickerchen machte. „Lady Tottenham, äh, traut meinem Urteilsvermögen", sagte Percy.

Portland räusperte sich. „Nun denn, Mrs. Fines, ich glaube zu wissen, warum Sie sich heute Abend so an mich wenden."

„Tatsächlich?"

„Nun, es deutet ja alles schon eine Weile darauf hin, nicht wahr?", sagte er. „Ich kann nicht sagen, dass ich überrascht bin."

Sie war dankbar für seine exquisiten Manieren. Es würde es ihr leicht machen. Viscount Portland war eben ein waschechter Gentleman.

„Sie sind sehr gütig, Milord", sagte sie. „Ich muss eingestehen, dass dieses Gespräch mir recht schwer fällt. Bitte glauben Sie mir, wenn ich sage, dass ich es mir wohl überlegt habe."

„Das weiß ich doch, meine Liebe. Sie haben es ja schon zuvor erwähnt."

„Habe ich das?" Sie runzelte die Stirn.

„Es ist vielleicht nicht sehr galant von mir, Sie daran zu erinnern", sagte er geschmeidig, „aber ja, das haben Sie. Einmal, während unseres Spaziergangs auf der Rotten Row."

Wovon spricht er denn, zum Kuckuck?

„Die Angelegenheit ist Ihnen ganz offensichtlich von höchster Wichtigkeit. Und obwohl ich nicht sagen kann, dass ich sie billige, meine ich doch, Ihnen dieses eine Mal entgegen kommen zu können. Im Einvernehmen, dass es ja nur zum Spaß ist, ja?", sagte er leichthin.

Ihr schwirrte der Kopf. „Ich glaube, ich kann Ihnen nicht ganz folgen."

„Die Zeit für Schüchternheit ist vorüber." Portland beugte sich plötzlich zu ihr, blockierte ihre Sicht auf den Garten. *„Und der Himmel küsst die Erd', und das Mondenlicht den Fluss?* Sie freches kleines Ding, ich zeige Ihnen, *was all die Küsse wert* sind."

Sie erstarrte, als sie ihn Shelleys leidenschaftliche Verse zitieren hörte. Ehe sie etwas erwidern konnte, schlang Portland seine Arme um sie. Sein Mund presste sich auf ihren—nass und *ekelhaft*. Sie fing sich wieder und stieß ihn mit beiden Händen von sich. Mit einem überraschten Grunzen verlor er das Gleichgewicht, seine Arme ruderten wie die Flügel von Windmühlen, er stürzte rücklings und landete wenig anmutig krachend auf dem Hintern.

Percy sprang auf und wischte sich mit dem Handschuh die Lippen ab.

„Warum zum Teufel haben Sie das denn getan?" Portland starrte sie an, während er sich von dem Steinboden aufrappelte. Er inspizierte sein Jackett und sein Blick verfinsterte sich, als er einen winzigen Riss am Ärmel entdeckte. „Bei Gott, das ist doch ein nagelneuer Weston."

Schuld und Schrecken vermengten sich in ihr. „Es tut mir so leid", sagte sie hilflos. „Ich wusste mir nicht anders zu helfen."

„Zu *helfen*, Sie kleiner Fratz? Seit Wochen belästigen Sie mich doch schon wegen eines Kusses. Da hätten Sie nun wohl auch dasitzen und ihn entgegennehmen können, wie es sich für eine Lady geziemt."

Das ließ sie innehalten. „*Belästigen* würde ich es nun nicht nennen, Milord. Ich habe einmal meine Neugier geäußert."

„Sie sind nichts weiter als ein Plagegeist, Miss Fines", schäumte er. „Ein gewöhnliches, ungezogenes Flittchen."

Percys Wangen flammten auf. Sie verdiente die Beleidigung wohl, wenn auch nur dafür, dass sie dumm genug gewesen war zu glauben, dass sie in diesen Gecken je verliebt war.

„Ich hätte auf Mama hören sollen. Am Ende zeigt sich die Kinderstube und die Klasse doch immer", fuhr er schneidend fort.

Ihre Schuldgefühle verflogen. *Dieser Schnösel.* „Das ist unfair und unhöflich, Sir."

Portland atmete tief ein, schien sich zu sammeln. „Ich muss zurück in den Ballsaal", sagte er steif, „ehe meine Abwesenheit bemerkt wird."

„Wir sind hier aber noch nicht ganz fertig", sagte sie grimmig.

Seine makellosen Augenbrauen fuhren nach oben. „Sagen Sie bloß nicht, Sie wollen noch einen Kuss."

„Einen Kuss wollte ich von vorneherein nicht." Sie sagte dies zwischen zusammengebissenen Zähnen. Man musste ihr zugutehalten, dass sie sich die letzten beiden Worte verkniff, nämlich: *Du Esel.*

„Was ich sagen wollte, ist, dass wir zwei keine Zeit mehr miteinander verbringen sollten.“

„Wir zwei sollten keine ...“ Sein Kinn fiel ihm buchstäblich herunter. Warum hatte sie nicht vorher bemerkt, wie schwach seine Kinnlade war? „*Sie* geben *mir* den Laufpass?“

„Nun, nicht wirklich.“ Sie hatte gar nicht gewusst, dass man im Mondlicht so wutentbrannt aussehen konnte. Doch über dem erlesenen Faltenwurf seiner Krawatte war das Gesicht des Viscounts unverkennbar weinrot geworden. Sie sagte also etwas vorsichtiger: „Ich würde sagen, Laufpass ist ein zu starker Ausdruck. Es hat doch zwischen uns beiden nie ein Einverständnis gegeben, oder?“

„Sie haben Ihr Netz doch die gesamte Saison über nach mir ausgeworfen, Sie kleine Jezebel!“

Ihre Augen verschmälerten sich. „Einen Moment mal, Milord. Ich habe Sie vielleicht ermuntert, aber Sie haben nie deutlich irgendwelche Zuneigungen zu mir geäußert. Sie haben sich die vergangenen Monate mit Debütantinnen umgeben, und wenn Sie eine von denen gewählt hätten, hätte ich kein Wort darüber verloren.“

„Darum geht es also? Sie sind eifersüchtig?“

Ihr fehlten die Worte, dass er so schwer von Begriff war. Was hatte sie nur je an diesem arroganten Esel gefunden?

„Man kann es Ihnen freilich nicht übelnehmen“, sagte er mit einem herablassenden Lächeln. „Sie kommen ja aus dem Handel und haben nur recht beschränkte Möglichkeiten. Wenn es Ihnen zum Trost gereicht, ich hatte Sie auf meiner Liste von Heiratskandidatinnen—wenn auch eher unten, fürchte ich. Es kommen dieses Jahr viele Ladies in Frage, und ein Mann meiner Stellung muss klug wählen. Ich hoffe, Sie verstehen.“

„Ich verstehe sehr wohl.“ Sie konnte sich nicht länger beherrschen. „Erlauben Sie mir, dass ich Ihnen bei der Entscheidungsfindung behilflich bin. Mich können Sie von Ihrer vermaledeiten Liste streichen, Sie unerträglicher aufgeblasener Fatzke!"

Sie stapfte an ihm vorbei in den Garten hinaus. Kochend vor Wut machte sie sich auf in das dichte Gewirr der Büsche. Wie hatte sie sich von so einem selbstgefälligen Flegel nur so zum Narren halten lassen? *Ich wünschte, ich hätte Portland nie kennen gelernt. Ich hasse ihn, ich hasse die ganze feine Gesellschaft!*

„Ereignisreiche Nacht?"

Sie wirbelte herum. Ihre Hände flogen an ihre Brust. Zu ihrem Schrecken stand da Gavin, sein dunkler Abendanzug verschmolz mit den Schatten ringsum. Das Mondlicht glänzte auf seinem dicken Haar, seine Augen leuchteten golden.

„Was um Himmels willen tust du denn hier?", keuchte sie.

„Ich warte auf dich."

Sie blinzelte. „Du wartest auf mich. Im Garten der Lady Lipton."

Er lächelte schwach.

„Wie bist du denn hier hereingekommen?"

Er zuckte nur mit den Achseln.

Sie lachte verblüfft. „Nun gut. Bekomme ich denn eine Antwort, wenn ich dich frage, warum du hier bist?" Sogar in der Dunkelheit sah sie seinen Blick flackern. Und plötzlich verstand sie: „Du bist hier, um mir *nachzuspionieren*, nicht wahr? Wegen Portland?"

Er versuchte gar nicht, es zu verleugnen. „Ich wollte da sein, falls ich gebraucht würde. Was ganz klar nicht der Fall war." Trotz ihrer Empörung zuckte es ihr im Magen, wie anerkennend seine tiefe Stimme klang. „Du bist mit der größten Finesse mit ihm umgegangen, Täubchen."

Einen Moment lang driftete sie in Richtung Verärgerung, dann ... atmete sie aus. Er war ja nicht derjenige, auf den sie wütend war. „Ich habe mein Schicksal besiegelt", sagte sie mit einer Grimasse. „Noch ehe diese Woche vorbei ist, wird Lord

Portland dafür sorgen, dass die bösen Zungen nicht mehr stillstehen. Man wird vermutlich sagen, ich hätte ihn sitzen lassen."

„Das bezweifle ich."

Sie runzelte die Stirn. „Warum sagst du das?"

„Weil der Bastard bis zum Halse in schlechten Investitionen steckt. Das wissen die wenigsten", sagte er, als ihr der Mund aufklappte. „Und wenn er nicht will, dass das allgemein bekannt wird, dann hält er lieber den Mund."

„Du *erpresst* Lord Portland?"

„Nicht ich persönlich. Jemand, der mir einen Gefallen schuldet." Gavin sah sie zufrieden an. „Portland braucht seinen guten Ruf, also wird er die Sache für sich behalten."

Percy starrte ihn an. Sie wusste nicht, ob sie sich über seine Selbstgefälligkeit ärgern oder ihm dafür dankbar sein sollte, dass er sich solche Mühe machte, ihren Ruf zu schützen. „Warum würdest du das für mich tun?", brachte sie heraus.

„Ich beschütze, was mir gehört", sagte er.

Keine poetischen Schmeicheleien, keine gestelzten Erklärungen—er sagte es einfach, wie es war, und doch war seine Aussage so berauschend, so primitiv verheißungsvoll. Verlangen blühte in ihr auf, als sie so in sein starkes, vernarbtes Gesicht starrte. Wie wäre es, diesem Mann wirklich zu gehören? Konnte sie es wagen, ihm zu vertrauen—und ihren eigenen Gefühlen?

Schlagartig kam ihr ein anderer Gedanke. „Bist du denn hier sicher?"

Seine große Hand legte sich auf ihre Wange und die Berührung seiner rauen Haut brachte sie zum Zittern. „Ich habe alles im Griff, meine Süße. Meine Männer stehen in der Nähe bereit. Es gibt keinen Grund zur Sorge."

„Aber was ist mit diesem Kerl Lyon—"

„Den habe ich im Auge." Gavin zuckte die Schultern, als wäre eine Morddrohung belanglos. „Glaub mir, ich kann mich um mich selbst kümmern."

„Niemand ist eine Insel", sagte sie. „Du darfst dich nicht für unverwundbar halten. Gibt es denn nichts, was ich tun kann—"

Er legte ihr den Finger auf die Lippen, bremste ihren Redefluss. „Kein Grund zur Besorgnis, Süße." Die goldenen Flammen in seinem Blick berückten sie. „Ich habe mich mit solchen Sachen schon vorher rumgeschlagen. Vertraust du mir?"

Sie nickte widerwillig, und er schenkte ihr eines seiner seltenen Lächeln. Ihr Herz hüpfte.

„Heute Abend will ich daran nicht denken", sagte er heiser. „Nicht wenn die Sterne über uns leuchten und wir den ganzen Garten für uns alleine haben. Gehst du mit mir spazieren, Percy?"

Ihr Blick schweifte von dem Arm, den er ihr bot, zurück zu der Stadtresidenz, die in der Entfernung leuchtete. Sie dachte einst, dass ihre Zukunft in dieser Richtung lag. Eine ehrbare Ehe, ein vornehmes Haus. Ein Leben voller vernünftiger Entscheidungen. Nun blickte sie in Gavins lodernde Augen und begriff, dass das Schicksal für sie etwas viel Reizvolleres bereithielt. Etwas Geheimnisvolles—ohne die Gewissheit eines glücklichen Ausgangs. War sie mutig genug, danach zu greifen?

Sie legte ihre Finger auf einen Arm, fühlte seine stahlharten Muskeln beben.

„Ja", sagte sie. „Ich gehe mit dir."

Hohe blühende Hecken säumten den gewundenen Pfad, Jasminduft hing schwer in der frischen Nachtluft. Über ihnen funkelten die Sterne wie auf Samt verstreute Diamanten. Gavin verspürte Triumph, während er Percy tiefer in den dunklen Garten führte. Sie hatte gerade allem, was sie einst wollte, den Rücken gekehrt—*um seinetwillen*. Bei dem Gedanken fühlte er sich größer als ein Berg. Er konnte ihr Herz gewinnen, er konnte sie ganz und gar für sich haben.

Neben ihm spazierte sie wie ein wunderschönes Märchenwesen. Im Mondlicht schimmerten die auf ihrem Kopf aufgetürmten Locken silbern und ihr zartrotes Kleid hing an ihrer schlanken Gestalt wie Blütenblätter. Ihr züchtiger Ausschnitt deutete ihr Dekolleté nur ganz sachte an. Er wollte sie dort liebkosen, unter diesen hauchdünnen Stoff gleiten und ihren Busen liebkosen. Ihm lief das Wasser im Munde zusammen. Da sah er, dass sie eine Gänsehaut hatte.

Er knöpfte sein Jackett auf und legte es um ihre Schultern. „Da vorne ist ein Pavillon", sagte er. „Da können wir uns setzen."

Sie nickte. Sie trat beim Gehen Steinchen vor sich her und warf ihm einen Seitenblick zu.

„Wo bleibt eigentlich die Schadenfreude über Portland? Wo du doch recht hattest."

„Womit?"

„Dass ich ein albernes Gör bin, das Schwärmerei mit Liebe verwechselt", sagte sie verdrießlich.

Ihre Offenheit ließ eine Welle der Zärtlichkeit in ihn schwappen. Noch nie hatte er ein so starkes Bedürfnis empfunden, einer Frau wohl zu tun, sie von allem Übel zu beschützen. „Nun komm schon", sagte er. „So schlimm ist das doch nicht."

„Ich komme mir wie ein Trottel vor", sagte sie.

Seine Lippen zuckten. „Darüber kommst du schon hinweg. Verletzter Stolz heilt schnell."

Sie schien darüber nachzudenken. „Da hast du vermutlich recht. Es schmerzt mich ganz gewiss nirgendwo anders." Sie schüttelte den Kopf und sagte: „Warum verstehst du mich eigentlich besser, als ich mich selbst verstehe?"

Weil du mir gehörst. Besitzergreifende Gewissheit packte ihn, jedoch gelang es ihm, ruhig zu sagen: „Ich weiß, was Ehrgeiz ist. Du bist zu schlau und zu klug, der Herde nachzulaufen. Du musst deinen eigenen Lebenszweck finden."

Sie blickte ihn an. „Wie du?"

„Wie ich." Vielleicht war es die Finsternis, vielleicht auch der berauschende Duft ihres Parfüms, der ihm mehr entlockte. „Ich war nicht immer ein erfolgreicher Geschäftsmann. Es gab eine Zeit, da kam ich mehr schlecht als recht über die Runden, verdiente mir meinen Unterhalt auf der Straße. Jahrelang habe ich als"—er räusperte sich—„als tagelöhnender Scherge gearbeitet."

Ein höflicheres Wort für Söldner. Doch viele andere Möglichkeiten standen einem vernarbten ehemaligen Verbrecher nicht offen. Wenn schon sonst nichts, hatte der Schiffsbauch ihn zumindest das Handwerk der Gewalt gelehrt.

„Kein Wunder, dass du so gut kämpfst", sagte sie. „Wie hast du diese Arbeit gefunden?"

Er warf ihr einen raschen Blick zu, in ihren Augen fand er

weder Spott noch Abscheu. War es denn möglich, dass sie ihn seiner Vergangenheit wegen nicht verurteilte? „Ich habe es gehasst", sagte er. „Aber ich habe jede Guinee angelegt, die ich damit verdient habe, und als ich genug beisammen hatte, habe ich den Club gekauft."

Die Jahre der Gewalt hatten sich ausgezahlt; niemals würde er den Moment vergessen, als er zum ersten Mal Fuß in sein Eigentum setzte. Von jenem Moment an hatte er sich geschworen, seine Zukunft selbst zu bestimmen.

„Du erinnerst mich an meinen Papa", sagte sie, und überraschte ihn erneut. „Er kam auch aus der Armut und hat aus dem Nichts ein Reich aufgebaut." Ihr Blick senkte sich, und ihr Schuh stieß noch ein Steinchen fort. „Ich hingegen bin mit privilegiert aufgewachsen und habe nichts Brauchbares mit meinem Leben angestellt. Manchmal denke ich, ich bin nicht mehr als ein verhätscheltes Fräulein."

Dasselbe hatte er auch einst von ihr gedacht. Doch jetzt kannte er sie, ihren Mut und ihr treues Herz, ihr unbändiges Temperament ... und nichts konnte seiner ersten Einschätzung ferner liegen.

„Du hattest materielle Vorteile", sagte er. „Das macht dich noch nicht verhätschelt."

Sie blickte ihn bekümmert an. „Und was ist mit Eigensinn? Am Ende wollte Papa nichts weiter als eine brave Tochter. Die das Leben führt, das ihm verwehrt blieb, sogar mit seinem Vermögen. Das war sein Traum für mich—für unsere Familie."

Nun ergab alles Sinn. Warum Percy versuchte, jemand zu sein, der sie nicht war. Sie unterdrückte ihr wahres Selbst, nicht aus der Scheinheiligkeit der Mittelklasse heraus, wie er ursprünglich vermutet hatte, sondern aus ... Liebe. Um es ihrer Familie recht zu machen.

„Dein Vater wollte, dass du deinen Platz in der Gesellschaft einnimmst", sagte Gavin.

Sie nickte verloren. „Mit dem Titel von Nicholas hätte es

doch so leicht sein sollen. Ich habe alles, Geld, Zugang zu den höchsten Kreisen. Und doch konnte ich meine Familie nicht stolz machen. Weil ich ein Wildfang bin, der sich nicht als Lady ausgeben sollte."

Ausnahmsweise störte Gavin die Erwähnung von Morgans Namen nicht. Er war zu wütend auf die sogenannte höfliche Gesellschaft, die dieses liebliche, empfindsame Mädchen in Selbstzweifel trieb.

„An dir fehlt nichts", sagte er rau.

Der Weg führte zu einem kleinen Pavillon. Sie traten unter dem geschwungenen Dach ein, und sie wandte sich der dunklen Aussicht zu. Sie stand mit dem Rücken zu ihm, ihre behandschuhten Finger glitten über das Geländer. „Die Wahrheit ist... sie haben ja recht. Ich *bin* überhaupt keine Lady."

„Das ist völliger Unsinn."

„Nein, es stimmt. Ich gerate schon seit meiner Kindheit ständig in Schwierigkeiten. Ich hatte mehr Tutoren, als du an beiden Händen abzählen kannst, und kann mich doch keiner einzigen Fähigkeit brüsten." Sie zuckte die Schultern, was man in seiner großen Jacke kaum sehen konnte. Sie sah aus wie ein kleines Mädchen, dass Verkleiden spielte. „Ich weiß gar nicht, warum ich glaubte, ich könnte mich plötzlich in ein Vorbild verwandeln."

„Du kannst alles, was du dir in den Kopf setzt." Es bekümmerte ihn, dass sie nicht an sich glaubte; er hasste die Welt, die ihr den Mut brach, ihre wunderschöne ausschweifende Art erstickte. Das Bedürfnis, sie zu beschützen, krallte sich in seinen Magen. „Wenn du Portland wirklich gewollt hättest, wäre dir schon eingefallen, wie du ihn umgarnst", sagte er. „Ihn, oder jeden beliebigen anderen feinen Schnösel."

Sie drehte sich um und blickte ihm voll ins Gesicht. Ihr Ausdruck ließ seinen Atem stocken.

„Ich will aber Portland nicht", sagte sie sanft, „oder irgendeinen anderen dieser Gentlemen. Ich begreife nun, dass es mich keinen Deut interessiert, was die feine Gesellschaft oder sonst jemand von mir denkt. Zum ersten Mal weiß ich, was *ich* will."

Ihm schienen die Worte in der Kehle steckenzubleiben. „Und was willst du?"

Sie näherte sich ihm mit leuchtenden, fesselnden Augen. „Nun, zunächst einmal Abenteuer und Leidenschaft. Ich habe wieder mit dem Schreiben angefangen, weißt du, und diesmal möchte ich, dass meine Geschichten vom echten Leben erzählen."

Abenteuer und Leidenschaft. Er schluckte. Ja, das konnte er ihr bieten.

„Ich will nichts bereuen." Sie kam vor ihm zum Stehen, ihre Schuhspitzen berührten fast seine Stiefel. „Ich will alles erleben, wovon ich immer geträumt habe und mehr noch."

Ein Lächeln hob ihre Mundwinkel und in diesem Moment verwandelte sie sich vor seinen Augen. Von einem lieblichen Mädchen in eine lodernd heiße, berückende Frau. Eine Sirene von unaussprechlicher Macht.

„Ich fürchte, mein lüsternes Wesen würde sogar dich erschrecken", sagte sie.

„Lüstern, sagst du?" Er räusperte sich, versuchte, einen klaren Gedanken zu fassen. Was schwierig war, da ja all sein Blut vom Hirn direkt in seinen Schwanz geflossen war. „Lüsternheit ist meine Spezialität. Glaub mir, du könntest nichts sagen, was mich erschrecken würde."

Dennoch erstarrte er, als sie erst eine Hand, dann die andere auf seine Brust legte. Ihre sanfte Berührung sengte durch seine Weste. „Also wärst du nicht erschrocken, wenn ich dir sagen würde, dass ich ... dich begehre, Gavin?" Sie biss sich auf die Unterlippe. Mit zitternder Stimme gestand sie: „Dass ich mit dir zusammen sein möchte, auch ohne die Wette?"

Die Erregung ging durch ihn wie Messerstiche. Weißglühend, beunruhigend heftig. Trotz ihrer Treue zu ihrem Bruder wollte sie mit ihm zusammen sein ... Er zwang sich zu atmen. „Nicht erschrocken, nein." Er fuhr mit den Fingerknöcheln sanft ihre Wange entlang. „Sicherlich aber dankbar."

Das brachte sie zum Grinsen. Ihre Augen sprühten vor Aufregung mit einer kühnen weiblichen Begierde, die ihm durch und durch ging. Er hatte zwar zuvor mit lüsternen Frauen geschlafen. Er hatte Frauen gefickt, die vor Vergnügen brüllten und nach mehr verlangten. Doch dies hier war anders. Er hatte sich noch nie so *begehrt* gefühlt wie jetzt. Als ob er mehr wäre als nur ein geiles Tier, ein gefälliger Schwanz. Eine Handvoll Gold.

Als ob Percy *ihn* begehrte. Einfach ... ihn.

Ihre Hände schlüpften unter seine Weste und sein Herz schlug noch schneller. „Ehe wir fortfahren", sagte sie, „will ich ein paar Dinge klären. Was die Wette betrifft."

„Ja, Täubchen?", brachte er hervor.

„Ich gehe davon aus, dass du nicht aufgeben möchtest?"

Sofort begannen ihn Argwohn und Misstrauen zu zerfleischen. Sein Instinkt flüsterte ihm zu: *Manipuliert sie dich, nutzt sie ihre Reize, um zu kriegen, was sie will?* Obwohl er sich sagte, dass Percy zu solcher Hinterlist nicht imstande war, verkrampfte sich sein Kiefer.

„Das tue ich nicht", sagte er flach.

„Kannst du mir sagen, warum? Es geht nicht nur um das Geld, richtig?" Ihre Augen suchten in seinen. „Gavin, ich will nur verstehen ..."

Er fuhr mit einer Hand durch sein Haar. Vielleicht war Vertrauen ja *doch* möglich, denn er glaubte an ihre ehrlichen Absichten. Ein kleiner Teil von ihm zog es sogar in Erwägung, ihr von seiner Vergangenheit zu erzählen. Der klügere, und überwiegende Teil schreckte davor zurück. Ihre Verbindung zu Nicholas Morgan war zu stark, ihr Band mit Gavin zu zart. Wenn sie eine Wahl treffen müsste, wusste er, wo ihre Loyalität liegen würde. Er würde es nicht riskieren, sie zu verlieren, oder seinen wohlgeplanten Rachefeldzug zu gefährden.

„Ich fordere immer meine Schulden ein. Daran wird sich nichts ändern", sagte er.

Ich weiß nicht, wie ich es ändern kann.

Einen Moment lang schwieg sie. Ihn packte eine plötzliche Panik. Würde sie einfach fortgehen? Ihn im Stich lassen? Die Wut folgte auf dem Fuß. Oh, das sollte sie nur versuchen. Er würde sie nie mehr gehen lassen—

„Gut, dann gebe ich auch nicht auf", sagte sie und öffnete einen Knopf seiner Weste.

Erleichterung und Verlangen schwirrten gemeinsam in seinem Kopf herum. „Und was heißt das?", fragte er heiser.

Sie befreite noch einen Knopf. „Eine Pattsituation, was meine Jungfräulichkeit betrifft. Den Regeln unserer Waffenruhe nach jedoch gibt es noch viel mehr zu erkunden. Und das will ich." Ihr zaghaftes Lächeln knäuelte sich in seiner Brust. „Ich will das Beste aus den nächsten drei Nächten mit dir machen, Gavin—"

Er ließ sie ihren Satz nicht beenden. Er konnte nicht.

Mit knurrender Begierde fing er ihre Lippen ein. Sie schmeckte nach Nektar und Sonnenschein, nach allem, wonach er je geschmachtet hatte. Und sie teilte ihre Süße so freimütig mit ihm. Ihre Lippen öffneten sich, ihre Zunge hieß ihn in ihrer Wärme willkommen. Nichts in seinem Leben hatte er ohne Kampf errungen, ohne einen Preis zu zahlen. Percy jedoch, die allen Grund hatte, ihm zu misstrauen, ihn zu verachten, bot ihm ihr köstliches Wesen einfach so an. Wusste sie denn, was für ein *Geschenk* das war?

Er drängte sie gegen einen der Balken des Pavillons, während sein Mund gierig ihren Hals entlang wanderte. Mit besitzergreifenden Händen berührte er ihre Brüste, fand ihre steifen Nippel unter dem Stoff. „Du bist für die Liebe geschaffen, Percy", sagte er, „und ich zeige dir, wie sehr."

Sie seufzte leise vor Vergnügen. „Wie beim letzten Mal?"

„Das hat dir wohl gefallen?"

„Sehr." Sie lächelte ihn scheu an. „Es hat sich so wunderbar angefühlt, nur ..."

Nur? Er runzelte die Stirn. „Du hast in meinen Armen gebebt, als du gekommen bist."

„Oh nein, es war wundervoll." Sogar im Mondlicht sah er, wie rosig ihre Wangen waren. „Es ist nur, dass dieses Mal ... ich habe mich nur gefragt ..."

„Ja?"

„Ob ich den Gefallen vielleicht erwidern dürfte?"

Ihre aufrichtige Frage sandte glühende Hitze geradewegs zu seinen Lenden. Sein Schwanz pochte seine uneingeschränkte Zustimmung, seine Hoden strafften sich. *Heilige Hölle*, und wie sie das durfte. Aber sie war Jungfrau. Obwohl er kein Gentleman war, hatte er dennoch vorgehabt, sie sachte in die Liebeskunst einzuführen. Ihr zu erlauben, sich erst an die Sinnlichkeit ihres eigenen Körpers zu gewöhnen, ehe er ihr zeigte—

Ihre Hand fuhr federleicht über seinen Schritt, und all seine guten Absichten vergingen ihm.

„Du willst mich berühren, Süße?", sagte er kratzig.

Ihre Locken wippten, als sie nickte.

Gottlob. Mit leicht zittrigen Händen öffnete er seine Hosen und zog sie herunter. Sein Schwanz sprang ins Freie, dick und aufrecht, die Eichel streifte seinen Magen. Unter seinem hervorstehenden Instrument hingen schwer und vor Samen geschwollen seine Hoden. Er beobachtete Percy genau, fragte sich, was seine kleine Miss wohl von seiner gewaltigen Erektion hielt.

„Oh." Ihre Augen waren groß und neugierig. „Es ist, äh, recht *aufrecht*, nicht?"

Unter ihrem prüfenden Blick schwoll das geile Monstrum nur weiter an.

„So verhält er sich in deiner Gegenwart, mein Schatz", sagte er schief.

Obwohl ihm die Lust jeden Muskel anspannte, zwang er sich zu warten. Sie entscheiden zu lassen, was sie nun zu tun wünschte.

Als sie ihre Hand sanft um ihn schloss, zischte sein Atem zwischen seinen Zähnen hindurch. Der Anblick ihrer zarten Finger in Satin, wie sie das dunkle, sich aufbäumende Biest liebkosten, war außerordentlich erotisch. Sie erkundete ihn mit quälend sanften Berührungen, mit viel zu wenig Druck, und trotzdem schoss ihm die Lust bis in die Zehen, heißer als alles, was er jemals zuvor erlebt hatte.

„Wie mache ich es?" Sie klang so atemlos, wie er sich fühlte.

Er antwortete ihr mit einem stürmischen Kuss. „Du, meine süße Persephone, bist Himmel und Hölle zugleich", flüsterte er gegen ihre Lippen.

Ihr Zeigefinger tupfte den Schlitz seines Schwanzes, rieb sachte, und sandte noch eine Hitzewelle durch seine Adern. „Himmel und Hölle zugleich?", fragte sie. „Was soll das heißen?"

„Lass es mich dir zeigen." Er zog ihre Röcke hoch und stupste ihre Schenkel mit seinem eigenen Bein auseinander. Er fand durch ihren Schlüpfer hindurch ihre Scheide und stöhnte bei der Feuchtigkeit, die er da vorfand. „Du bist ja schon patschnass. Erregt es dich, meinen Schwanz anzufassen?"

Sie biss sich auf die Lippe und nickte. Ihr Griff um seinen pochenden Schwanz wurde fester.

Ihr Eingeständnis stieg ihm triumphierend in den Kopf. „Das gefällt mir", sagte er. „Es macht mich groß und hart. Ich will in diesem süßen Teil von dir sein." Er glitt mit dem Mittelfinger ihren satten Schlitz hinab und fand ihre Öffnung. Er trieb nach oben. Die Muskeln ihrer Scheide gaben ein wenig nach und klammerten sich dann um seine Fingerspitze. Gott, sie war eng. Seine Lunge arbeitete schwer, während er versuchte, seine Selbstbeherrschung zu wahren. „Ich will meinen Schwanz in dir vergraben. Ich will so tief in dich hinein, wie es nur geht ... und ich darf nicht. Das ist die Hölle."

„Gavin", wimmerte sie.

Der Klang ihrer Stimme, die seinen Namen sagte, siedete wie ein Aphrodisiakum durch sein Blut. Ob sie sich dessen bewusst

war oder nicht, sie hatte begonnen, sein Glied fester zu drücken, ihn instinktiv zu pumpen.

„Gutes Mädchen, du weißt ganz genau, wie du mich berühren musst, nicht wahr?" Bei diesem gurrenden Lob schwangen ihre Wimpern schwelend heiß auf. Zugleich drang er tiefer in sie ein. „So finden wir den Himmel zusammen. Was dir gut tut, tut auch mir gut. Wenn du meinen Schwanz so süß streichelst, dann weiß ich, was du willst, nicht wahr?"

Er sah, wie Erkenntnis in ihre ausdrucksvollen Augen stieg. Im nächsten Moment fingen ihre mit Satin umhüllten Finger an, fester, schneller an seinem lohenden Glied entlangzugleiten.

„Mehr", seufzte sie und richtete ihn damit fast zugrunde. „Ich will mehr."

Er fuhr mit seinem Finger ganz hinein, und sein Kuss schluckte ihren Aufschrei. Er fickte sie erst langsam, dann schneller, während ihr Kätzchen weicher wurde und in seine Handfläche weinte. Er gab ihr noch einen zweiten Finger, und sie nahm ihn eifrig, ihre satte Hitze wirbelte in seinen Sinnen herum, ihr Griff um seinen Schwanz war wild und leidenschaftlich. Er hämmerte in ihre weichen Hände, in ihr himmlisches Geschlecht, halb wahnsinnig von der Intensität seiner Lust. Seiner Sehnsucht. Der Druck in seinen Hoden stieg und er wusste, dass er sich nicht viel länger beherrschen konnte.

Er fand das Zentrum ihrer Lust mit dem Daumen. Ihre Erwiderung kam sofort, ihre Scheide pulsierte um seine tunkenden Finger und sie kippte die Hüften, damit sie ihn noch tiefer nehmen konnte.

„Oh, Gavin, hör nicht auf, *bitte* ..."

Ihr Geschlecht melkte seine Finger, so fordernd und hungrig. *Zu viel, ich kann nicht mehr.* „Lass dich gehn, Percy", knurrte er, „und nimm mich mit—"

Ihr Körper verfiel in Zuckungen, ihr saftiger Sog zerrte ihn mit sich. Ihre süßen Rufe schallten in seinen Ohren, er schloss die Augen vor wilder Wollust, dem mächtigen Erguss, der seinen

Schaft hinauf brodelte. Er kam mit einer Wucht, die ihm alle Beherrschung raubte. Die Zeit ging langsamer, als er heiß spie, immer wieder, er grölte, während die Ekstase ihn geradezu umkrempelte.

Als er wieder zu sich kam, blickte Percy ihn an. Ihre Frisur hatte sich aufgelöst und sie hielt einen befleckten Handschuh an ihre Brust. Die Sterne in ihren Augen schienen heller als die am Himmel über ihr.

Und dann, endlich, begriff er, in welcher Gefahr er sich befand.

***

Nicholas Morgan erwachte in einem fremden Bett. Er gähnte, blinzelte müde seine Umgebung an. Schon wieder ein neues Hotelzimmer. Neben dem Bett stand ein großes Fenster offen, die Vorhänge tanzten in der milden Brise. Er sah rote Ziegeldächer, und da kam es ihm wieder: Florenz. Sie waren früh am Morgen hier angekommen. Nach der anstrengenden Reise hatte die Amme die Zwillinge zum Schlafen hingelegt und Helena hatte entschieden, dass die Erwachsenen sich ebenfalls hinlegen mussten.

Und da er ein zuvorkommender Gemahl war, war er den Anweisungen seiner besseren Hälfte gefolgt. Viel Schlaf hatten sie nicht bekommen. Wie sich herausstellte, machte ihn das Urlauben geil wie einen Bock—und das wollte etwas heißen, denn er konnte auch unter normalen Umständen kaum seine Finger von seiner Frau lassen. Er stützte sich auf einen Ellbogen und blickte auf seine Marquise. Sie hatte sich auf der Seite zusammengeringelt, schlummerte so friedlich wie ein kleines Mädchen, mit zerzaustem kastanienbraunen Haar und rosiger zarter Haut.

Doch trotz ihrer unschuldigen Erscheinung war Helena durch und durch Frau. Das Bettlaken war verrutscht und entblößte so einen runden, prallen Busen. Diese reife Rundung mit der lieblichen rosa Spitze war einfach zu viel.

Er beugte sich herüber und fuhr mit der Zunge müßig um den Nippel herum. Der wurde sofort steif, und er nahm sich Zeit, neckte ihn, bis er eine reife Beere war. Obwohl Helenas Augen geschlossen blieben, regte sie sich und seufzte. Er genoss das Spiel, setzte seine Erkundung unter dem Laken fort, strich mit der Hand über ihren üppigen Hintern und fuhr ihr dann zwischen die Schenkel.

Sein Herzschlag ging schneller, als er sie köstlich, lustvoll bereit für ihn vorfand. Er legte sich auf die Seite, nahm sein geschwollenes Glied in die Hand und fuhr mit der dicken Eichel ihren Schlitz entlang. Er kostete ihre Feuchtigkeit aus, ihren leicht stockenden Atem. Er drang in einem langsamen, den Verstand schmelzenden Stoß in sie ein. Während die Hitze sich seiner Sinne bemächtigte, ermahnte er sich noch selbst, dass er das Vergnügen diesmal hinauszögern sollte. Doch dann stöhnte seine dreiste Marquise, wackelte ihren Po gegen ihn, und er hatte keine andere Wahl, musste nachgeben, pflügte sie fester, musste tiefer und tiefer in sie hinein—

Es klopfte mehrfach an der Tür.

Verflucht. Er knabberte am Ohr seiner Frau. „Einfach nicht darauf achten", flüsterte er.

„Wir können doch nicht einfach—*ohh*." Sie brach ab, als er sie weiter oben stupste, ihre Lieblingsstelle fand.

Das Klopfen ließ aber nicht ab. „Nicholas? Helena? Seid ihr wach? Ich bin es, Anna."

„Einen Moment", rief Helena atemlos.

Sie rutsche von ihm weg und er ließ sie mit einem Grunzen gehen. Sie krabbelte aus dem Bett, zog einen Morgenmantel an und warf ihm seinen zu. Er legte ihn an. Mit einer Grimasse blickte er an sich hinab. „Und was zum Teufel mache ich damit?"

Helena sah mit großen Augen, dass der Brokatstoff wie ein Zelt aufstand.

„Hier, nimm die." Sie drückte ihm eine Zeitung in die Hand und verbiss sich dabei das Lachen. „Halt sie einfach, äh, davor."

Er verdrehte den Blick in Richtung Zimmerdecke.

Helena ging zur Tür und ließ Anna Fines herein. Nicholas verging die Lust, als er Sorge auf den sanften Gesichtszügen der älteren Frau lasten sah. Hinter ihrer Brille schimmerten ihre sonst heiteren Augen kummervoll. Als er diesen Ausdruck zuletzt in ihrem Gesicht gesehen hatte, war Jeremiah—Annas Gemahl und Nicholas' Mentor—gerade krank geworden.

„Was ist denn los, meine Liebe?", sagte Helena und klang so besorgt, wie er sich fühlte.

„Ich störe nur ungern, aber"—Annas Lippen zitterten—„großer Gott, die Kinder."

„Die Zwillinge?", fragte Helena beunruhigt.

„Nein, nicht eure Kinder. *Meine*." Mit einer zitternden Hand hielt Anna ihnen einen Brief hin. „Ich fürchte, wir müssen auf der Stelle nach London aufbrechen."

❧ 22 ❦

Gavin legte seine frisch polierten Pistolen auf seinen Schreibtisch. Sie glänzten einsatzbereit. Er hörte Schritte im Flur, warf ein Stück schwarzen Samt über die Waffen und erhob sich, um seinen späten Besuch zu begrüßen.

Magnus schlurfte in sein Kontor, sein Gehstock pochte hohl auf dem Boden. „Tut mir leid, dass ich zu so später Stunde störe, Hunt.“

„Sie haben Neuigkeiten für mich“, sagte Gavin ohne weitere Umschweife.

„Jawohl. Hab diesen Gentleman gefunden, den sie suchten“, sagte der Alte. „Hat mich ganz schön an der Nase herumgeführt, dieser Fines. Wie sich herausstellt, versteckt er sich in Spitalfields.“

Ausgerechnet Spitalfields. Gavin musste es Percys Bruder lassen, er war einfallsreich und leichtfertig. Musste wohl in der Familie liegen.

„Wenn Sie sich den Lümmel schnappen wollen, dann tun Sie es lieber bald“, fuhr Magnus fort.

„Warum?“

„Weil Fines sich bei Finian O'Brien in Schulden gestürzt hat.

Wie Sie und ich beide wissen, ist Geduld keine Tugend der O'Briens—ich höre, er umkreist ihn schon wie ein Hai." Magnus' Triefauge blinzelte Gavin an. „Knöpfen Sie sich den Fines lieber vor, solange noch etwas von ihm übrig ist."

Verflucht. War Fines etwa *lebensmüde*? Zwei Ärgernisse fielen Gavin gleichzeitig auf. Erstens wusste er nun zwar, wo Fines sich aufhielt, konnte aber die Beteiligung an der Kompagnie nicht einfordern, weil er es Percy versprochen hatte. Zweitens musste er nun auch noch diesen trotteligen Taugenichts von einem Bruder *beschützen*, weil er sich ziemlich sicher war, dass Percy ihn nicht tot sehen wollte.

Die Ironie der Lage entgeisterte ihn. Noch verstörender war, wie sehr ihm an Percys Glück gelegen war. Wie sehr er sie wollte. Die Erinnerung an ihre großzügige Leidenschaft im Garten wärmte ihm die Brust, es schmerzte ihn geradezu vor Sehnsucht nach ihr. Obwohl die Rückkehr ihrer Haushälterin ihr nun die Eskapaden erschwerte, hatte sie ihm versprochen, ihn am Freitag im Club zu treffen.

Schon ein paar Tage der Trennung fühlten sich an wie verfluchte Wochen an.

„Danke für die Warnung", sagte er zu Magnus. „Ich kümmere mich darum."

Der alte Mann sah ihn besorgt an. „Ist denn der Marquis von Harteford wieder im Lande? Sie brauchen ja auch einen Plan, wie Sie mit ihm umgehen. Fines ist ihm wie ein Bruder, und was ich so höre, beschützt der Marquis die seinen."

Gavin wusste ja, dass ihm die Zeit davonlief. Seinen Quellen nach war Morgan letzte Woche überstürzt von Florenz aufgebrochen; der Marquis würde spätestens in vierzehn Tagen wieder in England sein. Davor musste Gavin Percy noch mit Leib und Seele an sich binden. Er musste sich ihrer Liebe und Treue ganz sicher sein; musste wissen, dass sie im Zweifelsfall zu ihm halten würde, gegen Morgan, gegen ihre Familie, gegen die ganze Welt. Und mit der Wette fortzufahren—sie in seiner Nähe zu halten, sie mit jedem Treffen weiter zu verführen—war der Weg zu seinem Ziel.

„Um Harteford kümmere ich mich", sagte Gavin.

„Brauchen Sie meine Hilfe ...", hob Magnus an, als die Tür aufflog.

Ganz in einen schwarzen, vielschichtigen Umhang gewandet, sah Stewart noch größer und einschüchternder aus als ohnehin schon. Er marschierte auf Magnus zu, der neben ihm wie ein gebrechlicher alter Zwerg wirkte.

„Wat macht der Alte denn hier?", knurrte er.

„Ich bin hier, um Hunt zu helfen, wie Sie auch", sagte Magnus ruhig.

„Ihre Hilfe brauchen wir nüscht. Auf Hunt pass ick oof." Stewarts Kinn hob sich trotzig. „Wie ick es schon immer jetan hab—nüscht wahr, meen Jung?"

Gavin unterdrückte seine Ungeduld und sagte: „Magnus bringt Nachricht von Paul Fines."

„Wurde aber ooch Zeit", sagte Stewart zu Magnus. „Für den Preis den Se verlangen, würde ick bessere Dienste erwarten."

„Fines war gerissener als die meisten. Und ich habe Hunt einen fairen Preis gemacht ... wie immer." Würdevoll richtete Magnus die ausgefransten Mantelaufschläge und wandte sich demonstrativ an Gavin. „Ich mache mich mal auf den Weg. Melden Sie sich, wenn Sie mit Harteford Hilfe brauchen."

Sobald sich die Tür hinter dem Alten schloss, brach es aus Stewart heraus: „Ick mag den ollen Kauz nüscht, und über den Weg trau ick ihm noch wenijer. Von dem brauchste keene Hilfe mit Harteford. Ick bin doch da."

Zur Hölle mit allem. Gavin war nicht in der Stimmung für einen der Anfälle seines Mentors. „Mit Magnus bin ich ja jetzt fertig", sagte er scharf. „Ist denn die Kutsche bereit?"

„Ja. Aber ick finde immer noch—"

„Um Himmels willen, Mensch, lass es doch jetzt ruhen." Sein Mentor machte ein mürrisches Gesicht. Gavin sagte schroff: „Ich weiß, dass du Magnus nicht magst, aber er war uns nützlich, nicht wahr? Jetzt hören wir auf mit den Kindereien und schnappen uns einen Schurken."

———

Gavin beäugte das riesige Freudenhaus mit den verrammelten Fenstern und fragte: „Warum braucht Lyon denn so lang?"

„Durchhaltevermögen hält ihn sicher nüscht auf", sagte Stewart, der ihm gegenüber in der finsteren Kutsche saß. Zum Glück hatte sein Mentor sich von seinem Ärger über Magnus wieder erholt—ein Bordell zu bespitzeln war da noch das beste Rezept gegen Übellaune. „Der Bastard is wie ne brennende Zündschnur—der is weder trink- noch standfest", grinste Stewart. „Wenn der mit ner Dirne mehr als fünf Minuten lang aushält, fress ick nen Hut."

Gavin beobachtete die Männer, die ein- und ausgingen. Alfies Auskünften nach besuchte Lyon das Etablissement von Madame Antoinette jeden Donnerstag von zehn bis elf Uhr abends, um seiner Lieblingsbeschäftigung nachzugehen. Lyon ging sonst selten irgendwo ohne Begleitung hin, daher war dies hier die beste Gelegenheit, sich den Bastard einmal vorzuknöpfen.

Percys Worte beim Abschied im Garten hallten noch in Gavins Kopf. *Was auch immer du tust, bist du bitte vorsichtig? Ich könnte es nicht ertragen, wenn dir etwas zustößt.* Er hatte sie fest in den Arm genommen, sich in ihrer süßen Besorgnis um ihn geaalt, in allem, was in jener Nacht zwischen ihnen vorgefallen war. Mehr als nur Liebesspiel. Mehr, als er je mit einer Frau erlebt hatte. Nun erinnerte er sich wieder an das Schlamassel mit ihrem Bruder, und Gavin runzelte die Stirn. Was zum Teufel sollte er nur mit Fines machen?

„Es is fast Mitternacht. Lyon hätte schon vor ner Stunde rauskommen sollen", sagte Stewart.

Unbehagen regte sich in ihm, also schob Gavin seine

Gedanken beiseite und richtete seine Aufmerksamkeit auf die Angelegenheit vor ihm. „Wir haben lange genug gewartet. Wir müssen hinein."

Stewart ließ zur Antwort eine Pistole in seine Umhangtasche gleiten.

Sie bezahlten Eintritt und übertraten die Schwelle zu dem berüchtigten Bordell. Die Luft war verraucht, Rosen dufteten schwer und dekadent. Kerzen erfüllten den Hauptsaal mit einem dämmrigen Glimmen und warfen Schatten auf die vergoldete Einrichtung, die vage im französischen Stil gehalten war. Gut gekleidete Gentlemen ergingen sich mit Dirnen, die bonbonfarbene Perücken, Schminke ... und sonst recht wenig trugen.

„Ick seh ihm nirjendwo", sagte Stewart. „Muss wohl oben in einem der Zimmer sein."

„*Messieurs, quel plaisir.*" Die seidige Stimme wand sich um sie wie eine Schlange. Gavin wandte sich zu der kleinen, scharfäugigen Frau, die eine turmhohe gepuderte Perücke trug und gekleidet war, als wäre sie am Hofe von Ludwig XIV. Ihr Akzent war so echt wie der Schönheitsfleck über ihrem harten Mund. „Ich erinnere mich nicht an Sie. Ihr erstes Mal hier?"

Gavin nickte knapp.

„*Bienvenue, je suis Madame Antoinette.*" Sie knickste tief, ihre weiten Röcke fegten den Boden. „Sie werden feststellen, dass *la joie de vivre*"—sie fummelte mit ihrem dünnen scharlachroten Halsband—„unser einziges Anliegen ist. Nun sagen Sie, *Messieurs*, wonach ist Ihnen denn?"

Gavin erinnerte sich an sein kurzes Gespräch mit Alfie. Kopfschüttelnd hatte der Knabe gesagt: *Dieser Lyon is schon een verquerer Bursche. Er jeht zu ner Dirne namens Polly Whippit*—hatte Alfie geprustet—*und wie de Name schon sacht... Meene Jüte, wer jibt den Zaster für wat aus, wat eenem jede Lehrerin oder jedet Fischweib kostenlos verpassen kann?*

„Man sagt mir, dass Sie hier ein Mädchen namens Polly Whippit haben", sagte Gavin.

„Mais oui, sie ist eines unserer beliebtesten Freudenmädchen." Der Blick der Kupplerin wurde berechnend. „Aber ich fürchte, dass sie im Moment beschäftigt ist. Darf ich Ihnen stattdessen eine andere Vertreterin dieser Kunst anempfehlen, die Mademoiselle Birchim?"

Stewart neben Gavin schüttelte ekelerregt den Kopf.

„Ich habe gehört, Miss Whippit macht es am besten." Gavin holte einen Beutel hervor und ließ die Münzen darin klingeln. Der Blick der Madame wurde größer. „Und ich will nur das allerbeste."

„Und das sollen Sie auch haben", sagte sie und streckte die Hand aus. Er ließ den Beutel fallen, und das Geld verschwand im Handumdrehen. Ein Lächeln dehnte ihre Lippen. „Folgen Sie mir, *s'il vous plait."*

Sie führte sie durch die Hauptzimmer und dann eine breite geschwungene Treppe hinauf. Auf dem ersten Stock gingen sie an einem halben Dutzend nackter Dirnen vorbei, die auf Sockeln posierten. Einige gurrten unanständige Vorschläge für die Unterhaltung des Abends.

Madame Antoinette blickte Stewart fragend an. „Wünscht *Monsieur* vielleicht auch ein wenig Unterhaltung? Sie sehen aus, als könnten Sie ein Mädchen gebrauchen—oder zwei." Sie zeigte auf ein Paar, das sich kichernd gegenseitig die rot geschminkten Brustwarzen bearbeitete. „Juliette und Monique sind nämlich Zwillinge."

„Ich bin nur da, um nach meinem Freund zu sehen", sagte Stewart finster.

„Zusehen liegt ihnen also eher? Nun, jedem das Seine", sagte die Madame leichthin.

Unter seinem Bart wurde Stewarts Gesicht tiefrot.

„Was ist mit Ihnen, *Monsieur?"* Madame Antoinette wandte sich an Gavin. „Möchten Sie Ihren Besuch vielleicht mir einer fröhlichen Ménage würzen?"

Gavin fiel auf, was sein Körper auf den Vorschlag erwiderte— nämlich nichts. Er war ein heißblütiger Mann, und derartige Verruchtheit hätte ihn einst trotz der ernsten Mission des Abends vielleicht in Versuchung geführt. Jetzt aber empfand er nichts als Abscheu. Diese erbärmliche Sache mit der bezahlten Liebe stieß ihm sauer auf, er wunderte sich, dass er jemals darin Befriedigung hatte finden können. Nachdem er das Manna einer Göttin gekostet hatte, konnte er nie wieder vom schmutzigen Brunnen trinken.

„Ich bin für Miss Whippit da", sagte er kurz. „Gehen wir weiter."

Das taten sie, und Gavin dachte darüber nach, wie er Lyon heute Nacht in die Ecke drängen würde. Gespannte Erwartung kam in ihm auf. Wenn er erst einmal wusste, wer ihm den Tod wünschte und weshalb, konnte er dem Wirrwarr ein Ende setzen. Dann konnte er sich wieder den wichtigeren Dingen widmen, zum Beispiel, Percy ganz für sich zu gewinnen. Zum ersten Mal sah er ein quälend verlockendes Licht am Ende des dunklen Tunnels, der sein bisheriges Leben gewesen war. Ja, heute Abend würde er Antworten bekommen, selbst wenn er sie aus diesem Hurensohn Lyon herausprügeln musste.

„Hier sind wir", kündigte die Kupplerin an.

Sie hatten ein paar Türen am Ende des Flurs erreicht. Zwei Säulen am Eingang trugen einen Gipsgiebel wie ein antiker Tempel. Die Kupplerin sperrte die Tür mit einem Schlüssel auf und verneigte sich gekünstelt. „Ich präsentiere den Herren den Tempel der Latte."

Das Zimmer mit der hohen Decke wurde von Säulen gestützt und war mit Fresken bemalt, sollte einer heiligen antiken Stätte ähneln. Was aber gerade darin vorging, hatte wenig Ähnlichkeit mit altertümlicher Götterverehrung, Gavins Wissen nach zumindest. Die Huren waren in leichte Tuniken und goldene Sandalen gewandet und hantierten mit verschiedenen Folterinstrumenten: Ruten, Prügel, sogar hier und da eine neunschwänzige Katze. Das

Zischen und Schnalzen von Leder und Holz ließ die gefesselten, nackten Kunden lustvoll stöhnen.

„Verdammich, diese Verrückten jehören ja ins Irrenhaus von Bedlam", murmelte Stewart leise. „Bei denen stimmt doch wat nüscht im Oberstübchen. Keen normaler Mensch würde sich so wat jefallen lassen—es is ne verfluchte Schande."

Gavin musste ihm beipflichten. Seine Schultern verkrampften sich, als eine Hure mit einer glänzenden schwarzen Peitsche besonders herzhaft zuschlug. Es erinnerte ihn zu schmerzlich an den Schiffsbauch. An die Strafen, die dort zur Belustigung der Wächter ausgeteilt wurden, und den endlosen Machtkampf unter seinen Mitgefangenen. Er konnte sich gar nicht vorstellen, jemand anderem derartige Macht über sich selbst zu gewähren, geschweige denn, dabei Lust zu empfinden.

Mit der körperlichen Liebe war es wie mit allen anderen Dingen in seinem Leben, er wollte die Oberhand haben. Ein Bild blitzte in seinem Kopf auf ... Percy, gefesselt und um seine Berührung bettelnd ... Seine Lenden zogen sich zusammen, doch zugleich gestand er sich ein, dass er viel mehr von Percy wollte als Ketten und Handschellen. Diese Fesseln waren nur der Ausdruck eines viel tiefer schürfenden Bedürfnisses: Er wollte, dass sie sich ihm völlig hingab. Wollte Gewissheit, dass er keine Fesseln brauchte, damit sie blieb. Über jeden Zweifel erhabene Gewissheit, dass sie ihm und ihm allein gehörte. Und zwar für immer.

Madame Antoinette ging auf eine Brünette zu, die sich eifrig mit einer Lederpeitsche an dem geröteten Hintern eines bäuchlings auf den Tisch gebundenen Mannes zu schaffen machte.

„*Chérie*", sagte die Kupplerin, „hast du die Mademoiselle Whippit gesehen?"

Die Brünette hielt inne und tippte sich nachdenklich mit der Peitschenspitze ans Kinn. „Vorhin war se mit eenem der Stammkunden da, so nem Rotschopf. Sin wohl irgendwo in nem Zimmer hinten."

„*Merci*. Fahr ruhig fort."

Die Brünette zwinkerte und sagte dann in der hohen, schrillen Stimme einer Schullehrerin: „Nun, mein ungezogener Johnny, hat Er seine Hausaufgaben wohl schon wieder vergessen?"

Lüstern-freudige Schreie erklangen hinter ihnen, während die Kupplerin sie in den hinteren Teil des Tempels und durch einen Vorhang führte. Beiderseits des Flurs waren Türen. Die Madame blieb an einer geschlossenen Tür rechts stehen. Sie horchte erst an der Tür und klopfte dann taktvoll. Als keine Antwort kam, runzelte sie die Stirn.

„*Excusez-moi, messieurs*", sagte sie und steckte ihren Schlüssel ins Schloss. „Warten Sie kurz hier. Ich bin gleich wieder da."

Die Kupplerin trat ein und schloss die Tür hinter sich. Stewart flüsterte: „Von wegen warten. Gehen wir doch sofort rein und schnappen ihn uns. Mit der richtijen Bezahlung wird die Kupplerin schon schweigen."

Gavin nickte. Er schickte sich an, die Tür mit der Schulter einzurammen—als ein Schrei durch die Wände gellte. Sie blickten sich kurz an, dann traten er und Stewart die Tür ein. Sie eilten durch eine Vorkammer in das Zimmer, wo ...

„Heilje Mutter Gottes", entfuhr es Stewart.

Gavin hatte in seinem Leben schon genug Gewalt gesehen. Und dennoch schlug ihm der Anblick direkt in die Magengrube. Die Kupplerin war auf den Knien, hielt eine rosa Perücke an sich gedrückt, wiegte sich neben einer kleinen Gestalt auf dem Boden. Mit geschorenem braunen Haar und offenen Augen, die nichts mehr sahen, wirkte Mrs. Whippit wie eine hübsche Puppe, dem ein zorniges Kind das Genick gebrochen hatte. Hinter ihr auf einer hölzernen Streckbank lag, wie ein geprellter Frosch, eine auf noch groteskere Weise verendete Leiche.

Die Kehle von Robbie Lyon war von einem Ohr bis zum anderen aufgeschlitzt. Die Augäpfel quollen ihm mit einem Ausdruck entsetzlichen Grauens aus den Höhlen. Er hatte wohl dabei zusehen müssen, wie ihm das Leben aus dem Leib floss, seine drahtige nackte Gestalt hinunterrann und auf dem Boden unter ihm eine Lache bildete. Die Fliegen taten sich schon an ihm gütlich. Gavins Blick schoss zum offenen Fenster.

Er und Stewart sahen sich grimmig an. Offenbar war noch jemand anderes hinter Lyon her gewesen. Und dieser jemand war ihnen zuvorgekommen.

„Jetzt gibt et Ärger", sagte Stewart leise.

„Oh, ja." Gavin konnte fühlen, wie sich der Sturm zusammenbraute.

❧ 23 ❧

„Gütiger Himmel, Miss Percy, so räumt man doch nicht auf."

Percy, die gerade dabei war, mit dem Fuß ein Buch unter ihr Bett zu stoßen, hielt inne. Von der anderen Seite des Schlafgemachs starrte Lisbett sie mit ihrem triefäugigen, doch nicht minder scharfen Blick an. Es war ein Percy nur allzu vertrauter Blick: Sie war schließlich unter der Fuchtel der strengen Haushälterin aufgewachsen—und Lisbett war schon damals alt gewesen. Immer noch rüstig und zäh wie ein Suppenhuhn herrschte die gute Frau über das Haus und die ganze Familie.

„Auf frischer Tat ertappt", grinste Percy voller Zuneigung.

Sie hob das anstößige Objekt auf und stellte es ins Regal, wo es hingehörte. Abendessen war schon vorüber, und Lady Tottenham im Bett. Lisbett war eigentlich zum Plaudern hochgekommen, aber weil sie eben die Haushälterin war, konnte sie nicht anders, als ein wenig Ordnung in das Chaos in Percys Schlafgemach zu bringen.

„Da bin ich nur ein paar Wochen weg und alles geht den Bach herunter." Sie schüttelte ihren schneeweißen Kopf und trug einen Korb voller Krimskrams zum Schrank hinüber. „Ich werde ein

Wörtchen mit Violet reden müssen und ich werde—" Ihr Redefluss brach ab, weil sie strauchelte. Der Korb fiel zu Boden und sein Inhalt verteilte sich im ganzen Zimmer.

„Alles in Ordnung, meine Liebe?" Percy eilte zu ihr hinüber und stützte sie. Voll Sorge fühlte sie, wie gebrechlich die alten Knochen unter dem schwarzen Bombasin waren. Als sie ein kleines Mädchen war, hatte diese Schulter vor Kraft gestrotzt, hatte alle Lasten und Sorgen getragen. „Du darfst dich nicht überanstrengen. Setz dich doch und ruh dich etwas aus."

„Das sind die verflixten Gelenke." Die Haushälterin seufzte griesgrämig, während Percy ihr zu einem Stuhl half. „Das Altwerden ist schon eine lästige Angelegenheit, Miss, und man erträgt es nur, weil einem die Alternative noch weniger zusagt."

„Du darfst mir nicht alt werden", sagte Percy leichthin.

Lisbett schnaubte. „Du bist doch kein kleines Mädchen mehr. Bald heiratest du einen feinen Lord und hast dein eigenes Heim. Da brauchst du die alte Lisbett und ihre Nörgeleien nicht mehr."

Eine seltsame Furcht packte Percys Herz. Nach allem, was sie mit Gavin erlebt hatte, wusste sie wohl, dass sie nicht mehr das Mädchen war, das sie noch vor ein paar kurzen Wochen gewesen war. Ihr Leben hatte einen ganz anderen Kurs genommen: Sie verliebte sich in einen Mann, der viel schwieriger war, als sie sich je vorgestellt hätte. Der alle ihre Bedürfnisse befriedigte—sogar solche, von deren Existenz sie gar nichts gewusst hatte—und der in ihr das Verlangen weckte, das Gleiche für ihn zu tun.

Alles wurde anders; sie war zwischen Vorfreude und Zukunftsangst hin- und hergerissen. Würde ihre Familie ihre Entscheidungen akzeptieren können? Würden sie sie unterstützen, wohin auch immer sie sie führten?

Sie kniete sich neben die Frau, die sich ihr ganzes Leben um sie gesorgt hatte. Die sie mit krächzenden gälischen Wiegenliedern in den Schlaf gesungen und ihr durch so manches Schlamassel hindurch beigestanden hatte. „Ich werde dich immer brauchen, Lisbett. Und so bald, wie du denkst, heirate ich auch nicht." Mit einem zaghaften Lächeln sagte sie: „Zumindest keinen feinen Lord."

„Daher weht wohl nun der Wind, Mädchen?" Als Percy kleinlaut nickte, sah Lisbett sie eindringlich an. „Während ich weg war, hast du wohl den Lord Wie-Heißt-Er-Noch über Bord geworfen?"

„Ich habe festgestellt, dass Lord Portland und ich nicht zusammenpassen." Percy erschauderte bei der Erinnerung. „Er ist nicht der Mann, für den ich ihn hielt."

„Das hätte ich dir gleich sagen können, Fräulein, und dir den ganzen Ärger ersparen können."

„Aber du kennst doch den Viscount gar nicht", sagte Percy überrascht.

„Brauch' ich doch gar nicht. Es reicht, dass ich dich kenne, und zwar in- und auswendig. Du hast herumgeschnattert wie ein liebestolles Mädchen", Lisbett tätschelte sie mit einer faltigen Hand auf die Wange—„und nicht wie eine junge Frau, die sich auf die Ehe vorbereitet."

„Nun, ich hoffe die anderen nehmen die Neuigkeit auch so gut auf wie du", sagte Percy. „Ich fürchte, Mama wird sehr enttäuscht sein." Ihr Blick wanderte zu dem Familienporträt an der Wand und sie bekam einen Kloß im Hals. „Und Papa ... oh, Lisbett, meinst du, ich habe ihn auch enttäuscht?"

„Mr. Fines enttäuscht?", fragte Lisbett stirnrunzelnd. „Wie meinst du denn das?"

„Du weißt doch, wie er immer gewollt hat, dass ich in den Adel einheirate."

„Ich habe deinen Vater länger gekannt als du, und was er für seine Kinder wollte, war deren Glück", sagte die andere entschieden. „Und wenn du mich fragst, gehört zum Glück schon mehr als ein vornehmer Titel und ein Haus in Mayfair."

Percy stimmte ihr von ganzem Herzen zu. In leiser Hoffnung fragte sie sich, ob Lisbett vielleicht ihren Plan, ein selbstbestimmtes Leben zu führen, gutheißen könnte.

„Und deine Mama will auch nur dein Glück." Lisbett wackelte mit dem Zeigefinger. „Du hast dir schon genug Ärger eingehandelt, junges Fräulein, und damit muss es ein Ende haben, mit oder ohne Viscount. Wenn Mrs. Fines nach Hause kommst, zeigst du ihr lieber, was für eine sittsame junge Dame du sein kannst."

Percys Nase rümpfte sich bei diesem mahnenden Tonfall. Gewiss würde ihr Verhältnis mit Gavin Hunt als Ärger gelten ... wenn nicht sogar als völlige Katastrophe. Was fiel ihr nur ein? Die Haushälterin würde ihre Zuneigung zu Gavin nie verstehen. Sie würde ihr vermutlich eher die Ohren lang ziehen. Und zwar tüchtig.

„Ich werde mein Bestes tun—", hob Percy an, als ein lautes Krachen ihr das Wort abschnitt. „Was war das denn?"

„Es kam vom Flur. Mrs. Fines' Schlafgemach, glaube ich." Die andere Frau erhob sich, die Falten auf ihrer Stirn vertieften sich noch. „Keiner der Bediensteten wäre so spät nachts da drin. Ich sehe besser nach."

„Lass lieber mich gehen", sagte Percy.

Lisbett brummte missbilligend. „So alt bin ich auch wieder nicht, dass ich es nicht mehr den Flur entlang schaffe, Fräulein."

Also gingen sie beide. Percy ging voran, ihre Lampe flackerte im finsteren Gang. Je näher sie den Gemächern ihrer Mutter kamen, desto hörbarer wurden die gedämpften Geräusche. Durch die geschlossene Tür hörte man leise Schubladen auf und zu gehen. Als ob jemand hastig nach etwas suchte.

Percy standen die Nackenhaare zu Berge. „Sollen wir Jim holen?", flüsterte sie und meinte damit den Pferdeknecht der Fines.

„Jim? Bis der Alte seine knorrigen Knochen die Treppe hochbekommt, ist der Dieb mit dem gesamten Hausrat über alle Berge", grummelte Lisbett. „Nein, warte kurz hier. Ich weiß schon, was zu tun ist."

Kurz darauf kehrte Lisbett zurück. Sie hielt etwas in den

Händen. Percy stellte die Lampe ab, um zu sehen, was die Haushälterin ihr in die Hände drückte. „Äh, ein Cricketschläger?"

„Aus dem alten Schlafzimmer von Master Paul", sagte die andere nüchtern. „Einen für jede von uns. Wir können ja nicht unbewaffnet da rein, oder?"

Percy straffte ihre Schultern. „Stimmt. Also, was ist der Plan?"

Lisbetts Blick wirkte fast ein wenig wahnsinnig. „Wir überrumpeln den Schurken und prügeln ihn nieder. Dann fesseln wir ihn"—das Seil dazu hatte sie bereits in der Hand—„und lassen den Wachtmeister rufen. So ein Langfinger spaziert doch nicht einfach ungestraft in unser Haus."

„Glänzende Idee", sagte Percy. „Ich gehe voran."

„Schlag aber gleich zu, Mädchen", mahnte die Haushälterin. „Hau tüchtig, feste drauf. Nicht zögern, hörst du?"

Percy griff den Holzschläger noch fester und nickte. Sie ließ die Lampe zurück, öffnete die Tür und schlich sich hinein. Mamas Salon lag in völliger Stille. Aus der angrenzenden Schlafkammer drang ein schwaches Licht. Percy ging mit der Leichtigkeit eines Mädchens um die Möbel, das zahllose Stunden in diesem Zimmer gespielt hatte.

Lisbett folgte ihr auf dem Fuße. Percy spähte um die Ecke in das nächste Zimmer. Ihr Herz pochte ihr in den Ohren. *Oh, verflucht, da war er ja, der elende Einbrecher.*

Im Mondlicht, das zwischen den offenen Vorhängen hereinfiel, sah sie die dunklen Umrisse des Schurken, der über die Kommode ihrer Mutter gebeugt war. Er hatte ihr den Rücken zugewandt und kramte durch die Habseligkeiten ihrer Mutter. Er hielt eine Brosche hoch, drehte und wendete sie, Percy erkannte die Gemme, die Papa ihrer Mutter vor vielen Jahren zum Geburtstag geschenkt hatte.

Wut stieg in ihren Adern auf.

Nicht in meinem Haus, du Scheusal.

Sie stürzte voran. Ehe der Dieb sich umdrehen konnte, schwang sie den Schläger. Mit einem befriedigenden Krachen traf er auf seine Schultern, er fiel mit dem Gesicht voran gegen den Spiegel über der Kommode. Über dem Rauschen in ihren Ohren hörte Percy das Fluchen des Einbrechers.

„Was zum Teufel—"

Ehe er ein weiteres Wort herausbrachte, schlug Percy noch einmal zu.

„So ist es recht", rief Lisbett. Die Haushälterin versetzte ihm auch einen tüchtigen Schlag. „Das wird dich lehren, in ein achtbares Heim einzubrechen."

Der Dieb wirbelte herum, die Hände schützend vors Gesicht haltend, und keuchte: „*Aua*. Verdammt noch mal, hört doch auf! Ich bin es, Paul!"

Percy hielt mit erhobenem Schläger inne. „Paul?"

„Ja, ihr blutrünstigen Monster. Zur Hölle, ich glaube, du hast mir die Nase gebrochen."

Einen Moment später ratschte ein Streichholz. Lisbett hielt eine Kerze hoch, in deren Schein erschien das missvergnügte Gesicht von Paul. Auf seinem Nasenrücken klaffte eine große Platzwunde, Blut rann aus einem Nasenloch auf seine Krawatte. Ein Auge war schon zur Größe eines Hühnereis angeschwollen.

„Ach du liebe Zeit." Percy biss sich auf die Lippe. „Was in Gottes Namen tust du denn hier?"

„Ehe ich zu großen Erklärungen ansetze, kann mir vielleicht jemand ein Taschentuch bringen? Ich blute hier den ganzen Aubusson voll." Stöhnend stolperte ihr Bruder in den Salon und plumpste auf das Kanapee. Er hielt sich den Kopf. „Allmächtiger, mir dreht sich alles. Ihr habt mir vielleicht bleibende Schäden zugefügt."

Percy hockte sich neben ihn und tupfte seine Nase mit einem Tuch ab.

„Es tut mir so leid. Woher sollte ich denn wissen, dass du das warst?"

„Ich glaube, du hast schon vor heute Abend ein paar Schläge auf den Kopf abbekommen, junger Mann." Das kam von Lisbett, die inzwischen die Lichter angezündet hatte. Sie hatte die Hände in ihre schmalen Hüften gestemmt und blickte auf Paul herab. „Nur so kann ich mir dein Verhalten erklären. Was schleichst du denn mitten in der Nacht im Schlafgemach deiner Mutter herum?"

Percy sah in den Augen, die ihren so ähnelten, Schuld aufblitzen. Und da wusste sie es.

Wie viel hast du diesmal verloren? Hilflose Enttäuschung und Sorge beutelten ihre Innereien. Sie betrachtete ihn genauer und sah die blutunterlaufenen Augen, die verhärmten Züge unter den frischen Verletzungen. Sie roch seinen verräterisch stinkenden Atem und es schnürte sich ihr die Kehle zu.

Oh, Paul, wann wird das ein Ende nehmen?

„Ich bin überhaupt nicht herumgeschlichen." Sie ließ sich von dem lässigen Tonfall ihres Bruders nicht täuschen. Je schwerwiegender die Angelegenheit, desto blasierter redete er daher. „Ich dachte nur, das ganze Haus schläft ja, da wollte ich niemanden durch meinen Besuch wecken. Mama hatte mir versprochen, dass sie eine meiner Taschenuhren reparieren lässt." Paul setzte sich auf und richtete mit beleidigter Geste sein Jackett. „Ich habe gerade danach gesucht, als ihr beide wie eine Armee Husaren hier hereingestürmt kamt."

„Du hast wohl vergessen, mit wem du hier sprichst?", schnaubte die Haushälterin. „Meine Augen sind vielleicht nicht mehr das, was sie einmal waren, aber die Unwahrheit erkenne ich aus einer Meile Entfernung."

„Vielleicht hast *du* vergessen, mit wem du hier sprichst", gab Paul zurück.

Lisbetts weiße Augenbrauen zogen sich zusammen.

Entsetzt über die Unhöflichkeit ihres Bruders sagte Percy: „Du kannst mit Lisbett nicht so geringschätzig reden. Du musst dich sofort entschuldigen, Paul."

„Ich denke ja nicht daran." Er stand auf, schwankte dabei. „Ich bin kein Knabe mehr, und sie gehört lediglich zum Gesinde in diesem Haushalt, auch wenn sie steinalt ist." Sein Kinn hob sich trotzig. „Ich bin nun das Familienoberhaupt, und ich lasse mich nicht wie ein dummes Kind herumkommandieren."

Die Achtzigjährige krempelte sich die Ärmel hoch. „Wenn du dich wie ein Kind verhältst, dann wirst du auch wie eines behandelt—"

„Lisbett, kann ich mit meinem Bruder alleine reden?" Percy sah die Haushälterin flehend an. „Ich muss da etwas mit ihm besprechen."

„Und zwar unter vier Augen", sagte Paul in einem schneidenden Ton.

Lisbett grunzte. „Ich bin unten, falls du mich brauchst, Percy. Und du, junger Herr"—sie wedelte mit dem Schläger in Richtung Paul, der stolpernd vor ihr zurückwich—„nur weil dir deine Stellung zu Kopfe gestiegen ist, glaub nicht, dass ich dir diesen Kopf nicht wieder zurechtrücken kann. Herr des Hauses, dass ich nicht lache", murmelte sie, während sie von dannen zog. „Deinem seligen Vater bräche das Herz, wenn er sehen könnte, wie närrisch du dich aufführst."

Percy schloss die Tür und wandte sich an ihren Bruder. In Wahrheit war er ein Fremder, denn der heruntergekommene Mann, der stur wie ein Esel vor ihr stand, hatte mit Paul wenig gemein.

„Wie viel ist es diesmal?", fragte sie ruhig.

„Ich weiß nicht, wovon du sprichst—"

„Ich gebe dir all meinen Schmuck. Mein ganzes Nadelgeld. Wird das reichen?"

Über der verlotterten Krawatte bewegte sich Pauls Adamsapfel. „Percy, ich—"

„Das muss ein Ende haben." Ihre Worte waren bestimmt, obwohl es ihr hinter den Augen zu brennen begann. „Du verlierst noch alles. Nicht nur dein Vermögen, sondern auch dein ... ganzes Leben." Als er störrisch weiter schwieg, schnaufte sie und sagte: „Niemand ist eine solche Schande wert. Nicht einmal Rosalind

Drummond. Sie hat dir also das Herz gebrochen—na und, glaubst du, du bist der erste, dem das passiert?"

„Gott verflucht, ich sagte dir doch, dass du diesen Namen nicht erwähnen sollst—"

„Du lässt mir keine Wahl. Hör auf, dich selbst zu bemitleiden und hör mir endlich einmal zu", sagte sie.

Er sah sie in kalter Wut an.

„Rosalind hat einen anderen geheiratet. Da kannst du nichts machen. Entweder du findest dich damit ab, oder"—sie schüttelte den Kopf—„du zerstörst auch noch deine letzte Chance auf ein wenig Glück."

Das Schweigen dehnte sich. „Ich werde nie wieder glücklich", sagte er.

„Das ist nicht wahr." Die Mutlosigkeit in seiner Stimme trieb ihr Tränen in die Augen, die sie sich ungestüm mit den Fäusten wegwischte. „Bitte sag mir, dass du das nicht wirklich meinst."

„Um Gottes willen, Percy, heul doch nicht."

Vielleicht holten die bewegten Ereignisse des letzten Monats sie nun ein, denn plötzlich konnte sie die Schluchzer nicht mehr zurückhalten. „Ich k-kann nicht anders", weinte sie zwischen erstickten Atemzügen. „Ich liebe dich, obwohl du ein Kohlkopf bist. Und zu denken, dass du dein Leben w-wegwirfst ..."

Ein heimgesuchter, verzweifelter Blick kam über sein Gesicht. „I-ich mache so nicht weiter, ich schwöre es. Ich muss nur diese Schulden bei O'Brien begleichen und dann ... bin ich damit fertig."

„Schwörst du es?", schniefte sie.

„Ja."

Sie wollte ihm so gerne glauben. „Und mit dem Trinken hörst du auch auf?"

Er fuhr sich mit der Hand durch die wirren Locken. „Verflucht, willst du einen Mönch aus mir machen?"

„Ich will lediglich meinen Bruder wiederhaben", flüsterte sie.

„Verfluchte Hölle." Seine Arme umschlangen sie in einer

kurzen, festen Umarmung und sie klammerte sich an die Stärke, die ihr immer ein Anker gewesen war. Dann trat er mit dem ihm eigenen schiefen Grinsen einen Schritt zurück. „Wozu willst du denn diesen Taugenichts zurück haben? Er ist ein nutzloser Einfaltspinsel, aus dem nie etwas wird."

„Sag das nicht", sagte sie böse.

„Warum nicht? Papa hat es oft genug gesagt."

„Das hat er doch nicht wirklich gemeint. Er hat dich geliebt. Er wollte dich nur anspornen—"

„So, wie er *dich* angespornt hat, indem er dir lauter Märchen von der feinen Gesellschaft in den Kopf gesetzt hat?" Schnaubend sank Paul zurück auf das Kanapee. Nach einem Augenblick klopfte er einladend auf den Sitz neben sich und Percy setzte sich, freudig, so wie sie sich immer gefreut hatte, wenn ihr älterer Bruder sie einlud. „Nun sag mir", sagte er gedehnt, „wie läuft es denn mit dem Objekt deiner unsterblichen Zuneigung?"

Sie kaute auf ihrer Lippe. „Ich nehme an, du meinst Portland?"

„Wen sonst?" Paul drehte die Augen gen Himmel. „Du lobst doch seit Monaten die Tugenden des edlen Viscounts in den höchsten Tönen."

„Nun, weißt du ... er und ich ..." Errötend blickte sie auf ihre Hände hinab. Doch gab es keine Formulierung, die sie nicht wie einen wankelmütigen Trottel klingen ließ, also sagte sie schlicht: „Ich bin über ihn hinweg. Er war nicht der Gentleman, für den ich ihn hielt."

„Kein *Gentleman*?" Paul starrte sie an. „Hat er sich dir auf unangemessene Weise genähert?"

Ihre Wangen brannten. „Nun, gewissermaßen. Doch war es nicht ganz seine Schuld, weißt du—"

„*Der verfluchte Bastard.*" Paul erhob sich mit geballten Fäusten. „Dem setze ich eine Kugel in den—"

„Nichts wirst du. Du forderst ihn nicht heraus." Sie sprang entsetzt auf. „Du ziehst nur noch mehr Aufmerksamkeit auf die leidige Geschichte, und dann bin ich völlig blamiert.

Außerdem ist nichts weiter geschehen. Ich habe ihn, äh, auf seinen Allerwertesten geschubst, ehe etwas passieren konnte." Als Paul sie weiterhin mit einem zuckenden Muskel am Kiefer ansah, sagte sie kleinlaut. „Die Wahrheit ist, dass ich Portland dazu ermuntert habe. Es war alles nur ein Missverständnis. Das durch deine Einmischung nur noch schlimmer würde."

„Es ist also vorbei mit Portland."

„Ich will ihn nicht. Ebenso wenig, wie ich in den Adel einheiraten will", sagte sie, „So gut es Papa auch gemeint hat, das war sein Traum, nicht meiner."

Ihr Bruder musterte sie so eindringlich, dass es ihr unangenehm wurde. Er war zwar ein Trunkenbold und ziemlich mitgenommen, aber er war immer noch einer der scharfsinnigsten Männer, die sie kannte. Ihre Schultern wurden steif. Er konnte ihr das mit Gavin doch nicht etwa ansehen? Hitzköpfig, wie er war, würde er sich ihre Erklärungen zu der Wette gar nicht erst anhören. Er würde Gavin zu einem Duell herausfordern—und das war das Letzte, was sie brauchen konnte.

„Du bist schon ein wenig erwachsener geworden, nicht?" Paul hob eine Augenbraue. „Ich frage mich, wo diese neue Reife so plötzlich herrührt."

Sie zuckte unbekümmert mit den Schultern. „Jede Miss muss irgendwann einmal erwachsen werden. Ich bin da keine Ausnahme. Übrigens", sagte sie unschuldig. „ich habe Neuigkeiten von Nicholas."

Diese Auskunft lenkte Paul wie erwartet von ihr ab. „Und was sagt er zu ... meiner Lage?"

„Ich glaube, wörtlich hat er geschrieben: *Ich kehre unverzüglich heim, um mich um die Angelegenheit zu kümmern. Um Himmels willen, sag Paul, er soll sich bis dahin verflucht nochmal den Ärger vom Leib halten.*"

Ihr Bruder machte eine Grimasse. „Wortscheu war er ja noch nie, unser Nicholas."

„Mal ehrlich, Paul, was soll er denn sagen? Du solltest froh sein, dass er die Situation retten wird."

Wenn ich sie nicht schon vorher rette. Sie fragte sich, wie sie ihre Wette Nick und allen anderen erklären sollte. Und wer wusste schon, wie dann die Sache mit ihr und Gavin stehen würde? Während sie sich ihrer eigenen Gefühle immer sicherer wurde, wusste sie gar nicht, was er empfand. Oh, dass er sie begehrte, wusste sie durchaus. Dass er besitzergreifend war. Aber liebte er sie? Wollte er seine Zukunft mit ihr verbringen, nachdem sie die Freiheit ihres Bruders gewonnen hatte? Sie kaute auf ihrer Lippe.

„Nicholas hilft mir aus der Patsche", sagte Paul bitter. „Mal ganz was Neues."

Die Stimmungsschwankung ihres Bruders beunruhigte sie. Sie sagte: „Du machst doch, was Nick sagt, oder? Hältst dir den Ärger vom Leib, bis er wiederkommt? Dieser O'Brien, den du erwähnt hast, du wirst doch nicht—"

„Vorsicht, Schwesterherz, du klingst langsam wie Mutter. Nichts vergrault einen Mann schneller als Nörgelei", schnitt ihr Bruder ihr das Wort ab. Er kam wackelig auf die Beine. „Nun, wenn es dir nichts ausmacht, würde ich dein Angebot gerne annehmen und mich dann auf den Weg machen."

„Oh." Sie schnaufte. „Ja, freilich."

Als sie das Schlafzimmer ihrer Mutter verließen, begriff Percy, dass sie ihrem Bruder so nicht half, und auch nicht wusste, *wie* sie ihm helfen konnte. Aber vielleicht kannte sie da jemanden, der es wusste.

❧ 24 ☙

Gavin starrte finster auf die zwei Männer, die blutend auf der Straße lagen, und dann auf das versammelte Publikum. Die Schaulustigen hatten einen Kreis um die Stufen zum Eingang der *Underworld* gebildet, erpicht darauf, noch mehr Blut zu sehen.

„Sonst noch wer?", fragte er.

Blicke wandten sich ab, Füße scharrten.

„Dann fort mit euch", knurrte er. „Der Club macht erst Mittag auf."

Er kehrte um und ging hinein, gefolgt von Stewart.

„Alles in Ordnung, Jung?", fragte sein Mentor, als sie in das leere Foyer traten.

„Alles in Ordnung." Er streckte seine Finger und biss die Zähne zusammen. Die Fingerknöchel taten ihm weh. „Lyons Männer bellen, aber beißen nicht—genau wie der tote Kerl selbst."

„Det war det dritte Mal diese Woche, dass se dir provoziert haben. Wie lange willst de det denn noch dulden?" Stewarts Stimme war nur ein ärgerliches Grollen. „Wir sollten gehen und den Club von Lyon niedermachen."

„Es denkt doch ohnehin schon jeder, dass wir Lyon umgebracht haben. Ich will diese Gerüchte nicht noch weiter anheizen. So schon zu viel Gemetzel", sagte Gavin grimmig.

Lyon war zwar ein Bastard durch und durch gewesen, doch die Nachricht von seinem Tode hatte in der Gosse gewütet, als hätte man ein brennendes Streichholz in einen Strohhaufen geworfen. Seine Anhänger hatten einen Preis auf den Kopf seines Mörders ausgesetzt. Und da Gavin und Stewart diejenigen waren, die Lyon abgeschlachtet im Freudenhaus aufgefunden hatten, zeigte man mit dem Finger auf sie (aus Selbsterhaltungstrieb hielt Antoinette ihre Lippen fest versiegelt). Es war eine üble Tradition der Gosse; Auge um Auge, erst töten, nachher Fragen stellen.

„Was mir nüscht aus dem Kopf will, is der Zeitpunkt. Det wir *zufällig* als erste da waren und Lyon jefunden haben. Und so als Verdächtije dastehen."

Genau das hatte Gavin auch schon gedacht. Mit Lyons Ableben galt es, neue Territorien zu beanspruchen, und Kingsley und die O'Briens vergeudeten keine Zeit, um Macht zu rangeln. Schlägereien und opportunistisches Anprangern waren an der Tagesordnung und sorgten dafür, dass der Teufelskreis der Gewalt außer Rand und Band geriet. Zwischenzeitlich musste Gavin aufpassen, nicht selbst umzukommen.

„Kingsley, Patrick oder Finian hätten alle diesen Mann zur Buchhandlung schicken können, mit dem Dolch von Lyon, damit der Verdacht auf ihn fällt. Wohl wissend, dass ich daraufhin Lyon bei Antoinette auflauere", sagte Gavin.

„Wohl wahr. Wir gehen der Sache schon noch auf den Grund." Stewart kniff die Augen zusammen. „Und wenn wir schon davon reden—ick dachte, der alte Kauz Magnus hat den Aufenthaltsort von Fines jefunden."

„Hat er."

„Warum haben wir uns dann den Fines noch nüscht jeschnappt?", wollte Stewart wissen.

Gavin fuhr sich mit der Hand durchs Haar—verzog das Gesicht, weil ihm dabei die wunden Fingerknöchel brannten—

und sagte: „Ich wäge noch ab." Was stimmte. „Keine Sorge, ich weiß, was ich tue."

„Du gibst doch nüscht etwa dem Gör nach—"

„Ich sagte, überlass das mir." Sein Mentor machte ein griesgrämiges Gesicht, wollte offenbar weiter streiten, doch Gavin sagte: „Kümmern wir uns um die wichtigen Dinge. Lyon ist tot und mir geht es als Nächstes an den Kragen. Ich möchte, dass du einen Besuch bei unseren Rivalen arrangierst."

Nach einem Moment sagte Stewart brummig: „Dann hol dir ma besser Eis für deene Fäuste, die wirste nämlich brauchen."

Gavin marschierte davon in den vorderen Kartenspielsaal. Die Sonne strömte durch das Fenster, glänzte auf der Mahagonitheke. Er füllte eine Schüssel mit Eis und ein Glas mit Whiskey, setzte sich an die Theke und ließ die Kälte seine Haut betäuben. Er nippte missmutig an seinem Getränk. Zur Hölle, hörte der Tumult denn nie auf? Er war der Gewalt und der ewigen Wachsamkeit bis in die Knochen müde. Was gäbe er nicht für einen Augenblick des Friedens.

„Tut mir leid, dass ick störe, Sir." Die leisen Worte ließen ihn aufmerken. Davey stand mit einem Tablett voller Gläser im Türrahmen. „Der Butler hat jesagt, ich soll de Regale bestücken. Aber ick kann ja später wieder kommen—"

„Du störst nicht", sagte Gavin ungeduldig, „komm und tu, was dir aufgetragen wurde."

Davey huschte mit gesenktem Blick zur anderen Seite des Tresens und räumte sein Tablett ab. Das Gesinde sagte, dass der Knabe fleißig war, sich nie beschwerte. Und dennoch hatte Gavin ihn noch nie lächeln sehen—mit einer Ausnahme. Und das war mit Percy.

Wer konnte es ihm verübeln? Das Mädchen hatte eben so eine Art an sich. Allein schon der Gedanken an ihr lächelndes Gesicht verscheuchte die Kälte und Gavin wurde es ganz warm ums Herz. Er spürte ein brennendes Bedürfnis, sie zu sehen. Doch gleichzeitig war er in wachsender Sorge um ihre Sicherheit. Die Welt um ihn herum ging in Flammen auf, er durfte nicht zulassen, dass sie sich daran versengte. Gleichzeitig verschob er ihre Treffen nur äußerst widerwillig. Ihre Familie würde bald zurückkehren und die Zeit, die ihm blieb, um ihr Herz zu gewinnen, lief ihm davon.

Da blieb nur ein Ausweg. Er musste die Sache beschleunigen. Wenn sie morgen Abend zu ihm kam, musste er die Bedingungen nochmals neu verhandeln. Ihm blieb nichts anderes übrig, als sie zu verführen, um die Wette und ihr Herz zu gewinnen. Und wenn es die Sache für sie leichter machte, würde er ihren Bruder aus dem Schlamassel mit O'Brien eben herausfischen. Wenn er sich ihrer Loyalität erst einmal sicher war, würde er sie irgendwo unterbringen, wo sie sicher war, bis über die Geschichte mit Lyon Gras gewachsen war.

Ein ehrgeiziges Ziel hast du dir da gesetzt.

Er brütete über seinem Whiskey, während Davey weiter die Gläser einräumte.

Etwas an der düsteren, abwesenden Art des Knaben erinnerte ihn an sich selbst. *Niemand ist eine Insel*, hatte Percy gesagt. So lange war er auf seine Selbstständigkeit stolz gewesen, war er in einem Meer des Zorns geschwommen. Rachegedanken hatten ihm Auftrieb gegeben.

Zum ersten Mal fragte er sich nun, ob er nicht auch … gefangen war.

Klirr. Klirr. Davey stellte die Gläser mit der seelenlosen Effizienz eines Soldaten in die Regale. Keine Spur kindlicher Unbekümmertheit, die ein Knabe in seinem Alter eigentlich haben sollte.

Gavin schnürte es die Brust zu. Percys Kommentar, dass Davey verliebt war, schoss ihm in den Kopf, und ihn ritt der Teufel, er fragte: „Wie geht es denn deinem Milchmädchen?"

Das Klirren verstummte. Braune Augen glupschten ihn an. „Wie bitte, Sir?"

„Du hast mit Miss Fines über sie gesprochen", sagte Gavin. „Nan hieß sie doch, oder?"

„Ja, Sir."

Mit Davey ein Gespräch zu führen, war ungefähr so leicht, wie jemandem einen Zahn zu ziehen. Warum versuchte er es eigentlich überhaupt? Er rieb sich den Nacken und sagte: „Und wie geht es voran?"

„Sie meinen ... mit der Nan?"

Zum Kuckuck aber auch. „Ja, mit der", sagte Gavin. „Oder hast du noch andere?"

„Oh nee, Sir. Ick würde nie ..." Davey wurde knallrot. „Nan ist de Eenzije für mir. Ick gloob aber nüscht, dat sie det ooch so sieht. Wat würd' se denn von nem hässlichen Bengel wie mich schon wollen?"

Leider verstand Gavin, was der Junge meinte. Davey war in Sachen Aussehen nicht gerade vom Schicksal gesegnet. Er war schlaksig, ein Wirbel in seinem braunen Haar ließ ihn ständig zerzaust aussehen, und seine Ohren hatten eine beachtliche Spannweite.

Gavin erinnerte sich, wie unbeholfen er selbst als Heranwachsender ausgesehen hatte. Die Huren im Schiffsbauch hatten sich immer einen Spaß daraus gemacht, ihn zu verspotten. *Der Hanswurst mit dem Schmiss, vernarbt und gefedert.* Er verstand heute, dass sie ihn traten, damit sie selbst nicht auf der alleruntersten Stufe in ihrer erbärmlichen Gesellschaft stehen mussten. Damals jedoch hatte ihr Hohn ihn nur erniedrigt, ihn angespornt, sich eines Tages zu beweisen.

Gavin sagte mit verkrampftem Kiefer: „Da wächst du schon noch heraus."

Er war es zumindest. Als er endlich groß und stark geworden war, mit seinen Fäusten über den Schiffsbauch regierte, sangen die Huren ein anderes Lied. Sie balgten sich um seine Aufmerksamkeit—und er fickte sie, kaltherzig, niemals vergessend, dass Sex Macht war, wie alles andere im Leben auch. Eine Transaktion. *Beherrschen oder beherrscht werden.*

„Der Wert eines Mannes bemisst sich nicht nur nach seinem Aussehen", sagte er grimmig.

„Jenau det hat Miss Fines ooch jesagt. Se hat jesagt"—Davey wurde noch röter—„in jedem Knaben steckt een Prinz. Und det ich mir ooch so verhalten muss, wenn ick ne Prinzessin haben will."

Ja, das klang sehr nach Percy. Süß, idealistisch—einen Moment lang fragte sich Gavin, wie sein Leben wohl verlaufen wäre, wenn er sie früher getroffen hätte. Wenn Morgan ihn nicht verraten hätte, wenn er nicht im Gefängnis gelandet wäre ... wenn er ihre Liebe erfahren hätte anstelle des Gespötts der Huren, anstelle der Ablehnung seiner Mutter ...

In anderen Worten, wenn alles anders gewesen wäre.

Seine Stirn legte sich in Falten, während eine neue, noch ganz rohe Empfindung durch die Wand des Zorns sickerte. Wie wäre es, wenn er einmal im Leben jemandem vertraute? Wenn er sich ganz in Percys Wärme versinken lassen würde?

„Nächste Woche hat Nan Jeburtstag. Miss Fines sagte, Nan würde sich vielleicht über een Jeschenk freuen." Erst einmal in Fahrt gekommen, war Daveys Mitteilungsbedürfnis gar nicht mehr zu *bremsen*. „Sie sagt, een Jeschenk jibt nem Mädchen det Jefühl, sie is was Besonderet."

„So, das hat sie also gesagt."

Normalerweise war Gavin im Umgang mit Frauen gönnerhaft, schenkte ihnen allerlei Tand. Sein Arrangement mit Percy jedoch war ja alles andere als normal. Er war derart mit der Wette beschäftigt gewesen (vom Nicht-Ermordet-Werden ganz zu schweigen), dass er gar nicht auf den Gedanken gekommen war, ihr etwas zu schenken. Dieses Versäumnis würde er nachholen. Percy verdiente ein Geschenk, das so einzigartig, so atemberaubend schön war wie die Beschenkte selbst. Er grübelte nach, worüber sie sich wohl freuen würde.

Er hüstelte in seine Faust. „Hat sie dir, äh, irgendwelche Ratschläge gegeben?"

„Ick hab ihr jefragt. Sie sagte, wenn et für sie wäre, würde se sich über wat freuen, det … persönlich is." Davey kratzte sich am Kopf. „Etwat, wo det Mädchen gleich weeß, det man an sie jedacht hat. Vielleicht een Strauß Veilchen, wie ihre Augen." Der Knabe sah ihn missmutig an. „Det Problem is nur, Sir, Nan hat ja *braune* Augen. Und braune Blumen fallen mich keene ein, außer se sin verwelkt. Und det wär ja ooch nüscht."

Gavin grinste. „Ja, das machst du lieber nicht."

„Dann hab' ick noch an Fleischfrikadellen jedacht", fuhr Davey zweifelnd fort.

„Zu gewöhnlich."

„Zuckersirup?"

„Zu klebrig."

„Hmm …", zögerte Davey. „Ihre Augen erinnern mir schon ein wenig an Schokolade."

Gavin dachte darüber nach. „Das klingt doch gut. Ladies trinken gern Schokolade."

„Der Straßenhändler drüben verlangt drei Pence pro Tasse", sagte der Knabe mit hängenden Schultern. „So viel hab ick noch nüscht anjespart."

Gavin fischte einen Schilling aus seiner Westentasche und schnippte die Münze über den Tresen. „Das sollte reichen."

Irgendwie zerstörte die Münze die Kameradschaft zwischen ihnen. Davey wich zurück und schüttelte heftig den Kopf. „Nee, Sir, Se haben schon jenug für mir jetan. Kann ick nüscht annehmen."

„Nimm es." Als der Junge keine Anstalten machte, schimpfte Gavin: „Es ist ein verfluchter Schilling, kein Vermögen. Sieh es einfach als meine Finanzierung von Miss Fines' wohldurchdachtem Plan."

„Aber, Sir—"

„Ich habe nicht den ganzen Tag Zeit. Nimm die Münze und fort mit dir. Ich bezahle dich nicht dafür, dass du herumstehst und schwatzt."

„Danke." Davey sah elend aus. „Ick verdien' et zwar nüscht ... aber danke."

Seltsamer Knabe. „Noch etwas", sagte Gavin.

„Ja, Sir?"

„Wenn du mit deiner Arbeit fertig bist, geh zu meinem Kammerdiener. Er soll sich um dein Haar kümmern."

„Meen Haar?", fragte Davey beunruhigt. „Aber Sir, ick brauch doch keen—"

„Doch, brauchst du wohl." Der Anblick der Gestalt, die nun im Türrahmen erschien, schnitt Gavin das Wort ab. *Verflucht, die fehlte mir gerade noch.* „Evangeline", sagte er kurz. „Was machst du hier?"

Sie kam hereingeschneit, wie gewohnt in einem Kleid, das wenig der Fantasie überließ. „Nun, nun, Hunt grüßt man so ne alte Freundin?" Davey machte sich davon, und Evangeline grinste ihm nach. „Neuer Bursche? Macht nüscht viel her, oder?"

Gavin schenkte ihr keine Beachtung. „Ich dachte, ich hätte mich das letzte Mal klar ausgedrückt. Es ist vorbei mit uns beiden."

Ihr Lächeln wackelte nur einen Augenblick lang. „Man kann ja seine Meinung ändern, oder?" Ihre bleichen Augen wurden schmäler, während sie sich ihm näherte und auf den Hocker neben ihm gleiten ließ. Sie warf einen Stoffbeutel auf den polierten Tresen und glitt ihm mit der Hand über den Schenkel.

Er ergriff ihr Handgelenk und schob ihre Hand von sich. „Ich sagte dir doch—es ist vorbei."

„Warum?" Sie schürzte schmollend die Lippen.

Sein Kiefer verkrampfte sich. „Weil ich es gesagt habe, Nun fort mit dir."

„Is et ne andere? Sie haben irgendeen Flittchen jefunden, nicht wahr? Glooben Se wohl, een dahergelaufenet leichtet Mädchen kann *Ihre* Bedürfnisse befriedijen?"

„Hüte lieber deine Zunge", warnte er sie. „Was ich tue, geht dich nichts an."

Sie wechselte die Taktik. „Kommen Se schon, Hunt. Versuchen wir et noch einmal. Keene Dirne der Welt kann Se so ficken, wie ick es kann."

Seine Geduld war am Ende. Er öffnete seinen Mund, um sie hinauszuwerfen ... da sah er eine echte Regung in ihren Augen aufblitzen. Es war Sorge, echte Sorge, die sogar ihre geübte Affektiertheit nicht vertuschen konnte.

„Worum geht es denn wirklich, Evangeline?", fragte er.

Es war keine Eifersucht, das wusste er schon. In den Monaten, die sie miteinander verkehrt waren, war es ihr herzlich egal gewesen, wen er fickte und umgekehrt. Zum Sex gehörten keine Bindungen. Sein gefühlloser Umgang mit Evangeline, und mit anderen Frauen vor ihr, hatte ihn nie gestört. Nun aber, mit Percy in seinem Leben, empfand er ein Stechen des Bedauerns. Für seine Ausschweifungen vor ihrer Zeit.

Gott steh' ihm bei, er wünschte, er wäre ein besserer Mann gewesen.

Evangelines getuschte Wimpern senkten sich. Als sie den Blick wieder hob, waren ihre Augen so kalt und hart wie Jade. „Ick brauch Geld, Liebster, und ich tu allet, wat sein muss, damit ick es kriege." Sie griff nach ihrer Tasche auf dem Tresen und öffnete sie. „Wat ooch immer Se wollen, Hunt. Um der juten alten Zeit willen."

25

Sie hielt den Schleier hoch, der ihre Haube bedeckte, knickste höflich und sagte: „Es ist eine Freude, Sie wieder zu sehen, Mr. Stewart."

„Schon wieder Sie?" Hunts Partner, ein Hüne von einem Mann, sah sie von oben bis unten an und grunzte. Sie hatte ihn flüchtig bei ihren vorherigen Besuchen im Club getroffen, und auch da war er nicht viel freundlicher gewesen. „Was wollen Se denn dieset Mal?"

So viel zur Höflichkeit. „Ich würde gern Mr. Hunt sprechen, wenn es geht", sagte sie. „Ich störe auch nicht lange. Meine Anstandsdame glaubt nämlich, ich sei in der Apotheke."

„Ja, eigentlich wär jetzt ne *sehr* jute Zeit, Mr. Hunt zu sprechen", sagte der Mann plötzlich. „Ick bring Se gleich selber zu ihn."

Sie lächelte ihn an. Vielleicht hatte sie sein Verhalten ihr gegenüber falsch eingeschätzt. Gavin hatte schon erwähnt, dass sein Mentor ein eher mürrischer Zeitgenosse war. „Da wäre ich Ihnen sehr verbunden, Sir."

Er führte sie durch den Club. Als sie eine verschlossene Tür am Ende des Flurs erreichten, lächelte er fast. „Sie sin ja alte Freunde, da brauchen Se nüscht zu klopfen. Gehen Se ruhig rein."

„Danke, Mr. Stewart—", hob sie an.

Doch er war mit seinem elastischen Schritt schon fast wieder am anderen Ende des Flurs angelangt. *Was für ein seltsamer Mann.* Sie schürzte die Lippen, griff nach dem Kupferknauf und öffnete die Tür.

Sie sah Gavin beim Tresen stehen. Er war hemdsärmelig, ohne Krawatte und … nicht allein. Eine Frau in einem skandalös roten Kleid saß neben ihm auf einem Hocker. Die beiden waren so in ein Gespräch vertieft, dass sie sie gar nicht wahrnahmen. Percy sah mit rauschenden Ohren zu, wie die Dirne aus ihrer Tasche ein Sammelsurium von Gegenständen auf das polierte Holz auskippte. Ketten, Seile … ein paar Handschellen?

„Ick hab' Ihre Lieblingsspielzeuge mitjebracht, Liebster", sagte die Frau und fuhr mit ihren Fingerspitzen über seine Brust. „Wat sagen Se zu nem kleen Spielchen?"

Gavin nahm die Hand—und schob sie beiseite. Ein Blick der Abscheu ging über sein Gesicht. „Wenn du Geld brauchst, Evangeline, dann sag es einfach", sagte er kurz.

Die Frau—Evangeline—warf sich die kupferfarbenen Locken zurück. „Ick will weder bei Ihnen noch sonst jemand in der Schuld stehen. Ick will nen Handel … und Sie wollen doch, wat ich zu bieten habe." Sie lehnte sich nach vorne und griff ihm zwischen die Beine.

„Hände weg von ihm."

Die Worte barsten einfach aus Percy heraus. Gavin und die andere Frau zuckten vor Schreck herum, während sie auf sie zumarschierte. Eine ihr unbekannte Wut kochte in ihren Adern, sie konnte kaum denken.

„Wer zur Hölle sin Sie denn?", fragte Evangeline mit schmalen Augen.

„Ich. Gehöre. Zu. Ihm." Percy fuchtelte mit einem behandschuhten Finger in Gavins Richtung. Er starrte sie an, Argwohn schliff seine schroffen Gesichtszüge.

„Sie und er?" Die Hure schnaubte und hatte noch die Unverfrorenheit, sie von oben bis unten zu mustern. „Hunt braucht doch mehr als ne arglose kleene Miss, um seene besonderen Gelüste zu stillen."

„Genug", sagte Gavin schroff. „Hinaus, Evangeline."

Percy starrte sie feindselig an. „Was für Gelüste?"

Mit einem überheblichen Lächeln gestikulierte die Dirne in Richtung Tresen. „Werdense schon selber sehen." Sie glitt von ihrem Hocker und stolzierte zur Tür. „Oh, und noch een Ratschlag, Schätzchen"—diese Worte warf sie über die Schulter—„wehren Se sich ooch schön, bevor er Se fesselt. Der Herr mag seine Dirnen mit een wenig Schmackes."

Die Tür schmetterte hinter Evangeline zu und Percy ging auf Gavin zu. Ihr Atem rasselte, ungewohnter Zorn hämmerte in ihrem Herzen. Ihr ganzes Leben war sie für ihr sonniges Gemüt bekannt gewesen, im Augenblick aber fühlte sie sich wie eine schwere Gewitterwolke vor einem Sturm.

Hunt beäugte sie, rieb sich den Nacken. „Das sieht jetzt alles ganz anders aus, als es wirklich ist."

Wirklich, *das* war seine trottelige Erklärung? „Das war also eben *kein* Freudenmädchen, das dir da auf die Pelle gerückt ist?", sagte sie verbissen. *Wer ist sie? Du bist doch angeblich mein.*

Er machte einen Schritt auf sie zu, doch sie wich aus seiner Reichweite zurück. „Sie hat dich nicht zu kümmern", sagte er bestimmt. „Percy, komm her."

„Den Teufel tu ich. Nicht, bis du mir sagst, was hier vorgeht." Mit zugeschnürter Kehle fragte sie: „Lüg mich nicht an—hast du ... ein Verhältnis mit ihr?"

Er fluchte. Dann hastete er blitzschnell auf sie zu und packte sie. Sie quietschte, als er sie auf den Tresen hievte und seine Hände beiderseits von ihren Hüften aufstemmte. Er bohrte seinen Blick eindringlich in ihren.

„Evangeline und ich hatten einmal ein Arrangement. Aber nun nicht mehr", sagte er. „Es war schon vorüber, bevor ich dich kennen lernte."

Die Enge in ihrer Brust ließ etwas nach. Was auch immer Gavin war, ein Lügner war er nicht, sie konnte die Wahrheit in dem geschmolzenen Erz seiner Augen sehen. „Du bist nicht mehr mit ihr ... zusammen gewesen, seit wir uns kennen?"

Er schüttelte den Kopf.

Ein anderer Gedanke überkam sie. „Oder mit sonst jemandem?"

„Nein, und ich hatte auch nicht die Absicht." Er blickte sie fest an. „Dich will ich, Percy."

Noch während Erleichterung durch sie sickerte, wanderte ihr Blick zu den Gegenständen neben ihr auf dem Tresen. Ihr Magen flatterte beim Anblick des seidenen, quastenbesetzten Stricks. Sie schluckte und deutete auf die Gerätschaften. „Und was hat es damit auf sich?"

Seine Narbe wurde weiß. Sie sah, wie sich seine starke, bloße Kehle regte und sie begriff: Gavin Hunt war nervös. Hah. Das sollte er *gefälligst* auch sein. Und sie sollte vermutlich entsetzt über seine Neigungen sein, doch stattdessen empfand sie ... Neugier. Hauptsächlich aber war sie verletzt, dass er seine Gelüste mit einem Freudenmädchen, nicht aber mit ihr teilte.

Glaubt er, ich bin zu zimperlich? Hat er deswegen noch nicht von Heirat gesprochen? Bin ich ... nicht genug für ihn?

Plötzlich sah sie sich selbst, an einem Fenster wartend. Klein und unbedeutend. Nicht wichtig genug, dass man ihretwegen nach Hause kam.

Obwohl sich ihr Herz zusammenzog, sagte sie trotzig: „Ich habe das Recht, es zu wissen."

Er richtete sich auf, fuhr sich mit der Hand über den Mund. „Über solche Dinge spricht man nicht mit einer Dame aus gutem Hause", sagte er, und kippte damit noch mehr Salz in ihre Wunden. „Ich will dich nicht schockieren, Percy."

„Sag mir die Wahrheit", schnappte sie. „Sag es mir, oder ich gehe. Und ich komme verflucht noch mal nicht zurück."

Vielleicht war ein Ultimatum nicht die klügste Herangehensweise. Doch sie war einfach zu verletzt und wütend.

Seine Hände fielen zu seinen schlanken Hüften. „Also gut, wie du willst." Sein Blick loderte herausfordernd auf. „Was weißt du über die Gefängnisschiffe?"

Diese scheinbar zusammenhanglose Frage verdutzte sie. Sie erschauderte ahnungsvoll. „Es sind alte Kriegsschiffe. Häftlinge werden darin untergebracht, wenn die Gefängnisse überfüllt sind", sagte sie langsam. „Man sagt, die Zustände an Bord sind erbärmlich."

„Es lag einmal eines nicht weit von hier vor Anker, in der Themsemündung." Es vergingen ein paar Herzschläge. „Und ich habe zehn Jahre meines Lebens in dieser stinkenden Hölle verbracht."

Gavin war ein *Häftling* gewesen? Entsetzen rüttelte sie. „Für ... für was für ein Verbrechen?"

„Ein Haus ist niedergebrannt, und man gab mir die Schuld", sagte er angespannt. „Ich war unschuldig, doch das kümmerte keinen."

Es wurde ihr klamm ums Herz. „Wie alt warst du? Wo war deine Familie?"

„Ich war zehn." Sein Kiefer zuckte. „Meine Mutter hatte mich ein paar Monate zuvor im Stich gelassen. Sie war es leid, einen Bastard aufzuziehen. Meinen Vater habe ich nie gekannt."

Ein Kind nur, völlig schutzlos. Tränen stiegen in ihren Augen auf. „Gavin, ich—"

„Du hast mich einmal gefragt, wo ich das hier herhabe." Er berührte seine Narbe, seine Lippen zuckten.

„Stewart hat sie mir gegeben, an meinem ersten Tag in diesem Loch. Weißt du, warum?" Sie schüttelte hölzern den Kopf.

„Weil man die hübschen Knaben nicht in Ruhe lässt. Wenn du sie nicht als erster in Grund und Boden prügelst, dann tun sie dir noch Schlimmeres an." Gavins Hände ballten sich zu Fäusten. Seine Augen waren lodernde Abgründe. „Dort wurde ich zum Mann, und überlebt habe ich, weil ich begriffen habe, dass Macht alles ist."

„Du tatst, was du tun musstest", flüsterte sie.

„Ich habe wie ein Tier gelebt", sagte er düster. „Wenn ein anderer Häftling mir ans Essen wollte, habe ich ihm die Zunge herausgeschnitten. Wenn ein Wächter mich verprügelte, nahm ich den Schmerz hin, im Wissen, dass die Narben meine Haut zäher machen würden. Und wenn eine Hure sich über mich lustig machte",—seine Fingerknöchel wurden weiß—„dann zeigte ich ihr, wer der Herr war."

Obwohl sie bei diesem grausamen Geständnis zitterte, sah Percy die verborgene Qual in dem Mann vor ihr. Zum ersten Mal verstand sie die tiefen Abgründe in Gavins Seele. Alles ergab nun Sinn ... sein unbändiges Wesen, sein urtümliches Bedürfnis nach Gerechtigkeit. Sein Mitgefühl für Kinder, die zu viel durchgemacht hatten. Und ihr Herz blutete ein wenig.

„Es tut mir so leid", sagte sie, „so leid, was du alles durchmachen musstest."

„Dein Mitleid will ich nicht."

Die gezügelte Wut in seiner Stimme brach durch ihre Benommenheit. Sie begriff, dass dies das allererste Mal war, dass er jemandem seine Geschichte erzählte. Er sah sie wüst an, als ob er erwartete, dass sie davonrannte oder vor Furcht aufschrie. Oh, ihr Hades, ihr von Narben gezeichneter Held—kannte er sie denn immer noch nicht?

„Es ist *kein* Mitleid. Gavin, ich—"

„Ich erzähle dir das alles, weil du von meinen Gelüsten wissen wolltest. Macht ist für mich alles"—sein Blick fuhr zu dem Seil— „und das ist beim Liebesspiel nicht anders."

Sie blinzelte. *Äh, das war nun also die große Offenbarung?* Sie war vielleicht Jungfrau, aber keine Närrin. Bei all ihren Zusammenkünften hatte Gavin sich herrisch verhalten. Auf herrliche

Weise ... dominant. Ihr wurde ganz heiß bei dem Gedanken, was er mit den Gegenständen neben ihr wohl anstellen würde. Sie wusste schon, dass er ihre Ergebenheit wollte, aber sie hatte sich ihm nicht ergeben, noch nicht völlig, wegen der Wette. Und weil sie seine Bedürfnisse nicht so verstanden hatte, wie sie sie nun verstand.

Schlagartig wurde ihr alles klar. Er mochte es Macht nennen, doch was er wirklich brauchte, war ... Liebe. Jemanden, dem er vertrauen konnte. Sie hatte von Anfang an seine Einsamkeit gespürt. Sein heftiges Bedürfnis nach dem, was *sie* ihm geben konnte, hatte sie wiederum zu ihm hingezogen. Weil sie nämlich etwas zu vergeben hatte: ihr Herz. In diesem Augenblick hatte sie keinen Zweifel mehr, dass sie mit Leib und Seele in Gavin Hunt verliebt war.

„Habe ich dir die Sprache verschlagen? Das ist ja etwas ganz Neues", sagte er schroff.

Mit einem zaghaften Lächeln sagte sie: „Danke, dass du das mit mir geteilt hast. Dass du mir traust."

Er starrte sie an. „Du ... dankst mir."

Sie hopste vom Tresen hinab, ging zu ihm hinüber und legte ihre Hand auf seinen harten Kiefer. „Ich habe Gefühle für dich, Gavin. Ich weiß, wie albern das klingt, wo ich doch eben noch ganz auf Portland versessen war. Ich an deiner Stelle würde mir auch nicht glauben. Aber so ist es."

Seine Hände schlossen sich grob um ihre Schultern. „Du hast Gefühle ... für mich?"

Da sie seinen Argwohn in Sachen Liebe ja kannte (und das Fiasko mit Portland auch nicht gerade hilfreich war), nahm sie sich vor, ihn sachte und langsam an diesen Gedanken zu gewöhnen. Sie wollte versuchen, sich so zu erklären, dass Gavin es verstehen ... und glauben konnte.

„Wenn ich mit dir zusammen bin, dann fühle ich mich wirklich wie ich selbst. *Frei*, wie ich es noch nie zuvor war. Du urteilst nicht über mich, du versuchst nicht, aus mir etwas zu machen, was ich nicht bin. Und“, sagte sie, errötend, doch fest zur Ehrlichkeit entschlossen, „ich begehre dich. Der schönste Ort der Welt für mich ist in deinen Armen.“

„*Percy*.“ Er klang fassungslos.

„Warte, ich habe noch mehr zu sagen.“ Sie legte eine Hand auf seine Brust, spürte seine Kraft unter ihrer Handfläche tosen. „Es schmerzt mich, an die Qualen zu denken, die du erleiden musstest. Doch deine Vergangenheit hat dich zu der starken, furchtlosen Kämpfernatur gemacht, die du bist. Ein Mann, den ich bewundere und akzeptiere“,—sie nickte in Richtung der Gegenstände auf dem Tresen—„und zwar in jeder Hinsicht.“

In seinen dunklen Augen loderten sehnsüchtige Flammen auf. Er wollte ihr so gern glauben.

„Wie kannst du so etwas sagen, wenn die Zukunft deiner Familie in meinen Händen liegt?“, fragte er verbissen.

Sie hatte sich das selbst so oft gefragt. Nun gab ihr Herz ihr die Antwort. „Mit Paul—geht es doch um Gerechtigkeit, nicht wahr? Du willst haben, was dir zusteht, das kann ich dir nicht verübeln. So geht es nun einmal in dieser Welt.“

Gavin nickte langsam, mit verschlossenem Gesichtsausdruck. „Ja, Gerechtigkeit.“

„Du hast mich nie belogen, und ich belüge dich auch nicht: Meine Familie verrate ich nicht. Wenn du meinen Bruder nicht aus der Schuld entlässt, lässt du mir keine andere Wahl, als die Wette zu gewinnen.“ Sie versuchte, ihre Stimme stetig zu halten: „Und in dem Fall ... würdest du mich noch immer wollen?“

Sie hielt den Atem an.

„Ich werde dich immer wollen.“

Seine Arme umschlangen sie und drückten sie an seine Brust. Ihre Lider schlossen sich, während er ihre Lippen in einem heißen, fordernden Kuss nahm. Sie hing an ihm, öffnete sich völlig seiner Leidenschaft. Seine Hände fassten ihren Po, zogen sie dicht an sich. Sie seufzte bei der Berührung mit seiner muskulösen Gestalt, seinem steifen Glied, so stark und unbändig zwischen ihren Schenkeln.

„Du hast mir gefehlt." Dieses Eingeständnis klang zerfetzt, tief aus seinen Innersten gerissen. „Ich habe noch nie jemanden so begehrt wie dich, Percy."

„Da bin ich froh", sagte sie und schloss ihre Arme um seinen Hals. „Denn andernfalls müsste ich dieser Person leider die Augen auskratzen. Und das klingt ja nicht so angenehm."

Seine Augenbrauen hoben sich: „Du bist doch nicht etwa besitzergreifend?"

„Das Wörtchen *mein* gilt in beide Richtungen", klärte sie ihn auf.

Er küsste sie erneut, diesmal mit einer Zärtlichkeit, die ihr Herz zum Singen brachte. „Da brauchst du keine Sorge zu haben", flüsterte er.

Doch ... eine Sorge hatte sie. Ihr fiel wieder ein, warum sie überhaupt gekommen war, und ihr Bauch begann zu flattern. Gavin hatte ihr heute so viel anvertraut, konnte sie ihm das gleiche Vertrauen entgegenbringen?

„Ich muss dir etwas sagen. Es geht um meinen Bruder." Sie stockte, zwang sich dann zu sagen: „Er ... er steckt schon wieder in Schwierigkeiten."

Gavin ließ sie los. „Was für Schwierigkeiten?"

„Karten. Dieses Mal hat er Geld an einen Mann namens O'Brien verloren—kennst du ihn?"

„Oh, ja."

Sie biss sich auf die Lippe und sagte: „Ich habe Paul alles gegeben, was ich hatte, und das hat immer noch nicht gereicht, die Schulden zu begleichen. Und ich fürchte, dass er noch mehr verliert. Ich weiß weder ein noch aus, Gavin. Da dachte ich, ich frage dich um Rat." Sie sah ihn hoffnungsvoll an. „Gewiss kennst du andere Männer, die unter dem gleichen Laster leiden?"

Mit nichtssagendem Gesichtsausdruck fragte er sie: „Du

vertraust dich mir an, was das Wohlergehen deines Bruders betrifft?"

„Du hast mir dein Wort gegeben, dass du ihm keinen Schaden zufügst."

Seine Fingerknöchel streiften ihre Wangen. „Und mein Wort genügt dir?"

Sie nickte. *Zeig mir, dass ich mich nicht in dir täusche.*

Er seufzte. „Ich habe das schon sehr oft erlebt, Percy. Wenn ein Mann erst einmal auf dem Weg ins Verderben ist, kann nur er allein wieder umkehren. Und üblicherweise tut er das erst dann, wenn er völlig den Boden unter den Füßen verloren hat."

„Das kann nicht sein." Ihr Magen wurde zu Eis. „Ich lasse nicht zu, dass das Paul passiert."

„Es ist nicht deine Entscheidung, Täubchen." Gavin rieb sich den Nacken. „Wenn es dich allerdings beruhigt, zahle ich die Schulden deines Bruders bei O'Brien und verlange, dass er dort Hausverbot erhält."

„Das würdest du für mich tun?"
Er liebt mich tatsächlich so sehr wie ich ihn ...

„Für dich—und auch, um meine eigene Investition zu schützen. Fines nützt mir nicht viel, wenn O'Brien mir zuvorkommt", sagte er schief.

Äh ... oder vielleicht auch nicht.

Sie seufzte. Sein Beweggrund konnte ihr ja eigentlich egal sein. Im Moment zählte nur, dass Gavin in Pauls Namen eingreifen würde, und das erfüllte sie mit Dankbarkeit und Erleichterung.

Bis ihr noch ein anderer Gedanke kam: „Aber was ist mit den Morddrohungen gegen dich? Du sagtest, die anderen Clubinhaber stecken vielleicht dahinter. Kannst du denn überhaupt zu O'Brien gehen?"

„Ich komme schon zurecht. Wie gesagt, ich kann mich um mich selbst kümmern." Als sie weiter widersprechen wollte, legte er ihr einen Finger auf die Lippen. „Ich hatte ohnehin vor, O'Brien einen Besuch abzustatten."

Sagte er das nur, um sie zu beschwichtigen? „Weshalb?", sagte sie.

Er zögerte. „Robbie Lyon wurde letzte Woche ermordet."

„Ermordet?", keuchte sie. „Von wem?"

„Das will ich ja herausfinden", sagte Gavin.

Ihr Magen kräuselte sich vor Sorge. „Meinst du, der Tod von Mr. Lyon hat etwas mit den Morddrohungen gegen dich zu tun?"

„Er ist der zweite tote Clubinhaber binnen sechs Monaten. Das ist kein Zufall."

„Dann musst du auf dich Acht geben! Da kannst du nicht einfach herumlaufen, als ob du unbesiegbar wärest." Als er schelmisch die Augenbrauen hob, sagte sie verzweifelt: „Können die Behörden denn nicht eingreifen?"

„Die Charleys können ja kaum ihre Arschlöcher von ihren Ellbogen unterscheiden", sagte er spöttisch.

„Dann ein privater Ermittler. Die *Bow Street Runners* oder …"—ihr fiel etwas ein—„Ich kenne jemanden von der *Thames River Police*. Einen Mr. Kent. Er ist ein Freund von Nick und ungemein schlau. Ich könnte mich an ihn wenden—"

„Nur über meine Leiche." Die Schärfe in Gavins Tonfall überraschte sie. „Kein Polizist mischt sich in diese Sache ein. Und du auch nicht, Percy."

„Wie kannst du von mir erwarten, dass ich mir keine Sorgen mache? Ich liebe dich, du sturer Esel!"

Er verstummte und sein Blick verschleierte sich.

So viel zum Thema sachte und langsam. „Ich kenne ja deine Meinung zum Thema Liebe", sagte sie und richtete sich dabei auf. „Und dass du nichts davon hältst. Aber mir bedeutet sie etwas und ich kann es dir nicht erlauben, dich unnötig in Gefahr zu bringen. Noch nicht einmal für meinen Bruder."

„Du machst dir um mich mehr Sorgen als um deinen Bruder?"

Sie runzelte die Stirn, es ging hier nicht um entweder, oder.

„Ich sorge mich um euch beide. Aber Pauls Leben schwebt im Moment nicht in Gefahr. Bei dir hingegen liegt mehr im Argen, als du mich hast wissen lassen."

„Ich habe dir mehr erzählt, als ich jemals mit einer Menschenseele geteilt habe." Seine Stimme wurde heiser, er kämpfte mit den Worten. „Du bist ... mir wichtig, Percy."

So nahe an eine Liebeserklärung war er noch nie gekommen. Hoffnung blühte in ihr auf. Er war zur Liebe *fähig*, mit etwas Zeit würde er gewiss ihre Gefühle erwidern können.

„Und du mir auch", sagte sie. Dann sah sie auf die Uhr und seufzte verdrossen. „Verflucht, ich *muss* jetzt gehen, aber wir können morgen Abend ja weiter reden?"

Er zögerte. „Aus Sicherheitsgründen wäre es vielleicht ratsam, unser Treffen zu versch—"

„Oh nein. So leicht wirst du mich nicht los. Es hat mich die größte Mühe gekostet, Lisbett davon zu überzeugen, dass ich morgen Abend bei meiner Freundin Charity übernachte." Sie stellte sich auf die Zehenspitzen, drückte ihre Lippen auf seine vernarbte Wange, und der mächtige, grausame Lord der *Underworld zitterte* bei ihrer Berührung.

Er sagte holprig: „Die *ganze* Nacht?"

„Ja", sagte sie. „Und wer weiß, wann ich wieder so eine Gelegenheit bekomme?"

Zur Antwort gab er ein langsames, verruchtes Lächeln. „Dann müssen wir wohl das Beste daraus machen."

26

Am nächsten Morgen, im prunkhaften Kontor des *Emerald Club*, stand Gavin Finian O'Brien gegenüber. Ein paar Bewaffnete flankierten O'Briens kunstvoll geschnitzten Stuhl, Gavins eigene Männer warteten draußen, jederzeit zum Eingreifen bereit. Die Spannung knisterte so greifbar wie die Scheite im Kamin.

„Einfach schrecklich, was Lyon widerfahren ist", sagte Finian in seiner hohen, näselnden Stimme. „Solch ein bedauernswertes Ableben, seine Laster vor aller Welt entblößt."

Bei diesem Hauch von Schadenfreude stellten sich Gavin die Nackenhaare auf. „Es ist eine Feigheit, einen wehrlosen Mann zu töten."

Finian strich sich über den dünnen Schnauzbart. „Feige? Vielleicht. Aber wirksam." Er fletschte die Zähne. „Von den Toten soll man ja nicht schlecht reden, aber vermissen werden Lyon wohl die wenigsten, nicht? Der Kerl hat so ziemlich auf jeden gepisst— auch auf Sie, Mr. Hunt."

„Ich habe ihn nicht getötet", sagte Gavin mit fester Stimme.

„So etwas würde ich auch nie unterstellen. Wir sind ja schließlich Freunde." Finian spielte mit der smaragdgrünen Nadel in seiner sorgfältig gebundenen Krawatte. „Freunde werfen sich gegenseitig keinen Mord vor."

Man könnte eher Wasser festnageln als diesen glitschigen Bastard. Gavin entschied sich, die Taktik zu ändern: „Nun, jetzt wo Lyon weg ist, gibt es mehr für den Rest von uns, nicht?", sagte er leichthin.

Finian grinste und tippte an sein Glas. „Darauf trinke ich."

„Wenn wir schon vom Geschäft reden, da gibt es etwas, was ich mit Ihnen besprechen möchte. Es geht um einen jungen Kerl namens Paul Fines, ich glaube, Sie kennen ihn."

„Ja, das sagt mir vielleicht etwas."

Der verlogene Bastard. Finians Gedächtnis war legendär. Für jeden Trottel, der ihm etwas schuldete, konnte er Namen, Adresse und die Hintergründe herunterbeten. Gavin kaufte ihm nicht eine Sekunde lang ab, dass er sich nicht an Fines erinnerte.

Gavin konnte noch gar nicht recht fassen, was er da tat. Er hatte sich eingeredet, dass es nur Teil seines Racheplans war, Fines aus der Patsche zu helfen. Aber wem machte er denn da etwas vor? Die Wahrheit war doch, dass Percys Verzweiflung ihn erweicht hatte. Dass er sie schützen, besänftigen wollte.

Ich liebe dich. Diese Worte hatte er zum ersten Mal in seinem Leben gehört. Sie trafen ihn wie Sonnenstrahlen, lösten die nasskalte Beklommenheit in seiner Seele auf. Manchmal glaubte er beinahe, dass sie es ernst gemeint hatte ... Nun, das würde sich ja bald herausstellen. Wenn Percy in der Tat so starke Gefühle für ihn hegte, dann würde sie ihm heute Abend nachgeben. Er würde sie entjungfern, dann wäre es mit der verdammten Wette vorbei ... und vielleicht erzählte er ihr dann sogar von Morgan.

Wenn sie ihn liebte, stünde sie dann auf seiner Seite? Er würde dafür sorgen, dass sie es nicht bereuen würde. Er bewies es ja in diesem Augenblick, verhandelte mit einem verdammten Halsabschneider über das Leben ihres Bruders.

Er sprach lässig. „Die Sache ist die, Fines schuldet mir eine

Menge Geld. Ich habe die Absicht, es einzufordern, und ich will nicht Schlange stehen müssen."

„Ah, jetzt fällt es mir wieder ein. Ein blonder Kerl mit einem Hang zum Risiko." Finians Lächeln war scharf wie eine Rasierklinge. „Schuldet mir hundert Pfund."

Gavin griff in seine Tasche, woraufhin die Männer von Finian zuckten. Er holte seine Geldbörse hervor und zählte Banknoten auf den Tisch. „Zweihundert Pfund", sagte er, „und meinen Dank dafür, dass Sie Fines Hausverbot erteilen."

„Ich lege Wert auf eine gastfreundliche Atmosphäre", sagte Finian bekümmert. „Wer bin ich denn, dass ich einem Narren das Spielen verwehre?"

Gavin kniff die Augen zusammen und legte noch einen Geldschein auf den Stapel. „Ich bin mir sicher, Sie können in diesem Fall eine Ausnahme machen."

„Der Lümmel muss Ihnen ja ein horrendes Sümmchen schulden." Zufrieden lächelnd griff Finian nach dem Geld. „Nun, einen Stein kann man ja bekanntlich nicht zur Ader lassen. Ich überlasse das Ihnen."

„Meinen Dank", sagte Gavin.

„Zusammenarbeit lohnt sich doch." Finian strich sich mit dem Finger über den Schnurrbart. „In diesem Zusammenhang habe ich auch einen Vorschlag für Sie, Mr. Hunt."

„Und der wäre?"

„Mein Bruder und ich haben ein Auge auf Lyons Club. Das Geschäft wird sich unter Lyons Stellvertreter nicht lange halten. Mit einem dritten Partner im Bunde könnten Patrick und ich ihn übernehmen."

Anders ausgedrückt, die Gebrüder O'Brien hatten weder die Mittel noch die Kraft, die Übernahme zu zweit zu bewältigen. „Ich arbeite alleine", sagte Gavin.

„Tatsächlich? Wie ich höre, hat Sie Kingsley vor nicht allzu langer Zeit besucht."

Neugieriger Bastard. „Und dem habe ich das Gleiche gesagt, was ich nun Ihnen sage. Mein Geschäft gehört mir allein."

„Ganz sicher, dass Sie nicht mit Kingsley gemeinsame Sache machen? Sich Lyons Gebiet untereinander aufteilen?" Finian stand ein seltsames Grinsen im Gesicht. „Soweit ich sehen kann, haben Sie und Kingsley viel gemeinsam."

„Ich habe mit Kingsley nichts gemeinsam. Und ich arbeite nicht mit Partnern, weil ich ungern ein doppeltes Spiel spiele", schnappte Gavin.

Finian musterte ihn einen Augenblick lang. „Wenn Sie nicht mit Kingsley arbeiten, dann passen Sie lieber auf sich auf, so wie wir anderen auch. Er hat ein ganzes Heer von Schergen angeheuert. Heute früh hat einer davon ein paar meiner besten Kunden blutig geschlagen und ihnen gesagt, sie sollten sich von meinem Club fernhalten." Mit glitzernden Augen fügte er hinzu: „Ich glaube, das ist Ihnen nicht ganz fremd."

Zur Hölle. Wenn Finian die Wahrheit sagte, steckte Kingsley dann auch hinter den Übergriffen auf Gavins Kundschaft? Gavin ballte die Fäuste. „Diese Schergen—haben Sie denn Beweise, dass sie für Kingsley arbeiten?"

„Sie haben sich dessen sogar *gebrüstet.* Kingsley ist furchtlos geworden." Falten der Anspannung gruben sich um Finians Mund. „Wollen Sie wissen, was ich glaube? Kingsley hat jemanden hinter sich. Jemanden, der lieber im Verborgenen bleibt."

Die Neuigkeit lief schaudernd Gavins Rückgrat hinunter. „Black?" Mit der Rückendeckung seines Schwiegervaters konnte Kingsley mehr als ein Ärgernis werden.

„Wahrscheinlich." Echte Furcht war in Finians Augen zu sehen. „Sehen Sie, Hunt? Wir müssen uns zusammentun, oder Kingsley macht uns nieder."

„Ich will mit dem Gerangel um Lyons Club nichts zu tun haben", sagte Gavin.

Dennoch hielt er inne. Percys Worte erklangen in seinem Kopf. *Niemand ist eine Insel.* Er traute den Gebrüdern O'Brien zwar nicht über den Weg, aber es schadete vielleicht nicht, Brücken zu bauen, anstatt sie zu verbrennen.

„Ich habe allerdings ein Gegenangebot für Sie und Ihren Bruder. Wir lassen die Vergangenheit hinter uns und vereinbaren, dass es unter unseren Männern keine weitere Gewalt mehr geben wird. Verhandeln statt Blutvergießen“, sagte Gavin bestimmt. „Was sagen Sie dazu?“

Finian sah erleichtert aus. „Ich sage, das klingt, als hätten wir ein Einvernehmen, Hunt.“

Er streckte die Hand aus und Gavin schüttelte sie.

Zurück in der Kutsche berichtete Gavin Stewart von allem.

„Du traust Finian?“ Die buschigen Augenbrauen seines Mentors zogen sich zusammen.

„Nein, aber Kingsley traue ich noch weniger. Gibt es etwas Neues von Will?“ Gavins erster Leibwächter überwachte das Kommen und Gehen von Kingsleys Club.

„Noch nüscht.“

„Wir warten erst ab, was er berichtet, ehe wir Kingsley verhören“, sagte Gavin.

Die Kutsche wurde langsamer. Stewart runzelte die Stirn. „Wir sin doch noch längst nüscht beim Club.“ Er hob den Vorhang. Beim Anblick des heruntergekommenen Gebäudes, in dem sich das zweitklassige *Temple Bar Theatre* befand, sagte er wissend und anzüglich: „Ah, so isset also?“

„Ich bin nicht zum Ficken hier“, sagte Gavin knapp.

„Musste nüscht so schamhaft tun, Bursche. Lass dich ruhisch Zeit. Lieber de Evangeline Harper als det andere Gör.“

„Was genau hast du eigentlich gegen Percy?“, hörte sich Gavin fragen.

„Musst nüscht gleich so empfindlich sein. Und nun heißt se wohl *Percy*?“ Stewart blickte ihn finster an. „Wusst ick doch, dass det passiert. Hab dir ja jewarnt, aber du wolltest ja nüscht hören. Jetzt hat det Luder dich den Kopp verdreht."

Gavin bekam heiße Backen wie ein gescholtenes Kind. Was lächerlich war, denn er war ja schließlich ein erwachsener Mann, der für nichts um Erlaubnis fragte, schon so lange er denken konnte.

„Was zwischen ihr und mir vorgeht, geht dich überhaupt nichts an", sagte er verkrampft. „Und am besten gewöhnst du dich an sie, ich beabsichtige nämlich, sie zu behalten."

Stewart machte große Augen. Es piekte Gavin, denn diesen Blick hatte er noch nie im Gesicht seines Mentors gesehen. Der Mann sah ... verletzt aus?

„So isset also, äh? Seit fünfzehn Jahren kennen wir uns, und nu wirfste meen Rat in den Wind, für'n Weibsbild."

„Verdammt, so habe ich es nicht gemeint." Schuldgefühle piesackten Gavin, während er den finster dreinblickenden Mann betrachtete, der ihm im Grunde genommen ein Vater war. Ein Mann, dem er immer vertraut hatte. Er sagte grob: „Ist es denn so schlimm, dass ich eine Gefährtin haben will?"

„Dafür jibt et schließlich solche wie de Evangeline Harper", platzte es aus Stewart heraus. „Oder sonst so eene, falls die lang-weilig jeworden is. Leg dir keen Klotz ans Bein, Jung. War der Schiffsbauch wohl nüscht jenug? Bewahr deene Freiheit, det is doch de eenzig wahre Jefährtin."

„Du kannst doch das Eheleben nicht mit Gefangenschaft vergleichen", sagte Gavin stirnrunzelnd.

„Kann ick det nüscht, Jung? Ick hab' mal det eene jewollt, und jekriegt hab ick am Ende det andere."

„Percy ist nicht wie Marissa."

„Woher willste det denn wissen, Sohn? Zwischen ihrer Familie und dir, nem Bastard aus de Gosse, den se kaum kennt, was gloobst de denn, wofür se sich entscheidet? Meinste, die gloobt dir deene Jeschichte überhaupt, wenn Morgan ihr ne andere auftischt?"

Sie stellt sich auf meine Seite. Sie betrügt mich nicht.

Und doch schlichen sich Zweifel ein, vergrößerten die Risse in der Zuversicht, die Gavin eben noch empfunden hatte. Bei der Vorstellung, dass sich Percy auf Morgans Seite stellen könnte, verkrampften sich all seine Muskeln vor Widerstreben.

Was, wenn sie mich verlässt, mir den Rücken zukehrt?

„Triff keene voreilijen Entscheidungen, die de später bereust. Mehr sag ick ja nüscht."

„Ich denke darüber nach." Eine unangenehme Stille erfüllte die Kutsche, wie immer schwebte das Unausgesprochene zwischen ihnen. Gavin hatte die Hand auf der Türklinke, rang um Worte ... und gab dann auf. „Ich komme gleich wieder", sagte er stattdessen. „Halt nach mir Ausschau, ja?"

„Wie ick es immer jetan hab, meen Jung. *Darauf* kannste dir verlassen", sagte Stewart.

Gavin betrat das verwahrloste Gebäude. Er wusste gar nicht, welcher Teufel ihn da ritt, dass er Evangeline aufsuchte. Mitleid war es nicht gerade, dennoch bekam er die Verzweiflung, die er in ihren Augen gesehen hatte, nicht mehr aus dem Kopf—es war die aufrichtigste Gefühlsäußerung, die er je von ihr gesehen hatte. Sie hatte dieses Geld bitter nötig gehabt. Er würde es ihr geben, als Abschiedsgeschenk und als ein kleines Dankeschön, denn obwohl Evangeline mit ihrer Bemerkung an Percy Unfrieden stiften wollte, hatte sie stattdessen doch eine ganz neue Welt der Möglichkeiten eröffnet.

Percy hatte keine Angst vor seinen finsteren Gelüsten gezeigt. Er hatte gesehen, wie sie die ganzen Gerätschaften der Lust angesehen hatte, wie ihre Wangen ganz rosig geworden waren, und zwar vor Neugier, nicht vor Abscheu. Seine unschuldige und doch verführerische Göttin würde ihn als das akzeptieren, was er war ... mit all seinen Makeln, mit all der Finsternis in seiner Seele. Gott, wie sehr er sie *begehrte*. Zum Glück musste er nur bis heute Abend warten.

Er ging an der verlassenen Abendkasse vorbei und in den

kleinen Zuschauerraum. Da standen mehrere Frauen auf der engen Bühne und zankten mit einem bedrängt wirkenden Kerl mit Tintenflecken auf den Hemdsärmeln.

„Bei der Szene mach' ick nimmer mit, Johnny." Das kam von der leicht bekleideten Brünetten, die in der Mitte der Bühne stand. Sie hatte eine Hand auf die Hüfte gestützt und schürzte schmollend die Lippen. „Ick bin müde und ick steh mich hier de Füße in den Bauch."

„Nur noch einmal", flehte der Regisseur und rückte seine Brille zurecht. „Bitte, Schätzchen, du musst deinen Text richtig sagen. Denk doch an das bewundernde Publikum."

„Ach, die kommen doch nüscht wegen dem Text", sagte eine andere Frau.

„Es jibt schließlich mehr als eine Art Talent." Die Brünette wackelte zur Betonung ihrer beiden Talente mit den Schultern, und der Rest der Besetzung lachte lauthals.

„Entschuldigung", sagte Gavin.

Aller Augen richteten sich auf ihn.

„Ich suche Miss Harper", sagte er. „Wo kann ich sie finden?"

Dir Brünette spazierte zu ihm hinüber. „Hier isse jedenfalls nüscht, Schätzchen." Sie zwinkerte ihn an. „Ick bin Tilly, und Sie kenne ick nüscht. An nen feinen Gentleman wie Sie würd' ick mir nämlich erinnern."

„Wann kommt Miss Harper denn wieder?", fragte er.

„Gar nicht." Das kam vom Regisseur. Er scheuchte die Schauspieler fort, nahm Gavin beiseite und fragte argwöhnisch: „Warum suchen Sie sie denn?"

„Ich bin ein alter Freund und habe etwas für sie." Gavin runzelte die Stirn. „Soll das etwa heißen, sie hat das Theater verlassen?"

Der andere Mann nickte. Er schob seine Brille wieder nach oben, es schien eine Macke von ihm zu sein.

„Wo kann ich sie denn finden?"

„Sie hat keine Adresse hinterlassen", sagte der andere Mann vorsichtig.

„Ich bin *wirklich* ein Freund von ihr. Das hier wollte ich ihr bringen." Er holte den Umschlag aus seiner Jackettasche und zeigte dem Regisseur dessen Inhalt. Der machte beim Anblick des Geldes große Augen.

„Das ist ja ein Vermögen", hauchte er.

Gavin nahm eine Banknote heraus und hielt sie zwischen zwei Fingern hoch. „Das ist für Sie, wenn Sie mir sagen, was Sie wissen."

Der Mann leckte sich nervös die Lippen. „Sie wollen Evangeline wirklich nichts Böses? Nicht so, wie dieser andere Mann?"

„Welcher Mann?" Gavin sträubten sich die Nackenhaare.

„Der, der vorhin nach ihr gesucht hat. Hat keine Karte dagelassen, aber ein unangenehmer Zeitgenosse war er. Ich glaube, er wollte ihr Böses."

„In was für Schwierigkeiten steckt sie denn?"

„Weiß nicht genau." Der Blick des Mannes schoss vom Geld zu Gavins Gesicht. „Sie war ein wenig verschlossen. Deswegen hat sie auch immer nur kleine Rollen gespielt—sie ist einfach nicht genug aus sich heraus gegangen, wissen Sie. Aber das eine Mal ..."

Gavin gab ihm das Geld. „Reden Sie weiter."

„Vor einigen Wochen, nachdem alle schon gegangen waren, fand ich sie in der Garderobe. Sie trank und war schon halb beschwipst. Soweit ich ihr Gefasel verstanden habe, hatte sie etwas mit einem Kerl. Ein reicher Schnösel, in den sie Hals über Kopf verliebt war. Er hatte ihr das Blaue vom Himmel versprochen ..." Der Mann zuckte mit den Achseln. „Hätte sie ja eigentlich besser wissen müssen."

„Hat Evangeline seinen Namen erwähnt?", fragte Gavin.

Der Regisseur schüttelte den Kopf. „Sie lallte zu dem Zeitpunkt schon. Sie weinte nur und sagte, dass er Schluss gemacht hatte, und dass er ihr wehtun würde, wenn sie die Stadt nicht verließ."

„Und Sie haben keine Ahnung, wohin sie gegangen ist?"

Der andere Mann schüttelte erneut den Kopf.

Gavin gab ihm noch einen Geldschein. „Falls Sie von ihr hören, sagen Sie ihr, der Rest des Geldes wartet in der *Underworld* auf Abholung."

„Ja, Sir. Sagen Sie mir noch Ihren Namen?"

„Sie weiß schon, wer ich bin", sagte Gavin.

27

In einen Sessel in Charitys behaglicher Stube versunken blickte Percy auf die Uhr auf dem Kaminsims. Acht Uhr abends. Beim Gedanken, dass sie Gavin bald sehen würde, schwärmten Schmetterlinge in ihrem Magen umher. Sie brauchte eine Beschäftigung, sonst würde sie vor Ungeduld noch wahnsinnig.

„Bist du sicher, dass ich dir mit den Vitrinenauslagen nicht helfen kann?", fragte sie.

Charity blickte von dem aufwendigen silbernen „S" auf, das sie gerade auf dunkelblauen Samt stickte. „Nein, danke", sagte sie. „Das letzte Mal, als du mir geholfen hast, habe ich doppelt so lange gebraucht."

Na gut, Percy war mit Nadel und Faden nicht die Geschickteste.

„Warum isst du nicht etwas? Du hast die Imbissplatte ja gar nicht angerührt", fügte ihre Freundin hinzu.

„Ich kann im Moment nichts vertragen. Ich bin zu aufgeregt."

„Um Himmels willen, du machst ja *mich* gleich mit nervös." Charity legte den Stickrahmen weg. Percy sah die steile Falte auf der Stirn ihrer Freundin und konnte sich schon denken, was diese als Nächstes sagen würde; schließlich leierte Charity schon seit Wochen die gleiche Predigt herunter: „Bist du sicher, dass ich dir das nicht ausreden kann, Percy? Ich halte das für eine äußerst schlechte Idee.“

„Weiß ich“, sagte Percy, „und darum rechne ich dir deine Hilfe heute Abend umso höher an. Obwohl du es missbilligst.“

„Obwohl ich mich um dich *sorge*, wäre treffender. Oh, Percy, ist das wirklich die Zukunft, die du willst? Ich verstehe ja, dass dich die vornehme Gesellschaft enttäuscht hat, aber da gibt es doch sicherlich gemäßigtere Möglichkeiten. In unseren eigenen Kreisen gibt es jede Menge passender Junggesellen—“

„Ich liebe Mr. Hunt. Ihn will ich“, sagte Percy.

„Und will er dich?“

Du bist mir wichtig. Es wärmte ihr das Herz, die Zeit für Selbstzweifel war vorüber. „Ich denke schon“, sagte sie.

„Ich meine, auf ehrbare Weise. Hat er dir einen Heiratsantrag gemacht?“

„Noch nicht. Aber ich habe so das Gefühl, dass das Thema vielleicht heute Abend aufkommt.“ Wenn Gavin es nicht ansprach, würde Percy es selbst tun. Sie war kein hilfloses Mädchen mehr, das immer auf alles warten musste. Gavin hatte ihr die Zuversicht gegeben, nach den Sternen zu greifen—auch wenn ihr ganzes Universum dadurch aus der Bahn geriet. „Charity, wenn ich die Frau eines Spielhöllenbesitzers werde“, sagte sie zaghaft, „wirst du dann noch immer meine Freundin sein?“

„Selbstverständlich. Wir sind Busenfreundinnen auf ewig, weißt du nicht mehr?“ Charity setzte sich neben sie. „Du hast mir das am allerersten Tag bei Mrs. Southbridge gesagt, als ich ganz allein und verängstigt dastand. Ich weiß gar nicht, was ich während all der Jahre ohne dich getan hätte.“

„Oder ich ohne dich“, erwiderte Percy.

„Und jetzt machst du dich auf in das größte aller Abenteuer.“

Als sie die Wehmut in der Stimme ihrer Freundin hörte, sagte

Percy: „Du kannst auch ein Abenteuer erleben. Wenn du willst, kannst du dein eigenes Schicksal in die Hand nehmen—"

„Papa braucht mich. Und du weißt doch, dass ich nie eine Träumerin war wie du."

„Aber Träume *hast* du doch, Charity", sagte Percy. „Du hast immer davon gesprochen, deinen eigenen Laden zu eröffnen, weißt du noch? Und zu heiraten und deinen eigenen Haushalt zu führen."

„Du weißt, dass ich Papa nicht im Stich lassen kann. Wo er doch so einsam ist." Charity nahm ihre Stickerei wieder auf. Sie starrte auf den edlen Stoff und sagte: „Hast du denn Mr. Fines seit Anfang der Woche wieder gesehen?"

Percy musterte ihre Freundin noch einen Moment lang. Dann seufzte sie: „Habe ich nicht. Und ich hoffe, dass es die richtige Entscheidung war, ihm noch mehr Geld zu geben."

„Was bliebe dir denn anderes übrig, meine Liebe?", murmelte ihre Freundin.

„Nun, Mr. Hunt hat eine bessere Idee. Er erwirkt bei einigen der Clubs Hausverbot für Paul, und geht dabei keine unwesentliche Gefahr für sich selbst ein, muss ich dazu sagen." Gewieft fügte sie hinzu: „Sogar du musst zugeben, dass das großmütig von ihm ist."

„Vielleicht. Vielleicht aber hat Mr. Hunt dir dieses Gefecht mit der Absicht zugestanden, den Krieg zu gewinnen." Charity setzte noch einen Stich. „Wenn er dich liebt, warum lässt er dann deinen Bruder nicht einfach gehen?"

Obwohl sie nun Gavins wahre Geschichte kannte, fand Percy nicht, dass es ihr zustand, sie zu teilen.

„Er hat seine Gründe", sagte sie sanft. „Es sei nur so viel gesagt: Ich verstehe, warum es ihm schwerfällt, seinen Gefühlen zu trauen."

Würde ich auch nicht, wenn mich die eigene Mutter verstoßen hätte und wenn ich für ein Verbrechen, das ich nicht begangen habe, ins Gefängnis gekommen wäre. Und warum fühlte sie dann diesen kleinen, nagenden Zweifel? Einen bangen Schatten, als ob es da noch etwas gäbe, was Gavin ihr nicht sagte...

„Weißt du denn schon, was du deiner Familie sagst, wenn sie zurückkommen?"

Percy biss sich auf die Lippe. Sie hatte einen Brief von Mama erhalten, er war vor über einer Woche von einem Hafen in Frankreich abgeschickt worden. Was hieß, dass ihre Familie jeden Tag zurück sein konnte.

„Mir fällt schon noch etwas ein", sagte sie.

Charitys Lächeln konnte die Sorge in ihren Augen nicht ganz verbergen. „Dir fällt ja immer etwas ein, Percy."

Um ihre Freundin aufzumuntern, sagte Percy: „Mein Roman macht übrigens große Fortschritte. Mrs. Priscilla stolpert geradezu von einem Schlamassel ins andere."

„Du steckst nicht mehr fest?"

„Nein, ganz im Gegenteil, ich habe einen neuen Anfang." Sie senkte ihre Stimme zu einem theatralischen Flüstern: „Es war einmal in den finsteren Katakomben unter einem verwünschten Schloss ..."

Charitys dünne Backen rundeten sich, während sie zuhörte und weiter stickte.

„Meine Güte, du weißt wirklich, wie man einem Mädchen den Atem raubt", sagte Percy atemlos.

Sie war kurzatmig; zum einen Teil, weil Gavin darauf bestanden hatte, sie über die Schwelle in seine Gemächer zu tragen. Zum anderen Teil lag es daran, was sie auf der Kutschfahrt hierher getan hatten.

„Ich tue, was ich kann", sagte er.

Seine Augen glühten mit der derben Leidenschaft, die sie so liebte. Gleichzeitig war er verspielt wie noch nie zuvor. Es war, als spürten sie beide, dass der Wind sich drehte, und sie beide entschieden hatten, sich voll und ganz in diesen Moment zu stürzen. Wortlos hatten sie vereinbart, Sorgen und Kummer beiseite zu legen. Diese eine Nacht mit nichts als Lust und Freude miteinander zu verbringen.

Als er sie auf ihre Zehenspitzen gleiten ließ, drückte sie sich fest an ihn. Ihr Blut wurde zähflüssig, als sie den hervorstehenden Beweis seiner Begierde spürte. Meine Güte, war er heißblütig. Wagemutig rieb sie sich an die harte Ausbeulung, lächelte, als er gegen ihre Lippen stöhnte.

„Schön zu wissen, dass du mich vermisst hast", sagte sie.

„Frech wie Oskar." Seine Lippen zuckten. „Du hast Glück, dass mir das an einer Frau gefällt."

„Nicht nur an irgendeiner Frau", erinnerte sie ihn.

„Nein", antwortete er heiser. *Meiner* Frau."

Sie schmolz wie ein Eis von der Eisdiele Gunter, neigte ihren Kopf für einen Kuss nach hinten ... und blinzelte, als seine Lippen ihre Nase berührten.

„Lüsternes Gör. Dafür haben wir später noch genug Zeit." Als sie errötete, lachte er laut auf und küsste sie fest auf den Mund. Dann holte er eine samtene Schachtel aus seiner Jackettasche hervor. „Ich habe etwas für dich."

„Für mich?" Sie *liebte* Überraschungen. Sie öffnete den Deckel, und es verschlug ihr die Sprache. Sie fuhr ehrfürchtig mit dem Finger über das erlesene Schmuckstück. Es war eine goldene Brosche in der Form einer anmutigen Feder. Es war allerdings keine gewöhnliche Feder—aus ihrer Spitze kam ein winziger Saphir. Ein Tintentropfen, der aus einer Schreibfeder tropfte.

„Ich habe sie eigens anfertigen lassen. Ein Geschenk für eine angehende Schriftstellerin findet man gar nicht so leicht."

Bei solcher Aufmerksamkeit schwammen ihr die Augen. „Oh, Gavin. So etwas *Schönes* habe ich noch nie gesehen." Sie schlang ihre Arme um seinen Hals. „Ich werde sie voller Stolz tragen."

Nach einem langen, schwelenden Kuss murmelte er: „Guter Gott, du machst mir vielleicht Appetit. Ich habe aber noch eine

Überraschung vorbereitet. Essen wir zuerst, damit wir bei Kräften bleiben?"

Sie folgte seinem Blick und sah das großartige Festmahl, das auf dem Aubusson-Teppich ausgebreitet war. Alles, von gebratenem Fleisch bis zu Gemüse in Aspik und Etageren voller Süßspeisen.

„Ein Picknick bei Kerzenlicht", seufzte sie. „Wie *romantisch*."

„Sag es aber niemandem, ich habe schließlich einen Ruf zu wahren."

„Ich weiß, den des düsteren, schrecklichen Lords der *Underworld*." Sie ließ sich vergnügt auf dem Teppich nieder und tätschelte die Stelle neben sich. „Und sogar der muss hin und wieder essen."

„Und was ist mit dir, Täubchen?", fragte er schalkhaft, während er sich neben sie setzte. „Heute nicht auf Abmagerungskur?"

Percy grinste. „Nein. Dieses Mal schlemme ich."

Seine Augen glänzten. „Dann erlaube mir das Vergnügen." Er streckte sich und pflückte eine reife, dunkle Weintraube von ihrem Stängel. Er biss hinein, aß die Hälfte und legte ihr die andere auf die Lippen. „Mach für mich auf, Percy."

Sie tat es, und während die herbe Süße ihren Mund erfüllte, sah sie, wie schwer sein Blick wurde. Eine erwidernde Wärme ringelte sich in ihrem Bauch. Ach du liebe Zeit. Wer hätte gedacht, dass Essen so eine anregende Tätigkeit sein konnte?

Als Nächstes kam ein kleines Stückchen Hühnchen. Beim pikanten Duft nach Rosmarin und Knoblauch lief ihr das Wasser im Munde zusammen. Als sie nach dem herzhaften Stück zwischen seinen Fingerspitzen schnappte, zog er es aus ihrer Reichweite.

„Es gibt Regeln, Süße", sagte er.

Ihr Magen knurrte. Sie war bei Charity zu aufgeregt gewesen, um etwas zu essen, und nun hatte sie größeren Hunger, als sie gedacht hatte. Sie beäugte das Stück Fleisch und fragte: „Was meinst du mit Regeln?"

„Du weißt noch, was ich dir das letzte Mal gesagt habe. Über meine Gelüste."

Als ob sie das je vergessen würde. Ihre Wangen wurden heiß. „Oh, du meinst, das hier gehört dazu?"

„Wenn du gestattest." Die goldenen Flammen des Feuers spiegelten sich in seinen dunklen Augen. „Ich will dich auf alle erdenklichen Weisen, Persephone. Ich will dich lieben, ich will mich um dich kümmern ... ich will dich sogar füttern."

Seine besitzergreifende Art ließ ihren Puls bis in ihre Kehle schlagen. Sein Vorschlag erschien ihr irgendwie erschütternder als all die Gerätschaften auf dem Tresen. Ein Band, das dauerhafter und fester war als ein Stück Seil es je sein konnte.

Kribbelnde Erregung und Beklemmung liefen ihr den Rücken hoch. Sie leckte sich die Lippen. „Unsere Waffenruhe besteht doch noch, oder?"

Sein Blick wurde finster. „Ich zwinge dich zu nichts." Er aß ein Stück Hühnchen und wischte sich die Finger an einer Serviette ab, ehe er ein Weinglas füllte. „Aber diese verdammte Wette gewinne ich, und dann heiratest du mich", sagte er mit kühler Überheblichkeit. „Du weißt, du willst es."

Da war er: Der Heiratsantrag, nach dem sie sich gesehnt hatte.

Nur nicht ganz so, wie sie ihn sich vorgestellt hatte.

Blinde Freude züngelte in ihr und zugleich bändigte Argwohn die Flammen. „Und wenn ich die Wette gewinne", sagte sie, „heiratest du mich dann auch? Ich gebe meinen Bruder nämlich nicht auf, weißt du."

„So oder so, du wirst meine Frau", sagte er bestimmt.

Das ist ein ja, sang ihr Herz. Ihr Gehirn aber, dieses ärgerliche Organ, gab noch eine Warnung aus. *Seine herrische Art erregt dich vielleicht jetzt, aber willst du wirklich den Rest deines Lebens herumkom-*

*mandiert werden? Du warst noch nie gut im Gehorchen. Kläre das lieber
jetzt gleich...*

„Äh, wird ein Heiratsangebot nicht üblicherweise als Frage
formuliert?", fragte sie. „Vorgetragen mit Kniefall, vielleicht begleitet
von einer Erklärung unsterblicher Hingabe?" Sie dachte einen
Moment lang nach. „Und Geigen könnten auch nicht schaden."

„Kniefall ist nicht meine Art. Und ein verdammtes Orchester
habe ich gerade nicht zur Hand." Mit verspanntem Kiefer sagte
er: „Persephone Fines, heiratest du mich nun oder nicht?"

Sie blickte mit einem langsamen Wimpernaufschlag zu seinem
finsteren Gesicht auf. „Ich würde eine Ehe mit dir vielleicht in
Betracht ziehen. Aber damit du es gleich weißt, ein unterwürfiges
Weibchen werde ich nicht sein."

„Du, unterwürfig?", sagte er erstickt.

„Ich werde nicht alles tun, was du mir sagst." Wenn sie es
genau bedachte, musste sie sogar hinzufügen: „Die Wahrheit ist,
ich tue wahrscheinlich nicht einmal die Hälfte."

Er runzelte die Stirn. „Wie kommst du denn darauf, dass ich
blinden Gehorsam von dir erwarte?"

„Äh, vielleicht aufgrund der Art und Weise, wie du
entschieden hast, dass ich dir gehöre? Oder aufgrund dessen, wie
gerne du die Dinge und Menschen um dich herum beherrschst?
Und da ist ja auch noch die winzige Sache mit deinen sexuellen
Neigungen, obwohl ich davon ja nur aus zweiter Hand weiß ..."

„Ja, ja reicht schon—ich verstehe ja", sagte er trocken. „Ich
gebe zu, dass ich ein herrisches Wesen habe. Aber das heißt doch
nicht, dass ich will, dass du mir in allen Dingen ergeben bist."

„Heißt es das nicht?", fragte sie skeptisch.

„Wenn ich ein unterwürfiges Weibchen wollte, warum zur
Hölle hielte ich dich dann für das begehrenswerteste Weib, das
ich je getroffen habe? Du hast viele feine Tugenden, Täubchen,
Unterwürfigkeit gehört nicht dazu."

Sie verdaute, was er gesagt hatte. Das Kompliment glühte in

ihrer Brust. Das *begehrenswerteste*. „Du willst mir also sagen, dass es dir gefällt, dass ich ...“

„Dass du ein Teufelsbraten bist? Ein frecher kleiner Wildfang?“ Mit einer plötzlichen Bewegung, die ihr die Luft aus den Lungen drückte, hatte er sie plötzlich unter sich. „Percy“, sagte er mit vor Begierde dunklen Augen, „ich liebe das.“

Sein Kuss bestätigte es jenseits aller Zweifel. Zwischen dem plüschigen Teppich und seiner zähen männlichen Gestalt eingezwängt gab sich Percy ganz der Freude des Augenblicks hin. Diesem Wunder, dafür begehrt zu werden, wie sie war. Sofort entzündete sich die Hitze zwischen ihnen beiden. Sie trank seinen heißen, vom Wein gewürzten Geschmack, während ihre Zungen sich wanden, sich paarten. Als er ihr das Kleid von den Schultern zerrte, griff sie nach seiner Weste. Er fing ihre Hände ein und hielt sie über ihrem Kopf fest.

„Meintest du es wirklich“, raspelte er, „dass du mich so akzeptierst, wie ich bin?“

Ihre Haut wurde tiefrot, als ihr klar wurde, was er da fragte. Neugier und Verlangen vermengten sich, sie seufzte: „Ja.“

Seine Nasenflügel bebten. „Gut.“ Langsam nahm er sich die Krawatte ab und faltete sie zu einem länglichen Streifen. „Steh auf, Süße.“

Zögerlich und doch mit jedem Moment erregter leistete sie ihm Folge. Was hatte er mit seinem Halstuch vor? Ihr die Hände binden? Sie erschauderte bei der Vorstellung, wartete ab, die Innenseiten ihrer Handgelenke prickelten vor Erwartung. Ihr stockte der Atem, als das warme Leinen stattdessen über ihre Augen glitt und ihre Welt zu einem dumpfen, formlosen Glühen wurde.

Sie konnte nichts *sehen*, fühlte sich völlig hilflos. Mit jedem erregten Atemzug stiegen ihr neue Sorgen in den Kopf. Gleichzeitig ging von der Augenbinde sein herrlicher, männlicher Duft aus und ließ sie vor Begierde erzittern.

„Lass dich fallen, Süße.“ Seine Stimme kräuselte sich heiß auf ihrem Nacken. „Ich würde dir niemals wehtun. Vertrau mir, ich kümmere mich um dich."

Die gurrende Sehnsucht in seinen Worten gab ihr den Rest. Sie verstand, was er brauchte. Womöglich verstand sie es besser als er selbst. Herrschaft, Macht, gewiss, aber ging es nicht viel tiefer, ging es nicht um *Vertrauen*? Nach dem zu schließen, was sie von seiner Vergangenheit wusste, hatte er damit kaum Erfahrung. Wenn sie wollte, dass er ihr vertraute, musste sie ihm erst beibringen, wie das ging.

Ihr ganzes Leben lang hatte sie sich danach gesehnt, die Abenteuer einer Romanheldin zu erleben. Und ein wahres Abenteuer spielte sich nicht ohne Wagnis ab. Sie amtete zittrig aus, raffte ihren Mut zusammen und tat, was sie noch nie zuvor getan hatte: Sie kapitulierte, ließ sich ins Unbekannte fallen.

28

Jeder feuchte Traum, den er je gehabt hatte, wurde in einem einzigen Herzschlag übertroffen.

Gavins Hände zitterten leicht, als er die Augenbinde hinter ihrem Kopf verknotete, fest genug, damit sie hielt, doch nicht so eng, dass sie ihr unangenehm war. Seinem tapferen Mädchen würde er nie wehtun, niemals. Was sie ihm schenkte... Erregung schauderte durch ihn hindurch. Sein Schwanz war schon härter als eine Lanze. *Alles, was ich mir je ersehnt habe.*

Heute Abend würde er sie entjungfern. Er würde sie aber nicht zwingen—das würde nicht nötig sein. Bis diese Nacht vorüber war, würde sie ihn darum betteln, sie ganz und gar sein zu machen.

Er würde sich Zeit lassen. Sie hatten die ganze Nacht, und er würde seine Göttin genießen, sie jenseits ihrer wildesten Träume beglücken. Er ging um sie herum; hinten, wo er die winzigen Perlknöpfe gelöst hatte, öffnete sich ihr hellblaues Kleid wie Flügel. Im Schein des Kaminfeuers schimmerten ihre Schultern hauchzart wie feinstes Porzellan. Er drückte seine Lippen an ein Schulterblatt und fühlte sie vom Scheitel bis zur Sohle erschauern.

„Es ist komisch, wenn man nichts sehen kann", sagte sie atemlos.

„Du brauchst nichts zu sehen. Ich kümmere mich um dich, Liebste."

Mit den verbleibenden Knöpfen hatte er nicht so viel Geduld. Ihr Kleid fiel rauschend zu ihren Füßen, dicht gefolgt von ihren Unterröcken und anderen Hindernissen. Die letzte Hürde, ihr Leibchen, zog er vorsichtig über ihren Kopf, damit die Augenbinde nicht verrutschte. Sein Atem stockte bei ihrem Anblick.

„Großer Gott, du bist die Vollkommenheit schlechthin", sagte er heiser. Hingerissen beobachtete er, wie eine verlegene Röte ihre wolkenhafte Gestalt hinaufglühte. Als ihre Hände unversehens zu ihrer Scham fuhren, hielt er sie auf und legte sie ihr wieder an die Seiten. „Nicht verstecken, Süße. Lass mich dich ganz sehen."

Ihre Lippen öffneten sich, doch sie ließ es geschehen.

Er umkreiste sie, sog ihren Liebreiz hungrig in sich auf. Sie war wie eine göttliche Blume, ihr Haar die goldene Blüte, der Rest von ihr der grazile Stiel. Beim Anblick ihrer hoch sitzenden, festen Brüste und der frechen, geknospten Nippel lief ihm das Wasser im Munde zusammen. Taille und Hüfte waren schmal, ihre weißen, gestreiften Seidenstrümpfe betonten die schlanke Linie ihrer Beine. Er entschied, dass sie die Strümpfe anbehalten sollte. Er musste schlucken; Begierde packte seine Hoden, als er sah, wie die himmelblauen Strumpfbänder ihr sonniges Lockennest umrahmten.

Bestimmt hatte sie das süßeste, köstlichste Kätzchen, das er je gesehen hatte.

„Bist du denn mit dem... Schauen fertig?", fragte sie auf ihrer Lippe kauend.

Nie im Leben wäre er damit fertig. Nicht in Millionen von Jahren. „Du verschlägst mir den Atem, Täubchen."

Er stand hinter ihr, umfasste ihre geschmeidige Taille und zog sie an sich. Die Berührung mit ihrem festen, glatten Po ließ ihn schaudern. Er fasste ihre Brüste, bearbeitete mit dem Daumen die festen Nippel, während sie seufzte und sich an ihn schmiegte. Die Reibung brachte sein Blut zum Köcheln, sein steifer Schwanz drohte durch die dünne Schicht Wolle zu platzen.

„Du hast die herrlichsten Titten", brummte er ihr ins Ohr.

„Äh, danke?"

Er grinste über ihre kecke Antwort. Nur Percy konnte ihn zugleich amüsieren und erregen. Sein Grinsen ging in Lachen über, als ihr Magen mitten im Liebesspiel plötzlich sehr undamenhaft knurrte.

„Pardon", sagte sie beschämt. „Ich habe heute nicht viel gegessen."

Immer noch lächelnd füllte er einen Teller und führte sie zum Sofa. Er setzte sie auf seinen Schoss, nahm eine reife Erdbeere und hielt sie ihr an die Lippen. „Da, beiß zu."

Roter Saft tröpfelte ihr Kinn herunter. Er lehnte sich hinüber und leckte ihr das süße Rinnsal ab. Seufzend fragte sie: „Kann ich noch mehr haben, bitte?"

Er nahm einen Hähnchenschlegel und rupfte Stückchen davon ab. Sie aß gierig, und als sie fertig war, flüsterte er ihr zu: „Nun sei ein braves Mädchen und leck mir die Finger sauber."

Sie tat, wie ihr geheißen, und Lust durchfuhr ihn. Ihre kleine Zunge leckte ihn, ihre rosa Lippen saugten an seinem langen Finger. Im Geiste sah er sie seinen Schwanz auf diese Weise nehmen, ihn ganz und gar in ihren süßen Mund stoßen... Doch er schüttelte die Vorstellung sofort wieder ab. So etwas gab es nur in der bezahlten Liebe, und damit war er ja fertig. Keuchend zog er seine Finger zurück. Er musste sich beherrschen, oder das Spielchen wäre viel zu früh vorbei.

„Sehr gut", sagte er. „Nun zur Nachspeise."

Unter der Augenbinde lächelte ihr Mund. „Ich liebe Nachspeisen—Was machst du da?"

Er hatte sie sanft hochgehoben und auf das Sofa gelegt. „Ich richte sie an." Er kniete sich neben sie auf den Boden und griff nach einem Teller Trifle. Eine Spezialität des Hauses. Die Version seines Chefkochs war ein streng gehütetes Geheimrezept aus Ratafiakuchen, Pudding und Schlagsahne.

Als er einen Löffel davon auf Percys Bauchnabel häufte, japste sie. „Was zum Kuckuck—"

Er leckte das Trifle von ihrer glatten Haut, labte sich an der sahnigen Süße.

„Wie gesagt, ich esse meine Nachspeise. Nämlich dich. Nein, du bist schön still"—Als sich ihr Mund in Widerrede öffnete, stopfte er ihn mit einem Löffel Trifle—„und lässt mich in Ruhe meinen Nachtisch genießen."

Als Nächstes verzierte er ihren Busen, häufte die Süßspeise darauf und strich dabei mit dem Löffelrücken über die festen Nippel. Ihr Rücken krümmte sich, sie keuchte. „Das ist so sündhaft. Oh, tu es nochmal..."

Er lächelte und kostete sein Werk. Er lutschte die Sahne von ihren Nippeln, saugte sie dann tief in seinen Mund. Ihre Finger glitten über seine Kopfhaut, zogen ihn zu ihren süßen Hügeln hinab. Er leckte ihren Busen fein säuberlich ab, bis sie bebte und seinen Namen seufzte. Und dann nahm er den Löffel und servierte sich eine Portion an der Stelle, wo er sie am allermeisten wollte.

„Oh nein, du wirst doch wohl nicht—", quietschte sie. Ihr Kopf fiel zurück auf die Sofalehne, als er es dennoch tat.

Es schmeckte unbeschreiblich. Percy mit Schlagsahne, seine ureigene Kreation.

„Du schmeckst so köstlich", brummte er.

Er spreizte ihre Schenkel und tat sich an ihrem exquisiten Kätzchen gütlich, seine Sinne barsten vor Süße. Seine Zunge fuhr ihre Spalte hinauf und fand die schüchterne, verborgene Knospe. Während er ihre Perle mit nassem Schnalzen bearbeitete, begann sie sich in den Polstern zu winden. Der Anblick ihrer Leidenschaft war ihm zu viel. Mit einer Hand öffnete er seine Hose, um sein schmerzhaft geschwollenes Glied zu befreien.

Erst ein wenig Dampf ablassen. Wir haben heute Abend genug Zeit... Du musst Ausdauer beweisen, wenn du erst einmal in ihr bist...

Er bearbeitete seinen Schwanz langsam mit der Faust, während er sie mit dem Mund befriedigte. Ihr Stöhnen wurde atemloser, verzweifelter. Ihre Augen—oh, er musste ihr unbedingt in die Augen sehen, wenn sie kam.

„Nimm die Augenbinde ab", befahl er barsch.

Zarte Finger griffen nach dem Leinentuch, zerrten es hoch. Sie blinzelte. Ihr vor Lust benommener Blick begegnete seinem. „Gavin, oh Gott. Was du da mit mir machst."

„Ganz recht, meine Liebste", hauchte er gegen ihr feuchtes Fleisch. „Willst du mir dabei zusehen, wie ich dich vernasche? Willst du so kommen?"

Sie stöhnte etwas Unverständliches. Er ließ einen Finger in sie gleiten; er ächzte, als ihre unverbrauchten Muskeln weicher wurden, um ihn einzulassen. Er nahm noch einen zweiten Finger hinzu, fing an, emsig hin- und herzufahren, während er sich immer noch selbst befriedigte. Die ganze Zeit über beobachtete er sie. Das Blau ihrer Augen wurde dunkel wie die Nacht. Sie skandierte seinen Namen. Dann krümmte er die Finger, kitzelte eine Stelle tief in ihr.

Sie schrie auf, als sie ihren Höhepunkt erreichte. Ihr Schacht verkrampfte sich, so köstlich, dass er selbst fast davon kam, während er ihr weiterhin mit der Zunge ihren Orgasmus entlockte. Als sie sich keuchend nach hinten fallen ließ, stand er auf, schüttelte sich die Hose ab und stellte sich vor sie hin. Er ergötzte sich an ihrem lodernden Augenaufschlag, ihrem fassungslosen Blick auf seine hervorstehende Männlichkeit.

„Süße", sagte er heiser und fuhr mit der Faust seine stolze, gebogene Länge hinauf, „willst du mir helfen, zu kommen?"

„Oh, ja, das will ich gern." Er kam schon fast wegen ihrer begeisterten Antwort. Sie setzte sich auf, auf Augenhöhe mit seinem schwelenden Glied. Sie schob seine Hand beiseite und nahm den geäderten Schaft in ihre zarten Hände. „Sag mir nur, wie ich es machen soll."

„Du machst es schon ganz gut." Er legte den Kopf in den Nacken, genoss ihren festen und doch sanften Griff. Allmächtiger, ihre Hände waren wie dafür geschaffen.

„Ich möchte es aber besser machen als nur ganz gut", sagte sie. „Was hältst du zum Beispiel hiervon?"

Ein Ächzen entfuhr ihm, als heißes, nasses Feuer seine Eichel umhüllte. Seine Finger klammerten sich instinktiv in ihre sonnigen Locken. Er konnte nicht fassen, was sie da tat, dass sie ihn auf diese Art beglückte. Bei den Huren kostete diese Gefälligkeit immer einen Aufpreis, und dass seine süße Percy es einfach so für ihn zu tun bereit war... er sprudelte schon ein wenig über. Er zog sich sofort zurück.

Er keuchte: „Täubchen, du musst nicht..."

Vor seinen fassungslosen Augen *leckte* sie den glitzernden Tropfen ab, der aus seiner Schwanzspitze gequollen war. Ein Schauder rüttelte ihn, als sie seine Länge mit ihrer rosigen Wange liebkoste. „Ich weiß, dass ich nicht *muss*. Aber es hat sich so herrlich angefühlt, als du mich so gelutscht hast." Ihre Augen, blauer als ein Traum, blickten zu ihm herauf. „Gefällt es dir nicht auch?"

„*Gefallen*? Es raubt mir die verdammten Sinne." Er legte den Kopf in den Nacken, während sie seine tiefrote, geschwollene Krone leckte, ihre Zunge den Schlitz erkundete. „Nimm mich in den Mund", sagte er verbissen, „mach weiter auf... oh, zur Hölle, *ja*..."

Glückseligkeit traf ihn wie ein Schlag in den Magen, als er hinabblickte und seinen dicken Schwanz zwischen ihren Lippen verschwinden sah. Er passte nicht ganz in ihren Mund, doch verflucht, es war genug. Es war zu viel. Der geschmeidige Druck, die Weichheit ihrer Hände, die den Ansatz seines Glieds melkten... Er wollte sich zügeln, wollte ihr ewig dabei zusehen, wie sie an ihm saugte. Doch seine Hoden verkrampften sich, er fühlte, wie sich warnend Hitze in seinen Lenden sammelte.

Mit all seiner Willenskraft wand er sich aus ihrem großzügigen Kuss. „Percy, ich komme—"

„Dann komm. Komm für mich, wie ich für dich gekommen bin", flüsterte sie. Ihre Faust schloss sich fester um ihn. Ihr Busen wackelte, während sie ihn noch schneller, noch fester bearbeitete, ihm alles gab, was er brauchte. Sein unschuldiger, betörender Liebling—ihm verging Hören und Sehen. Er schrie auf, als sein Samen seinen Schaft entlanggeschossen kam. Der Höhepunkt brach aus ihm heraus, raubte ihm die letzte Kraft.

Er kam wieder zu sich und sah sie an. Befriedigung summte in seinen Adern, und doch sprang sein Puls aus seinem Takt. Er hatte sie befleckt. Sein Erguss hatte ihren makellosen Busen bespritzt. Ihre goldenen Locken fielen herab, wo er ihr die Haarnadeln verrutscht hatte. Sie saß so zerrauft da und war nicht etwa verstört... sondern lächelte kess und sinnlich. Sie wärmte ihn von innen und von außen.

Und das war nur die Vorspeise. Allein beim Gedanken an die Hauptspeise regten sich seine Lenden schon wieder mit neuem Interesse und seine Brust schwoll vor Erstaunen. Er plumpste neben sie auf das Sofa, legte einen Arm um sie und zog sie an sich. Sie kicherte. „Was ist so lustig, Täubchen?"

Ihre Augen funkelten schalkhaft. „Nun, jetzt verstehe ich endlich", kicherte sie gurgelnd, „was ein *Zuckerschlecken* ist."

Sein Gelächter vermengte sich mit ihrem.

29

„Gavin, hör nicht auf..."

Percy lag vor Gavin in seiner übergroßen Badewanne und stöhnte, während er sie erbarmungslos neckte. Unter dem Vorwand, sie zu waschen, zog er den nassen Waschlappen über ihre siedenden Nippel, verwandelte sie in feste kleine Gipfel. Weiter unten trieb seine andere Hand sündhafte Dinge im seidig warmen Wasser. Er beschrieb einen neckenden Kreis um ihre empfindlichste Stelle, und ihr Rücken bäumte sich auf, drängte seiner Hand entgegen. Sie spürte, wie der Beweis seiner eigenen Begierde deutlich gegen ihren Hintern stupste, und doch hielt er inne.

Schon wieder.

Dies ging schon seit *mindestens* einer halben Stunde so. Sie fühlte sich wie ein Feuerwerkskörper kurz vor dem Bersten. Vor Enttäuschung keuchend drehte sie sich zu ihm um. Ihr Herzschlag ging schneller, als sie in seinem Gesichtsausdruck las, wie sehr er seinen Hunger beherrschte, wie eindringlich er sie beobachtete.

„Hör auf, mich zu necken." Zu ihrem Verdruss hörte sich ihr Tonfall fast flehentlich an. „Ich kann das nicht mehr aushalten."

Seine Augen glänzten. „Das kannst du wohl. Und das wirst du."

„Aber warum können wir denn nicht—"

„Dir mangelt es an Geduld, Liebste. Immer schön langsam." Er liebkoste sie zwischen den Schenkeln. Sie erschauderte. „Das Warten steigert die Lust."

„Ich *hasse* Warten."

Sein Finger arbeitete sich ein bisschen tiefer hinab, und sie krümmte sich ihm hilflos entgegen. „Was willst du denn, Liebste?", flüsterte er in ihr Ohr.

„Das weißt du doch." Hinter sich fühlte sie, wie sich seine harten, glatten Muskeln anspannten, was sie nur noch weiter anfeuerte. Alles an ihm fühlte sich so *gut* an. „Was wir vorhin getan haben."

Sie japste, als er sie packte und ganz zu sich drehte. Ihre Knie spreizten sich unter Wasser um seine Hüfte und sie musste sich an seinen Schultern festhalten.

„Du willst, dass ich dich wieder zum Höhepunkt bringe, Liebste?"

Und wie. Sie nickte eifrig.

„Diesmal musst du es dir aber verdienen." Er lehnte sich zurück, seine drahtigen Arme umfassten den Wannenrand. Er hob herausfordernd eine Augenbraue und sagte: „Zeig mir, dass du mich willst. Dass ich der Einzige für dich bin."

Sein sinnlicher Befehl erregte... und verunsicherte sie zugleich. Sie war gewiss nicht schüchtern, und doch hatte sie in erotischen Dingen nur wenig Erfahrung. Alles, was sie wusste, hatte sie von ihm gelernt. Konnte denn *sie* dieses Mal die Führung übernehmen? Ihre Finger gruben sich in seine Schultern. Die eisernen Muskeln unter seiner geschmeidigen Haut zuckten sofort. Das schenkte ihr Zuversicht.

Sie würde es schon können. Sie konnte ihm zeigen, wie sehr sie ihn begehrte, ihn liebte. Und sich selbst die Stärke und Entschlossenheit ihrer eigenen Begierde beweisen.

Sie fuhr mit den Fingern in sein dickes, klammes Haar. Obwohl er sie nicht aus den Augen ließ, fühlte sie sein Beben in ihren eigenen Gliedmaßen. Diese Art der Macht stieg ihr zu Kopfe, begeisterte sie. Sie beugte sich näher, küsste seine Stirn, seine Wange. Die Furche seiner Narbe zitterte unter ihren Lippen. Sie nippte an seinem Ohr, hörte seinen Atem unregelmäßig werden, während sie das empfindliche Organ leckte, während sie am Ohrläppchen nuckelte, wie er es bei ihr getan hatte.

„Gutes Mädchen", sagte er erstickt.

Sie erwiderte, indem sie sein kratziges Kinn küsste und sich zu seinem Mund vorarbeitete. Sie liebte die harte und doch sinnliche Kontur seiner Lippen. Als sie mit der Zunge den festen Saum entlangfuhr, ließ er sie ein. Sie küsste in seinen offenen Mund hinein, goss ihre ganze Begierde nach ihm in ihren Kuss, in die Paarung ihrer Lippen und Zungen. Seine Hände packten ihren Po, zogen sie dichter an ihn.

Sie gebot ihm Einhalt, indem sie ihre Handflächen auf seine Brust legte. „Nein, warte. Du hast gesagt, ich bin dran."

Ihr Nachdruck schien ihn so sehr zu überraschen wie sie selbst. Er ließ sie langsam los. Getrieben vom Wunsch, ihn und sich selbst zu befriedigen, erforschte sie ihn weiter. Es war schließlich ihre erste richtige Gelegenheit. Sein Körper war so anders als ihrer. Dunkel, wo sie blass war, hart, wo sie weich war. Die Spuren alter Gefechte zeichneten seine Haut. Sie presste ihre Lippen auf den gezackten Stern auf seiner Schulter. Unter ihren Fingerspitzen bebte seine markante Brust vor Kraft. Er atmete zischend aus, als sie ihre Erkundungen unter Wasser fortsetzte.

„Du bist so herrlich." Die flachen Rillen seiner Bauchmuskeln zuckten unter ihrer Berührung. „So groß und stark",—ihre Hand strich sanft über seine Männlichkeit—„überall."

„Und, was wirst du damit anstellen?", forderte er sie heraus. Das Feuer in seinen Augen machte ihr Blut zähflüssig wie Honig, zwischen ihren Schenkeln gerann Hitze.

Alle Gedanken verschwammen ihr, als sie ihn erklomm und sich auf seinem riesigen, schwelenden Glied in Stellung brachte. Sie stöhnten im Gleichklang, während ihr empfindliches Fleisch langsam über seines glitt. Glatt und sündhaft, das köstliche Reiben zweier Körper, die dafür geschaffen waren, sich gegenseitig zu beglücken. Ihr Kopf fiel in den Nacken, während sie sich auf ihm wand. Sie hoben und senkten sich, jede Woge war ein Tumult der Freude. Seine Finger griffen ihren Po.

Er lobte sie erstickt: „Braves Mädchen! Du bist so heiß an meinem Schwanz. Gefällt dir das?"

Er stieß sich nach oben und sie japste, als die Spitze seines Glieds gegen den Kern ihrer Empfindsamkeit stieß. *„Gavin, oh mein Gott."*

Lust rüttelte durch jede Faser ihres Wesens, zu gewaltig, zu überwältigend, als dass sie sie hätte leugnen können. Die Beherrschung entglitt ihr, sie packte seine Schultern. Es war zu viel und doch nicht genug. *Himmel und Hölle.* Sie stöhnte, Wasser schwappte über den Wannenrand. Sie konnte nicht genug bekommen, konnte nicht alles bekommen, was sie brauchte. Plötzlich umklammerte sein Arm ihre Taille. Hielt sie gefangen, sodass sie sich nicht regen konnte.

Sie kämpfte gegen ihn an. „Oh Gavin, hör nicht auf, ich bin so nah dran. Ich muss..."

„Ich weiß, was du brauchst." Seine Augen waren ganz dunkel geworden, brannten mit blendender Macht. „Es brennt hier, nicht wahr, Liebste?"

Sie ächzte, als sein Finger ihre Öffnung umfuhr. Er umkreiste sie und erinnerte ihre zitternden Muskeln daran, wie quälend leer es in ihr war. Mit siedender Lunge brachte sie hervor: „J-ja. Es brennt so sehr. Ich brauche dich."

Sein Finger verließ sie, und an seine Stelle trat etwas Breiteres, Dickeres. Seine Eichel stupste sie, sandte Schockwellen der Lust durch sie. Jeder Instinkt von ihr wusste, dass die Glückseligkeit nur ein paar Zoll entfernt war. Ein paar harte, dicke Zoll. Das letzte Geheimnis, das noch zwischen ihr und dem wahren Frausein stand.

Seine tiefe Stimme erfüllte ihre Sinne. „Spürst du, wie es da unten bebt, wie sehr du von mir erfüllt sein willst? Du brauchst meinen Schwanz in dir. Lass mich ein, wo ich hingehöre."

Ihr Rückgrat bäumte sich auf, als seine geschwollene Eichel an ihrem Eingang grub, köstlich an ihr zerrte. Wie es wohl wäre, so völlig ausgefüllt zu sein...? Ihre Augenlider glitten zu, die Versuchung köchelte in ihrem Blut. Sie wollte so verzweifelt gern ja sagen, sich ihm endgültig und auf ewig schenken.

Ihn brauchen.

„Nein, warte—du hast es versprochen", keuchte sie.

Die kräftigen Muskeln unter ihr regten sich. Gavin hielt sie noch fester und ihre Sinne flogen im Wind davon, während seine Eichel sich fester an sie drückte, ihr die Hitze in Strömen die Beine hinabfloss. Wenn er sie nun nehmen wollte, konnte sie ihn nicht aufhalten.

Gott steh ihr bei, sie *wollte* ihn nicht aufhalten.

„Gib dich mir hin, Percy", gurrte er. *„Entscheide* dich für mich."

Sie hielt inne. „Ich... *kann nicht.*" Sie blickte in seine glänzenden Augen hinab. Zitternd vor Verlangen flüsterte sie: „Ich will dich Gavin, aber meinen Bruder kann ich nicht betrügen. Das werde ich nicht."

Schweigen breitete sich zwischen ihnen aus. Nur ihre keuchenden Atemzüge waren zu hören. Keiner von ihnen regte sich. Sie brauchte jeden letzten Fetzen ihrer Beherrschung, um sich nicht wieder an seine hochragende Härte zu reiben. Sich nicht Erleichterung von dem Feuer zu suchen, das in ihr wütete.

Ehe sie es sich versah, wurde sie ohne viel Federlesens am anderen Ende der Wanne abgesetzt. Wasser triefte von Gavins herrlich erregter Gestalt, als er aufstand und aus der Wanne auf die Fliesen stieg. Er nahm sich ein Handtuch und trocknete sich ab.

„Wenn du mich nur liebtest, dann fiele dir die Entscheidung leicht", sagte er tonlos.

Ihr Verdruss kochte über. „Das ist so verflucht ungerecht!", spie sie aus. „Wenn dir auch nur ein Deut an mir läge, würdest du gar nicht von mir *verlangen*, dass ich mich entscheide."

Er wandte sich ihr zu, die Hände in die Hüften gestemmt. Er versuchte gar nicht, seine Erektion zu verbergen, was ihren Ärger nur weiter anfachte, denn beim Anblick des wuchtigen Instruments bebte ihr Körper vor Sehnsucht. So groß, so berückend männlich... so bereit, sie zu beglücken. Wenn der Rest des verfluchten Mannes nur auch so entgegenkommend wäre.

Eilig hob sie den Blick, doch er hatte bereits bemerkt, wie sie ihn beäugte.

„Wir könnten dies hier beide genießen", sagte er mit kühler Arroganz, „wenn du nicht so stur wärest. Ich gewinne diese Wette so oder so, Persephone. Du zögerst nur das Unvermeidbare hinaus."

„Wenn das der Fall ist, warum setzt du mich dann unter Druck?" Sie schnappte sich ein Handtuch, hüllte sich darin ein und stieg aus der Wanne. Sie stellte sich vor ihm hin und verschränkte die Arme vor der Brust. „Warum sagst du mir nicht, was hier wirklich vorgeht?"

Mit verschleiertem Blick sagte er: „Du weißt, was hier vorgeht. Ich habe dir reichlich Zeit gegeben, bezüglich der Wette eine Entscheidung zu treffen. Du sagtest, du liebst mich—nun beweis es."

„Du sagst mir nicht alles." Sie sah ihn mit zusammengekniffenen Augen an. „Ich kenne dich inzwischen, Gavin Hunt, und du *bist* zu Mitgefühl *fähig*. Du beschützt Straßenkinder, du hast sogar meinen Bruder vor diesem O'Brien bewahrt... warum kommt es für dich nicht einmal *in Frage*, Pauls Schulden zu erlassen? Es sei denn..." Ein schrecklicher Gedanke kam ihr. „Warum ist dir die Teilhabe an Fines & Kompanie derart wichtig?"

Er sah sie mit steinernem Blick an.

In zittriger Angst fragte sie: „Hat… hat Paul dir Unrecht getan? Schuldet er dir mehr als nur Geld—"

„Mit deinem Bruder hat es nichts zu tun."

„Nun, da bin ich erleichtert." *Gott sei Dank. Für alles andere finden wir schon eine Lösung.* Sie atmete tief ein. „Es geht also um das Geld? Ich weiß, dass du nicht mit Nick verhandeln willst, aber es gibt da noch eine andere Möglichkeit." Errötend sagte sie: „Ich habe eine Mitgift. Sie ist nicht so viel wert wie die Teilhabe an der Kompanie, aber sie ist beträchtlich."

„Ich will dein verfluchtes Geld nicht."

Ihr riss der Geduldsfaden. „Was willst du denn *dann*, zum Kuckuck?"

„Gerechtigkeit." In diesem Augenblick verwandelte sich ihr verspielter Liebhaber in den Lord Hades selbst. Seine Augen glühten vor kristallenem Feuer, seine Muskeln stählten sich, seine Adern traten hervor. „Sag mir, Percy, wenn mir Unrecht getan würde, eine schwere Ungerechtigkeit, was würdest du tun?"

Sie blinzelte. Das hatte sie nicht erwartet. „Nun", sagte sie vorsichtig, „ich stünde auf deiner Seite, wäre für dich da, egal was. Von was von einer Art Unrecht sprichst du denn, Gavin?"

„Wenn du eine Wahl treffen müsstest", fuhr er fort, ohne auf ihre Frage einzugehen. Er hielt ihren Blick mit seinen Augen gefangen. „Eine Wahl zwischen mir und deiner Familie, wen würdest du wählen?"

„Warum müsste ich denn wählen?", fragte sie verstört. „Ich verstehe nicht."

„Beantworte meine Frage."

„Aber das ist doch lachhaft. Wie könnte ich denn sagen…"

„Es ist doch ein ganz einfacher Sachverhalt. Ich oder sie?"

Sie kaute auf ihrer Lippe, während in ihrem Kopf die Fragen und Möglichkeiten umher schwirrten. „Geht es darum, ob meine Familie unsere Heirat akzeptieren würde? Denn darum brauchst du dich nicht zu sorgen. Sie werden vielleicht am Anfang ein wenig erschrocken sein", —*die Untertreibung des Jahrhunderts*—

„Aber davon werden sie sich schon erholen, glaub mir. Wenn Mama dich erst einmal kennt, wird sie dich anhimmeln. Was Nicholas und Helena anbetrifft—"

„Die scheren mich einen Dreck", brüllte er. „Ich will wissen, wo deine Loyalitäten liegen. Bei *mir* oder bei *ihnen*?"

„Du erzählst mir nicht genug. Wenn ich die Umstände nicht kenne, kann ich doch keine Entscheidung treffen", sagte sie trotzig.

„Die Umstände willst du wissen? Nun denn. Wenn ich Fines & Kompanie übernehme und in Stücke reiße, stehst du dann auf meiner Seite oder auf ihrer?"

Ihr stand vor Entsetzen der Mund offen. „Du willst Papas Kompanie *zerstören*? Aber warum denn?"

„Sag mir erst, ob du mich dann immer noch *liebst*? Ob ich dir dann noch vertrauen kann?"

Die Hoffnung entglitt ihr. Sie schüttelte benommen den Kopf. „Das Vermächtnis meines Vaters zu vernichten kann ich dir nicht erlauben, welche Gründe du auch immer haben magst. Das kannst du von mir doch nicht erwarten."

„Da haben wir es also." Seine Gesichtszüge waren starr wie eine Maske, doch schmerzerfüllter Zorn blitzte durch seine Augen. „All dein Gerede von Liebe, von Vertrauen... ist doch am Ende nichts wert. Du bist nicht anders als alle anderen."

„Nun mach aber mal halblang—"

„Du glaubtest, mich manipulieren zu können. Dachtest, du kannst mich um den Finger wickeln und mich dazu bringen, deinen Bruder gehen zu lassen." Seine Hände stützten sich in seine schlanken Hüften. „Wann hattest du denn vor, mir ein Ultimatum zu stellen?"

Genug war genug. Die Verzweiflung wich der Wut.

„Ich plane kein Ultimatum, du verfluchter Esel", spie sie zwischen zusammengebissenen Zähnen hervor. „Weil ich nämlich die Wette gewinne. Das Problem ist, dass ich mich in dich verliebt habe—wobei ich im Moment allerdings stark an meinem Urteilsvermögen zweifle."

„Wankelmütig, wie die Weiber eben sind", schnaubte er höhnisch.

„Ich bin *nicht* deine Mutter. Ich lasse dich nicht im Stich", schoss sie zurück.

Vielleicht war sie zu weit gegangen. Das dunkle Züngeln in seinen Augen ließ sie furchtsam zurückweichen. Er schritt auf sie zu, bis sie mit dem Rücken zur Badezimmerwand stand.

„Worte, Persephone. Leeres Geschwätz, wenn es nicht durch die Tat bezeugt wird." Sein Blick schoss bedeutungsvoll zu ihrem Handtuch. „Wirst du dich mir hingeben?"

Ihr drehte sich alles, während ihr verräterischer Körper bejahend pochte. Fragen kämpften mit Gefühlen. „Vertrauen ist gegenseitig", brachte sie hervor. „Du kannst nicht erwarten, dass ich dir vertraue, wenn du mir nicht vertraust."

„Ich habe dir mehr von mir erzählt als irgendjemand anderem auf der Welt." Sein Kiefer wirkte härter als Basalt. „Und das ist dir immer noch nicht genug."

Sie zwang sich, Luft zu holen und sagte: „Warum du Fines & Co. zerstören willst, das hast du mir noch nicht gesagt. Wenn ich das nur verstehen könnte, dann könnten wir gemeinsam einen anderen Ausweg finden." Sie sah ihn flehentlich an. „Wenn du mir nur trauen könntest."

Als er nicht antwortete, sank ihr der Mut. Sie hatte sich eingeredet, dass sein stürmisches, besitzergreifendes Wesen seine Art war, ihr seine Liebe zu zeigen. Dass sein Verhalten die Worte sprach, die er nie zu sagen gelernt hatte—dass sie irgendwann zu ihm durchdringen würde. Was aber, wenn sie sich getäuscht hatte? Wenn sein vergangenes Leben seine Fähigkeit zu Liebe und Vertrauen hoffnungslos beschädigt hatte?

Komm mir entgegen, flehte sie stumm. *Liebe mich so, wie ich dich liebe.*

Seine Narbe spannte sich. „Die Wahrheit würdest du nicht verkraften.“

Ihr Temperament ging mit ihr durch. „Zum letzten Mal, verflucht, ich bin doch keine dumme Gans! Wenn du so wenig von mir hältst, dann kann ich ja jetzt auf der Stelle gehen.“ Sie schubste ihn.

Sie keuchte, als er ihre Handgelenke ergriff und an ihre Seiten heftete. Ein dunkler Sturm tobte in seinem Blick, die Luft zwischen ihnen knisterte vor Spannung. Percy wartete bebend ab.

„Es hat mit... Morgan zu tun“, spie Gavin verbissen aus. „Es ist zwischen ihm und mir.“

„Du meinst *Nicholas*?“, sagte sie entgeistert. „Du kennst ihn?“

Ehe er antworten konnte, hallte ein Schuss durch die Nacht.

Gavins Kopf fuhr hoch. „Was zum Teufel war das?“

Unverständliches Geschrei drang durch die Wände. Ein weiterer Schuss fiel.

Er ließ sie los, zog hastig seine Kleider an und stob auf die Tür zu. Dann wandte er sich um. „Wir sprechen uns noch“, sagte er. „Du bleibst vorerst hier, verstanden?“

Fragen und Sorgen rangen in ihr. „Sei vorsichtig“, sagte sie zittrig.

Er sah aus, als wollte er noch mehr sagen. Stattdessen aber nickte er schroff und ging hinaus.

❧ 30 ❧

Stewart begegnete Gavin an der Tür zu seinen Gemächern. „Es is Fines. Steht draußen oof der Straße—sturzbesoffen und mit jezückten Waffen."

Verfluchte Hölle. Genau, was ich jetzt brauche. „Hat er gesagt, was er will?"

„Ich wette, es is deen Kopp, Jung." Stewart kniff die Augen zusammen, als Gavin sich in seine Stiefel zwängte. „Du willst doch nüscht etwa da raus?"

„Was bleibt mir denn anderes übrig? Wenn er so weitermacht, erschießt er mir noch einen Kunden."

„Ick hab ne bessere Lösung. Von hinterm Tor hab ick freie Schussbahn", sagte sein Mentor. „Ick will den Hanswurst nüscht töten, nur aufhalten."

Er wünschte, es ginge so einfach. Doch Percy wollte bestimmt ihren trotteligen Bruder überhaupt nicht angeschossen oder verletzt sehen. Gavin öffnete die schwere Tür. „Niemand schießt hier auf irgendwen."

Grummelnd folgte Stewart ihm in den Hinterhof. Mehrere von Gavins Männern waren bereits bewaffnet hinter dem Tor aufgereiht, welches das Anwesen von der Straße trennte. Hohe

Gebäude überragten auf beiden Seiten die schmale dunkle Gasse, wo sich gerne Huren tummelten und trunkene Kunden ausnüchterten, wenn sie nicht mehr heimfanden.

Einer seiner Männer brüllte durch die Gitterstäbe: „Geh heim, du besoffener Narr.“

Von der anderen Seite des Zauns kam ein gepflegter, doch lallender Tonfall. „Nich, ehe ich nich mit Hunt gesprochen hab. Ich hab mit ihm was zu klären.“ In seinem Tonfall schwang steigende Wut. „Bist du da drin, elender Feigling? Ein unschuldiges Mädchen verführen, das kannst du, aber dich mir wie ein Mann stellen, das geht wohl nicht?“

Er näherte sich und Gavin konnte sehen, dass es Percys Bruder war—die typischen Züge der Fines, das Glänzen des goldenen Haars in der Finsternis. Eines musste er dem Mann lassen: heruntergekommen wie der Narr auch war, stand Fines inmitten des schmuddeligen Gesindels wie ein furchtloser Prinz.

Gavins Blick suchte aus alter Gewohnheit die Straße ab. In der dunklen Kiesgasse regte sich nichts außer ein paar Obdachlosen, die durch den Müll ramschten und dem Glimmen eines verlassenen Feuers. Fines hatte sie mit seinem Krawall wahrscheinlich alle vergrault.

„Öffnet das Tor“, wies Gavin seine Männer an.

„Überleg dir det nochmal“, knurrte Stewart. „Wer weiß, wozu der Trottel fähig is.“

„Sie wollen doch niemandem wehtun, oder, Fines?“, sagte Gavin ruhig.

Auf der anderen Seite des Zauns näherte sich Fines, schwankte dabei ein wenig. Er war völlig betrunken. Im Mondlicht schimmerte die Pistole in seiner Hand. „Umbringen will ich dich, du Bastard“, krächzte er.

Stewarts Finger zuckte an seinem Auslöser.

Gavin schüttelte den Kopf. Er wandte sich an Percys Bruder und sagte ruhig: „Kommen Sie, Fines, das meinen Sie doch nicht ernst. Lassen Sie uns das wie Gentlemen bereden.“ Das Tor öffnete sich und er ging hinaus, dicht gefolgt von Stewart. „Wenn es um Ihre Schulden geht—"

„Ich scheiße auf die Schulden! Meinst du, es geht mir um die Kompanie? Mein Vater und sein schwer verdientes Lebenswerk können von mir aus auf den Grund der Themse sinken." Fines stolperte mit irrem Blick näher. „Aber was du meiner... *Schwester* angetan hast..."

Gavin sträubten sich die Nackenhaare. Fines hatte von der Wette erfahren? „Was meinen Sie?", fragte er sachlich.

„Halt mich nicht zum Narren." Er hob einen zitternden Arm und zielte mit seiner Waffe auf Gavin. „Ich weiß, was du getan hast. *Ich weiß es.*"

Plötzlich erklang eine Stimme hinter Gavin.

„Verflucht noch mal, Paul, steck sofort die Waffe weg!"

Trotz der Ernsthaftigkeit der Lage, verdrehte Gavin die Augen. *Verdammte Hölle, kann sie sich nicht einmal an meine Anweisungen halten?*

Percy kam auf sie zu gerauscht, bahnte sich einen Weg durch die Gasse. Gavin blickte finster den Wächter am Tor an. Der zuckte nur mit den Schultern, als wollte er sagen: *Wie soll ich die denn bitte sehr aufhalten?*

„Geht es dir gut?", fragte sie, als sie bei ihm angelangte.

„Alles in Ordnung", sagte Gavin knapp. „Habe ich dir nicht gesagt, du sollst dich nicht vom Fleck rühren?"

„Percy?" stieß Fines aus.

„Ja, mein Lieber."

Sie ging auf ihren Bruder zu, doch Gavin packte ihr Handgelenk. „Er ist betrunken und bewaffnet", sagte er angespannt.

„Das macht nichts", versicherte sie ihm. „Paul würde mir nie wehtun."

„Freilich nicht", sagte Paul, verdutzt und verdrossen. „Percy, was geht hier vor? Warum bist du hier bei diesem Unhold?"

Percy zog an ihrer Hand. Zähneknirschend zwang sich Gavin, sie loszulassen. Es kostete ihn größte Mühe, ihr dabei zuzusehen, wie sie die letzten paar Schritte auf Fines zuflog. Sie in den Armen eines anderen Mannes zu sehen—selbst wenn der ihr eigenes Fleisch und Blut war—weckte in ihm den Drang, auf etwas einzuprügeln. Am besten gleich auf diesen anderen Mann.

„Alles in Ordnung, Schwesterherz?", murmelte Fines ihr zu. Ein Auge aber hielt er auf Gavin, seine Fingerknöchel um die Pistole waren weiß.

„Ja, ja, alles in Ordnung." Sie hob ihren Kopf von Fines' Brust und wischte sich mit dem Handrücken die Tränen weg. In Gavins Adern stieg der Druck. Verdammt, ihr törichter Bruder verdiente doch ihre Tränen nicht. „Steck die doch bitte weg", schniefte sie, „ehe noch jemand verletzt wird."

„Was geht hier vor? Percy, hat Hunt... hat er dich gezwungen..." Fines Blick weitete sich beim Anblick von Percys feuchten, offenen Locken, ihrer aufgeknöpften Pelisse. Sein Gesicht verzog sich in qualvoller Wut. Zum ersten Mal tat der Kerl Gavin leid. Wenn jemand Percy je Schaden zufügte, dann stünde er selbst auch kurz davor, jemanden zu ermorden.

„Oh, nein so ist es überhaupt nicht", sagte Percy eilig. „Mr. Hunt und ich sind, äh, Freunde."

Gavin und ihr Bruders hoben zeitgleich die Augenbrauen.

„Freunde. Du und er." Fines wedelte mit der Pistole in Richtung Gavin, als ob dieser einfache Sachverhalt seine Auffassungsgabe überstieg. „Der Unhold, der da drüben steht, der meine Promesse als Geisel hält?"

„Es ist eine lange Geschichte", sagte Percy. „Und ich erzähle sie dir, sobald du diese lächerliche Waffe wegsteckst."

Fines rührte sich nicht.

„Jetzt hier den Draufgänger zu spielen bringt gar nichts", sagte Percy verzweifelnd. „Wie hast du mich überhaupt hier gefunden?"

„Ich war drüben im *Red Lion* und habe etwas getrunken, weil dein *Freund* hier—", spie Fines aus—„dafür gesorgt hat, dass mein Ansehen bei O'Brien weniger als Asche wert ist. Wie überall sonst auch. Er hat meinen guten Ruf zerstört und allein dafür sollte ich den Schuft zum Duell herausfordern."

Percy hob trotzig ihr Kinn. „Das geht auf mich zurück, also gib Mr. Hunt keine Schuld dafür."

„Auf *dich*?"

„Anders war dir ja nicht mehr beizukommen. Also habe ich Mr. Hunt gebeten, deiner Spielsucht Einhalt zu gebieten, denn aus eigener Kraft schaffst du es ja ganz offenbar nicht."

„Du hast..." Ruckartig packte Fines Percys Arm. Aus Gavins Kehle drang ein Knurren.

„Bleib zurück, Gavin, es ist alles in Ordnung." Percy starrte ihren Bruder böse an und riss sich von ihm los. „Ich komme schon zurecht."

„*Gavin*. Sie hatten also recht." Fines wirbelte zu ihm herum, in seinem bleichen Gesicht glühten die Augen. „Du hast meine Schwester zugrunde gerichtet, Hunt, und dafür jage ich dir eine Kugel in den Schädel."

Gavin spannte sich an, war bereit, Fines anzuspringen. Stewart entsicherte seine Pistole mit einem tödlichen Klicken.

„Um Himmels willen!" Ehe Gavin etwas tun konnte, warf sich Percy ihm in den Weg. „Wenn du ihn erschießen willst, musst du erst mich treffen. Ich liebe ihn, du Trottel. Und ich heirate ihn wahrscheinlich auch, wenn er es erst einmal in seinen dicken Schädel bekommt, dass er mich auch liebt."

Ihre Worte blitzten durch den knotigen, verworrenen Sumpf in Gavins Seele. Die Luft, die er unbewusst angehalten hatte, entfuhr ihm und er atmete eine fast überwältigende Erleichterung ein. Trotz ihres Zwists vorhin *liebte sie ihn immer noch*.

„Was zum Teufel redest du denn da?", schrie Fines. „Geh aus dem Weg."

Percy schüttelte den Kopf. Obwohl ihre Geste sein Herz bis ans Ende seiner Tage wärmen würde, konnte Gavin dieses Spektakel so nicht weitergehen lassen. Sie quietschte überrascht, als er sie bei der Taille hochhob und sanft beiseitesetzte.

„Meine Fehden kann ich selbst austragen, meine Liebe", sagte er.

„Das ist aber nicht deine Fehde", beharrte sie. „Der Esel da drüben ist *mein* Bruder. Und wie gewohnt hört er mir nicht zu."

„Tu bitte einmal nur, was man dir aufträgt. Ich verstecke mich nicht hinter deinen Röcken."

Sie verschränkte die Arme. „Und Hosen sind wohl kugelsicher? Ich lasse nicht zu, dass dir etwas zustößt."

„Herrgott nochmal, störe ich etwa einen Ehestreit?"

Sie beide blickten zu Fines hinüber, der angewidert seine Waffe senkte. „Erklärst du mir bitte, was hier vor sich geht, Percy, oder soll ich mich schon mal auf den Weg ins Irrenhaus von Bedlam machen?"

„Wie gesagt, es ist alles nicht so einfach—"

Gavin schnitt ihr das Wort ab. „Sagen Sie uns zuerst, Fines, wie es überhaupt dazu gekommen ist, dass sie heute Abend hier sind."

Fines blickte ihn mürrisch an. „Ich war beim *Red Lion* am Zechen, wie ich doch schon sagte. Hab' da ein paar Kerle getroffen und bin mit denen ins Gespräch gekommen. Zufällig standen sie früher einmal in deinem Dienst und waren nicht gerade froh darüber."

Gavin tauschte einen schnellen Blick mit Stewart aus, der nur mit den Schultern zuckte. Der konnte sich offenbar auch an kein vergrämtes Gesinde erinnern.

„Und", wollte Gavin weiter wissen.

Fines rieb sich mit der Hand das Gesicht. „Und die haben gesagt, dass du dich mit einer hübschen Miss herumtreibst, die mein Zwilling sein könnte. Ihr Name sei Persephone, haben sie gesagt—wie viele gibt es schon davon? Also kam ich zu dem Schluss, dass du irgendwie an sie herangekommen warst." Sein Blick wurde noch finsterer. „Die Kerle beim *Red Lion* sagten, dass ich dich hier am besten finden könnte, also bin ich nun hier an diesem erbärmlichen Ort. Um die Ehre meiner Schwester zu verteidigen.“

„Oh, Paul“, sagte Percy zittrig.

„Diese Männer—wie sahen sie aus?“

Sobald er die Worte gesagt hatte, hörte Gavin ein Scharren. Ihm sträubten sich die Nackenhaare. Er hörte seinen Namen— eine Warnung von Stewart. Er drehte sich um und sah die beiden Obdachlosen auf sich zukommen. Sie hatten ihre Umhänge abgeworfen, hielten Pistolen in den Händen. Schüsse donnerten. Er wurde derb zu Boden gestoßen. Da lag er einen Augenblick, entgeistert, das Blut rauschte in seinen Ohren. Durch das Dröhnen in seinem Kopf hörte er noch weitere Schüsse fallen.

Percy. Ich muss sie beschützen.

Er wollte sich aufsetzen und konnte nicht. Etwas Schweres lastete auf ihm. Ihm gefror das Blut in den Adern, als er begriff, dass Stewart auf ihm lag. Eine dunkle Lache breitete sich unter dem grauhaarigen Kopf aus.

31

„Verflucht, Percy, hör auf zu zappeln und bleib liegen!"

Als die ersten Schüsse fielen, hatte Paul sie hinter einen Müllhaufen gestoßen und ihren Körper mit seinem gedeckt. Wie gelähmt hatte sie dabei zugesehen, wie sich zwei Unholde näherten. Geladene Pistolen baumelten von ihren Gürteln. Gavins Männer schossen donnernd zurück. Und nun lag Gavin im Dreck...

„Lass mich *los*." Sie wehrte sich mit aller Kraft. „Ich muss zu ihm."

„Du gehst nirgendwo hin", keuchte ihr Bruder und hielt sie fest.

Zu ihrer Erleichterung regte sich Gavin. Er versuchte, sich aufzusetzen—was ihm schwer fiel, weil Mr. Stewart auf ihn gestürzt war. Entsetzt beobachtete sie, wie Gavin den anderen Mann herumwälzte und das ergraute Haupt auf seinen Schoß nahm.

Blut... so viel Blut überall.

Gavins Blick suchte fieberhaft die Gasse ab und fand ihren. Sie sah seine Augen aufflackern, die zitternde Anspannung in seinen Schultern. Sie schrie: „Ich bin unverletzt."

Er nickte benommen und sein Bick wandte sich wieder seinem Mentor zu.

Seine Wachen schwärmten nun überall in der Gasse umher. Zwei von ihnen stupsten die regungslosen Körper der Angreifer auf dem Boden. Von ihrem Standpunkt aus sah sie das tote Starren der Schurken und ihre im Dreck ringsum verstreuten Waffen.

„Alles im Griff, Sir", rief eine der Wachen. Als Gavin nichts erwiderte, übernahm sein Mann das Ruder und ordnete an: „Jungs, wir riegeln die Gasse ab. Zwei Männer an jedem Ende, schnell."

„Es ist jetzt sicher, Paul. Lass mich los", flehte Percy.

Ihr Bruder grunzte, als sie ihn von sich stieß und auf Gavin zu hetzte. Der hielt seine Hand an die Schläfe seines Mentors gepresst. Ihr schauderte, als sie sah, wie ihm Blut durch die Finger rann. Sie griff nach ihren Unterröcken, riss einen Streifen ab und gab ihn ihm. Er nahm ihn stumm und drückte ihn an die Wunde.

Percys Kehle schnürte sich zu, als der Stoff sich rot verfärbte. „Sollten wir ihn reinbringen?", flüsterte sie.

„Wir können ihn nicht bewegen. Er... blutet zu stark", sagte Gavin tonlos.

„Der Arzt ist auf dem Weg hierher", sagte eine der Wachen.

Doch sogar in der Dunkelheit konnte Percy sehen, dass es zu spät war. Stewarts Gesicht schien bleich in der Finsternis, jeder seiner Atemzüge war schwächer als der vorherige. Sie wusste nicht, was sie sonst tun sollte, also kniete sie sich neben Gavin hin und legte ihre Hand auf seine Schulter. Stewarts Augen flatterten auf. „Bist du det, Jung?"

„Ich bin es. Ich bin bei dir", sagte Gavin erstickt. „Gib nicht auf, Stewart—Hilfe ist unterwegs."

„Dieset Mal gibt et keene Hilfe", hustete Stewart.

„Wir haben schon Schlimmeres überstanden." Gavins dumpfe Stimme trieb Percy die Tränen in die Augen. „So leicht lass ich dich nicht davonkommen."

„Da kannste jar nüscht machen, meen Jung." Stewart tat einen langen, rasselnden Atemzug. „Bevor ick geh, muss ick noch meen Frieden machen."

Mit tränennassen Augen schüttelte Gavin widerstrebend den Kopf.

„Mit den Worten hatte ick et ja noch nie. Wat ick schon längst... hätte sagen sollen..."—Stewarts große Hand griff an Gavins vernarbte Wange. „Det hier tut mir leid."

„Das hast du getan, um mich zu beschützen. Du hast mich immer beschützt." Feuchte Bahnen rannen über Gavins Gesicht. *„Geh nicht fort."*

Unter Stewarts Bart schimmerte ein schwaches Lächeln. „Du bist der Sohn... den ick selbst ja nie..."

Und seine Hand erschlaffte.

Durch einen Tränenschleier sah Percy zu, wie Gavin seinem Mentor die Augenlider schloss.

„Mr. Hunt, da kommt wer! Wir können sie nicht aufhalten!"

Schüsse barsten durch die Nacht. Gavin schreckte auf. Ehe Percy es sich versah, hatte er sie schon hinter sich gezerrt und seine Pistolen gezückt. Paul eilte auf sie zu und stellte sich neben sie, als eine riesige schwarze Kutsche ratternd die Gasse entlang gerast kam. Sie kam jäh zum Stehen. Die Tür flog auf. Percy blieb der Mund offen stehen, als sie das vertraute goldene Wappen erkannte.

„Nein, Gavin! Schieß nicht!" Sie zwängte sich an ihm vorbei. „Es ist Nicholas!"

Eine Gruppe großer Männer in dunklen Mänteln entstieg der Kutsche. Ihr Anführer kam geradewegs auf sie zu, seine behandschuhten Hände fassten Percys Schultern.

„Bist du verletzt, Percy?" Seine grauen Augen sahen sie prüfend an. Über dem makellosen Faltenwurf seiner Krawatte war sein Mund nur eine angespannte, herrische Linie, ein mächtiger, ehrfurchteinflößender Marquis durch und durch.

„Es geht mir gut", sagte sie rasch. Sie wandte sich an den

großen, schlaksigen Mann, der neben Nicholas stand und seine Pistole auf Gavin gerichtet hielt. „Mr. Kent, bitte stecken Sie Ihre Waffe weg. Dies hier ist Mr. Hunt, ein Freund—"

Der Beamte der Thames River Police ließ sein Ziel jedoch nicht aus den Augen. „Ich wäre bei der Wahl meiner Freunde ein wenig achtsamer, Miss Fines. Dieser Mann hier ist ein stadtbekannter Gauner."

„Ein recht dramatischer Auftritt, nicht wahr, Morgan?" Dies kam von Paul. „Nicht deine übliche zurückhaltende Art. Aber keine Sorge, Percy geht es gut. Ich war die ganze Zeit über bei ihr—"

„Was dich angeht, Fines", sagte Nicholas ruhig, „haben wir so Einiges zu besprechen. Du hast deiner Frau Mama große Sorge bereitet. Warte in der Kutsche", befahl er in einem Ton, der keinen Widerspruch duldete. „Wir fahren unverzüglich zu ihr."

Mit hängenden Schultern leistete Paul Folge.

Percy sah Gavin besorgt an... und ihr stockte der Atem. Seine Narbe ging wie eine grauenhafte Furche über seine harten Gesichtszüge und in seinen Augen loderte Höllenfeuer. Sie entsann sich seiner Worte, ehe der Tumult ausgebrochen war: *Es hat mit Morgan zu tun. Es ist zwischen ihm und mir.*

„Percy, wir müssen nun aufbrechen", sagte Nicholas. „Was Sie angeht, Hunt, seien Sie gewiss, dass ich mich später noch um Sie kümmere."

„Das werden Sie, Milord?" Gavin sprach zum ersten Mal, und in seiner Stimme lag der Tod. Percy lief ein warnender Schauder das Rückgrat hinauf.

Nicholas' Augen wurden zu silbergrauen Schlitzen. „Sie wollen die Sache lieber jetzt gleich regeln? Soll mir recht sein." Er holte eine Geldbörse aus seinem Jackenfutter. „Wie viel?"

„Wie viel", wiederholte Gavin sachte.

„Gewiss, Mann, wie viel schuldet man Ihnen?"

„Sprechen Sie von Mr. Fines' Schuld mir gegenüber... oder Ihrer eigenen?"

„Meiner eigenen?" Ein Blick der Abscheu ging über Nicholas' stattliche Züge. „Etablissements wie das Ihre pflege ich nicht zu besuchen, Hunt."

„Und was ist mit dem Etablissement eines gewissen Benjamin Grimes?"

Nicholas erblich. „Wer... wer sind Sie?"

Gavin fletschte die Zähne wie ein Raubtier, das endlich seine Beute in die Ecke gedrängt hat.

32

Der hochmütige Hurensohn war bleicher als ein Geist geworden, und der Anblick wusch eiskalte Genugtuung über Gavin. Ja, der Schlag in Morgans selbstgefälliges Gesicht hatte gesessen. Wut betäubte sein wundes Inneres, wischte all das aus Gavins Verstand fort, woran er nicht denken konnte, jedenfalls nicht jetzt. Sein Instinkt übernahm das Ruder.

Was auch immer geschieht, zeig keine Angst. Sei tapfer. Wirke stark.

„Wer sind Sie?" Der gebieterische Ton war vollends aus Morgans Stimme geschwunden, er flüsterte nur noch.

Herrschsucht wogte in Gavin auf. „Ich glaube, das wissen Sie wohl."

„Milord." Dies kam von dem Flusspolizisten, der immer noch seine Waffe auf ihn gerichtet hatte. „Wollen Sie dieses Gespräch vielleicht ungestört weiterführen?"

Morgan blinzelte verwirrt, als ob er vergessen hätte, dass sie ein Publikum hatten.

„Gehen Sie ruhig rein, Sir." Der Charley starrte Gavin finster an. „Und zwar im Wissen, dass die Thames River Police Ihr Gelände umstellt hat. Wir gewährleisten die Sicherheit von Lord

Harteford und Miss Fines. Eine falsche Bewegung, und ich lasse Sie in das Gefängnis von Newgate werfen."

„Das wäre ja keineswegs das erste Mal, dass Morgan einen unschuldigen Mann hinter Gitter bringt, nicht wahr?", sagte Gavin höhnisch.

„Sagt mir *bitte* jemand, was hier vor sich geht?", fragte Percy.

„Warte in der Kutsche, Percy", sagte Morgan.

„Das tue ich *nicht*", sagte sie, das Kinn aufsässig in die Höhe gereckt. „Ich bin kein Kind, und ich verlange zu wissen, was hier vor sich geht."

„Komm mit, Percy." Gavin bot ihr den Arm. Als sie ihn annahm, stieg der Triumph ihm schier zu Kopfe. „Ich meine, du solltest alles hören. Es gibt doch nichts zu verbergen, oder, Morgan?"

An Morgans Kiefer zuckte ein Muskel. Doch er sagte nichts und folgte.

Als sie im Salon waren, fragte Percy: „Nicholas, du *kennst* Gavin?"

„Ich bin mir nicht sicher." Morgans Hände krümmten sich in den edlen Lederhandschuhen, weiße Falten umgaben seinen Mund. „Es sei denn... Sie sind doch nicht etwa... der Knabe?"

„Noch nicht einmal meinen Namen kennen Sie mehr?" Der allzu vertraute Hass brodelte durch Gavin wie Säure. All die Jahre hatte er davon gezehrt, hatte seine ganze Welt auf diesen Tag hin aufgebaut, den Tag der Rache. „Ich bin nichts weiter als der namenlose, gesichtslose Junge, den Sie niedergeschlagen und in Grimes' Kammer dem Tod überlassen haben."

„Sie sind entkommen", sagte Morgan leise.

„Was ich ganz offensichtlich nicht Ihnen zu verdanken habe."

„Nicholas. Wovon spricht er denn?", drängte Percy.

Morgans Blick schweifte zu ihr. Tonlos sagte er: „Es geschah, ehe ich deinen Vater kennen lernte. Es waren... finstere Zeiten." Er nahm sich den Hut ab, fuhr sich mit der Hand durch das schwarze Haar, das an den Schläfen langsam silbrig wurde. „Als

ich dreizehn war, habe ich als Lehrling für einen Schornsteinfeger namens Ben Grimes gearbeitet."

„Doch war er leider nicht nur Schornsteinfeger, oder?" Obwohl sich ihm selbst fast der Magen umdrehte, fuhr Gavin höhnisch fort: „Und die Pflichten, die Sie da verrichtet haben—gingen ja über das Fegen von Schornsteinen hinaus, hä? Sie, und all die jungen Knaben, an denen der Meister Gefallen fand."

Percys entsetztes Keuchen verschwamm im Hintergrund, ebenso wie alles andere. Sein Blick heftete sich auf Morgan. *So lange habe ich auf diesen Moment gewartet, meine Rache...*

Ein Schaudern schüttelte Morgans Schultern. „Sie wissen genauso gut wie ich, was in diesem Haus vor sich ging. Aber es ziemt sich nicht für die Ohren einer Lady." Morgan schnaufte. „Wir werden es bei anderer Gelegenheit besprechen—"

„Wir besprechen das jetzt." Gavin hatte keine Zeit mehr zum Nachdenken, die Worte sprudelten ganz von selbst aus ihm heraus. „Sie befinden sich auf meinem Hoheitsgebiet, und Sie gehen nicht, bis ich zufrieden gestellt bin. Sie geben hier und jetzt zu, was Sie in jener Nacht getan haben—*sagen Sie es.*"

Morgan atmete bebend aus. Seine Faust zerknüllte seine Hutkrempe. Er senkte den Kopf, und er stand so lange stumm da, dass Gavin dachte, er würde sein Verbrechen nicht eingestehen.

„Ich habe ihn umgebracht." Die Worte zerschellten in der Stille wie Porzellan auf einem Steinboden. „Ich habe Grimes erdolcht, mitten ins Herz, weil ich es nicht ertragen konnte, dass er mich anfasste. Je wieder anfasste."

„Nick." Zu Gavins Bestürzung ging Percy hinüber zu Morgan. Sie legte ihre Arme um ihn—*um Gavins Feind.* Tränen rollten ihr die Wangen herunter. „Oh Nick. Hat Papa davon gewusst?"

Morgan schüttelte den Kopf. „Jahrelang habe ich es niemandem gesagt und meine Schmach verborgen. Bis Helena..." Obwohl seine Augen feucht waren, wurde sein Blick weicher. „Sie hat keine Geheimnisse zwischen uns geduldet."

Percy nickte, immer noch weinend. Als sie ins Schwanken

geriet, wollte Gavin auf sie zueilen, doch Morgan führte sie schon zu einem Stuhl. In entgeisterter Wut beobachtete Gavin die innige Szene. Verstand sie denn nicht, dass ihr sogenannter Bruder mehrfach missbraucht worden war—und den Übeltäter umgebracht hatte? Dass er Gavin dem *Tod* überlassen hatte? Sie sollte doch vor Ekel zurückschrecken, sollte...

Hier drüben sein. Bei mir.

Sie suchte an der Armlehne Halt und blickte zu ihm auf. In ihren Augen schwammen Tränen. „Gavin", flüsterte sie. „Bist du auch...?"

„Grimes hat mich nicht angerührt", schnappte er. Er konnte kaum denken, während der Strudel in ihm wirbelte. Er fand die Wut und ließ sie ihm ein Anker sein. Er hatte Morgans Sünden noch gar nicht alle enthüllt; gewiss würde Percy sich dann auf seine Seite stellen. „Ich war erst eine Woche dort gewesen. Aber den Fortgang meines Lebens hat es dennoch verändert—deswegen, was *er* getan hat." Er zeigte mit dem Finger auf Morgan. „Weil er, nachdem er den Bastard ermordet hatte, mich bewusstlos geschlagen und den Flammen überlassen hat."

Alle Farbe wich aus Percys Gesicht. „Das würde Nick nicht tun", flüsterte sie. „Nick, sag, dass du das nicht getan hast."

Morgan zuckte bei dem Vorwurf nicht einmal mit der Wimper. Stattdessen stand er sehr aufrecht und sagte: „Ich habe Ihnen unsagbares Leid verursacht, Mr. Hunt. Ich habe mich von Ihnen abgewendet, als ich meine Hand hätte ausstrecken sollen." Seine Stimme bröckelte, während er fortfuhr: „Für mein Handeln gibt es keine Entschuldigung, außer dass ich... in Panik geraten bin. Mein einziger Gedanke war, meiner Tat zu entkommen. In Wahrheit kann ich mich gar nicht daran erinnern, überhaupt einen klaren Gedanken gehabt zu haben." Er schluckte hörbar. „Ich weiß, dass es nicht viel bedeutet, aber Sie sollen wissen, dass ich an jedem Tag, der seither vergangen ist, an meine Feigheit gedacht und mich selbst dafür verabscheut habe. Und ich habe immer die unwahrscheinliche Hoffnung gehegt, dass Sie vielleicht überlebt haben, dass ich Sie vielleicht eines Tages finde und Wiedergutmachung leisten kann."

„Wiedergutmachung? Zehn Jahre habe ich im Gefängnisschiff gedarbt, für das Verbrechen, das du begangen hast", schrie Gavin.

Morgan wurde aschfahl. „Aber der Mord an Grimes... ich hörte, dass er als Unfall galt, es gab einen Brand..."

„Der Brand, der später mir angelastet wurde. Ein Jahrzehnt habe ich wegen Brandstiftung im Gefängnis verbracht—wegen des Feuers, das *du* gelegt hattest."

Er war dermaßen von der Qual verzehrt, dass er gar nicht bemerkt hatte, dass Percy zu ihm gekommen war und neben ihm stand. Sie berührte seinen Arm. „Gavin, mein Schatz, bitte beruhige dich—"

„Ich beruhige mich nicht."

Sein letztes Fädchen Beherrschung riss. Er bemerkte gar nicht, dass er sie von sich stieß, bis sie rücklings strauchelte und das Gleichgewicht verlor. Ehe er sie fangen konnte, tat Morgan es. Er schob sie schützend hinter sich. Gavin wollte vor Wut aufheulen.

„Ich habe in jener Nacht kein Feuer gelegt", sagte Morgan.

„Lüg mich nicht an. Als ich zu mir kam, stand alles in Flammen. Wer sollte den Brand denn gelegt haben, wenn nicht du?", knurrte Gavin. „Wer sonst hatte denn Beweise zu vernichten?"

Schweigen. Morgan sagte stirnrunzelnd. „Jedermann könnte in das Zimmer gekommen sein. Wer auch immer Grimes hasste und ihn da liegen sah, hätte sich dazu entschließen können, das Haus zu zerstören." Das Mitleid, das in Morgans Blick stieg, ließ Gavin zurückweichen. „Es tut mir leid, Hunt, alles was Sie erlitten haben. Ich kann gar nicht in Worte fassen, wie leid es mir tut, welche Rolle ich darin gespielt habe. Doch der Brand—das war nicht ich."

Aufruhr mischte sich in den Zorn, wollte Gavin bei lebendigem Leibe verschlingen. „Du elender Lügner. Natürlich warst du es", spie er aus. „Und ich bekomme meine Rache. Du hast mein Leben zerstört—und nun zerstöre ich deines. Dank Fines gehört mir nun der Mehrheitsanteil deiner Kompanie, Morgan, und ich werde jeden Stein und jeden Ziegel deines Lebenswerks abreißen."

Morgans Lippen zitterten, aber er presste sie zusammen. „Und das bringt Ihnen die Genugtuung, die Sie suchen?"

„Oh ja, und das ist noch nicht alles." Er nickte auffordernd zu Percy, die ihn mit großen Augen anstarrte. „Komm her, Percy, und sag ihm, was du mir gesagt hast. Dass du mich liebst. Dass du mich heiraten wirst."

„Gavin." Sie flüsterte seinen Namen, machte jedoch keinerlei Anstalten, zu ihm herüberzukommen.

„Sag es ihm." *Wag es nicht, mich zu betrügen. Nicht jetzt.*

„Ging es dir die ganze Zeit über nur um... Rache?", fragte sie mit brüchiger Stimme. „Unsere Wette, hättest du sie eingehalten, wenn ich gewonnen hätte?"

„Du hättest nie und nimmer gewonnen. Ich hätte dich jederzeit verführen können. Du liebst mich." Die Worte kamen barsch, falsch heraus, doch er konnte seine Stimme nicht beherrschen. Er konnte überhaupt nichts mehr beherrschen. Sogar die Wut begann aus ihm zu sickern, und ihm blieben nur Furcht und Chaos.

„Komm her", wiederholte er.

Morgan legte schützend seinen Arm vor Percy. „Geh nach draußen", sagte er ruhig zu ihr. „Lass mich das hier beenden."

Percy stand da und regte sich nicht.

„Wenn du auch nur einen Fuß nach draußen setzt, dann komm nie wieder zurück." Gavins Herz zuckte vor Verzweiflung, doch er konnte keine Schwäche zeigen, nicht vor dem Feind. *Nicht du, Percy. Verlass mich nicht du auch.*

Sie sah ihn mit hellen Augen an. „Hast du mich denn je geliebt, Gavin? Mich je als Mensch gesehen—und nicht nur als eine Schachfigur?"

Aus dem Augenwinkel sah er Morgans Gesichtsausdruck—die

erhobenen Augenbrauen, die hochmütige Ungläubigkeit. *Zeig keine Schwäche.*

„Du bist mein. Du gehörst mir", sagte er zwischen zusammengebissenen Zähnen.

Mit schwankender Stimme sagte sie: „Dann gib deine Rachegedanken auf und ich bleibe. Ich heirate dich. Wir können glücklich sein, das weiß ich."

„Percy", sagte Morgan scharf.

„Beweis, dass du *mich* liebst", sagte sie, plötzlich feurig, „so sehr wie ich dich liebe."

Die Worte hallten in Gavins schwächstem Organ wider, und dennoch tobte im Rest von ihm weiterhin das Chaos. *Nem Weib is nüscht zu trauen, Jung, so wahr ick hier steh'.* Stewarts Stimme... doch Stewart war nicht mehr—*nein, reiß dich zusammen.* Versuchte Percy, ihn zu manipulieren, ihn zu schwächen? Er musste seinen Kopf klären. Er musste durch die Stürme der Vergangenheit und der Gegenwart hindurch denken. Es erklang noch eine andere Stimme in seinen Ohren. *Nutzloser Bengel. Wer könnte dich schon lieben? Wer will schon einen dreckigen Rotzlümmel am Bein hängen haben?*

„Dir muss ich überhaupt nichts beweisen", schrie er.

Er hörte sie nach Luft schnappen. Dann machte sie kehrt und entfernte sich mit raschen Schritten. Das Krachen der zufallenden Tür dröhnte in die Stille. Er starrte an die Stelle, wo sie eben noch gestanden war. Konnte nicht fassen, dass sie... fort war.

Morgan hingegen blieb, mit eiskaltem Blick. „Sie und ich haben noch miteinander zu tun, Mr. Hunt. Ich werde alles tun, was in meiner Macht steht, um Abbitte für das Leid zu leisten, das ich Ihnen zugefügt habe." Doch dann schwang etwas Zorn in seiner Stimme mit: „Doch hören Sie mir gut zu: Miss Fines lassen Sie aus dem Spiel. Sie ist ein junges, unschuldiges Mädchen, und wenn ich nur daran denke, was—" Seine Fäuste ballten sich an seinen Seiten, und er sagte mit belegter Stimme: „Wenn Sie

Genugtuung suchen, dann tun Sie es wie ein Gentleman. Gute Nacht, Sir.“

Die Tür schloss sich hinter ihm und Gavin war allein. In der Hölle gefangen, ohne Hoffnung auf Entrinnen.

Wo er schon immer gewesen war.

❧ 33 ❧

Sie war wieder in ihrem gemütlichen Frühstücksraum, wo Miss Priscilla Farnham sich eigentlich geborgen und sicher fühlen sollte. Sie war dem Unhold entronnen; die luftigen Fenster boten ihr einen Blick auf den wolkenlosen Himmel. Um den Tisch herum aßen ihre Familienmitglieder in zufriedenem Schweigen ihr Marmeladentoast.

„Priscilla, Liebes, warum isst du denn nicht?", fragte ihre Mutter.

Miss Farnham biss sich auf die Lippe. „Ehrlich gesagt, Mama", entfuhr es ihr, „hat mir Marmelade noch nie geschmeckt."

—aus Die Drangsale der Priscilla, *ein fast vollendetes Manuskript von P.R. Fines*

„Ich habe mich ausgeweint", verkündete Percy vom Türbogen des Salons ihrer Mutter aus.

Ihre Mama blickte von ihrer Lektüre auf. Ihre Brauen hoben sich über ihrem Zwicker mit den kreisrunden Gläsern.

„Nun, das ist aber eine Erleichterung", sagte sie milde. „Ich dachte, das mit dem Weinen geht noch tagelang so weiter. Aber da du dich ja gefasst hast, setz dich doch zu mir."

Percy seufzte. Das hatte sie erwartet—ehrlich gesagt, hatte sie den Moment so lange wie nur möglich hinausgezögert. Doch man konnte sich ja nicht ewig in seinen Gemächern einschließen und der Hysterie hingeben.

Sie plumpste auf den Stuhl neben ihrer Mama, auf deren Schoß Fitzwell zusammengerollt lag. Er hob den Kopf und schnaubte, als wollte er sagen: *Mach dich auf was gefasst.*

„Ehe du mir deine Standpauke hältst, will ich sagen… dass es mir leid tut, Mama", murmelte Percy. „Ich weiß, wie sehr ich dich enttäuscht habe."

„Noch stehe ich unter Schock. Ich begreife noch gar nicht, wie du so etwas tun konntest." Die Spitze ihrer Haube flatterte um die grauen Locken ihrer Mama, als diese den Kopf schüttelte und ihr Buch beiseitelegte. „Du warst schon immer eigensinnig, aber das… Hast du denn *vollkommen* den Verstand verloren?"

„Ich wollte Paul helfen", sagte Percy kleinlaut.

„Um Paul habe ich mich bereits gekümmert", sagte ihre Mutter in einem Tonfall, der Percy vor Mitleid mit ihrem Bruder erschauern ließ. „Ihn lassen wir also aus dieser Sache heraus. Was ich wissen will, ist, warum *du* dich aus freien Stücken ins Verderben stürzen würdest."

„Aber das habe ich ja nicht. Ga— ich meine, Mr. Hunt hat versprochen, unsere Wette geheim zu halten. Und er hat sein Wort gehalten. Um mich ist nicht der Hauch eines Skandals entstanden. Nun, davon abgesehen, dass ich Lord Portland über Bord geworfen habe." Hastig fügte sie hinzu: „Was nicht meine Schuld war."

Zu ihrer Überraschung sagte ihre Mutter grimmig: „Wenigstens das hast du *richtig* gemacht. Lady Helena hat mir die neuesten Gerüchte über Seine Lordschaft erzählt. Die ganze Stadt weiß offenbar, dass er bis zum Hals in Schulden steckt. Gott sei Dank bist den Klauen dieses Schmarotzers entkommen."

Percy hob die Augenbrauen. *Ich habe tatsächlich etwas richtig gemacht?* Sie wollte den Kurs des Gesprächs beibehalten, also sagte sie: „Wann hast du denn Lady Helena gesehen, Mama?"

„Sie kam gestern zu Besuch. Du hieltest gerade ein Mittagsschläfchen, und sie wollte dich nicht stören. Nun lenk aber nicht ab", sagte ihre Mutter. „Dass du wie durch ein Wunder der Aufmerksamkeit der Gesellschaft entronnen bist, ändert nichts daran, dass *du* weißt, was du getan hast. Und bilde dir bloß nicht ein, dass ich dir alles glaube, was du mir erzählt hast, junge Dame."

Percy schluckte. Als Nicholas sie vor zwei Nächten nach Hause gebracht hatte, hatte sie für ihre Mama die Ereignisse zusammengefasst. Eine recht *abgewandelte* Version der Dinge. Selbst da hatte ihre Mutter sie in stummem Entsetzen angestarrt. Sie hatte sich glücklich gewähnt, dass sie statt in ein eingehenderes Verhör ins Bett geschickt worden war.

Offensichtlich hatte ihre Mama sich vom ersten Schrecken erholt.

„Ich muss dich eines fragen, Percy. Und du sollst wissen, dass es die letzte Frage ist, die eine Mutter ihrer unverheirateten Tochter stellen möchte." Eine Pause. „Hast du irgendetwas..."— das Kinn ihrer Mutter bebte—„Unumkehrbares getan?"

Percys Wangen brannten. „Nein, Mama, das habe ich nicht", murmelte sie.

Der Seufzer ihrer Mutter zischte in die Stille. „Gott sei Dank, zumindest das."

Percy verstand natürlich die Erleichterung ihrer Mutter. Gleichzeitig flutete sie ein Gefühl des Elends. Denn trotz allem, was vorgefallen war, und so sehr Gavins Unnachgiebigkeit sie auch verdross, sehnte sie sich immer noch in seine Arme zurück. Die Tränen, die sie in den vergangenen beiden Tagen vergossen hatte, galten hauptsächlich seinem Leid—und dem von Nicholas. Der Gedanke an das, was die beiden ertragen hatten... und mit dem Verlust von Stewart musste Gavins Schmerz doppelt so schlimm sein.

Sie hatte Zeit zum Nachdenken gehabt und konnte nun verstehen, warum Gavin glaubte, Rache üben zu müssen; und warum die Rache ihm nach dem schrecklichen Verlust seines

Mentors vielleicht wichtiger war als sie. Dennoch tat seine Wahl *weh*. Warum stellte man sie so leicht beiseite? Warum konnte sie nicht einmal wichtig genug sein, dass sie an erster Stelle stand? Warum konnte der Mann, den sie liebte, ihre Liebe nicht erwidern?

Wenn sie besonnen wäre, würde sie jede Hoffnung auf eine Beziehung zu Gavin Hunt nun aufgeben.

Doch Besonnenheit war ja leider nicht gerade eine ihrer Tugenden.

„Nun, die Ballsaison ist ja noch nicht vorüber", fuhr ihre Mutter fort. „Lady Helena erwähnte einen passenden jungen Earl—"

„Nein, Mama." *Kein Herumdrucksen mehr, keine Selbstverleugnung.* Gavin erwiderte vielleicht ihre Liebe nicht, doch ihrer eigenen Gefühle war sie sich sicher—und die blieben beständig. Sie war bereit, dafür zu kämpfen. Sie fasste sich Mut und sagte: „Ich bin an keinem anderen Gentleman interessiert. Ich... ich bin schon verliebt."

„Doch nicht etwa in diesen Kerl Hunt", sagte ihre Mutter scharf. Sie nickte, sachte aber bestimmt.

„Nach dem was Nicholas mir erzählt hat, ist der Mann ein gefährlicher Unhold. Er würde alles tun, um sich zu rächen, und würde jedem wehtun, der sich ihm dabei in den Weg stellt. Wie könntest du dir nur einbilden, in solch einen herzlosen Halunken verliebt zu sein?"

„Er ist *kein* Halunke. Wenn du nur wüsstest, was er durchgemacht hat. Seine eigene Mutter hat ihn verstoßen, er hat mit diesem schrecklichen Grimes in einem Verbrechernest gehaust, und er hat ein Jahrzehnt im Gefängnisschiff verbracht, für eine Tat, die er nicht begangen hatte—"

Mamas Hand, die Fitzwells Kopf streichelte, hielt inne. „Ein *Sträfling* ist er obendrein auch noch?"

Verflucht. „Er ist nicht *wirklich* ein Sträfling. Ich meine, er wurde zwar der Brandstiftung schuldig gesprochen, aber er hat es nicht getan. Jedenfalls", sagte Percy hastig, „hat er ein gutes Herz. Wenn du ihn kennen lernen würdest, würdest du das Tugendhafte in ihm sehen. Er nimmt Waisenkinder bei sich auf—"

„Persephone Fines, nun hörst du mir einmal gut zu." Mama spießte sie mit einem stählernen Blick auf. „Dieser Mann trachtet danach, die Kompanie zu zerstören, die dein lieber Papa im Schweiße seines Angesichts aufgebaut hat. Er trachtet danach, Nicholas zu schaden. Und du, mein törichtes Mädchen, bist nur der Mittel zum Zweck."

Percy straffte ihre Schultern. „Ich bin kein Mädchen mehr. Und so töricht, wie du glaubst, bin ich auch nicht. Wenn ich nur noch einmal mit Mr. Hunt reden könnte, könnte ich ihn vielleicht davon überzeugen, dass…"

Mama fluchte. Percy fiel die Kinnlade herunter, noch nie hatte sich ihre Mutter vor ihr derartiger Ausdrücke bedient. „Ich *wusste* ja, dass es mir eines Tages leidtun würde, dass ich dich all diese Romane habe lesen lassen." Mama setzte Fitzwell ab, woraufhin der Mops Percy mit einem vorwurfsvollen Blick bedachte. Ihre Mutter beugte sich nach vorne und sagte: „Hör mir zu: Wüstlinge lassen sich nur in *Romanen* bekehren. Im echten Leben vermag ein hübsches Mädchen eher einem Leoparden die Flecken zu ändern als die Gesinnung eines Mannes zu wandeln."

„Heißt das, es gibt keine Hoffnung für Paul?", schoss Percy zurück.

Mama runzelte die Stirn. „Dein Bruder führt sich vielleicht wie ein Wüstling auf, doch ist es kein Wesenszug von ihm. Nach diesem Schrecken wird er gewiss wieder auf den rechten Weg zurückfinden. Er muss lediglich erwachsen werden und sich seiner Pflichten bewusst werden."

„Und wenn es ebenso wenig in Gavins Wesen liegt? Was, wenn ihn die Umstände davon abgehalten haben, seinen echten, edlen Charakter zu zeigen? Was, wenn er im Herzen ein gütiger, anständiger Mann ist?"

Mama hob steil die Augenbrauen. „Wer hat dich denn über

seine echten Absichten belogen? Wer hat denn seine Rache vor dich gestellt?“

Ein Volltreffer in ihr wundes Herz. „Ich sagte ja nicht, dass er makellos ist“, murmelte sie.

„Gütiger Herrgott, ich werde mit dir nicht weiter darüber streiten. Du hältst dich von diesem Mann fern, hörst du? Wenn nötig, sperre ich dich zu deiner eigenen Sicherheit in deine Kammer ein.“

Percy erhob sich zitternd. „Ich verstehe ja, dass du mich nicht anhören wirst, Mama. Und es tut mir leid, dass ich nie die anständige, vernünftige Tochter war, die du dir gewünscht hast. Es tut mir leid, dass ich dir eine solche Enttäuschung bin.“ Sie kämpfte gegen die Tränen an, die ihr fast aus den Augen quollen. „Aber in einem Punkt gebe ich nicht klein bei: Ich liebe Mr. Hunt.“

„Diese verfluchten Romane.“ Mama seufzte kopfschüttelnd und fuhr fort: „Du hast vielleicht Flausen im Kopf, aber ich habe nie gesagt, dass du eine Enttäuschung seist.“

„Das brauchst du nicht zu sagen. Ich *weiß* es eben. Ich verursache immer nur Katastrophen und leiste nichts Brauchbares.“ Der Riss in Percys Herz öffnete sich noch weiter. „Und du bist in den Urlaub gefahren, um mir zu entkommen.“

Mamas Stirn legte sich in Falten. „Ich wollte meinem Alltag entkommen. Nicht dir.“

„Du schämst dich für mich.“

„Das ist nicht wahr, Persephone.“

„Streit es nicht ab“, sagte Percy mit einem anschwellenden Kloß im Hals. „Wir kommen uns schon seit Ewigkeiten gegenseitig ins Gehege und ich nehme es dir kein bisschen übel. Und ich nehme es auch Papa nicht übel, dass er immer zu beschäftigt für mich war.“

„Was hat denn dein Vater mit alldem zu tun?“

Der Damm in Percy brach, und eine Flut von Worten schwappte aus dem Nichts. „Ich bin euch beiden nicht die Tochter gewesen, die ihr wolltet. Denn wenn ich es gewesen wäre, hätte Papa mehr Zeit mit mir verbringen wollen. Und du wärest mir nicht immerzu böse."

Sie wurde erst von plötzlichen, heftigen Schluchzern gepackt, dann von zwei Armen, die sie ganz fest hielten. Sie klammerte sich an die mütterliche Umarmung, während der Sturm in ihr tobte.

„Wie konntest du dir nur solchen Unsinn einbilden, Percy?" Mamas Stimme tadelte sie sachte. „Du weißt doch, dass ich dich liebe, du albernes Mädchen."

„Weil du musst", heulte Percy. „Da hast du doch keine Wahl. Du hast mich eben am Hals."

„Und dein Vater hat dich auch abgöttisch geliebt. Weißt du denn nicht mehr, wenn er abends früher nach Hause kam? Das erste, wonach er fragte, war sein kleines Schätzchen."

Percy schniefte: „Wenn ich vielleicht irgendetwas gut gekonnt hätte, wenn ich ihm irgendetwas hätte zeigen können..."

„Oh, Percy. Du bist doch alt genug zu wissen, dass Papa, obwohl er dich liebte—obwohl er uns alle liebte—er auch noch eine andere Geliebte hatte."

„Du meinst Papa... hatte eine Mätresse?" Percys Welt schwamm schon wieder davon. Es konnte nicht wahr sein. Er hatte Mama doch verehrt.

„Um Himmels willen, nein. Nicht aus Fleisch und Blut. Ich meine seine Arbeit, die ihm noch viel mehr abverlangte als jegliche Konkubine." Als sie den Schmerz in der Stimme ihrer Mutter vernahm, kuschelte Percy sich enger an sie, spendete nun auch Trost, statt ihn nur zu empfangen. „Es hat so viele Jahre gedauert, bis ich begriffen habe, dass ich immer die zweite Geige spielen würde, egal was ich tat. Dein Vater konnte seinen Ehrgeiz nicht zügeln." Sie nahm Percy bei den Schultern und blickte ihr fest in die Augen. „Aber das lag nicht an mir—und noch viel weniger an dir."

Bis zu diesem Moment hatte Percy nicht gewusst, wie sehr sie diese Worte zu hören brauchte. „Es tut mir leid, dass du immer hintenan stehen musstest, Mama", flüsterte sie. „Und ich wünschte, ich hätte dir ein größerer Trost sein können. Die anständige Tochter sein können, die du verdientest."

„Meine Güte, was du da redest. Du hast wirklich nicht die geringste Ahnung."

„Ahnung von was?"

Ihre Mutter schnaubte. „Weißt du, was Großmama nach ihrem Besuch bei uns im letzten Sommer zu mir gesagt hat?"

Percy schüttelte den Kopf.

„Nun, Anna, da hast du nun endlich, was du verdienst. Wie köstlich es mich amüsiert, dass dein Gör dir deine eigene Medizin verabreicht. Sie ist haargenau so wie du in ihrem Alter."

„Du meinst... du warst wie *ich*?", fragte Percy verdattert.

„Ich würde eher sagen, umgekehrt", sagte Mama trocken. „Wie dem auch sei, wir beide ähneln uns sehr. Warum, glaubst du denn, bewache ich dich schon all die Jahre mit solchen Adleraugen? Nur ein Teufelsbraten kann einen anderen erkennen."

Mama... ein Teufelsbraten!

„Aber du bist doch so vollkommen", entfuhr es Percy. „Du machst doch immer alles richtig."

„Kein Mensch macht immer *alles* richtig, meine Liebe. Ich glaube, dass ich während meiner Ehe gereift bin", sagte ihre Mutter mit einem Funkeln im Blick, „und das wirst du auch, wenn du erst einmal den richtigen Gemahl gefunden hast."

Mit der neuen Vertrautheit zwischen ihnen sagte Percy: „Oh, Mama, aber ich glaube doch, dass ich das schon *habe*."

Mama sah sie streng an. „Von diesem Unfug mit Mr. Hunt will ich nichts mehr hören. Glaub mir, die Gefühle werden mit der Zeit nachlassen. Bis du allerdings wieder zu Sinnen kommst, gehst du nirgendwohin ohne meine Erlaubnis. Wenn nötig, lasse ich dein Fenster von außen verrammeln."

„Ja, Mama." Sie entschloss, die Sache ruhen zu lassen. „Darf ich wenigstens Nick und Helena besuchen? Ich möchte sie und die Zwillinge so gern sehen."

„Die Hartefords kommen heute Nachmittag vorbei." Mamas Gesichtsausdruck entspannte sich. „Lisbett bereitet schon den ganzen Morgen einen besonderen Imbiss vor."

Wunderbar. Da konnte Percy die Gelegenheit nutzen und unter vier Augen mit Nick sprechen. Wenn sie nur herausfinden konnte, wie man Gavin von seiner Vergangenheit befreite, dann gab es vielleicht noch Hoffnung. Denn sie würde ihn—sie beide— nicht kampflos aufgeben.

❦ 34 ❦

Die Hartefords kamen um halb vier. Mama führte sie in den Salon, wo Lisbett auf dem Büfett einen fabelhaften Imbiss angerichtet hatte. Aufgrund seiner mangelhaften Tischmanieren war Fitzwell von dem Ereignis ausgeschlossen worden.

„Helena und Nick, es ist so schön, euch zu sehen", rief Percy aus, sobald alle saßen. „Wo sind die Zwillinge?"

Die Marquise lächelte wehmütig. „Wir dachten, wir ersparen euch die Wildfänge heute Nachmittag. Die Amme ist mit ihnen in den Park gegangen." Mit Besorgnis in ihren lieblichen Haselnussaugen fragte sie: „Wie geht es dir, Liebes?"

„Es geht mir gut", sagte Percy. Und wahrheitsgemäßer fügte sie hinzu: „Aber wohl nicht so gut wie dir. Du leuchtest ja geradezu, Helena. Einmal London zu entfliehen muss dir gut bekommen sein."

Obwohl Helena stets modisch war, sah sie heute besonders strahlend aus, in einem tiefgrünen Ausgehkleid mit Volants, das ihren glänzenden rotbraunen Locken und der porzellanhaften Haut schmeichelte. Die glatten Wangen der Marquise erröteten und sie tauschte einen Blick mit ihrem Gemahl aus. Sie sandten sich eine stumme Botschaft; Nicholas nickte sachte, seine große Hand bedeckte ihre kleine.

„Der Urlaub war ganz wundervoll, doch die Wahrheit ist",— Helenas Röte wurde noch tiefer—„dass wir wieder Nachwuchs erwarten. Im Frühjahr."

„Oh, meine Lieben, wie wunderbar!" Mama strahlte das Paar an. „Eine volle Kinderstube ist fürwahr ein Segen. Die Zwillinge müssen ganz aus dem Häuschen sein!"

„Thomas und Jeremiah haben wir es noch nicht gesagt", sagte Nicholas.

„Du weißt doch, wie sie auf unserer Reise waren, Anna. Mit ihren Fragen", seufzte Helena.

Mama kicherte, während sie die Teetassen herumreichte. „Ich glaube nicht, dass ich das Wörtchen ‚warum' je so oft in einem einzigen Satz gehört habe." Sie warf einen Seitenblick auf Percy. „Jedenfalls nicht, seit sie hier noch am Gängelband lief. Sie war der neugierigste kleine Fratz, den ihr euch vorstellen könnt."

Percy verdrehte die Augen.

„Du ermunterst die Kinder aber auch, mein Schatz", erinnerte Nicholas seine Gemahlin. Er nahm seine Tasse auf und sagte: „Helena meint, Neugier ist der Eckstein der Intelligenz."

„Sie sind so schlaue kleine Kerlchen, und ich will ihr natürliches Interesse an der Welt nicht dämpfen", gab Helena zu. „Nun, ich mache mir keine Sorgen darüber. Wenn die Jungen wissen möchten, wo denn die kleinen Kindlein herkommen",—sie richtete ein süßliches Lächeln an ihren Gemahl—„dann schlägt sich Harteford gewiss ganz wacker."

Nicholas verschluckte sich an seinem Tee. „Wieso denn ich?"

„Weil du so ein ausgezeichneter Papa bist. Die Jungen glauben dir jedes Wort." Helena senkte bescheiden den Blick. „Außerdem fällt das Thema in dein Fachgebiet."

Die Fopperei seiner Frau ließ Nicholas erröten. Percy tauschte amüsierte Blicke mit ihrer Mama aus. Die Wahrheit war, die Ehe hatte bei Nicholas Wunder bewirkt. Er war früher ein stoischer, trübsinniger Zeitgenosse gewesen. Heute ging er viel mehr aus sich heraus. Er lächelte und lachte öfter, und an seiner Hingabe zu seiner Marquise und ihrem Nachwuchs gab es nicht den geringsten Zweifel.

Was Percys Gedanken natürlich zu Gavin brachte. Es fachte ihre Hoffnung an: Liebe konnte einen Mann *durchaus* zu seinem Vorteil verändern. Wenn Nicholas die Schrecken seiner Vergangenheit verwinden konnte, warum dann nicht auch Gavin?

„Nick, kann ich mit dir sprechen? Im Garten?", entfuhr es Percy.

Das Lachen floh aus seinen Augen. Sein grauer Blick wurde wachsam und seine Schultern verkrampften sich, als hätte er es erwartet. „Selbstverständlich", sagte er.

„Nun Percy, belästige Nicholas doch nicht—", hob ihre Mama an.

„Ist schon gut, Anna." Das kam von Helena, die Percy aufmunternd zunickte. „Wir sind hergekommen, damit Harteford mit Percy reden kann. Und während die beiden beschäftigt sind, erhoffte ich mir von dir ein wenig Rat bei der Farbauswahl für die neue Kinderstube..."

Percy ging voran in den Garten. Die Sonne schien, und die heißgeliebten Rosen ihrer Mutter leuchteten in allen Farben. Neben ihr ging Nick schweigend, die Hände hinter dem Rücken verschränkt.

Sie fasste sich Mut und sagte: „Ich möchte dich ein paar Dinge fragen, Nick. Ich fürchte, sie sind persönlich."

„Nachdem, was sich vor zwei Nächten zugetragen hat, bleiben mir nicht mehr viele Geheimnisse übrig", sagte er.

„Ich weiß, wie viel dir an deiner Privatsphäre liegt, und es tut mir leid, so in deiner Vergangenheit herumzustochern." Sie biss sich auf die Unterlippe. „Doch die Sache ist die: Gavin ist nicht so niederträchtig, wie er wirkt. Er meint, dass ihm Unrecht getan wurde, und ich glaube, wenn er die Umstände in jener Nacht besser verstünde, würde er seine Rachegelüste aufgeben." *Und unserer Liebe noch eine Chance geben.*

„Hunt wurde Unrecht getan. Ich habe ihn dort zurückgelassen. Ganz allein, wenn ich ihn doch aus diesem Höllenloch hätte mitnehmen sollen", sagte Nicholas steif.

Armer Nick. Wie lange schleppte er die Last dieser Schuld schon mit sich herum?

„Du warst doch nur ein Knabe. Du konntest dich kaum um dich selbst kümmern, geschweige denn um einen anderen", sagte Percy.

Obwohl sein Blick leer blieb, erwiderte er: „Helena meinte, dass du das sagen würdest."

„Jeder würde das sagen", beharrte Percy. „Das wahre Scheusal warst doch nicht du, sondern Grimes. Grimes, und wer auch immer den Brand gelegt hat. Und das ist es, worüber ich seither nachgrüble. Wenn du den Brand nicht gelegt hast, wer dann?"

Nicholas fuhr sich mit der Hand durch sein dunkles Haar. „Das frage ich mich auch. Es ist fast zwanzig Jahre her, Percy, und ich habe das alles so lange zu verdrängen versucht."

„Kannst du dich denn daran erinnern, wer in jener Nacht noch im Haus war?", fragte sie.

„Mindestens ein Dutzend Knaben. Namenlose, gebrochene Unselige, die Grimes wie Sklaven hielt." Nicks Kiefer wirkte, als wäre er aus Granit. „So jämmerlich das auch klingt, ich bezweifle, dass irgendeiner von denen sein einziges Heim niedergebrannt hätte."

„Hatte Grimes denn Feinde? Vielleicht hat einer von ihnen die Gelegenheit genutzt, seinen Schlupfwinkel ein für alle Mal zu zerstören", überlegte Percy.

„So mancher wollte Grimes gern tot sehen." Mit einer steilen Stirnfalte zögerte Nicholas erst, ehe er sagte: „Als ich das mit Helena besprach, kam mir vor allem ein Mann in den Sinn. Ein Erzfeind von Grimes. Ihre Rivalität hatte auf beiden Seiten für Blutvergießen gesorgt."

„Wie hieß er?", wollte Percy eifrig wissen.

Die Sonne glitzerte im Silber von Nicks Schläfen, während er missmutig den Kopf schüttelte. „Ich kenne seinen Namen nicht. Man nannte ihn Jack Spades."

„Und das war nicht sein echter Name?", fragte Percy.

„Es war in der Gosse ein recht gängiger Spottname für Einäugige."

Als sie verständnislos dreinblickte, erklärte Nicholas: „Beim Kartenspiel sieht man den Jack of Spades, den Pikbuben, doch nur im Profil, also nur eines seiner Augen."

„Und es könnte sein, dass dieser Mann das Verbrechernest niederbrennen wollte?"

Nick antwortete mit einem angespannten Kopfnicken. „Vor allem mit Grimes' Leiche darin. Grimes war derjenige, der Spades das Auge ausgestochen hatte. In einem Straßenkampf. Ich habe es mit eigenen Augen gesehen." Schluckend fügte er hinzu: „Grimes schwor immer, dass er das andere Auge auch noch kriegt."

Percy konnte ein Schaudern nicht unterdrücken.

„Nichts von alledem solltest du dir überhaupt anhören", sagte Nicholas plötzlich, „und an der gegenwärtigen Lage ändert all das ja auch nichts. Hör in dieser Sache auf mich, Percy. Gavin Hunt ist ein gefährlicher Mann. Du musst dich von ihm fernhalten."

„Gavin würde mich nicht verletzen", widersprach sie.

„Er wollte dich ins Unglück stürzen und Paul zugrunde richten. Nur, um mir damit zu schaden."

„Er wollte mich heiraten. Und er hat Paul davor bewahrt, noch tiefer in Schulden zu versinken. Er kann sanftmütig und gütig sein und... ich *weiß*, dass er kein schlechter Mensch ist", beschwor Percy. „Wenn wir gemeinsam den wahren Begebenheiten der Brandnacht auf den Grund kommen, dann bringt er es vielleicht fertig—"

„Hunt hat sein Leben auf Zorn und Rachsucht aufgebaut. Ich kann ihn verstehen, ich weiß aber auch, dass so ein Mann sich keines Besseren belehren lassen wird. Die Gosse und das

Gefängnis haben ihn zu dem gemacht, was er ist", sagte Nicholas tonlos.

„Aber sieh dich doch selbst an! Du hast dich verändert. Du bist deiner Herkunft entkommen."

„Und zwar früher als Hunt. Und mit Hilfe deines Vaters." Nicholas nahm sie bei den Schultern. „Percy, ich schulde deiner Familie mein Leben, und ich sehe nicht tatenlos zu, wie du meiner Vergangenheit wegen zu Schaden kommst. Versprich mir, dass du dich von Hunt fernhältst."

Percy schüttelte ihn ab. „Erst Mama und nun du. Warum kann mich denn hier niemand wie eine erwachsene Frau behandeln, die ihre eigenen Entscheidungen treffen kann? Ich will dich nicht belügen, Nicholas—Ich... ich habe Gefühle für Gavin. Echte Gefühle. Und ich gebe ihn nicht so leicht auf."

„Dann lässt du mir keine andere Wahl. Bis ich die Angelegenheit mit Hunt geregelt habe, stehst du unter dem Schutz von Mr. Kent und seinen Männern. Du gehst nirgendwohin ohne sie."

„Da kannst du mich gleich ins Zuchthaus von Newgate sperren und die Schlüssel wegwerfen!"

„Glaub mir, eine ähnliche Möglichkeit habe ich schon erwogen, aber Helena hat sie mir ausgeredet."

„Was habe ich dir ausgeredet?" Ihr Gesicht mit einer Hand vor der Sonne schützend kam Helena auf sie zu spaziert, ein neugieriges Lächeln auf den Lippen.

„Entschuldigt die Störung, aber Lisbetts Schrippen sind fertig und ihr wisst ja, wie viel Wert sie darauf legt, dass sie warm serviert werden."

Percy lief auf sie zu. „Du musst zu mir halten", flehte sie. „Sag Nicholas, dass ich nicht wie eine Gefangene behandelt werden darf."

„Oh." Helena räusperte sich. „Es geht um den Schutz durch Mr. Kent, nehme ich an?"

Percy nickte eifrig.

„Die Sache ist die, Liebes: Die Angelegenheit ist höchst heikel und Harteford will dich einfach in Sicherheit wissen", sagte die Marquise. „Außerdem ist die Gesellschaft von Mr. Kent und seinen Männern sicherlich einem Zwangsaufenthalt auf unserem Landsitz vorzuziehen."

„Das hattest du *ernst* gemeint?" Percy wandte sich mit ungläubigem Blick zu Nicholas.

„Ich bin für deine Sicherheit verantwortlich", sagte er mit versteiftem Kiefer.

„Helena", bettelte Percy, „so sag doch bitte etwas."

„Das habe ich bereits. Deswegen wirst du nicht nach Hertfordshire verbannt. Ich weiß, dass du das nicht gerne hörst, aber Percy", sagte Helena entschuldigend, „es ist doch zu deinem eigenen Besten."

Die Hartefords standen Seite an Seite: Nicholas groß und unerbittlich, Helena zierlich und besorgt. Und Percy begriff, dass jedes weitere Argument vergebens wäre. Beim Entwirren von Gavins Vergangenheit hatte sie aus dieser Ecke keine Unterstützung mehr zu erwarten. Sie musste sich also alleine weiter wagen.

„Nick, wenn ich dem zustimme, versprichst du mir wenigstens eins?", fragte sie.

„Und das wäre?"

„Tu bitte Gavin nicht weh", sagte sie.

„Wenn Mr. Hunt ihn angreift, bleibt meinem Mann keine andere Wahl, als sich zur Wehr zu setzen" sagte Helena nicht ohne Schärfe. „Du willst doch bestimmt nicht, dass Harteford verletzt wird."

„Freilich nicht." Percy biss sich auf die Lippe. „Ich will, dass überhaupt *niemand* verletzt wird."

„Ich habe nicht die Absicht, Hunt zu verletzen. Ich habe ihm schon genug Unrecht getan", sagte Nicholas ruhig. „Meine Hoffnung ist, dass ich auf irgendeine Weise Wiedergutmachung leisten kann—wenn er sie denn annimmt."

Das war zumindest etwas.

„Danke." Lisbetts Glöckchen läutete zum Essen, also seufzte

Percy: „Gehen wir lieber rein, ehe sie uns mit dem Nudelholz holt.“

Sie ging zurück in Richtung Haus. Am Rande des Gartens hielt sie inne; die anderen beiden waren nicht gefolgt. Sie standen noch dort, inmitten von Rosen und Sonnenschein. Sie sah, wie Nicholas seine Lady an sich zog und sein Gesicht in ihrem Haar vergrub. Helena schien ihm leise zuzureden, ihre Arme hatte sie um seine Taille gelegt.

Percy schluckte, empfand Schuldgefühle für Nicholas' Schmerz. Sie wusste jedoch, dass Gavin auch litt. Wie sehr sie ihm Trost spenden wollte, so wie Helena Nick tröstete. Es ging um so viel—es ging um die Leben all derer, die sie liebte. Sie musste dem allen irgendwie ein Ende setzen. Sie musste einfach... aber wie nur?

35

„Herrgott verflucht!" Gavin schimpfte hustend, als ihn eine eisige Woge ins Wachsein holte. Er schoss hoch. Eiskaltes Wasser tropfte von seinem Gesicht, sein Verstand versuchte, aus einem Meer von Spukgestalten aufzutauchen. Er saß in seinem Kontor auf einem Kanapee. Zwei kleine Gesichter starrten ihn gebannt an. Davey, Alfie... und letzterer hielt einen leeren Eimer in der Hand.

„Verflucht noch mal, wozu hast du das denn getan?" knurrte Gavin und wischte sich das Wasser vom Gesicht.

„Wir müssen mit Ihnen reden, und anders haben wer Se nüscht wach jekriegt", sagte Alfie. „Sie waren ja besoffener alsn Matrose beim ersten Landgang."

Er schnappte sich das Handtuch, das Davey ihm hinhielt und rubbelte ärgerlich sein Gesicht ab. „Ich sagte, dass ich nicht gestört werden möchte."

Erinnerungen kehrten zurück, und sein Magen verkrampfte sich vor Schmerz.

Stewart ist... fort. Percy auch.

„Gloobense mich, det wollen Se hören. Aber erst brauchen Se

det hier.“ Alfie reichte ihm eine Tasse. „Meen olles Rezept—hab ick ihr jeden Morjen jemacht, bisse ins Gras jebissen hat.“

Gavin blickte misstrauisch auf das grünliche Gebräu. Was hatte er zu verlieren? Er goss es sich hinunter und ihn spülte das wirkungsvollste Heilmittel gegen einen Kater, das er je getrunken hatte.

Er hustete. „Was gibt es Neues, Alfie?“

„Zuerst mal habense Finian O’Brien heute Morjen aus der Themse jefischt. Und kurz darauf hat seen Bruder sich ausm Staub jemacht.“

Großer Gott. Die Neuigkeit war so ernüchternd wie Alfies Mixtur. „Weiß man, wer es getan hat?“

Alfie sah ihn krumm an. „Sin ja nüscht viele Verdächtije übrig.“

Der Straßenjunge hatte recht. „Kingsley“, sagte Gavin grimmig.

Alfie sah Davey an. Aus irgendeinem Grund schüttelte der den Kopf und sein Gesicht verzog sich vor Angst. Alfie stupste ihn unsanft mit dem Ellbogen. „Nu mach schon, Davey. Sag ihm, wat de zu mich jesagt hast.“ Als Davey einfach nur weiter stumm dastand, knurrte Alfie: „Nu sag et, oder ich sag et ihn.“

Ein Beben ging über die schmalen Schultern des Knaben. „Et ... Et tut mich leid, Mr. Hunt“, entfuhr es ihm. „Ick war nüscht ehrlich mit Ihnen. Und Se waren so jut zu mich.“

„Was ist denn, Davey?“, fragte Gavin.

„Ick wollt et Ihnen schon früher sagen, aber ick hatte Angst. Nach dem, wat dem Mr. Stewart passiert ist...“ Gavins Eingeweide zwirbelten sich. Der Junge senkte seinen zerzausten Kopf, und seine Worte waren nur ein Flüstern. „Ick kann et nüscht länger verschweigen. Es is meene Schuld. Ick bin herjeschickt worden, um Se auszuspionieren.“

Grausen packte Gavins Nacken. „Von wem?“

Daveys Augen waren vor Furcht geweitet. „Der Mann weeß Sachen über meen Bruder, Mr. Hunt. Er hat jesagt, er lässt den

Eddie ins Zuchthaus von Newgate werfen, wenn ick nüscht mache, wat er verlangt.“

„Wer, Davey?“ Gavin erhob sich.

Der Junge atmete schaudernd aus. „Mr. Magnus.“

Magnus. Mit einem frischen Dolchstoß des Kummers erinnerte sich Gavin daran, wie sehr Stewart dem Alten misstraut hatte. „Was hast du Magnus bisher berichtet?“

Daveys Gesicht errötete heftig, sogar seine übergroßen Ohren wurden scharlachrot. „Ick hab ihm det eene oder andere jesagt, was ick so mitbekommen habe. Ick—ick hab Ihren Jeheimgang entdeckt und hab ihn benutzt...“

„Um zu spitzeln“, sagte Gavin schroff. „Verstehe. Nun sag mir genau, was du Magnus gesagt hast.“

„Ick hab ihm erzählt, det Mr. Kingsley da war, und wie Se ihm ne Abfuhr erteilt haben. Und dann hab ick eenmal jehört wie Sie und Mr. Stewart...“ Der Satz des Jungen verebbte, seine Lippen zitterten.

„Sprich weiter“, sagte Gavin.

„Ick hab jehört, wie Sie über Ihre Vergangenheit jesprochen haben. Über det Gefängnisschiff und det Verbrechernest, det nem jewissen Grimes jehört hat. Und wie Se sich an Nicholas Morgan rächen wollten...“

Gavins Kopf pochte, während der Knabe die Einzelheiten vor sich hin nuschelte. Verflucht, Daveys Ohren dienten ihm in der Tat nicht nur zur Zierde. Die Frage war, warum Magus all diese Informationen haben wollte... und wie er sie gegen Gavin zu verwenden gedachte.

„... und von Miss Fines hab ick ihn ooch erzählt“, sagte Davey und in seinen Augen stand das nackte Elend.

Gavins Puls hämmerte schneller. „Was hast du über sie gesagt?“

„Magnus hat mir allet Mögliche jefragt, und ich hab’ halt jeantwortet.“ Tränen rannen dem Knaben nun über die Backen, und er wischte sie sich mit den Fingerknöcheln ab. „Ick wollte et nüscht. Sie war doch so nett, aber er sagte, meen Bruder baumelt bald am Galgen, wenn ick im nüscht allet erzähle."

„Was hast du über sie gesagt?" Ehe er es sich versah, hatte er Davey bei den Armen gepackt, kraftlose Muskeln zitterten in seinem Griff.

„Ick hab jesagt..." Der Knabe schloss die Augen. „Ick hab jesagt, det Sie in sie verliebt sin. Det Se allet für sie tun würden, det Se's nur nüscht zugeben wollen."

Der Knabe hielt Gavins Seele einen Spiegel vor. Und das Spiegelbild entgeisterte ihn. Natürlich liebte er sie. Liebte sie mehr als alles andere. Ihr sanftes Flehen hallte in seinem Kopf nach. *Wir können glücklich sein, ich weiß es... Beweis mir, dass du mich so sehr liebst, wie ich dich liebe.* Sogar, als er ihr seine Rachepläne enthüllt hatte, war sie immer noch willens gewesen, ihm eine Chance zu geben.

Und wie ein Narr hatte er sie verscheucht. Er war in jener Nacht so zerrissen gewesen... so verwirrt... er hatte Vergangenheit und Gegenwart nicht mehr auseinander halten können. Sich nicht so verhalten können, wie er es sollte.

Und noch eine Erkenntnis traf Gavin. Etwas, was Fines über die Angreifer gesagt hatte. *Und die haben gesagt, dass Sie sich mit einer hübschen Miss herumtreiben, die mein Zwilling sein könnte. Ihr Name sei Persephone, haben sie gesagt.* Stand Magnus hinter dem Angriff? Wenn Magnus Percy als den Schwachpunkt in Gavins Rüstung identifiziert hatte, dann würde der alte Hurensohn nicht zögern, wieder zuzuschlagen—und zwar gegen *sie*.

„Bitte, Sir, tunse mich nüscht weh."

Daveys Wimmern drang durch Gavins Panik. Er lockerte seinen Griff und stieß den Jungen beiseite. Er rannte zur Tür.

„Wohin gehnse denn, Hunt?", rief Alfie ihm nach. „Und wat soll ick denn mit Davey machen?"

Er drehte sich nicht einmal um. „Behalt ihn hier. Um die Sache mit seinem Bruder kümmern wir uns später. Jetzt muss ich erst Percy finden."

Percy musterte Mr. Kent von ihrer Seite der Kutsche aus. Er trug dunkle, abgetragene Kleidung, die um seine hagere Gestalt schlotterte. Er sah ein wenig wie eine Vogelscheuche aus. Doch seine bleichen Augen glänzten klug, und seine schmalen Gesichtszüge hatten eine Traurigkeit, bei der sie sich frage, wie sein Leben wohl verlaufen war. Jedenfalls konnte sie es Mr. Kent nicht zum Vorwurf machen, dass er ihr wie ein Terrier hinterherlief. Er tat nur seine Pflicht.

„Es tut mir leid, dass ich Ihnen solche Umstände mache, für nichts und wieder nichts, Sir", sagte sie.

Dunkle Augen musterten sie. Sie war sich ziemlich sicher, dass sie Ambrose Kent noch nie hatte lächeln sehen. „Sie machen mir keine Umstände, Miss Fines", sagte er.

„Sie müssen doch Besseres zu tun haben. Verbrecher verhaften, Schiffe durchsuchen, derlei Dinge." Sie rümpfte die Nase. „Ich kann mir nicht vorstellen, dass sich die Thames River Police üblicherweise mit den Erledigungen einer kleinen Miss der Mittelschicht abgibt."

„Die Thames River Police steht tief in der Schuld des Marquis von Harteford", sagte Kent schlicht.

Also hatten sie Nicks Anweisungen zu folgen. Was hieß, dass sie sich wohl besser an eine Eskorte gewöhnte. Sie seufzte und liebkoste mit den Fingern die Brosche, die Gavin ihr geschenkt hatte. Sie hatte sie neben ihrem Herzen angeheftet, wollte ihn ganz nah bei sich haben, während sie um ihrer beider Zukunft kämpfte. Sie sah den Polizisten abschätzend an, vielleicht konnte sie die Lage ja zu ihrem Vorteil wenden.

„Mr. Kent, darf ich Sie um Ihren Rat bitten?"

Obwohl er überrascht aussah, nickte er.

„Ich frage mich, wie man den Aufenthaltsort eines Verbrechers aufspürt", sagte sie.

Mr. Kents Augenbrauen hoben sich. „So das fragen Sie sich?"

„Für meinen Roman", improvisierte sie. „Eine der Figuren ist ein, äh, Ermittler. Und er muss einen Unhold aus seiner Vergangenheit aufspüren."

„Ah", machte Mr. Kent.

„Nur kennt der Ermittler den Namen des Unholds nicht, und er hat nur einen einzigen Anhaltspunkt." Percy machte eine Pause. „Dem Mann, nach dem er sucht, fehlt ein Auge."

„Solche auffälligen Merkmale sind bei einer Suche sehr hilfreich. Wann wurde der Verdächtige zuletzt gesehen?"

Sie wagte eine Vermutung: „Vielleicht so vor fünfzehn, zwanzig Jahren?"

„Hm. Dann würde ich vorschlagen…"

„Ja?" Sie lehnte sich nach vorne.

„Dass Ihre Romanfigur diese Aufgabe lieber den Berufspolizisten überlässt." Mr. Kent bedachte sie mit einem strengen Blick. „Seine Lordschaft lässt in der Sache Jack Spades bereits ermitteln, und das allerletzte, was er dabei braucht, ist, dass Sie sich einmischen."

Percy seufzte tief. „Wenn Sie es die ganze Zeit gewusst haben, warum haben Sie mich dann weiter reden lassen?"

Zum ersten Mal sah sie den Polizisten lächeln. Das schiefe Grinsen verwandelte seine verbrauchten Züge und verlieh ihm einen lümmelhaften Charme. „Weil Ihre Geschichte recht amüsant war. Sie sollten in der Tat einen Roman schreiben, wissen Sie."

Bald darauf kamen Sie bei Hatchard's an. Mr. Kent betrat den Laden zuerst und wies zwei seiner Männer an, den Eingang zu flankieren. Er überblickte den Buchladen mit derselben Wachsamkeit, mit der er wohl auf den Docks oder in der Gosse zugange war.

„Ich sehe mich ein wenig um, und es nützt nichts, mir durch die Gänge zu folgen, weil sie recht eng sind", sagte Percy. „Vielleicht wollen Sie an einem Treffpunkt auf mich warten?"

Sein wachsamer Blick tastete die Umgebung ab. Schließlich

nickte er in Richtung Kamin, der das Herz des Ladens war. „Ich bin da drüben, wenn Sie mich brauchen, Miss Fines."

Wie ein dem Käfig entkommener Vogel flog Percy zu den Bücherregalen. Sie stöberte sich durch die Abteilungen mit Geschichtsbüchern und Lyrik, bevor sie sich in den Hinterteil des Ladens schlängelte. Da standen nämlich die Romane. Sie fing den Blick von Mr. Kent ein, der zu ihr blickte, und sie winkte ihm zu, ehe sie den Hauptgang entlang zu einer Reihe von Regalen weiterging. Sie nahm einen neuen Band von einem ihrer Lieblingsautoren und blätterte darin, als sie ein Zupfen an ihrem Arm spürte.

Sie blickte hinab und sah ein ärmliches Kind, nicht älter als fünf oder sechs, das zu ihr hinaufblickte.

„Sind Sie die Miss Fines?"

Ihr Puls galoppierte davon. „Ja, die bin ich."

„Dann hab' ick wat für Sie." Er schob ihr einen Zettel zu, und ehe sie ihn etwas fragen oder ihm eine Münze zustecken konnte, war er schon die Regalreihe entlang davongewischt.

Sie brach das wächserne Siegel.

Meine Liebste, ich muss dich wiedersehen. Ich muss dir so viel sagen. Ich werde tun, was auch immer ich tun muss, um alles wieder gut zu machen. Ich warte draußen vor dem Hintereingang auf dich. Lass mich nicht vergebens warten, mein Schatz.

-H

Ihr Herz machte Luftsprünge in ihrer Brust. *Was auch immer ich tun muss, um alles wieder gut zu machen.* War es denn möglich, dass Gavin damit meinte, er würde ihr zuliebe seine Rachepläne aufgeben? War er doch fähig, sich zu ändern? Und nach allem, was sie durchgemacht hatte, war sie denn willens, ihren Stolz und ihr Herz erneut aufs Spiel zu setzen, für einen Mann wie Gavin Hunt?

Tausendmal ja.

Sie spähte den Hauptgang entlang und sah, dass Mr. Kent noch in Stellung war. Er nickte ihr zu und sie winkte zurück, ehe sie sich wieder hinter die Regale zurückzog. Sie blickte ans andere

Ende der Regalreihe: Da war die Hintertür, nur wenige Meter entfernt. Sie könnte Gavin in wenigen Augenblicken sehen, womöglich sogar, ohne dass Mr. Kent davon erfuhr. Und wenn Gavin wirklich das vorschlug, was sie hoffte, würden sie sich nicht mehr heimlich treffen müssen.

Glühend vor Aufregung traf sie ihre Entscheidung und ging mit gemessenem Schritt auf die Tür zu. Sie streifte dabei einen anderen Kunden, der sie verärgert ansah, doch sie ging weiter. Sie sah, dass die Tür ein Schloss hatte, doch der Türknauf drehte sich leicht in ihrer Hand. Sie öffnete und schlüpfte hinaus.

Obwohl es früh am Tage war, hingen in der Gasse die Schatten der hohen Gebäude ringsum. Ihr Herz machte einen Sprung, als sie eine dunkel gekleidete Gestalt ein paar Meter von ihr entfernt stehen sah. Seine breiten Schultern waren von ihr abgewandt, ein Hut verdeckte seinen Kopf.

Sanft sagte sie: „Gavin?"

Er wandte sich um.

„Oh, es—es tut mir leid", stammelte sie. „Ich dachte, Sie wären jemand anders."

Obwohl der Fremde ein gut aussehender Mann war, sträubten sich ihr bei seinem Lächeln dennoch die Nackenhaare.

„Sie sind hübscher als erwartet, Miss Fines. Kein Wunder, dass Hunt ständig wie ein geiler Bock herumläuft. Sie werden mir bestimmt sehr nützlich sein."

Sie wich zurück und prallte gegen eine feste, stämmige Gestalt. Ein Tuch legte sich auf ihren Mund, erstickte ihren Schrei. Ein süßlicher, stechender Geruch stieg ihr in die Nase, und ihr vergingen die Sinne.

36

Gavin trat die Tür mit dem Fuß auf. „Wo zur Hölle ist sie, Morgan?"

Die Männer, die um den langen Tisch saßen, starrten ihn an. Wie ein zorniger Hund kläffte hinter ihm der bebrillte Idiot, der ihm den Zugang zu Morgans Kontor hatte verweigern wollen. „Verzeihung, Milord. Ich habe versucht, diese Person aufzuhalten, aber er hört nicht auf mich. Soll ich ihn entfernen lassen?"

„Das können Sie ja gern versuchen", sagte Gavin und zeigte die Zähne.

„Lassen Sie nur, Jibbots." Morgan erhob sich. Er wandte sich an die Gruppe am Tisch und sagte knapp: „Die Besprechung ist vertagt. Ich will die Lieferberichte morgen früh auf meinem Schreibtisch haben."

Mit einem einstimmigen „Ja, Milord" verließen die einfältigen Speichellecker das Zimmer.

Die alte Brillenschlange jedoch blieb schützend im Türrahmen stehen. „Milord, ich kann den Amtsrichter verständigen—"

„Lassen Sie uns allein, Jibbots", sagte Morgan. „Und schließen Sie die Tür hinter sich."

Mit einem letzten argwöhnischen Blick ging der Mann davon. Morgan nahm die Kaffeekanne und schenkte sich eine Tasse des dampfenden Gebräus ein. Er sah Gavin fragend an.

„Ich will keinen verfluchten Kaffee", schnappte Gavin. „Wo zur Hölle ist Percy?"

„Das geht Sie überhaupt nichts an, Hunt. Ich sagte Ihnen, halten Sie sich von ihr fern." Morgan musterte ihn mit kalten, grauen Augen. „Ich bin derjenige, der Ihnen Unrecht getan hat, und wenn Sie bereit sind, über Wiedergutmachung zu reden—"

„Sie ist in Gefahr, verflucht noch mal." Die Furcht ließ Gavins Worte von den Wänden widerhallen. Er war unter anderen Umständen als kühler Kopf bekannt, doch nun rasten seine Gedanken. „Ich war bei ihrem Haus, und die alte Henne, die den Haushalt führt, hat mich davongescheucht. Dann habe ich einen Lakaien der Nachbarn bestochen—der sagte mir, er habe ihre Kutsche schon vor zwei Stunden wegfahren sehen. *Sagen Sie mir, wo sie hin ist."*

Morgan starrte ihn an. „Von was für einer Art Gefahr reden Sie denn?"

Gavin fuhr sich mit der Hand durch die Haare. „Halsabschneider, Morgan", raspelte er. „Wir haben keine Zeit für Einzelheiten. Wenn Sie wissen, wo sie ist, müssen wir sie finden."

Seine Worte versetzten den Marquis endlich in Bewegung. „Sie sind hinter ihr her?", fragte er und packte Gavins Jackett.

Selbstverachtung simmerte in Gavins Brust. „Sie sind hinter *mir* her", sagte er, „und schrecken nicht davor zurück, sie für ihre Zwecke zu verwenden."

„Folgen Sie mir", sagte Morgan.

Gavin war in solcher Angst um Percys Leben, dass ihm der herrische Befehl gar nichts ausmachte. Sie stiegen die Stufen des Lagerhauses hinab. Morgan bellte nach der Kutsche, die sogleich mit aufeinander abgestimmten grauen Pferden am Eingang vorgefahren wurde.

„Nach Hause, schnell", wies Morgan den Kutscher an, als sie

in den gut gefederten Wagen stiegen. Kaum hatten sie ihre Plätze eingenommen, sprang die Droschke auch schon vorwärts.

„Percy ist bei Ihnen zu Hause?", fragte Gavin angespannt.

„Mrs. Fines ist heute Nachmittag zum Tee bei meiner Gemahlin", berichtigte Morgan. „Ich weiß nicht, ob Percy vorhatte, auch dabei zu sein. Aber wenn sie nicht da ist, wird ihre Mutter wissen, wo man sie finden kann."

Gavins Fäuste verkrampften sich auf seinem Schoß. Er blickte aus dem Fenster. Obwohl die Straßen nur so vorbeirauschten, ging es ihm nicht schnell genug. Auf seiner Stirn stand Schweiß. *Verflucht, wenn ihr etwas zustößt...*

„Warum machen Sie sich eigentlich Sorgen um sie, Hunt? Ich dachte, sie sei nur eine Schachfigur in Ihrem Spiel", sagte Morgan. „Ein Mittel zum Zweck."

„Das habe ich nie behauptet", sagte Gavin verbissen.

„Das haben Sie sie aber durchaus glauben lassen."

Schuldgefühle wühlten in Gavins Magen—und wenn der nicht ohnehin schon so verkrampft gewesen wäre, hätte er vielleicht sogar etwas gespürt. „Ich sollte Sie umbringen", knurrte Gavin. „Dann würde ich mich schon ein ganzes Stück besser fühlen."

„Vielleicht. Ehe Sie mir aber den Kopf abreißen, interessiert es Sie vielleicht, dass ich Percy unter Schutz habe stellen lassen. Wo auch immer sie ist, Mr. Kent ist bei ihr."

Nie im Leben hätte Gavin gedacht, dass ihm die Einmischung eines Charleys eine willkommene Neuigkeit sein würde. Die Beklommenheit in seinem Magen löste sich ein wenig, doch er murmelte: „Hoffentlich weiß er, was er tut. Das sind keine gewöhnlichen Diebe. Es handelt sich um mächtige, erbarmungslose Männer, die alles dafür tun würden, dass das auch so bleibt."

Morgan musterte ihn mit einem undurchdringlichen Blick. „Sagen Sie mir, wer hinter Percy her ist—oder besser gesagt, hinter Ihnen."

Gavin wägte ab. Seinem Erzfeind etwas anzuvertrauen war keineswegs Teil seines ursprünglichen Racheplans gewesen. Um

Percys willen jedoch sah er keine bessere Wahl. „Ein Mann namens John Magnus. Vermutlich im Bunde mit einem anderen Bastard, Warren Kingsley. Sie haben bereits drei Männer auf dem Gewissen."

„Warum?"

Gavin schnaubte. „Macht und Geld natürlich. Hat Seine Lordschaft schon vergessen, wie das Leben in der Gosse ist?"

„Ich erinnere mich", sagte Morgan, „an jede verdammte Sekunde. Kein Titel der Welt lässt einen Mann je vergessen, wo er herkommt. Ich bin in der Gosse geboren, genau wie Sie."

Ein fremdartiges Gefühl kniff Gavins Kehle. Um es zu überspielen, sagte er höhnisch: „Dann wissen Sie ja auch, dass es dort zum Morden keinen großen Anlass braucht. Es ist so bedeutungslos, wie einen Jungen fast zu Tode zu prügeln und dann im Stich zu lassen."

Auf Morgans Kiefer zuckte ein Muskel. Einen Augenblick später sagte er: „Wollen Sie wissen, warum ich es getan habe? Warum ich Ihnen nicht nur meine Hilfe versagt, sondern Sie auch noch geschlagen und in diesem Loch zurückgelassen habe?"

Allerdings. „Es schert mich einen Dreck."

„Ich tat es aus Angst." Trotz der Wut, die in Gavin brannte, erkannte er den Schmerz in Morgans Blick. „Ich hatte drei Jahre lang bei Grimes gelebt. Die Tage in den Schornsteinen, die Nächte in einer Hölle, die noch schlimmer war." Er hielt eine Hand vor seinen Mund. „Mit der Zeit vergaß ich zu hoffen. Vergaß ich... mich selbst. Ich war nur einer der elenden nutzlosen Promenadenmischungen, denen es allein ums Überleben ging."

Gavin war weniger als zwei Wochen bei Grimes gewesen, und dennoch konnte er die kleinen, bleichen Gesichter mit den leblosen Augen noch vor sich sehen. Sein Kiefer verspannte sich, als er sich an seine eigene Angst erinnerte. Daran, was er sich in kindlicher Einfalt gelobt hatte: *So wie die werde ich nie.*

„Aber wenn man einen Köter zu weit reizt, kann er auch beißen." In Morgans Lächeln lag kein Humor, nur Verbitterung.

„Meine Tat in jener Nacht bereue ich nicht, mit Ausnahme dessen, was ich Ihnen angetan habe. Ich hatte schreckliche Angst. Ich wollte nur weg. Und da standen Sie, weinten, bettelten mich an...",—seine Stimme kippte, wurde leise—„und ich sah mich selbst. Sah mein stinkendes, hilfloses Selbst. Und dann wollte ich nur noch schneller fort."

Morgan sah ihn nicht an. Gavin vermied seinen Blick ebenfalls, denn eine verräterische Hitze bildete sich hinter seinen Augen. Er hörte sich selbst fragen: „Und was ist mit dem Feuer...?"

„Diese Sünde geht nicht auf meine Rechnung. Ich schwöre es bei meinem Leben, bei allem, was mir lieb ist", sagte Morgan mit bröckliger Stimme.

Gavins Wut verebbte langsam. Zum ersten Mal war er in der Lage, ruhig in die tiefen Gewässer seiner Vergangenheit zu blicken. Die Oberfläche war... still. Darin spiegelte sich der Knabe, der er einst war, und ein zweiter Knabe—dessen graue Augen verloren blickten. Sie waren beide hilflos gewesen, hatten beide nicht verdient, was das Schicksal ihnen aufgebürdet hatte. Und beide hatten sie irgendwie überlebt. Er musterte den Mann, den er so lange gehasst hatte und empfand ein verwirrendes Gefühl von... was war es, Verbundenheit?

Die Fahrt ging schweigend weiter. Gavin hörte, wie sein Herzschlag im Klappern der Pferdehufe widerhallte. Sein Herz, dieses Organ, das nicht tot war, das Liebe empfinden *konnte*. Für Stewart, der ihm ein Vater gewesen war. Für Percy, die einzige Frau, die er je geliebt hatte. Er hatte einen verloren, die andere würde er nicht kampflos aufgeben.

„Wie... wie haben Sie all das hinter sich gelassen?", fragte Gavin unwirsch.

Der Marquis blickte kurz zu ihm. Gavin sah, dass seine Wimpern feucht waren. Morgan schien sich seine Antwort gut zu überlegen, dann sagte er: „Zuerst dachte ich, die Lösung sei, wie ein Irrer zu arbeiten. So blieb meine Aufmerksamkeit auf die

Zukunft gerichtet, darauf, etwas aus mir zu machen." Er zuckte mit den Schultern. „Und dann kam der Titel, noch mehr Geld, noch mehr Macht. Ich dachte, ich hätte die Vergangenheit endlich hinter mir gelassen."

„Macht", nickte Gavin. „Davon kann man nicht genug haben."

„Das glaubte ich auch—aber ich lag falsch. Ich brauchte das Gegenteil. Ich musste vertrauen lernen, mich jemand anderem öffnen." Morgans karge Züge wurden weicher. „Letztendlich war es meine Ehe, die die Vergangenheit bewältigt hat."

Gavin schnürte sich die Kehle zu. Wenn er Percy erst einmal in Sicherheit gebracht hatte, würde sie ihm noch eine Chance geben? Sie war alles, was er brauchte—und blinder Narr, der er war, hatte er es nicht erkannt. Wie konnte er auch, wenn er doch nie gelernt hatte, was Liebe überhaupt war? Aber er würde es wiedergutmachen. Er würde einen Weg finden, und wenn er sich die Brust aufreißen und ihr sein Herz zeigen musste.

„Ihnen liegt viel an Percy, nicht wahr?"

Unter Morgans prüfenden Blick erhitzten sich Gavins Wangen. Einen Kniefall vor seiner Geliebten zu erwägen, war eine Sache. Das aber vor einem anderen Mann zuzugeben, war etwas ganz anderes. Vor allem, wenn dieser Mann Morgan war.

„Was zwischen mir und Percy vorgeht, geht Sie nichts an. Es ist mir einerlei, ob Sie der Marquis sind, oder ihr Adoptivbruder, oder der verfluchte Erzbischof von Canterbury", murmelte er. „Sie gehört mir. Und sobald ich das Luder wieder habe, heirate ich sie, und wer etwas dagegen hat, kann zur Hölle fahren—einschließlich Percy selbst."

Er verschränkte die Arme. Eine Pause entstand.

„Nun, das heißt wohl ja", sagte Morgan trocken.

* * *

Die Residenz der Hartefords war ein georgianisches Herrschaftshaus auf der Upper Brook Street. Gavin schenkte der luxuriösen Umgebung kaum Beachtung, hatte noch nicht einmal einen Hut, den er dem verschrobenen alten Kauz, der ihnen öffnete, hätte zuwerfen können. Er suchte das marmorne Foyer und die geschwungene Treppe ungeduldig nach einem Lebenszeichen von Percy ab.

„Sind die Fines hier, Crikstaff?", fragte Morgan.

„Ja, Milord", näselte der Butler. „Die Marquise unterhält sie im Salon."

Die Fines. Also waren Percy und ihre Mutter beide hier. Erleichterung durchflutete Gavin. Er musste sich beherrschen, sich nicht an Morgan vorbei zu drängeln, um zu Percy zu gelangen. Nicht etwa, weil er seinem Gastgeber gegenüber nicht unhöflich sein wollte. Vielmehr hatte er keine Ahnung, wo in diesem weiträumigen Haus denn der Salon war. Er war also gezwungen, Morgans raschem Schritt den Flur entlang zu folgen.

Erst hörte er Gelächter. Dann die Klänge eines Flügels... *Heiliger Strohsack.* Es zog sich ihm alles zusammen, während die Noten in ohrenzerreißendem Missklang die Luft splitterten.

Morgan blickte über seine Schulter. Ein schwaches Lächeln erreichte seine Augen, während er eine französische Doppeltür öffnete. „Willkommen im Wahnsinn, Hunt."

Das Durcheinander, das im Salon herrschte, hätte dem Markt in Covent Garden alle Ehre gemacht. Zwei identische flachsköpfige kleine Jungen jagten sich fröhlich quiekend um den Flügel und hauten im Vorbeirennen wahllos auf die Tasten. Eine zerfahren wirkende Brünette versuchte den Kindern Einhalt zu gebieten, während eine andere Lady—mittleren Alters und mit einem herzförmigen Gesicht und blauen Augen, die sie als Percys Mutter identifizierten—sie mit einer Platte voll Gebäck zum Sitzbereich zu locken versuchte. Indessen war Paul Fines damit beschäftigt, mit einer kühlen Blondine zu tändeln, die wiederum von der ganzen Situation köstlich amüsiert zu sein schien.

Aber keine Spur von Percy.

„Wo zum Teufel ist sie?" sagte Gavin.

Alle Köpfe wandten sich ihm zu.

Neben ihm räusperte sich Morgan. „Das hier ist Mr. Hunt. Er kam auf der Suche nach Percy zu mir. Wo ist sie heute hingegangen?"

Paul Fines brach das Schweigen. „Bist du denn von Sinnen, Morgan? Diesen Bastard hierherzubringen?" Er erhob sich, starrte Gavin dabei an. „Selbst wenn ich wüsste, wo meine Schwester ist, würde ich es nicht sagen."

Gavins Handflächen wurden feucht. „Soll das heißen, Sie wissen nicht, wo sie ist?"

„Was geht Sie das an? Haben Sie nicht schon genug Schaden angerichtet?", sagte Fines.

Gavin schnellte nach vorne. Morgan hielt ihn zurück, indem er eine Hand auf seinen Arm legte. „Was auch immer in der Vergangenheit war, heute ist Hunt hier, um zu helfen", sagte er ruhig in das Zimmer hinein. „Percy schwebt möglicherweise in Gefahr. Wir müssen sie finden—wo ist sie?"

„Bei Hatchard's. Mr. Kent begleitete sie und wollte sie danach hierher bringen. Sie sollten eigentlich schon hier sein." Dies kam von Percys Mutter. Die Spitze um ihre fahlblonden Locken bebte. Sie blickte Gavin vorwurfsvoll an. „In was haben Sie sie denn jetzt mit hineingezogen, Sir?"

Gavin spürte es heiß seinen Nacken hinaufkriechen. „Mrs. Fines, ich—"

„Wir können alles später erklären, Anna", mischte Morgan sich ein. „Hunt und ich müssen auf der Stelle zu Hatchard's."

„Ich komme mit", sagte Fines.

„Du bleibst hier und passt auf die Familie auf", sagte der Marquis. „Vielleicht tauchen Kent und Percy ja noch auf. Wenn sie das tun, schickst du uns Nachricht."

Fines nickte gezähmt. Die Brünette kam auf Morgan zu. Ihre Augen waren vor Sorge ganz groß. „Du wirst vorsichtig sein, ja?"

Morgen fasste ihre Wange. „Natürlich, Liebste."

Gavin hatte sich bereits ungeduldig zur Tür gewandt, als eine lange Gestalt in das Zimmer marschiert kam. Er erkannte den Mann als den Charley von neulich.

Kents Gesicht war bleich, seine Haltung steif. Sein Blick heftete sich auf Gavin. „Was tun Sie hier?"

„Wo ist Percy?", fragte Gavin. In seinen Ohren begann es dumpf zu pochen.

Kent blickte ihn erneut kurz an, ehe er flach verkündete: „Sie wurde entführt."

37

Percy öffnete die Augen. Ihre Lider fühlten sich schwer an, als lastete etwas darauf. Sie blinzelte und die Welt wurde wieder scharf. Sie lag auf einem Strohlager, die Hände auf dem Rücken gefesselt. Sie setzte sich mit Mühe auf und sah sich um. Es war eine Art Lagerraum. An die Wand waren leere Töpfe gestapelt. Es roch streng nach ätzenden Lösungen. Die Tür ging auf und der Fremde von der Gasse kam herein. Hinter ihm erhaschte sie einen Blick auf eine Treppe und ein Blitzen wie Sonnenlicht auf einer Wasseroberfläche. Sie war in einem Keller... gleich an der Themse?

„Ah", machte ihr Entführer. „Endlich wach?"

„Wer sind Sie?" Sie brachte es fertig, ihre Stimme ruhig zu halten. „Was wollen Sie?"

„Kingsley ist mein Name." Er hatte die Unverfrorenheit, sich vor ihr zu verneigen, entblößte weiße Zähne. „Ich bin Ihr Gastgeber. Wir feiern heute Abend ein Fest, und Sie, meine Liebe, sind die Hauptattraktion."

Sie war keine Närrin. Der Schuft hatte vor, sie als Köder für Gavin zu benutzen. „Mr. Hunt ist nicht so töricht, dass er in Ihre Falle hineinspaziert", sagte sie mit erhobenem Kinn.

„Ein verliebter Mann verliert leicht den Kopf." Kingsley kam auf sie zu. Sie wich zurück, ihre Schultern trafen auf die Wand. „Sie sind ein hübsches Ding", sagte er. „Kein Wunder, dass Sie den Bastard völlig durcheinander bringen."

Er hob eine Hand zu ihrem Haar. „Rühren Sie mich nicht an", spie sie aus.

„Kleiner Teufelsbraten, nicht wahr? Hunt hat schon seit jeher eine Vorliebe für freche Luder." Kingsleys Lächeln lief ihr kalt den Rücken hinunter. „Ich sollte das wissen—ich habe es schließlich mit jeder seiner Frauen getrieben."

Percy schrie auf, als er ihren Kopf nach hinten riss und seine Lippen auf ihre legte. „Verflucht noch mal, Kingsley, lassen Sie bloß Ihren Schwanz in den Hosen."

Beim Erklingen dieser neuen Stimme lockerte Kingsley seinen Griff. Percy riss sich los und kroch geschwind davon. Sie wandte sich zu dem Neuankömmling... und beim Anblick der schwarzen Augenklappe setzte ihr Herz einen Schlag lang aus.

„Jack Spades", hauchte sie.

„John Magnus heiße ich, Miss Fines." Der ungepflegte alte Mann starrte sie mit seinem guten Auge an. Mit einer Hand umklammerte er einen Gehstock, mit der anderen hielt er eine Pistole auf ihre Brust gerichtet. „Und so soll es auch bleiben."

„Wovon spricht das Gör denn, Magnus?", wollte Kingsley wissen.

„Belanglos."

Magnus sah sie warnend an, und Percy begriff, dass sein Komplize nichts von seiner Vergangenheit wusste. Sie erinnerte sich daran, was Gavin ihr über die Betrügereien und Verleumdungen zwischen den Clubs erzählt hatte, und ihr kam eine Idee.

Sie sammelte all ihren Mut und sagte: „Ihren Beweggrund, Mr. Hunt nach dem Leben zu trachten, würde ich nicht als belanglos bezeichnen, Mr. Magnus."

„Was für einen Beweggrund? Was meint sie?", verlangte Kingsley zu wissen.

Magnus schnalzte mit der Zunge und drehte sich zu seinem Mittäter. „Sie ist nur eine dumme Gans mit einer lebhaften Einbildungskraft. Warum haben Sie sie denn nicht geknebelt, wie ich gesagt hatte?"

„Ich hatte da andere Verwendung für ihren Mund." Kingsley grinste, und Percy verspürte fast einen Brechreiz dabei. „Ihre Fahne weht vielleicht nicht mehr so hoch, aber bei uns anderen steht der Mast noch kerzengerade."

„Sie und Ihr Schwanz", sagte Magnus angewidert. „Ich bin immer noch damit beschäftigt, Ihr Schlamassel mit O'Brien zu bereinigen. Alles lief wie geschmiert, bis Sie es verdorben haben. Und wofür? Für ein dummes Weibsbild."

Percy spitzte die Ohren. O'Brien—war das nicht der Mann, dem Paul Geld schuldete? Was war ihm widerfahren?

Kingsley kniff die Augen zusammen. „Das war nicht meine Schuld. Um Evangeline hatte ich mich gekümmert, das Luder hätte kein Wort über unsere Affäre verloren. Wenn Finian sich nicht in Dinge eingemischt hätte, die ihn nichts angingen, wenn er nicht versucht hätte, mich damit zu erpressen, dass ich sie gefickt habe—"

„Genug." Der Blick von Magnus kehrte zu Percy zurück, die versuchte, nichtssagend dreinzublicken. In ihr aber hämmerte ihr Herz. „Kleine Häschen haben große Löffel, wissen Sie das denn nicht? Geben Sie mir Ihre Krawatte, Kingsley, rasch."

„Hat Mr. Magnus Ihnen gesagt, dass er Mr. Hunt schon seit vielen Jahren kennt?", fragte Percy hastig. „Dass er Mr. Hunt umbringen will, damit niemand von seinem Verbrechen erfährt?"

Kingsley hielt inne, seine Krawatte noch in den Händen. „Was für ein Verbrechen? Warum haben Sie mir davon nichts gesagt, Magnus?"

„Ich sagte, bringen Sie das Weib zum Schweigen. Geben Sie mir das verfluchte Tuch." Er ließ seinen Gehstock los und versuchte, den Stoff von dem anderen Mann zu erhaschen. Er griff ins Leere.

Kingsley hielt die Krawatte außer seiner Reichweite. „Oh nein, so nicht. Nicht, bis ich die Wahrheit höre."

Percy suchte schon nach möglichen Fluchtwegen, als Magnus sich wieder fing. Er atmete tief ein und fuhr mit einer Hand über seine unbändigen grauen Locken. „Es ist nichts von Bedeutung. Aber ja, ich habe Hunt als Knaben gekannt. Er hat für einen alten Feind von mir gearbeitet."

„Benjamin Grimes", sagte Percy mit rasendem Puls. Magnus sah sie bedrohlich an. „Ja, der Bastard hat mir das Auge genommen. Und ich habe ihm etwas genommen."

Da begriff sie: „*Sie* waren es. Sie haben in jener Nacht das Haus abgebrannt", sagte sie. „Sie haben den Brand gelegt und Gavin als den Sündenbock dort zurückgelassen."

Ein heimtückisches Lächeln ging über das Gesicht des Alten. „Ei, das habe ich."

Endlich, die wahren Umstände jener Nacht. Und der Beweis von Nicholas' Unschuld. Wenn sie jetzt nur irgendwie entkommen, zu Gavin gelangen könnte...

„Da haben Sie ja eine ganz schöne Leiche im Keller", überlegte Kingsley. „Hunt würde Ihnen die Kehle aufschlitzen, wenn er davon wüsste."

„Genau darum werde ich ihm zuvorkommen. Vergessen Sie nicht, Kingsley, Sie wissen wohl etwas über mich, aber ich weiß noch viel mehr über Sie." Sein Komplize runzelte die Stirn. Magnus sagte: „Wir stecken gemeinsam in dieser Sache, und es gibt nur einen Ausweg. Wir bringen Hunt heute Nacht um. Nun knebeln Sie endlich das Weib, oder muss ich es tun?"

Percys Hoffnung schwand, als Kingsley auf sie zukam.

Wenn jemand Gavin gesagt hätte, dass er mit einem Marquis, einem Polizisten und einer Baronin gemeinsame Sache machen würde, hätte er gefragt, womit er solch einen schwachen Witz denn verdient hätte. Doch im Augenblick waren Morgan, Kent und Lady Marianne Draven um den Couchtisch in seinem Kontor gedrängt. Sie waren ihm aus der Residenz der Hartefords gefolgt, hatten alle darauf bestanden, an Percys Rettung teilzuhaben. Paul Fines hatte die Aufgabe, seine Mutter und die übrigen Hartefords zu bewachen.

Nun tauschte Gavin grimmige Blicke mit den drei anderen aus. Die Brosche, die er Percy geschenkt hatte, lag auf dem Tisch vor ihnen. Sie war in einen Erpresserbrief gewickelt hinterlassen worden. Die Anweisungen waren einfach:

Mitternacht. Watson's Blacking Factory. Kommen Sie allein, oder das Mädchen stirbt.

Die Uhr schlug neun. Es blieben nur drei Stunden, wenig Zeit, einen Angriff vorzubereiten.

„Alleine können Sie da nicht reingehen", sagte Morgan. „Zu gefährlich."

„Wenn ich es nicht tue, töten sie Percy", sagte Gavin tonlos. „Diese Männer meinen es ernst."

„Wenn Sie alleine hineingehen, töten sie Sie. Und Percy ist damit nicht geholfen", sagte Lady Draven gedehnt.

Gavin hatte diesen Tatsachen nichts entgegenzusetzen. Und doch blieb ihm nichts anderes übrig. „Wenn es um Percys Leben geht, gehe ich kein Risiko ein", sagte er.

Kent meldete sich zu Wort. „Wie viele Männer haben diese Schurken denn zusammen?"

„Mehr als doppelt so viele, als ich zur Verfügung habe. Auf der Straße erzählt man sich allenthalben, dass Magnus ein großes Aufgebot einberufen hat. Er will ein Blutbad", sagte Gavin finster.

Kent und Harteford tauschten Blicke aus. „Die Thames River Police steht Ihnen zur Verfügung, Mr. Hunt", sagte Kent. „Doch auch so sind wir noch unterlegen."

„Und nicht nur zahlenmäßig", sagte Lady Draven mit erhobenen Brauen. „Mr. Kent, ich bezweifle, dass Ihre fidelen

Ermittler lange in einem echten Straßenscharmützel aushalten werden."

Gavin war der Ansicht, dass sie das ganz richtig einschätzte. Kent allerdings wurde steif, seine bleichen Augen blitzten vor Wut. „Meine Männer können sich in jeder Lage behaupten. Und was wissen Sie schon von solchen Dingen, Milady?" Er betonte das letzte Wort so, dass man seine Zweifel heraushörte, ob sie denn überhaupt als solche gelten konnte.

„Ich bin keine Lady, so viel sollte doch allenthalben bekannt sein." Ihr Tonfall war spöttisch. „Für einen Ermittler sind Sie recht schwer von Begriff, Mr. Kent."

Der Polizist wurde rot.

Gavin hatte keine Ahnung, was sich da mit den beiden abspielte, doch zwischen ihnen knisterte Feindseligkeit. Morgan spürte das wohl auch, denn er sagte ungeduldig: „Genug davon. Wir müssen unsere Aufmerksamkeit auf unsere Aufgabe richten und durchgehen, was wir so weit wissen."

Gavin hatte vorhin Alfie auf einen Erkundungsgang zu der alten Fabrik an der Themse geschickt. Das Straßenkind hatte einen groben Lageplan des verlassenen Gebäudes gezeichnet, basierend darauf, was er von außen hatte sehen können.

„Nach Alfies Bericht gibt es vier Eingänge", sagte Gavin und zeigte sie auf der Zeichnung. „Die wohl allesamt schwer bewacht sein werden."

„Man kann sich auf dem Land oder zu Wasser nähern. Zu Wasser ist unauffälliger", sagte Kent. „Ich kann meine Männer die Umgebung als Flussfischer verkleidet patrouillieren lassen."

Gavin musste zugeben, dass das eine vernünftige Idee war. „Meine Männer können die Straßen rund um die Fabrik einnehmen. Wenn etwas schief geht, können wir uns zumindest zur Wehr setzen." Beim Gedanken an das Kräfteverhältnis, mit dem sie es aufnehmen mussten, fügte er grimmig hinzu: „Obwohl die Aussichten ungünstig sind."

„Wir arbeiten mit dem, was wir haben", sagte Morgan.

„Wir werden ein Zeichen von Ihnen brauchen, um zu wissen, wann wir angreifen sollen", sagte Kent. Gavin dachte nach. Die Schurken würden ihm gewiss seine Waffen abnehmen. „Mir fällt schon etwas ein", sagte er. „Warten Sie einfach darauf."

Es klopfte, und er ließ Will eintreten. Seit dem Tod von Stewart hatte sein Hauptwächter die Aufgaben des Clubverwalters übernommen. „Entschuldigen Sie die Störung, Mr. Hunt. Ich glaube, Sie möchten das hier gerne hören." Will hielt mit einem argwöhnischen Blick auf die Besucher inne.

„Sprechen Sie ruhig offen", sagte Gavin.

„Einer der Lakaien hat mir berichtet, dass in Ihrer Abwesenheit Miss Harper hier war. Sie nahm den Umschlag, den Sie für sie hinterlassen hatten und bat, Ihnen das hier zu geben."

Gavin nahm das Paket entgegen und entließ Will mit einem Kopfnicken. Stirnrunzelnd öffnete er den Bindfaden und das Papier und fand ein Bündel Briefe. Er faltete den Zettel auf, der oben auf dem Stapel lag und überflog die fahrige Handschrift.

Eine Hand wäscht die andere. Ich dachte, das hier nützt Ihnen vielleicht und Sie haben mehr Glück als dieser Narr O'Brien, der unseren gemeinsamen Bekannten mit einer leeren Pistole niederzustrecken versucht hat. Im Interesse Ihrer und meiner Gesundheit hoffe ich, Sie stellen sich besser an. Passen Sie auf sich auf, Geliebter—dieser Schuss könnte Sie den Kopf kosten. –E.

Gavin breitete die Papiere auf dem Tisch aus. Ungläubig las er die drei belastenden Briefe, alle aus der unverkennbaren Feder Kingsleys. Der Größenwahn des Bastards war überwältigend: Er wagte es nicht nur, seine liederlichen Gelüste für seine Mätresse zu Papier zu bringen, er kontrastierte sie auch noch eingehend mit seiner Gefühllosigkeit und Abscheu gegenüber seiner *Gemahlin.*

„Was ist das?", fragte Morgan.

„Munition", sagte Gavin leise. Er schilderte der Gruppe das Verhältnis von Kingsley, Mavis und deren Vater Bartholomew Black. „Wenn Black von der Untreue seines Schwiegersohns erfährt, mischt er sich vielleicht ein", schloss Gavin. „Aber ihn darüber in Kenntnis zu setzen wäre, wie in ein Hornissennest zu stechen. Der Mann ist gefährlich, unberechenbar—und erschießt vielleicht gleich den Überbringer der schlechten Nachricht."

„Ich bringe ihm die Briefe", sagte Kent.

„Black kann einen Charley riechen. Sie sind tot, ehe sie sich ihm auf zwanzig Schritte nähern", sagte Gavin schroff. „Ich muss derjenige sein."

„Gefährlich. Wenn Sie von ihm festgehalten werden, wird Percy..." Morgan brauchte den Satz nicht zu beenden.

„Ich tue es." Ehe Gavin begriff, was sie wollte, stand Lady Draven schon auf und sammelte die Briefe ein.

„Den Teufel tun Sie." Kent erhob sich und starrte sie böse an.

„Ich brauche dazu keine Genehmigung von Ihnen, Mr. Kent", sagte sie und steckte die Briefe in ihren Beutel.

Morgan runzelte die Stirn. „Das ist viel zu gefährlich—"

„Black ist vielleicht gefährlich, aber er ist immerhin nur ein Mann. Wir haben alle unsere Expertise, und meine ist zufällig das andere Geschlecht. Glauben Sie, ich habe nicht das Zeug dazu, mich mit Black auseinanderzusetzen, oder jeglichem anderen Mann?"

Die Lippen der Blondine krümmten sich spöttisch, als forderte sie sie dazu heraus, ihre Reize zu bestreiten. Mit ihrer klassischen Schönheit war Lady Draven in den Augen der meisten Männer zweifellos eine betörende Augenweide, und doch fand Gavin, dass sie Percy nicht das Wasser reichen konnte. Aber dann wiederum erschien ja neben seiner Göttin jede andere Frau etwas fad... es ballten sich ihm die Fäuste. Wenn Magnus und Kingsley Percy auch nur ein Haar gekrümmt hatten, würde er ihnen die Köpfe abreißen.

„Lady Draven hat recht", sagte er. „Sie hat von uns allen die besten Chancen, eine Audienz bei Black zu bekommen. Allein schon aus Neugier wird er sie empfangen."

„Kommt überhaupt nicht in Frage", schnappte Kent.

„Bitte überlegen Sie es sich noch einmal, Milady. Helena reißt mir den Kopf ab, wenn Ihnen irgendetwas zustößt", sagte Morgan.

„Sie tun Ihren Teil und ich den meinen", sagte sie und klang dabei amüsiert. „Wir sehen uns um Mitternacht."

Lady Draven ging zur Tür, wo Kent ihr den Weg versperrte. Er ergriff ihren Arm. „Das geht zu weit", sagte er.

„Kein Mann rührt mich ungebeten an." Lady Dravens hohe Wangen wurden zornesrot, ihre smaragdgrünen Augen funkelten. „Lassen Sie mich auf der Stelle los."

„Nicht, ehe Sie nicht Ihr leichtsinniges Vorhaben aufgeben."

„Ich sagte, *lassen Sie mich los*." In einer raschen Bewegung zog die Baronin eine zierliche Pistole aus ihren Röcken. Sie richtete sie auf Kents Herz.

Der Polizist rührte sich nicht. Die Augen der Baronin wurden schmaler, ihr Finger lag auf dem Abzug.

„Lassen Sie sie gehen, Kent. Sie können sie nicht aufhalten, und sie kann sich ja ganz offensichtlich selbst verteidigen", sagte Morgan schief. „Vielleicht ist ja Lady Draven damit einverstanden, ein paar Männer als Eskorte mitzunehmen?"

Lady Draven starrte weiterhin Kent an, der sie äußerst widerwillig losließ.

„Männer sind das allerletzte, was ich brauche", sagte sie eisig. „Ich kann mich sehr gut um mich selbst kümmern." Und damit verschwand sie mit rauschenden silbernen Röcken aus der Tür.

In die angespannte Stille, die folgte, sagte Gavin: „Dann hätten wir ja alles. Ich bereite meine Männer vor. Morgan, ich nehme an, Sie und Kent nehmen den Wasserweg?"

„Nein." Der Marquis sah ihn fest an. „Ich gehe mit Ihnen mit."

$\maltese$ 38 $\maltese$

Unter dem bewölkten Mitternachthimmel ragte *Watson's Blacking Factory* drei Stockwerke hoch. Es war ein verkommenes schmales Gebäude, das auf unheimliche Weise dem Verbrechernest von Grimes ähnelte. Die Erinnerung an dieses Loch hatte sich wie ein Brandmal in Gavins Erinnerung eingebrannt, obwohl er nur ein paar Tage dort verbracht hatte. Er warf seinem Gefährten einen Seitenblick zu. Der hatte jahrelang an diesem Ort ausgehalten. Den steilen Falten auf Morgans Gesicht und seiner wachsamen Körperhaltung nach zu schließen, war der Mann bereit, es sogar mit den Dämonen der Hölle aufzunehmen.

„Bereit?", fragte Gavin leise.

Morgan nickte steif. „Gehen wir hinein."

Sie gingen durch eine krächzende Tür. Lange Tische und Bänke säumten den rechteckigen Raum. Eine einzige Lampe stand auf einem der Tische und warf gespenstische Schatten auf die modernden Balken und Streben und hölzerne Stufen, die in die Finsternis hoch führten. Düster zeichneten sich Gegenstände ab, die die Wände hinauf gestapelt waren—die Gerätschaft, mit der einst die Schuhschwärze hergestellt wurde. Ein ätzender Geruch nach Schwefel und Leinsamenöl hing in der Luft,

Scherben von zerbrochenen Gläsern knirschten unter ihren Stiefeln. Etwas huschte über die Bodendielen und Morgan zuckte zusammen.

„Willkommen, Gentlemen." Nur ein paar Schritte entfernt löste sich Kingsley aus den Schatten. Seine Pistole glänzte im Lampenschein. Als Gavin instinktiv nach seiner Waffe griff, entsicherte der Bastard die seine. „Nun mal schön langsam. Es sei denn, Sie möchten Ihr hübsches Ding sterben sehen."

Gavin erstarrte, als oben Streichhölzer ratschten. Lampen flackerten auf und offenbarten eine Reihe von Männern, die um die Balustrade des ersten Stocks herum aufgestellt waren. Sie alle zielten auf ihn und Morgan. Sein Puls machte einen Satz, als er Percy sah. Ihr Haar war zerzaust und sie war geknebelt, doch sonst schien sie zum Glück unversehrt. Ihr Blick begegnete seinem, und sie begann, sich gegen den Schurken zu sträuben, der sie beim Arm festhielt.

Lassen Sie sie los." Gavin machte Anstalten, die Treppe hinauf zu hasten.

„Nicht so schnell, Hunt." Das Klicken von Kingsleys Pistole hielt ihn auf. „Ihr eigenes Leben ist Ihnen vielleicht egal—aber wollen Sie zusehen, wie *ihr* die Kehle aufgeschlitzt wird?"

Auf dem Stockwerk über ihm hob Percys Häscher eine Klinge an ihren Hals. Er atmete schwer. Etwas ergriff seinen Arm, hielt ihn zurück.

„Vorsicht", sagte Morgan ruhig. „Es geht um Percys Leben."

„In der Tat", sagte Kingsley gedehnt. „Ihre Waffen, Gentlemen."

Gavin und Morgan blieb keine andere Wahl. Sie ließen sich von Kingsleys Männern entwaffnen, wurden dann auf die Knie gezwungen, ihre Hände hinter dem Rücken gefesselt. Wachen umzingelten sie, während Kingsley einen Stuhl herbeizog und sich grinsend setzte. „Sie hatten doch Anweisung, alleine zu kommen, Hunt. Wer ist denn Ihr Freund hier?"

„Ich bin der Marquis von Harteford." Eines musste Gavin

Morgan lassen: Obwohl er wie ein Spanferkel auf den Spieß gefesselt war, hallte Autorität in seiner Stimme. „Ich verlange die sofortige Freilassung von Miss Fines."

Kingsley lachte. „Bessere Gesellschaft, hä? Nun, Ihre Forderungen haben hier wenig Gewicht, mein Lieber."

„Und meine Münze?"

Kingsleys Augen wurden schmal. Gavin konnte geradezu sehen, wie sich das Zahnrad der Gier im Kopf des Bastards in Bewegung setzte. „Fahren Sie fort."

„Eintausend Pfund", sagte Morgan ruhig, „für unsere Freilassung."

„Kein schlechtes Angebot." Kingsley gab dem Schergen, der Percy festhielt, ein Zeichen.

Gavin knirschte mit den Zähnen, als Percy von der Wache unsanft die Treppe hinuntergezerrt wurde. Lächelnd bedeutete Kingsley der Wache, Percy zu ihm zu bringen. Als der Bastard sie auf seinen Schoß zog, sprang Gavin grölend auf die Beine. Die Faust der Wache prallte ihm ins Gesicht und streckte ihn zu Boden. Blut quoll in seinem Mund, Lichter tanzten hinter seinen Augen. Dann drangen Percys gedämpfte Schreie zu ihm durch. Er versuchte verzweifelt, aufzustehen, doch die Wache hatte ihm den Fuß auf die Brust gestemmt und drückte ihn auf den Boden. Etwas Scharfes schürfte ihn von hinten durch sein Jackett.

Glas. Obwohl seine Handgelenke gefesselt waren, brachte er seine Finger unter seinem Rücken langsam nach oben, versuchte, die Scherbe zu erreichen. Er fand nur Schmutz und nutzlose Brocken. Dann hatte er sie. Die scharfen Kanten schnitten ihm in die Finger, während er begann, damit an den Fesseln zu schaben, vorsichtig, damit man es ihm nicht ansah. Allerdings war die Wache ohnehin abgelenkt, denn er folgte der Verhandlung.

„Lassen Sie sie gehen." Morgans Stimme war bedrohlich. „Und ich gebe Ihnen das Geld."

„Dieser Hitzkopf ist doch gewiss mehr als tausend Pfund

wert", sinnierte Kingsley und fuhr dabei mit dem Finger Percys Arm entlang.

Eine der Fesseln gab etwas nach. *Fast.* Gavin konnte seine Hände schon um Kingsley Hals spüren.

„Wie viel verlangen Sie?", fragte Morgan.

„Zehntausend Pfund", sagte Kingsley.

Morgan zuckte noch nicht einmal mit der Wimper. „Abgemacht. Sie lassen Miss Fines und Mr. Hunt gehen. Sobald ich Gewissheit habe, dass sie in Sicherheit sind, gehe ich mit Ihnen und hole das Geld."

„Das, fürchte ich, wird nicht gehen." Gavin hielt inne, als er die Stimme von Magnus von oben vernahm. Der Alte kam die Treppe hinab gehinkt. „Das war nicht Teil des Plans, Kingsley."

„Für zehntausend Pfund erwäge ich gern eine Änderung", erwiderte sein Partner.

„Geben Sie mir Hunt und Morgan", sagte Magnus. „Und Sie behalten das Mädchen. Sie können von ihrer Familie Lösegeld erpressen oder sie als Ihre Hure behalten. Wie Sie wollen."

Die Fesseln glitten von Gavins Handgelenken. Es fasste die Glasscherbe und zwang sich, still zu bleiben. Den richtigen Moment abzuwarten. Von seinem Sichtwinkel aus zählte er mehr als ein Dutzend bewaffneter Männer. Zu viele—er musste unmittelbar an ihren Anführer herankommen. Kingsley schnappen und dann Kent das Zeichen zum Angriff geben. Doch wie konnte er Percy in Sicherheit bringen, ehe hier die Hölle losbrach? Vielleicht bot der große Kessel in der Ecke vor den Schüssen Schutz...

„Sie... sind Jack Spades, nicht wahr?" Morgans Stimme unterbrach Gavins Gedankengang. Der Marquis klang, als hätte er ein Gespenst gesehen, er war bleich geworden, und ein Schaudern rüttelte seine breiten Schultern. „Ich... ich erinnere mich an Sie."

Aus irgendeinem Grund nickte Percy eindringlich. Der Knebel dämpfte ihre Worte.

Wer zum Teufel ist Jack Spades? Und warum sieht Morgan aus, als wäre ihm gerade der Leibhaftige begegnet?

Eine eisige Hand legte sich um Gavins Magen, als Magnus lachte—bedrohlicher, als das gebrechliche Äußere des Alten vermuten ließ.

„Wenn ich mich recht erinnere, waren Sie eines der Spielzeuge von Grimes, Milord", schnurrte Magnus. „Vielleicht sogar sein liebstes?"

Der Marquis zuckte zusammen. Wut köchelte in Gavins Adern, er umklammerte die Scherbe noch fester. *Morgan hatte keine Wahl, du Bastard. Er hat sein Schicksal nicht verdient—ebenso wenig wie ich.*

„Was wollen Sie?", fragte Morgan leise.

„Sie beobachte ich schon eine Weile. Von der Gosse in den Adel—das bringt nicht jeder zustande. Dann haben Sie vor drei Jahren auch noch den Erpressungsversuch meines Komplizen überlebt." Magnus schüttelte den Kopf. „Sie sind ein zäher Hund, Milord, das muss man sagen."

„Sie... sie standen hinter der Erpressung? Daher also wusste der Kerl von meiner Vergangenheit mit Grimes—von Ihnen", sagte Morgan langsam.

Harteford... ein mächtiger Mann. Mit dem würde ich mich ungern anlegen. Gavin erinnerte sich an Magnus' Worte und sie gingen ihm eiskalt bis ins Mark. Wie lange schon schmiedete der Intrigant seine tückischen Ränke?

„Ei, und was hat es ihm gebracht? Hinter Gittern sitzt er, ohne einen Schilling." Magnus zuckte lakonisch mit den Schultern. „Diesmal lasse ich mir nicht von der Gier meine Urteilsfähigkeit benebeln. Ich will die Vergangenheit ein für alle Mal begraben sehen." Er zog eine Klinge hervor und näherte sich dem Marquis. „Und das geschieht, indem Sie und Hunt sterben."

Geistesgegenwärtig drehte Gavin seinen Kopf zu Kingsley. „Sie lassen sich von Magnus um zehntausend Pfund prellen?", fragte er.

Kingsley runzelte die Stirn und schob Percy beiseite. Der Knebel schlüpfte ihr aus dem Mund, doch einer der Wachen ergriff sie. „Denken Sie doch nach, alter Mann“, sagte Kingsley und versperrte seinem Komplizen den Weg. „Mit diesem fetten Beutel herrschen wir über die Gosse. Keiner kann uns mehr behelligen—nicht einmal mein verfluchter Schwiegervater.“

„Wir sind schon mächtig genug. Und an einen Handel hält man sich.“ Magnus kniff die Augen zusammen. „Aus dem Weg.“

„Selbst wenn Sie Lord Harteford und Mr. Hunt töten, die Vergangenheit stirbt nicht.“

Percys Stimme zog alle Aufmerksamkeit auf sich. Eine perfekte Ablenkung. Gavin spannte seine Muskeln an, bereit, loszuschnellen.

„Mr. Kingsley und ich wissen beide, dass Sie es waren, der in jener Nacht im Haus von Grimes den Brand gelegt hat“, fuhr sie laut und deutlich fort. „Sie waren es, der Mr. Hunt als den Schuldigen haben liegen lassen.“

Magnus hat den Brand gelegt? Der Schock lähmte Gavin.

„*Sie* waren es? Wie... woher wussten Sie überhaupt...?“, fragte Morgan.

Der Blick von Magnus wurde durchtrieben. „Nun, dann sollen Sie es eben wissen, ehe Sie sterben. Ich hatte das Haus schon geraume Zeit beobachtet. Hatte auf meine Gelegenheit gewartet, Grimes an den Kragen zu gehen. *Auge um Auge*, wie man so schön sagt.“ Er lachte humorlos. „Dann eines Nachts sah ich etwas Ungewöhnliches: Grimes’ Lieblingsknabe türmte aus dem Fenster der Stube des Meisters.“

Um Morgans Mund lagen tiefe Furchen der Anspannung.

„Und da ich ja wusste, wie sehr Grimes seine abendliche Unterhaltung genoss, konnte das nur zweierlei bedeuten: Entweder war Grimes im Suff umgekippt... oder der Lümmel hatte seinen Meister irgendwie außer Gefecht gesetzt. Wie auch immer, meine goldene Gelegenheit war da. Ich kam durch die Hintertür hinein, ging zu Grimes’ Stube hoch und fand dort meinen Widersacher...“—Magnus machte eine Pause—„*lebend*.“

Gavins Atem ging schneller.

Morgan sagte kratzig: „Das ist unmöglich. Ich habe Grimes in die Brust gestochen."

„Gewiss, und nach all den Jahren kann ich nun für die Hilfe danken. Sie haben das Herz des Gauners verfehlt. Aber zumindest war er schwer genug verletzt, dass er sich nicht wehren konnte. Sodass er zusehen musste, leiden musste—"—Magnus Augen blitzten irrsinnig—„während ich ihm das Herz herausschabte."

„Ich... ich habe ihn nicht getötet?", fragte Morgan matt.

„Das Vergnügen hatte ich." Selbstzufriedenheit ölte die Stimme des Alten. „Nachdem ich mit ihm fertig war, wollte ich keine Spur von Grimes oder meiner Tat zurücklassen. Also habe ich das Haus in Brand gesteckt. Sie können sich meine Freude vorstellen, als später ein Knabe festgenommen und an meiner Stelle ins Zuchthaus geworfen wurde."

Gavin zitterte nun. *Reiß dich zusammen. Beherrsche dich—*

„Besser hätte es nicht kommen können: Ein Knabe, der dachte, er habe Grimes umgebracht, und ein anderer, der als Sündenbock für den Brand herhalten musste. Aber das Schicksal macht sich gern über uns lustig: Ich bin fast vom Stuhl gefallen, als einer meiner Späher mir sagte, dass *Hunt* der Junge war, der wegen Brandstiftung in Haft gewesen war. Jahrelang hatte ich mit dem Mann Geschäfte gemacht, dessen Leben ich zerstört hatte." Magnus schüttelte beeindruckt den Kopf und sagte: „Ich wusste, wenn Sie und Hunt sich jemals begegneten, würde die Wahrheit ans Licht kommen. Da begriff ich, dass ich so Einiges aufzuräumen hatte."

„Der Angriff in Vauxhall... das waren Sie", brachte Gavin heraus.

„Nein, diese Stümperei geht auf Kingsley zurück. Ich bin danach auf ihn zugekommen und habe ihm geholfen, Lyon und O'Brien loszuwerden." Magnus sah seinen Partner bedeutungsvoll an. „Kingsley, wenn Sie Covent Garden übernehmen wollen, brauchen Sie meine Hilfe, also gehen Sie mir aus dem Weg."

„Ihre Vergangenheit ist Ihr Problem." Kingsley richtete seine

Pistole auf Magnus. „Lassen Sie das Messer fallen. Ich verliere keine zehntausend Pfund an Ihre Dummheit."

Das Messer klirrte auf den Boden. Magnus sagte ruhig: „Das tut Ihnen noch leid, dass Sie mir in die Quere gekommen sind, Kingsley."

„Fesselt ihn", befahl Kingsley.

In einer schnellen Bewegung riss Magnus die Lampe vom Tisch und hielt sie über seinen Kopf. „Wenn mir jemand zu nahe kommt, sterben wir alle. Seit Jahren sind die Wände und Böden hier schon mit Leinsamenöl getränkt, und ich habe vorsorglich noch mehr nachgegossen... und das Ganze mit etwas Schwarzpulver versetzt." Ein heimtückisches Lächeln ging über sein Gesicht. „Wenn ich die hier fallen lasse",—die Lampe tanzte in seiner Hand—„geht das ganze Gebäude in die Luft."

„Sie sind wahnsinnig." Kingsley war bleich. Er streckte eine Hand aus. „Geben Sie die her."

„Schießen Sie auf mich und ich lasse sie fallen", sagte Magnus.

Gavin sah seine Gelegenheit, sprang auf, überrumpelte Kingsley und verdrehte ihm die Schusshand. Kingsley jaulte vor Schmerz und ließ die Pistole fallen. Gavin presste die tödliche Kante der Glasscherbe an seine Kehle. „Sagen Sie Ihren Männern, sie sollen die Waffen strecken", knurrte er. „Die oben sollen ihre Waffen die Treppe hinunter werfen." Um zu zeigen, dass er es ernst meinte, ließ er die Scherbe tiefer ritzen. Blut sickerte.

„Um Himmels willen, tut was er sagt!", schrie Kingsley.

Waffen prasselten zu Boden. Morgan befreite sich augenblicklich, rollte zu Magnus' Messer auf dem Boden und ergriff ein paar Pistolen. „Auf den Boden, Hände hinter den Rücken", befahl er. Sobald er die Wachen gebändigt hatte, hastete er zu Percy und kappte ihre Fesseln. Wortlos hob sie Waffen auf und eilte zu Gavin.

„Bitte sehr", sagte sie.

Sie blickten sich einen Augenblick lang an. *So viel, was ich dir sagen will. Bald, Liebste.*

Er nahm die Pistole von ihr und hielt sie auf Kingsley, während er zu dem Mann sprach, der ihm alles Leid verursacht hatte: „Das Spiel ist aus, Magnus", sagte er. „Das Gebäude ist umstellt. Stellen Sie die Lampe ab und ich lasse Sie am Leben."

Ein irrsinniger Blick kam in Magnus' Augen. „Da nehm' ich doch lieber die andere Möglichkeit." Und damit warf er die Lampe Gavin vor die Füße.

Glas zerschellte. Ein Prasseln erfüllte den Raum, saugte die Luft heraus. Gavin schrie nach Percy, als eine Explosion das Zimmer erschütterte. Die Wucht warf ihn rücklings durch die Luft. Der Boden stürzte unter seinen Füßen weg, und er raste in die Finsternis.

Mit rasendem Herzschlag stolperte Percy durch den schwarzen Rauch, hustend, weil er ihr die Lunge versengte. Alles brannte lichterloh—sie konnte nur eine Wand aus Flammen sehen, die immer höher züngelte. „Gavin, wo bist du?", schrie sie.

„Percy?"

Ihr Kopf fuhr zu dem schwachen Geräusch herum. Woher war es gekommen? Dann sah sie es: Im Fußboden klaffte ein Krater. Sie eilte darauf zu, blickte über die schwelende Kante. „Gott sei Dank", rief sie, als sie Gavin im Stockwerk unter sich am Boden liegen sah. „Ich komme."

„Nein! Komm nicht hier herunter—"

Sie hörte nicht auf ihn und ließ sich über die Kante hinab. Ein Haufen von geborstenem Holz dämpfte ihre Landung. Sie hastete zu ihm. „Wir müssen hier raus."

Er schüttelte den Kopf. „Kann nicht. Ich stecke fest."

Da sah sie den umgestürzten Balken, der sein linkes Bein einkeilte. Sie eilte hin und stemmte sich gegen den Holzpfeiler. Er rührte sich nicht. Sie fluchte, drückte fester, mit all ihrer Kraft.

„Percy, es gibt keine Zeit dafür. Sieh mich an." Die Dringlichkeit in seiner Stimme machte sie hörig. Seine Augen glitzerten in seinem rußverschmierten Gesicht. „Ich will, dass du gehst. *Jetzt.*"

„Ich lass dich nicht hier." Der Schweiß stand ihr auf der Stirn. Sie schrie: „Hilfe! Kann mich jemand hören? Wir sind hier unten im Keller!"

„Das nützt nichts. Das Gebäude kann jeden Moment in die Luft fliegen", sagte er mühsam. „Du musst jetzt fliehen."

„Nicht ohne dich." Sie suchte den Raum nach etwas ab, das ihr als Hebel dienen konnte. Vielleicht der Schürhaken...

„Ich liebe dich, Percy", sagte er kehlig.

Die flammende Gewissheit in seinen Augen beschleunigte ihren Herzschlag, wenn das überhaupt möglich war. Der Mann hatte überhaupt keinen Sinn für den richtigen Zeitpunkt. „Ich liebe dich auch", sagte sie. „Und jetzt müssen wir irgendwie—"

Seine Hand fasste ihre Wange. „Wenn du mich liebst, dann tu, was ich dir sage. Ich habe noch nie jemanden um etwas angefleht, aber ich flehe dich an—geh weg", sagte er kratzig. „Lass mich in Frieden sterben, im Wissen, dass du in Sicherheit bist."

„Nein", sagte sie mit tränenverschleiertem Blick.

„Percy! Wo bist du?"

Sie sprang erleichtert auf. „Nick!", rief sie. „Hier bei der Treppe! Sei vorsichtig, da ist ein Loch im Boden."

Sekunden später erschien Nicks rußbedecktes Gesicht über der Kante. „Warte, ich komme hinunter." Er landete auf seinen Füßen und überblickte rasch die Lage. „Ich hebe den Balken, so gut ich kann. Percy, du ziehst Hunt raus. Auf drei."

Percy stellte sich neben Gavins eingeklemmtem Bein bereit, während Nick den Holzbalken am anderen Ende fasste.

„Eins... zwei... *drei.*" Nicks kräftige Schultern spannten sich an. Schweiß rann ihm das Gesicht herunter, während er das schwere Holz zu rücken versuchte. Der Balken hob sich leicht... Gavin stieß sich mit seinem gesunden Bein ab, Percy half ihm, das verwundete Bein zu befreien. Einen Augenblick später fiel der Balken krachend wieder zu Boden.

Percy warf ihre Arme um Gavins Hals. „Geht es?", rief sie.

Seine Hand fuhr in ihr Haar. „Schh, meine Liebe, es geht schon." Seine Stimme wurde heiser. „Morgan... ich danke Ihnen."

„Später", sagte Nicholas. „Können Sie laufen?"

Gavin verzog das Gesicht, während er versuchte, das linke Bein zu bewegen. „Ich glaube nicht."

„Ich helfe Ihnen", sagte Nick entschieden. „Zuerst müssen wir sehen, wie wir Sie da hoch bekommen." Sie blickten alle zu dem Loch. Im Erdgeschoss über ihnen wütete ein höllisches Inferno aus Feuer und Rauch.

Dann erinnerte sich Percy: „Hier unten hielten sie mich vorher gefangen. Da gab es eine Tür nach außen. Ich glaube, ich habe die Themse gesehen."

„Die liegt hinter dem Gebäude. Los."

Zusammen gelang es ihnen, Gavin auf die Beine zu bekommen. Mit einem Arm um Nicks Schulter und Nicks Arm um seine Taille hinkte Gavin mit. Percy ging voraus, bahnte einen Weg durch den Schutt und um die wachsenden Flammen. Endlich gelangten sie zu dem vertrauten Zimmer am Ende des Flurs.

„Da drüben." Percy rannte zur Tür und zwang sie auf. Alle drei kämpften sich die Stufen hinauf... und mitten ins Chaos.

Der Kampf draußen brodelte so heftig wie die Flammen drinnen. Gavins Männer und die Thames River Police setzten sich tapfer gegen die Schergen von Kingsley zur Wehr, doch waren sie völlig in der Unterzahl. Percy stieß einen Warnschrei aus, als die Schurken Mr. Kent mit blitzenden Messern umzingelten.

Nicholas setzte Gavin im Kies ab und befahl: „Percy, du bleibst bei Hunt. Ich muss Kent helfen."

„Sie bleiben hübsch brav, wo Sie sind, Milord." Kingsley erschien hinter ihnen, mit versengtem Haar und einer Pistole in jeder Hand. „Ich habe Hunt und Harteford", rief er. „Werfen Sie alle Ihre Waffen weg, oder ich durchlöchere Sie beide."

Das Kämpfen flaute langsam ab. Kingsleys Männer umstellten

ihre Gegner, die Rücken an Rücken standen, mit feindseligen Blicken.

„Nun, wo wir das geklärt haben", sagte Kingsley, „glaube ich, der Preis für Ihre Freiheit hat sich soeben erhöht. Fünfzehntausend, Harteford."

Nicholas nickte steif. „Was auch immer Sie sagen."

„Vergessen Sie es, Morgan", sagte Gavin. „Er bringt uns so oder so um."

Kingsley entsicherte seine Pistole. „Maul halten, Hunt. Mir steht ohnehin der Sinn danach, mich Ihrer zu entledigen, nach all dem Ärger, den Sie mir bereitet haben."

Gerade als sich Percy schützend vor Gavin stellen wollte, brach das Donnern von Pferdehufen in die Nacht. Eine Reihe von Kutschen kam auf sie zugerast und bildete einen Kreis um sie. Riesige Rösser, schwarz wie Ebenholz, scharrten mit ungeduldigen Hufen, von den Kutschenfenstern aus hielten Männer in Umhängen Pistolen auf sie alle gerichtet. Ein livrierter Diener fuhr eilig die Stufen der Hauptkutsche aus, eine gewaltige elegante Equipage von glänzendem Schwarz mit eingelegtem Perlmutt.

Es stieg ein Mann in grauer Perücke aus, ganz in der Mode des vorigen Jahrhunderts gewandet. Obwohl er klein und stämmig war, ging von ihm doch eine gebieterische Aura aus. Er zeigte mit dem juwelenbesetzten Knauf seines Gehstocks auf Kingsley.

„W-was machen Sie denn hier?", stotterte Kingsley. Der Schneid war gänzlich aus ihm gewichen. Seine Stimme bebte vor Furcht.

Wer ist dieser Mann?, fragte sich Percy.

„Na, begrüßt man denn so seen Schwiegervater?" Der Neuankömmling ging auf Kingsley zu, sein Tonfall war tief und unheilschwanger: „Aber dann wiederum scheint et, det et Ihnen alljemein an Respekt für meene Familie mangelt."

„Ich—ich weiß nicht wovon Sie sprechen, Sir. Wenn Sie diesen Zwischenfall hier meinen", sagte Kingsley, während er fieberhaft um sich blickte, „so wollte ich Sie mit meiner Kühnheit überraschen. Aus dem heutigen Abend springt ein Vermögen für mich heraus, welches ich selbstredend mit Ihnen—"

„Ick rede nüscht von Geld. Ick rede von meiner Mavis. Dem Schatz, den ick Ihnen anvertraut hab'."

Kingsley erblich. „Ich habe sie glücklich gemacht. Fragen Sie sie doch selbst. Wenn Sie aus Bath zurück—"

„Det is det eenzig Gute an der Sache. Wat meen Schätzchen nüscht weeß, kann ihr ooch nüscht wehtun." Der Fremde seufzte. „Trauern wird se, det arme Täubchen, aber det nächte Mal findet se dann wahre Liebe. Dafür werd' ick sorgen."

„Sie verrückter alter Bastard. Sie werden mich nicht los", knurrte Kingsley und hob die Pistole.

Ein Schuss hallte durch die Nacht. Kingsley stürzte schreiend zu Boden. Aus seinem Arm quoll Blut. Rauch stieg von der Pistole des Leibwächters auf, der oben auf der Hauptkutsche war. Zwei weitere Männer kamen und zerrten den strampelnden und fluchenden Kingsley in eine der anderen Droschken. Die Tür schloss sich, und man konnte ihn nicht mehr hören.

Mr. Kent sprach als Erster. „Wir müssen das Feuer löschen."

Auf einen Wink von Blacks Gehstock hin eilten seine Männer herbei und halfen den anderen dabei, mit Eimern Wasser aus dem Fluss zu schöpfen. Mr. Kent wollte erst folgen, doch dann hielt er inne. Mit gebeugten Schultern wandte er sich um.

„Mr. Black, gestatten Sie mir die Frage", sagte er. „Wo ist Lady Draven?"

Black starrte ihn düster an. „Bei sich zu Haus' hab' ick ihr abjesetzt, wo denn sonst? Ne Lady bringt man doch nüscht an sonen Ort."

„Nein, freilich nicht", sagte Kent mit belegter Stimme. „Danke, Sir."

Mit einem steifen Nicken machte sich der Ermittler davon, um beim Feuerlöschen zu helfen.

Nicholas trat nach vorne und verneigte sich. „Danke, Mr. Black. Ich stehe in Ihrer Schuld."

Der Mann musterte ihn von oben bis unten und grinste. „Een Marquis verbeugt sich vor mich. Na, det ist doch unbezahlbar." Er gluckste und blickte auf Gavin hinab, der auf dem Boden sitzen blieb. „Und Sie, Hunt. Wollen Se nicht ooch n Diener vor mich machen?"

„Es wäre nur ein einbeiniger Diener, und ein blutverschmierter noch dazu", sagte Gavin.

Black lachte, bis er sich die Augen wischen musste. „Von Ihnen hab ick schon jehört, Hunt. Fast nur Jutes. Se sin nüscht zufällig auf Brautschau?"

„Oh nein, Sir", entfuhr es Percy. Alle Blicke wandten sich ihr zu, und ihre Wangen wurden warm. „Das heißt, Mr. Hunt ist schon verlobt. Äh, mit mir."

„Stimmt das, Hunt?" Black zog seine Augenbrauen fast bis zu seiner Perücke hoch.

„Nicht ganz", sagte Gavin. Percys Atem blieb stehen und ging dann stockend weiter, als er ernst fortfuhr. „Miss Fines, setzen Sie sich bitte zu mir?"

Gebannt von der lodernden Inbrunst in seinen Augen leistete sie ihm Folge.

Er nahm ihre Hände in seine. „Ich sagte einmal, dass ich keine Kniefälle mache. Aber jetzt würde ich einen machen, wenn ich dazu in der Lage wäre." Obwohl er rot wurde, sah er sein Publikum trotzig an und sagte: „Und das kann von mir aus auch jeder wissen."

Sie nickte, und die Freude stieg ihr feucht in die Augen.

„Ich will es diesmal richtig machen. Ich habe keine Dichterzunge oder rührselige Worte", sagte er. „Und ein Streichorchester habe ich immer noch keines. Ich kann dich nur um Verzeihung für meine Fehler bitten. Dafür, dass ich dir nicht vertraut habe, wenn ich es hätte tun sollen. Dafür, dass ich so einfältig war, dich gehen zu lassen."

„Ich verstehe, Gavin", sagte sie. „Wirklich."

„Ich verdiene dich nicht, Percy." Als sie widersprechen wollte, fasste er ihre Wange und drückte ihr einen Finger auf die Lippen. „Du bist zu gut für mich, das ist nicht zu leugnen. Du bist tapfer und treu, so verflucht süß—du erhellst die finstersten Winkel meiner Seele." Seine Augen schwammen vor Rührung. „Und im Gegenzug würdest du einen Schurken nehmen, vernarbt von außen und von innen, der noch nicht einmal wusste, dass er überhaupt ein Herz hatte, ehe er dich kennenlernte."

„Du hast ein Herz, Gavin. Das hattest du schon immer", schniefte sie.

„Es schlägt nur für dich. Und wenn du mich willst, dann schwöre ich, Percy, dass ich dir nie wieder Anlass geben werde, diese Entscheidung zu bereuen. Ich werde dich lieben und beschützen bis ich sterbe", sagte er inbrünstig.

Ihre Tränen liefen über.

Er ergriff ihre Hand und fragte: „Willst du mich heiraten, Persephone Fines? Willst du mich so nehmen, wie ich jetzt bin? Im Wissen, dass ich mich bemühen werde, ein besserer Mann zu sein, eines Tages der Gemahl zu werden, den du verdienst?"

„Oh Gavin", flüsterte sie, „Ich liebe dich genau, wie du bist."

„Dann... nimmst du mich?"

Die Verwunderung in seiner Stimme rührte sie. „Ja", sagte sie und lächelte durch ihre Tränen. „Tausendmal *ja*."

Er nahm sie in die Arme und es war, als schösse ihr Kuss Feuerwerke in den Himmel. Ein Orchester spielte, die Welt sprang aus seiner eigenen Achse... wobei Letzteres vielleicht daran lag, dass Mr. Black ungeduldig mit seinem Gehstock auf den Boden trommelte.

„Schneid hat das Gör, so viel steht fest." Schnaubend warnte Black: „Mit der werden Se alle Hände voll zu tun haben, Hunt."

„Soll mir recht sein", sagte Gavin und drückte sie fest.

„Nun, meene Mavis braucht vielleicht weibliche Gesellschaft, wennse heimkommt. Gibt nicht viele vornehmen Damen in der Gosse. Vielleicht ladense sie mal zum Tee ein?"

Percy spürte, dass das keine Frage war. Sie war zu dankbar, als dass es ihr etwas ausmachte. „Selbstverständlich, Mr. Black", sagte sie aufrichtig. „Ich möchte Ihre Tochter gerne kennen lernen."

Er nickte. „So, und nu knöpf' ick mich mal den Magnus vor."

Gavin hielt inne. „Sie haben ihn?"

„Hab' ihn am Straßenrand aufjegabelt. Hat mich janz schönen Ärger einjebrockt, der alte Hund, und ick wollte ihn eigentlich ne Lektion erteilen." Black zuckte mit den Schultern. „Aber wennse ihm wollen, jehört er Ihnen."

Percy spürte, wie Spannung durch Gavin hindurchzitterte. Sie machte sich keine Illusionen darüber, aus welcher Welt ihr künftiger Gemahl stammte. Was auch immer er entschied, sie würde es ihm nicht vorhalten. Er hatte Magnus' wegen so viel erlitten.

Aber würde ihm Blutvergießen Frieden bringen?

Gavin atmete langsam aus. „Ich nehme ihn. Ich bringe ihn vor den Amtsrichter."

„Charleys, äh? Nun, det is Ihre Sache." Schnaubend machte sich Black auf den Weg zurück zu seiner Kutsche. „Auf geht's Jungs—und jute Nacht allerseits."

„Was ist mit Ihrer Rache, Hunt?", fragte Nicholas.

„Die Vergangenheit soll ruhen. Ganz und gar." Gavin räusperte sich, sah Nick an und reichte ihm die Hand. Nick nahm sie. Percy glaubte, ihr Herz könnte gar nicht mehr weiter anschwellen, doch tat es das, als zwei der Männer, die sie am meisten liebte, mit der Vergangenheit... und miteinander Frieden schlossen.

Der Augenblick verging, und beide Männer hüstelten und sahen voneinander weg.

„Nun, das ist wohl das Beste", sagte Nicholas, „jetzt, wo wir offenbar bald Familie sind."

„Ich habe also deinen Segen?", fragte Percy hell.

Nick sah sie schief an. „Würde das denn einen Unterschied machen?"

„Ganz und gar nicht. Aber ich hatte gehofft, dass du vielleicht Mama überzeugen helfen kannst", gab sie zu.

„Mach dir um deine Mutter keine Sorgen, Liebstes", sagte Gavin und zog sie an sich. „Ich werde für mich selbst sprechen. Ich habe sogar schon eine Rede vorbereitet."

„Das hast du? Was gedenkst du denn bitteschön zu sagen?"

Er lächelte so zärtlich, dass Freude in ihr herumsprang. „Ich werde ihr sagen, dass mir kein Moment meiner Vergangenheit leid tut, weil sie mich zu dir geführt hat. Dass ich glaubte, Rache zu wollen, aber doch immer nur deine Liebe gebraucht habe." Er hielt inne, und das schelmische Funkeln, das sie so liebte, erschien in seinen Augen. „Und dann danke ich ihr, dass sie mir gestattet, dich in einer anständigen Zeremonie zu heiraten und mir damit die Unannehmlichkeit erspart, dich wie deine Namenspatronin verschleppen zu müssen."

Percy verkniff sich ein Lachen bei dieser kaum verhüllten Drohung. „Das würdest du doch nicht wirklich tun, oder?"

„Ich tue, was auch immer sein muss, um dich zu haben, Täubchen", sagte er feierlich. „Du gehörst mir, weißt du noch?"

„Und du mir", sagte sie und zog ihn, immer noch lächelnd, zu einem Kuss an sich.

❧ 40 ❧

Die nächsten drei Monate vergingen wie im Rausch, doch Gavins Meinung nach immer noch viel zu langsam. Zwölf Wochen Wartezeit waren nichts Geringeres als Folter. Doch laut Mrs. Fines und Lady Harteford war das die absolut geringstmögliche Zeit, um eine Hochzeit vorzubereiten, und da sie ihn ja ohnehin nur zögerlich akzeptierten, hatte er widerstrebend eingewilligt. Eigentlich brauchte er die Zeit ja, damit sein gebrochenes Bein verheilen konnte, denn er wollte ungern in der Kirche auf seine Braut zu humpeln.

Und andere Dinge galt es auch zu erledigen.

John Magnus war zu lebenslanger Haft verurteilt worden. Allerdings sah der alte Schurke bei dem Gerichtsverfahren, dem sowohl Gavin und Morgan beiwohnten, so aus, als würde er es ohnehin nicht mehr lange überstehen. Dennoch brachte es Gavin ein wenig Frieden, endlich Gerechtigkeit walten zu sehen. Danach waren er und Morgan in ein Kaffeehaus gegangen und hatten über die Zukunft gesprochen.

Zu Gavins Erstaunen hatte Morgan ihm eine Teilhabe an Fines & Co. angeboten. *Im Spielgeschäft können Sie nicht ewig bleiben,* hatte der Marquis ihm gesagt. *Denken Sie an Percy und die Kinder, die*

Sie vielleicht einmal haben. Wollen Sie, dass die in so einem Umfeld aufwachsen?

Das... wollte er nicht.

Er hatte Morgan noch nicht geantwortet, doch er erwog es nun, mit dem Mann, den er einst hasste, gemeinsame Sache zu machen. Wie sehr sich sein Leben doch verändert hatte. Von der Vergangenheit, vom eigenen Zorn befreit, begann er sich wie ein ganz neuer Mensch zu fühlen. Mehr wie der Mann, den er Percy versprochen hatte. Mitunter verstörte es ihn noch, doch meistens fühlte es sich... einfach richtig an.

Jeder Moment, den er mit Percy verbrachte, fand unter dem Adlerblick seiner künftigen Schwiegermutter statt. Dennoch genoss Gavin ihre gemütlichen Gespräche im Salon oder im Garten der Fines. Percy wollte alles über seine Vergangenheit wissen, und er erzählte es ihr, enthielt ihr nichts vor. Eines Sonntagnachmittags begleitete sie ihn zu dem Friedhof, wo er Stewart begraben hatte. Sie hielt seine Hand, während er den letzten Abschied von seinem alten Freund nahm.

Die Liebe, die in Percys Augen leuchtete, machte ihre lange Verlobungszeit erträglich. Fast. Jetzt, wo endlich seine Hochzeitsnacht gekommen war, schritt Gavin im Morgenmantel seine Suite ab. Fest dazu entschlossen, Percy das Leben zu ermöglichen, das sie verdiente, hatte er ein ansehnliches Stadthaus in der Nähe der Residenz der Hartefords erworben. Nach dem Hochzeitsmahl, das bei dem Marquis und der Marquise stattfand, waren sie hierhergekommen. Nachdem sie der Dienerschaft vorgestellt worden war, hatte Percy sich entschuldigt und angekündigt, dass sie sich fürs Bett bereit machen wollte.

Bett. Sein Blick fuhr zu der Tür, die zum Schlafgemach nebenan führte. Das letzte Hindernis, das ihn noch von seiner Braut trennte. Euphorie und Lust durchfuhren ihn, und doch war ihm auf unerklärliche Weise... bange. Es war zum Aus-der-Haut-Fahren. So lange war er darauf erpicht gewesen, sie zu verführen, und jetzt, wo sie ihm endlich gehörte, mischte sich ein Funken Besorgnis in seine Begierde.

Er runzelte die Stirn. Dass er nun das Nervenflattern bekam, hatte er Paul Fines zu verdanken. Sein neuer Verwandter hatte letzte Woche ein Fest für ihn gegeben, ein alberner Tribut an Gavins endende Freiheit. Als ob Gavin sein Junggesellentum auch nur einen Deut scherte. Für Percy gab er es liebend gerne auf. Doch er erkannte eine weiße Fahne, wenn jemand damit wedelte, und nun, da Fines sich das Kartenspiel versagte und meistens nüchtern zu sein schien, war er Gavin gar nicht mehr so unangenehm. Also war er hingegangen.

Die ganze Nacht war er von wohlgeborenen Gentlemen belagert worden, die ihm Trank und schmutzige Geschichten aufdrängten. Gavin war Unzüchtigkeit nichts Neues, und doch hatte ihn das ganze Gerede von Entjungferungen in Hochzeitsnächten verunsichert. Er hatte noch nie mit einer Jungfrau geschlafen. Man sagte, dass sie bluteten. Und manche schrien sogar.

Und zwar fürchterlich.

Beim Gedanken, dass er Percy Schmerzen bereiten konnte, wurden ihm die Handflächen ganz feucht. Oder dass sie sich vor Furcht oder Abscheu abwenden könnte. Er ging zum Spirituosenschrank und verabreichte sich Mut in flüssiger Form. *Sei kein Narr, Hunt. Sie will dich—sie liebt dich.* Er schüttelte den Kopf angesichts seiner eigenen Torheit, ging zur Tür und klopfte. Als keine Antwort kam, straffte er die Schultern und öffnete die Tür.

Das Kreischen versetzte ihm einen Heidenschrecken.

„Pardon, Monsieur! Mrs. Hunt ist noch nicht bereit—" Eine Zofe mit einem an eine Pflaume erinnernden Gesicht versperrte ihm den Weg wie ein Soldat bei seinem letzten Gefecht. Ihrem Gesichtsausdruck nach zu schließen glaubte sie wohl, ihre neue Herrin vor einem Schicksal zu schützen, das schlimmer war als der Tod. Sollten Französinnen im Umgang mit Fleischlichkeit nicht eigentlich blasiert sein? Vielleicht wusste die Zofe ja etwas

über Hochzeitsnächte, dessen Gavin sich nicht bewusst war. Er schluckte.

„Sind Sie das, Mr. Hunt?"

Er blickte in die Richtung, aus der Percys süße Stimme kam und erhaschte einen Blick auf ihr Schattenbild auf dem seidenen Paravent in der anderen Ecke. Das Kerzenlicht umriss ihre anmutige Figur, während sie sich ankleidete. Der Anblick betörte und brachte ihn gleichzeitig wieder in die Wirklichkeit zurück. Dies hier war Percy, nun seine *Gemahlin*. Er würde ihr nie wehtun. Dann sah er, wie die Schatten ihrer Hände ihren Körper hinabstrichen, und die Lust schoss durch ihn, beraubte ihn vorübergehend seiner Sinne.

Um Himmels willen, Mann, zügle dich.

„Äh, dauert es noch?", fragte er.

„Absolument", nickte die Zofe eifrig.

„Nein, gar nicht", rief Percy gleichzeitig. „Ich bin fast fertig. Danke für Ihre Hilfe, Yvette—Sie kann nun gehen."

Mit einem letzten argwöhnischen Blick auf Gavin zog sich die Zofe zurück.

Gavin setzte sich in einen der Ohrensessel beim Feuer. Die Stille tickte dahin, während er sich den Kopf nach Gesprächsthemen zerbrach. Seine Denkfähigkeit war leider von Percys verführerischen Bewegungen hinter dem Paravent schwer beeinträchtigt. Gott, er war seit Monaten nicht mehr mit ihr allein gewesen. Und sie nun so zu sehen... er war geiler als ein Matrose auf Landgang.

Eine Minute später erschien Percy, und ihr Anblick warf ihn völlig aus dem Gleichgewicht. Er hatte sie in jedem erdenklichen Aufzug gesehen, von Hosen bis zu Turbanen, doch nie in der Schlichtheit eines Nachtgewands. Sie war eine verdammte *Göttin*. In einem weißen, mit rosa Blüten besetzten Flanellmantel, mit ihrem goldenen Haar, das ihr in glänzenden Wellen bis zur Taille fiel, sah sie so lebendig und rein aus wie nie.

So jungfräulich.

Er stand da, in seiner Brust kämpfte der Trieb mit dem Bedürfnis, es richtig zu machen.

„Guten Abend, Mr. Hunt", sagte sie.

Ihr Lächeln löste die Knoten ein wenig. „Guten Abend, Mrs. Hunt." Er räusperte sich. „Darf ich sagen, dass Sie entzückend aussehen?"

„Das dürfen Sie." Ihre Augen funkelten, während sie sich ihm näherte. „Sie sehen selbst ganz hinreißend aus, Sir."

Sein Schwanz zuckte bei dem Kompliment, wollte eifrig beweisen, wie hinreißend er sie fand. *Beherrschung wahren und langsam vorgehen*, ermahnte er sich selbst.

„Da stehen Champagner und etwas zu essen", sagte er mit einer Geste zum Kamin. „Willst du etwas?"

„Nicht wirklich. Ich bin noch ganz satt vom Hochzeitsmahl." Sie kuschelte sich auf das Kanapee und tätschelte den Platz neben sich. „Setzt du dich zu mir?"

Er setzte sich vorsichtig, zaghaft, mit Abstand, damit er sie nicht ansprang. Ihr frischer Zitronenduft ließ ihm das Wasser im Munde zusammenlaufen. Sein Schwanz schwoll an.

„Ein bisschen ungewohnt, alleine zu sein, nicht wahr?", sagte Percy in die verlegene Stille.

„Keine Eile. Wir haben die ganze Nacht", sagte er. Um ihr zu beweisen, dass er es auch meinte, sagte er redselig: „Die Hochzeit ist ganz gut abgelaufen, findest du nicht auch?"

Sie sah ihn von unten hinauf an. „Sehr gut. Ehrlich gesagt, hatte ich ein wenig Sorge, wie gewisse Gäste miteinander auskommen würden."

Die Gästeliste war nämlich ein kunterbuntes gesellschaftliches Durcheinander gewesen. Lords des Königreichs waren neben zwielichtigen Gestalten und Bürgern der Mittelschicht gesessen. Fast alle hatten sich gut benommen, sogar Alfie, der mit erstaunlicher Würde als Ringträger fungiert hatte. Als die Zwillinge der Hartefords gegen den Tisch mit der Hochzeitstorte gerannt waren, war es beinahe zu einem Malheur gekommen, doch Davey und sein Bruder hatten das umkippende Meisterwerk vor einem unrühmlichen Ende auf dem Boden bewahrt. Traurig gestimmt hatte Gavin allein die schmerzliche Abwesenheit von Stewart. Er wünschte, sein Mentor hätte Percy sehen können, die strahlendste Braut, die je—

Gavin schreckte auf, als besagte Braut auf seinen Schoß glitt. „Percy?" Ihr Name entfuhr ihm eher wie ein Stöhnen, denn ihr Po wackelte aufreizend an sein Glied.

„Sprich ruhig weiter", sagte sie heiter. „Es ist ganz natürlich, dass man in seiner Hochzeitsnacht ein wenig aufgeregt ist. Sagt man mir zumindest."

„Du kleines Biest", sagte er mit zusammengekniffenen Augen. „Machst du dich über mich lustig?"

„Nur ein winziges bisschen." Ihre Hände stahlen sich an den Aufschlägen seines Morgenmantels vorbei. Er schnappte scharf nach Luft, als ihre Fingernägel sachte über seine angespannten Muskeln glitten. „Ich dachte, ich bin hier die Jungfrau."

Er fing ihre Hände ein. „Bist du denn nicht aufgeregt, Täubchen?", fragte er sie ernst.

Sie kippte nachdenklich den Kopf zur Seite. „Nicht wirklich. Ich würde sagen, ich fühle mich eher..."

Er wartete ab, das Ebenbild eines tugendhaften Gatten.

„...ungeduldig? Bereit und willig?"

Das gab ihm den Rest. Er nahm ihren lachenden Mund in einem hungrigen Kuss und jeder Gedanke an Zurückhaltung verflog, als er sie schmeckte, seine Percy, süßer als Nektar. Wie hatte er es nur all die Wochen ausgehalten, ohne sie auf diese Weise zu berühren? Sie erwiderte seinen Kuss mit einer stürmischen Leidenschaft, die ihm bewies, dass sie ihn genauso vermisst hatte.

Er hob sie hoch und trug sie zum Bett. Dort stellte er sie ab und machte sich ungeschickt an der Kordel ihres Morgenmantels zu schaffen, während sie ihm heiße Küsse aufs Gesicht drückte.

Gott, sie setzte ihn in Brand. Er schob den Flanell von ihren Schultern... und sein Atem stockte.

„Was hast du denn da an?", fragte er heiser.

Percy sah ihn mit lachenden Augen an. „Gefällt es dir?"

„*Gefallen* ist nicht das Wort, das ich hier verwenden würde." Er fuhr ehrfürchtig über ihre weißen Schultern, befingerte die dünnen kirschroten Träger. „Wo zum Teufel hast du das denn her?"

„Von Helenas Modistin. Helena riet mir von einem Nachthemd ab, vor allem von den weiten, überladenen Dingern. Sie sagte, Ehemänner schätzen sie nicht so sehr—was meinst du?"

„Ich meine, die Marquise kennt sich in Sachen Mode aus. Ich meine, du solltest dich von nun an ganz von ihr einkleiden lassen." Sein Blut pochte vor Vorfreude. Er murmelte: „Dreh dich einmal um, Liebste."

Seine Braut sah ein wenig verlegen aus und machte eine langsame Pirouette. Die rote Seide hing an ihr wie eine zweite Haut, und die Schlitze auf den Seiten boten ihm köstliche Blicke auf ihre schlanken Beine. Vorne ging ihr der Ausschnitt fast bis zum Nabel, und das tiefe V war mit durchschimmernder Spitze im gleichen Ton versetzt. Und von hinten... war es rückenfrei.

Er zog sie an sich, legte seine Hand auf die glatte, nackte Beuge ihres Rückgrats. „Weißt du denn überhaupt, wie unwiderstehlich du bist?", hauchte er an ihren Hals.

„Freut mich." Sie seufzte, während er ihre Schulter küsste. „Das heißt hoffentlich, wir können fortfahren?"

Er lachte leise über ihre Ungeduld, legte sie auf die Matratze und sah sich an ihrem herrlichen Anblick satt. Sein Schatz. Habgierig wie Hades fuhr er mit den Händen durch ihre seidigen Locken. Heute Abend würde er seine Persephone derart beglücken, dass sie für immer bei ihm bleiben würde. Er neigte seinen Kopf zu einem festen Busen, saugte durch die Seide an dem Nippel. Er weidete sich an ihrer Erwiderung, wie sie seinen Namen japste, seine Haare packte. Er schnalzte mit seiner Zunge, brachte die Knospe dazu, keck aufzublühen, ehe er der anderen die gleiche Aufmerksamkeit zuteilwerden ließ.

„Oh, Gavin, hör nicht auf", stöhnte sie. Er pustete sachte auf die nasse Seide, und sie erzitterte. „Ich höre nicht auf, bis du für mich kommst", versprach er. „Immer wieder..."

Er kniete sich zwischen ihre Schenkel und zog die rote Seide bis zu ihrer Hüfte hoch. Sein Glied pochte, während sein Blick die hübsche Form ihrer Beine bis hinauf zur Krone aus flauschigen blonden Locken wanderte. Er schluckte, denn auf ihrer weichen kleinen Scham sammelte sich der Tau. Er erinnerte sich an die Süße ihres Honigs.

„Wenn du mich nicht berührst, Gavin, werde ich noch verrückt", sagte sie.

Ihr flehender Ton brachte sein Blut noch mehr in Wallung. Er *wollte*, dass sie nach ihm verrückt war. So verrückt, wie er nach ihr war. „Dich berühren... wo denn?"

„Neck mich nicht. Du weißt, wo", sagte sie.

„Zeig es mir, Liebste. Berühr dich selbst, damit ich genau weiß, wo du mich haben willst."

Sie biss sich auf die Lippe. Ihre vor Leidenschaft entbrannten Wangen wurden noch rosiger. Er fragte sich, ob er sie vielleicht zu weit getrieben hatte. Doch dann wanderten ihre zarten Finger nach unten. Er sah zu, wie sie sich schüchtern selbst liebkoste. Sein Schwanz war hart wie Granit.

„Da. Zufrieden?", fragte sie atemlos.

Er legte seine Hand auf ihre, ermunterte ihre Bewegungen. „Nicht, bis du es bist", sagte er heiser. Sie ächzte, als er ihre vereinten Finger zusammen zu ihrer Perle führte, ihre empfindliche Knospe mit festem Druck rieb. Ihre Brust hob und senkte sich, als ihre Feuchtigkeit ihrer beider Finger benetzte. Plötzlich bäumte sich ihre Hüfte von der Matratze auf, sie japste scharf.

Mit einem Knurren vergrub er seinen Mund in ihrer Scham, musste einfach ihre Lust schmecken. Er verschlang sie wie ein Verhungernder. Ihre weibliche Ambrosia berauschte ihn, er konnte nicht genug von ihr bekommen. Während er sich so an ihrem honigsüßen Fleisch labte, glitt er mit einem Finger in sie hinein. Eng. Unglaublich saftig und heiß. Er begann seinen Zeigefinger zu bewegen, zunächst langsam, dann fickte er sie beharrlich, während er sie zugleich vernaschte. Zuckungen packten seine Gemahlin, ihre süßen Schreie erfüllten seine Ohren. Ein Orgasmus erschütterte sie.

***

Percy tauchte aus einem Meer der Glückseligkeit auf und blickte zu ihrem Gemahl. Seine Augen waren wild und sein Haar zerzaust, er sah aus wie ein Mann, den man an den äußersten Rand seiner Erregung getrieben hatte. Die verschiedenen Teile ihres Negligees waren über das Bett verteilt. Schon drei Mal hatte er sie zum Gipfel der Ekstase gebracht... doch aus irgendeinem Grund hatte er noch keine Anstalten gemacht, seine eigene Lust einzufordern. Dann erinnerte sie sich daran, wie befangen er zuvor gewesen war.

Dieser einfältige Mann, hatte er wirklich Angst, ihr weh zu tun?

„Bist du bereit für mehr, Liebste?", fragte er.

Es war ganz eindeutig an der Zeit, dass sie die Sache in die Hand nahm. Sie fand die Kordel seines Morgenmantels und zupfte den Knoten auf. Sein scharfes Einatmen erfüllte ihr Ohr, zugleich schoss sein rasendes Glied in ihre Hände. Sie streichelte sein köstlich steifes Fleisch, ergötzte sich daran, wie er sich anfühlte, wie er verzweifelt stöhnte, während sie ihn so bearbeitete, wie er sie einst gelehrt hatte.

„Ich bin bereit für dich", flüsterte sie und küsste dabei seinen bebenden Kiefer. „Ich bin bereit, dir in jeder Hinsicht zu gehören."

„Percy..." Seine Augen schlossen sich, während sie ihn noch weiter erkundete. In seinem Nest aus dichtem, dunklem Haar fühlte sich sein Hodensack schwer an, faszinierend geschmeidig. Sie drückte ihn neugierig. „Allmächtiger, Frau, so halte ich nicht lange aus", keuchte er.

„Ich will ja gar nicht, dass du aushältst. Ich will dich in mir." Sie lächelte ihn an. „Jetzt, bitte?"

Ein irrsinniger Blick kam über ihn. Er riss seinen Morgenmantel von sich und sie weidete sich an dem Gefühl seiner harten, muskulösen Gestalt, die sie in die Matratze drückte, seine steife Männlichkeit, die zwischen ihren Schenkeln stupste. Er strich ihr eine Haarsträhne aus der Stirn.

„Ich liebe dich, Percy. Ich würde alles geben, dir nicht wehzutun." Seine Narbe war angespannt, seine Stimme schwach. „Ich will, dass es für dich vollkommen ist."

„Das wird es sein. Weil wir zusammen sind." Sie hielt sein hartes Kinn in ihren Händen. „Du bist der Mann, den ich liebe, jetzt und in alle Ewigkeit."

Ein Schaudern durchzuckte seine schweren Schultern. Den eindringlichen, bewundernden Blick, den er ihr schenkte, spürte sie bis in die Zehen. Er flüsterte zerrissen ihren Namen, während er nach vorne trieb. Sie empfand ein stechendes Zerren, ein heißes, dickes Gleiten... und dann war er in ihr, erfüllte sie ganz und gar. War ein Teil von ihr. Tränen schossen ihr in die Augen.

„Tue ich dir weh? Soll ich aufhören?" Die Adern auf seinem Hals traten deutlich hervor, er hielt über ihr inne, kämpfte sichtlich mit der Beherrschung.

„Hör nicht auf", flüsterte sie und schlang ihre Beine um seine schlanken Hüften. „Lieb mich, Gavin, lieb mich so, wie ich dich liebe."

„Immer", gelobte er.

Er begann, sich in ihr zu bewegen. Langsame, stetige Stöße, die ihr die Unschuld nahmen und durch etwas viel Wunderbareres ersetzten. Durch ein Gefühl der Geborgenheit, nach dem sie sich ihr ganzes Leben gesehnt hatte. Er ließ ihr Gesicht nicht aus den Augen, sogar als ein Schwall der Lust seine schmalen Wangen flutete und die Wucht und der Takt seiner Liebe anschwollen. Ihr Unbehagen schwand, seine tiefen Stöße riefen eine neue Art der Erregung in ihr hervor. Sie stöhnte, als sich die Empfindungen aufbauschten, anders, heftiger als zuvor. Sie brauchte Erleichterung von dieser Spannung, hob instinktiv die Hüften, um seinem Rhythmus zu begegnen.

„So ist es recht, Liebste, beweg dich mit mir." Vor Lust lallte er fast. „Ich wusste, dass es so für uns sein würde. So heiß, so herrlich."

„Ja. Ja." Sie packte seine kräftigen Unterarme, während er noch tiefer in sie fuhr und ihr die Luft wegblieb. Die Spirale der Lust in ihrem Bauch wurde unerträglich eng.

„Ich kann nicht viel länger. Du melkst mich... wie eine *Faust*." Seine Augen gingen zu. „Es fühlt sich so verteufelt gut an..."

„Dann lass dich gehen. Komm für mich, Gavin", flüsterte sie.

„Gott, *ja*." Seine Augen verdrehten sich, er schrie auf.

Sein mächtiger Körper bebte immer wieder, während er kam. Seine brodelnde Hitze schoss tief in sie hinein, und die kräftigen Ströme brachten auch sie wieder zum Höhepunkt. Sie war im freien Fall, haltlos, schwebte in der wilden Freude, in den Armen ihres Mannes zu liegen.

Später lagen sie auf der Seite und sahen sich an. Ihre Körper waren noch verbunden, und sie sah ihr eigenes Erstaunen in seinen wie mit Erz gesprenkelten Augen. Er fuhr ihr mit den Fingerknöcheln über das Kinn.

„Ich würde sagen, das Warten hat sich gelohnt, Täubchen", murmelte er.

Sie seufzte verträumt. „Dafür würde sich *alles* lohnen."

„Wie ein guter Verlierer gesprochen, Liebste."

„Warte mal." Sie runzelte die Stirn über sein selbstgefälliges Gesicht und sagte: „Wen nennst du hier einen Verlierer?"

„Streng genommen war dies hier unsere fünfte Zusammenkunft. Du hast also hiermit soeben die Wette verloren." Er tätschelte zufrieden ihren Po. „Keine Sorge, Liebling, ich werde dich nicht damit necken... nicht allzu oft."

„Aber du... du *Schummler*! Ich bin davon ausgegangen, dass die Wette nicht mehr galt, nachdem du Paul seine Promesse zurückgegeben hast. Das ist nicht gerecht", sagte sie empört.

„Möchtest du eine Revanche?" Ehe sie antworten konnte, rollte er auf sie. Seine erneute Kraft ließ ihr den Atem stocken. „Ich glaube, ich wäre dazu in der Lage."

„Das ist ja keine richtige Wette mehr, jetzt wo wir verliebt und verheiratet sind. Es gibt keinen Grund, warum wir nicht jederzeit zusammen ins Bett gehen sollten", grollte sie.

„Wahrere Worte wurden nie gesprochen." Er lächelte und stupste seine Nasenspitze an ihre. „Wenn es dir ein Trost ist, Percy, ich habe vielleicht die Wette gewonnen... aber du hast mein Herz und meine Seele erobert."

Verfluchter Kerl—was sollte sie dem denn entgegnen?

Mit einem glücklichen Seufzer ergab sie sich seinem Kuss.

EPILOG

Gavin erwachte zum Wiegen der See. Einen Moment lang wusste er nicht, wo er war, dann spürte er den warmen an ihn geschmiegten Körper, und seine Welt war wieder in Ordnung. Er lächelte, während er besitzergreifend über die nackte Hüfte seiner Gemahlin strich und sein Gesicht in ihrem duftenden Haar vergrub. Gestern Nacht hatte er ihre Hochzeitsreise eingeweiht, indem er ihr beigebracht hatte, ihn zu reiten. Mit ihren hüpfenden hübschen Titten und lüstern auf ihm kreisenden Hüften hatte sie sie beide vor Wollust ganz verrückt gemacht.

Sie seufzte, ihr Hintern kuschelte sich an seinen Schwanz, der sofort steifer wurde. Und dennoch schlief sie weiter. Offenbar hatte er seinen kleinen Teufelsbraten völlig erschöpft.

Er wollte ihre Ruhe nicht stören, also löste er sich vorsichtig von ihr und steckte die Decken um sie herum fest. Er zog sich an und ging zur Kabinentür. An dem kleinen Schreibtisch blieb er stehen. Ein vertrauter ledergebundener Band lag offen da, und er konnte nicht widerstehen, musste den letzten Abschnitt noch einmal lesen:

Als Miss Priscilla Farnham zu dem Gesicht aufblickte, das einst ihre Träume heimgesucht hatte, verspürte sie keine Angst mehr. Der Unhold hatte seine Maske abgestreift, vor ihr stand ein wahrer Prinz von einem Mann. Sie holte tief Atem und sprach die Worte, die ihr Leben verändern würden:

„Ich will", sagte sie.

Ihr frisch vermählter Ehemann beugte sich zu ihr, um sie zu küssen, und ihr Herz frohlockte vor Freude und der Gewissheit, dass sie endlich ihr eigenes glückliches Ende gefunden hatte.

Schmunzelnd ging Gavin hoch auf Deck. Mehrere schläfrige Matrosen, Angestellte von Fines & Co., verneigten sich höflich, als er vorbeiging. Er nickte ihnen zu, denn als neuer Partner der Kompanie wollte er gleich mit allen auf gutem Fuß stehen.

Er stellte sich an die Reling und ließ den kühlen Wind mit seinem Haar spielen. Es war noch dunkel. Einst hatte die weite Finsternis des Ozeans und des angrenzenden Himmels ihm Furcht und Einsamkeit eingeflößt. Nun empfand er nur noch Frieden. Viel hatte sich verändert. Er hatte im letzten Monat seinen Club Blacks neuem Schwiegersohn verkauft, und obwohl Percy sich dagegen ausgesprochen hatte, sein Lebenswerk aufzugeben, hatte es ihm nicht leid getan. Wie er ihr gesagt hatte: Die Schlüssel zur *Underworld* zu übergeben, hatte ihn befreit, ihm Hoffnung gegeben. Mit Liebe als Kompass wusste er, dass sein Leben in die richtige Richtung ging.

„Warum hast du mich nicht geweckt?", erklang Percys Stimme hinter ihm. Er lächelte. „Wir wollten doch den ersten Sonnenaufgang zusammen ansehen."

Er zog sie an sich. „Du hast so fest geschlafen, Liebste. Ich wollte dich nicht wecken. Aber keine Sorge—du hast nichts verpasst."

„Gut, denn ich will jede Einzelheit festhalten. Ein romantischer Tagesanbruch ist genau, was ich für meinen nächsten Roman brauche", sagte sie.

„Gieriges Gör", neckte er sie. „Genügt es dir nicht, dass sich *Die Drangsale der Priscilla* verkauft wie warme Semmeln? Du bist schon am nächsten Buch?"

„Ich kann nicht anders", sagte sie zerknirscht. „Ich bin dieser Tage so beflügelt, dass die Worte sich von selbst schreiben. Es scheint, dass Priscilla, obwohl sie ja keine *Miss* Farnham mehr ist, noch so einige Abenteuer bevorstehen." Sie sah ihn mit einem koketten Augenaufschlag an. „Das ist einer der Vorteile, wenn man einen Schurken zum Gemahl hat."

Er gluckste. „Das werde ich mir merken, Täubchen."

„Wenn wir schon von Abenteuern reden", sagte sie, während sie an einem Knopf an seinem Jackett herumfingerte, „ich glaube, es ist bald wieder eines fällig."

„Ich hoffe, Griechenland entspricht deinen Erwartungen", sagte er. Sie hatten ihre Hochzeitsreise vertagt, bis sein Club verkauft und Percys Roman veröffentlicht war. Jetzt konnten sie endlich sechs Wochen lang ununterbrochen zusammen sein... alleine. Er konnte nicht anders, er beugte sich zu ihr und küsste ihr Ohr.

„Der Urlaub wird gewiss herrlich. Doch das ist gar nicht das Abenteuer, von dem ich spreche." Sie wand sich aus seiner Umarmung, damit sie ihn besser ansehen konnte. „Wenn wir wieder in London sind, kommt Besuch."

„Deine Mama? Keine Sorge", sagte er zuversichtlich. „Sie gewöhnt sich langsam an mich."

„Mama verehrt dich, das weißt du doch. Seit du sie in deine Schule für Findelkinder eingespannt hast, lobt sie dich in den höchsten Tönen. Ihr Nähkreis arbeitet schon an den Uniformen."

Er hatte überlegen müssen, was er ohne den Club mit seinen Straßenkindern anstellen sollte. Sie ein Handwerk zu lehren war ihm die beste Investition erschienen. Bald würde der Bau fertiggestellt sein, auf einem großen Grundstück, das er ganz in der Nähe von Covent Garden gekauft hatte. In diesen Mauern würden die Kinder der Gosse einen sicheren Ort finden, wo sie lernen und gedeihen konnten.

„Mama sagt, dass du einen beruhigenden Einfluss auf mich hast", fuhr Percy fort und rümpfte dabei so pikiert die Nase, dass er sich ein Grinsen verkneifen musste. „Sie ist allerdings nicht der Besuch, den ich meine."

Er konnte nicht widerstehen und küsste die kesse kleine Nase seiner Gemahlin. „Wer kommt denn dann?" Allmächtiger, sie roch so gut. Er nahm sich vor, sie nach dem Sonnenaufgang gleich wieder in ihre Kabine zurückzubefördern...

„Nun, so genau lässt sich das nicht sagen. Außer, dass er oder sie in... etwa sieben Monaten ankommen wird?"

Es dauerte einen Moment, bis er ihre Worte begriff. Er starrte auf ihre glühenden Wangen, das lebhafte Funkeln in ihren Augen. „Du meinst... du und ich... wir werden...?"

Sie nickte. Als er sie weiterhin sprachlos anstarrte, sagte sie ein wenig beunruhigt: „Ist alles in Ordnung? Ich weiß, dass so schon viel Neues auf uns zukommt, mit dem Verkauf des Clubs und dem Einstieg bei Nick und—"

„Schatz, es geht mir mehr als gut." Er blickte auf sie hinab und spürte, wie die Rührung ihm den Hals zuschnürte. „Du hast mir schon mehr Glück bereitet, als ein Mann je verdient hat. Deinetwegen bin ich nicht mehr allein. Und jetzt das, noch mehr miteinander zu teilen..." Er nahm ihr liebliches Gesicht in seine Hände. „Weißt du es denn nicht, Percy? Du bist mein Ein und Alles."

„Und du bist mein Held, Gavin. Das Abenteuer, auf das ich mein ganzes Leben gewartet habe", sagte seine Gemahlin mit leuchtenden Augen. „Jeder Moment mit dir ist mein glückliches Ende."

Den Sonnenaufgang versäumten sie völlig. Sie bemerkten es noch nicht einmal, geblendet vom herrlichen Strahlen der Liebe.

IHR BEGIERIGER BESCHÜTZER (MIEDER IN MAYFAIR BUCH 3)

Sie bricht die Regeln der Gesellschaft

Die reiche Witwe Marianne Draven ist berüchtigt, sowohl für ihr Verhalten als auch ihre Schönheit. Die feine Gesellschaft ahnt jedoch nicht, was sich unter ihrem anrüchigen Auftreten verbirgt: eine verzweifelte Suche nach ihrer entführten Tochter. Klug und wagemutig schreckt Marianne vor nichts zurück, um ihr kleines Mädchen zurückzubekommen... und das Letzte, was sie erwartet, ist dass ihr dabei ihr Herz in die Quere kommt.

Er steht für Recht und Ordnung

Ambrose Kent von der Thames River Police ist ein ehrbarer Mann, der sein Leben der Pflicht und der Gerechtigkeit verschrieben hat. Als sein Vater vor dem finanziellen Ruin steht, nimmt Kent einen gefährlichen, jedoch lukrativen Auftrag an, um seine Familie zu retten. Wie das Schicksal so will, ermittelt er gegen eine geheimnisvolle und skrupellose Schönheit, eine Lady, die er nicht begehren darf... und der er nicht widerstehen kann.

Gegensätze prallen aufeinander

Die Leidenschaft entflammt zwischen dem ungleichen Paar. Geheimnisse entwirren sich. Können Marianne und Kent einander trauen und zusammen das Kind vor einem gefährlichen Widersacher retten? Übersteht ihre Liebe Untreue...und wird Marianne ihrem *begierigen Beschützer* erliegen?

DANKSAGUNGEN

Wie immer schulde ich euch allen, die meine Arbeit ermuntert und unterstützt haben, meinen Dank. Tina, ohne dich hätte ich es nicht geschafft—und selbst wenn, hätte es nicht halb so viel Spaß gemacht. Du bist einfach toll. Virna, danke für deinen scharfen schriftstellerischen Verstand und deine Großzügigkeit. Im Schützengraben der täglichen Arbeit nicht allein zu sein ist eine wunderbare Sache. Diane, ich bin nach wie vor ganz gefesselt von deinem Scharfsinn und deiner Weisheit. Sowohl als Schriftstellerin als auch als Mensch habe ich durch die Bekanntschaft mit dir so viel gewonnen.

Meiner Familie, die sich so unglaublich gut dabei schlägt, mit einer Schriftstellerin zu leben. Danke, dass ihr es nicht nur mit mir aushaltet, sondern mich auch noch ermuntert. An meine Männer: Brendan, mein Schatz, du machst mich jeden Tag so stolz. Brian, deine Liebe ist meine Inspiration. Ohne dich gäbe es kein Happy End—und auch jede Menge Tippfehler, den du arbeitest eine Doppelschicht als Ehemann und ausgezeichneter Lektor.

An meine Leser: Ihre Unterstützung macht alles erst möglich. Das Schreiben kann eine einsame Reise sein, wenn man sie nicht teilen kann. Danke, dass Sie an meinem Abenteuer teilhaben.

ÜBER DIE AUTORIN

Die internationale *USA-Today*-Bestsellerautorin Grace Callaway schreibt heiße, herzerwärmende, historische Liebesromane voller Spannung und Abenteuer. Ihr Debütroman schaffte es unter die Finalisten der Romance Writers of America®, Golden Heart® sowie auf Platz eins der National Regency Bestseller, und ihre weiterführenden Romane führen regelmäßig die nationalen und internationalen Bestsellerlisten an. Aktuell ist sie Gewinnerin des Daphne du Maurier Award for Excellence in Mystery and Suspense, des Maggie Award for Excellence in Historical Romance, des Golden Leaf sowie des Passionate Plume Award. Sie hat einen Doktorabschluss in klinischer Psychologie von der University of Michigan und lebt mit ihrer Familie und ihrem Adoptivhund in einem Tal nahe dem Meer. In ihrer Freizeit liebt sie es zu tanzen, in gemütlichen Restaurants zu essen und mit ihrem Sohn Abenteuer zu erleben, die auf dessen sonderpädagogische Bedürfnisse angepasst sind.

Erfahren Sie mehr über Grace:
Deutscher Newsletter:
https://gracecallaway.com/deutschernewsletter
Website: www.gracecallaway.com

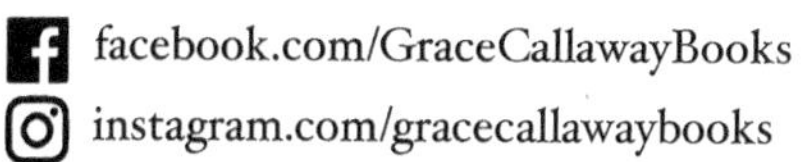

facebook.com/GraceCallawayBooks
instagram.com/gracecallawaybooks